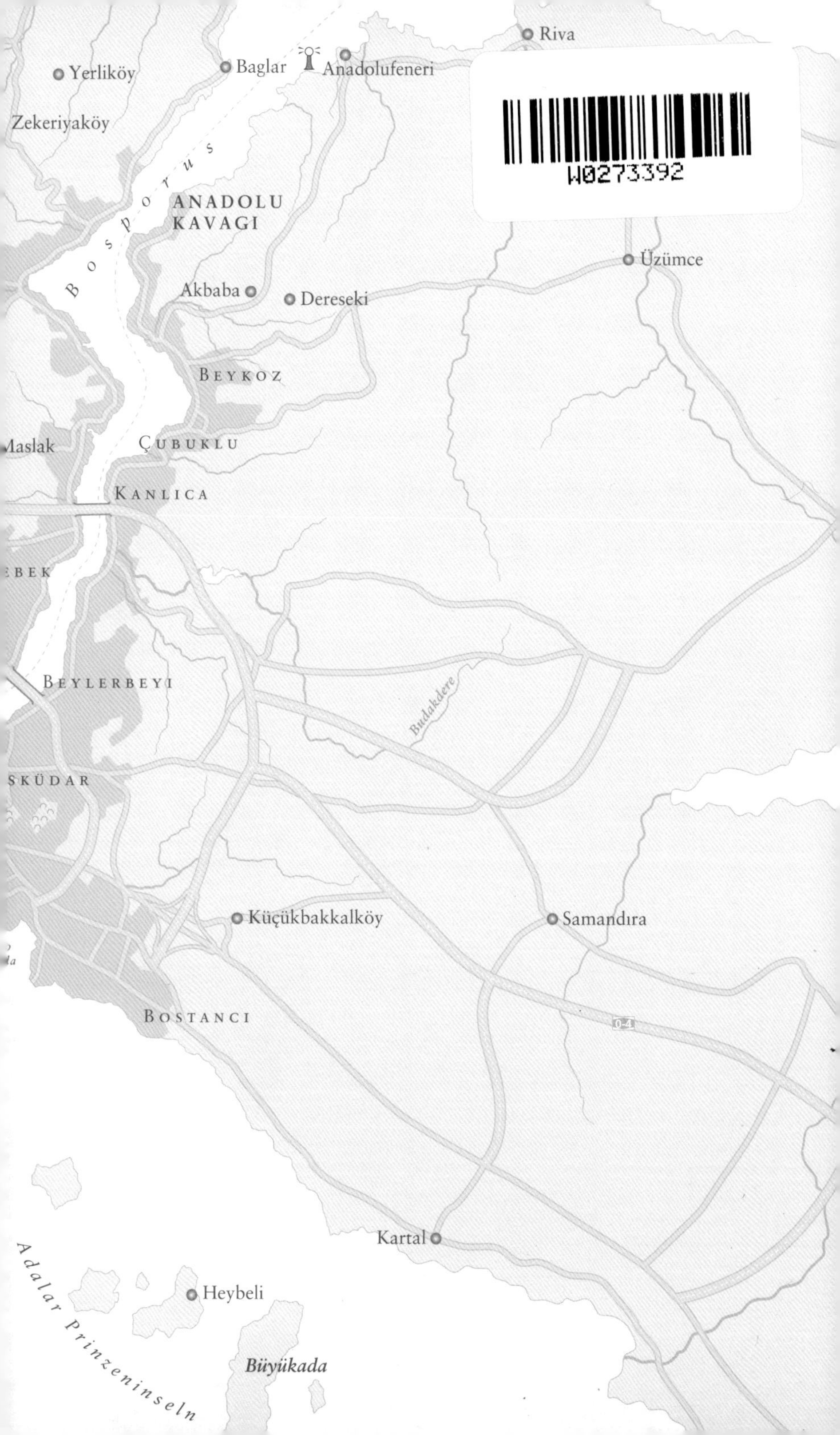
Riva
Yerliköy
Baglar
Anadolufeneri
Zekeriyaköy
Bosporus
ANADOLU KAVAGI
Üzümce
Akbaba
Dereseki
BEYKOZ
ÇUBUKLU
KANLICA
BEYLERBEYI
Budakdere
Küçükbakkalköy
Samandıra
BOSTANCI
0-4
Kartal
Heybeli
Büyükada
Adalar Prinzeninseln

Barbara Nadel
Tod am Bosporus

Barbara Nadel

Tod am Bosporus

Ein Inspektor-İkmen-Krimi

Aus dem Englischen von
Franca Fritz und Heinrich Koop

List

Die Originalausgabe erschien 2005 unter dem Titel *Deadly Web*
bei Headline Book Publishing, London.

List ist ein Verlag der Ullstein Buchverlage GmbH

ISBN-13: 978-3-471-78244-6
ISBN-10: 3-471-78244-3

Lektorat: Claudia Schlottmann und Caroline Draeger
Gesetzt aus der Sabon bei
Pinkuin Satz und Datentechnik, Berlin
Druck und Bindung: Clausen & Bosse, Leck
Printed in Germany

Für Malcolm – einen echten Star

Die wichtigsten Personen

Çetin İkmen – Inspektor der Istanbuler Polizei
Fatma İkmen – Çetins Frau und Mutter seiner neun Kinder
Çiçek İkmen – Çetins und Fatmas älteste Tochter
Hülya İkmen Cohen – Çiçeks jüngere Schwester, verheiratet mit Berekiah Cohen
Balthasar Cohen – ehemaliger Polizist und Vater von Berekiah
Jak Cohen – Balthasars Bruder, wohlhabender Nachtclubbesitzer, lebt in England
Mehmet Süleyman – Inspektor der Istanbuler Polizei, ehemaliger Assistent von Çetin İkmen
Zelfa Halman – Psychiaterin, Süleymans Frau und Mutter seines Sohnes Yusuf
Suleika Topal – Mehmet Süleymans Exfrau, verheiratet mit Burhan Topal
Fitnat Topal – Suleikas Stieftochter
Dr. Arto Sarkissian – armenischer Pathologe, Çetin İkmens ältester Freund
Dr. Krikor Sarkissian – Artos älterer Bruder, Spezialist für Suchtkrankheiten
Polizeipräsident Ardiç – direkter Vorgesetzter von Çetin İkmen und Mehmet Süleyman
Ayşe Farsakoğlu – Oberwachtmeisterin und Assistentin von İkmen
İsak Çöktin – Oberwachtmeister und Assistent von Süleyman; Kurde
Kasım Çöktin – İsaks Cousin
Metin İskender – ein jüngerer Inspektor der Istanbuler Polizei

Alpaslan Karataş – Oberwachtmeister und Assistent von İskender
Maximillian (Max) Esterhazy – Englischlehrer und Kabbalist
Ülkü Ayla – Hausangestellte von Esterhazy
Turgut Can – Freund von Ülkü Ayla
Gonca – Zigeunerin, Künstlerin, Wahrsagerin
İbrahim Dede – Antiquar und Derwisch
Demir Sandal – Pornohändler

1

Sie ging nicht, sie hüpfte förmlich auf die Fähre. Die Bosporus-Tour, eine lange, gemächliche Bootsfahrt die breite Wasserstraße hinauf, erfreute sich bei Touristen großer Beliebtheit. Sie ließ den Blick über die Sitzreihen auf dem Zwischendeck schweifen und musste lächeln. Touristen gab es einige, aber keine jungen, türkischen Mädchen wie sie selbst. Sie setzte sich neben ein Pärchen um die dreißig, das sich in einer Sprache unterhielt, von der sie kein Wort verstand, und schaute sich um. Schon allein die Nähe des Wassers brachte ein wenig Abkühlung. Der Sommer nahm in diesem Jahr einfach kein Ende, und die Hitze raubte den Menschen alle Kraft.

Das Paar neben ihr war in einen Istanbul-Reiseführer vertieft, und ihr fiel auf, dass der Text nicht in lateinischen Buchstaben geschrieben war. Die Frau, die blendend weiße Zähne und braune Haut hatte, schaute kurz zu ihr herüber. Dann sagte der Mann etwas in jener seltsamen Sprache, woraufhin die Frau sie fragte, ob sie Englisch spreche.

»Ja«, antwortete sie stolz.

Die Frau hielt ihr den Reiseführer hin. »Können Sie mir zeigen, wo die Fähre zum letzten Mal anlegt?«

Sie blickte auf die Karte, die mit seltsamen Zeichen übersät war. Dann deutete sie auf einen kleinen Ort weit oben am Bosporus und sagte: »Anadolu Kavağı – danach macht das Boot kehrt.«

»Ah. Vielen Dank.«

Die Frau wollte sich wieder ihrem Begleiter zuwenden, doch das Mädchen konnte nicht widerstehen hinzuzufügen: »Ich fahre nach Anadolu Kavağı, um mich dort mit jemandem zu treffen.«

»Oh«, sagte die Frau, die wahrscheinlich annahm, dass sie

dort einen Freund hatte. »Waren Sie schon einmal auf den Prinzeninseln?«, fragte sie dann und blätterte in ihrem seltsamen Reiseführer.

»Ja, aber das hier ist nicht die Inseltour«, antwortete das Mädchen. »Das ist …«

»Ich weiß«, unterbrach die Frau sie. »Zu den Inseln fahren wir morgen. Es gibt dort viele Juden, glaube ich.«

Das Mädchen zuckte die Achseln.

»Wir kommen aus Israel«, erklärte die Frau.

»Ah.« Das also waren die seltsamen Zeichen im Reiseführer – Hebräisch. Das Mädchen runzelte die Stirn. Irgendwann einmal, es war schon eine Weile her, hatte er gesagt, es sei wichtig, Hebräisch zu verstehen. Aber er war nicht näher darauf eingegangen. Vielleicht kam das später.

Als das Signalhorn ertönte und die Fähre sich langsam auf die blau schimmernde Fläche des Bosporus hinausbewegte, schloss das Mädchen lächelnd die Augen.

Man hatte ihn zur eigentlichen Hochzeitszeremonie eingeladen, aber er brachte es einfach nicht über sich hinzugehen. Nicht allein. İkmen hatte zwar kein Wort darüber verloren, doch als er ihm gesagt hatte, dass er es wohl nur zur anschließenden Feier schaffen würde, hatte der Inspektor ihm verständnisvoll auf die Schulter geklopft. İkmen, sein Kollege und Freund, wusste Bescheid.

Der Mann, der in der Teestube des Pera Palas-Hotels saß und darauf wartete, dass der Hochzeitsempfang von Çetin İkmens Tochter begann, sah nicht aus wie jemand, der sich auf ein großes Fest freut. Mit seinen neununddreißig Jahren wirkte Mehmet Süleyman, Inspektor der Istanbuler Polizei, schmaler und bedrückter denn je. Und obwohl er – wie seine Mutter ihm mit schöner Regelmäßigkeit versicherte – immer noch ein äußerst attraktiver Mann war, spürte Mehmet deutlich, wie seine Ängste und Befürchtungen ihm auch körperlich zusetzten. Inzwischen rauchte er fast ununterbrochen und nahm außer Tee kaum noch etwas zu sich. Auch jetzt hielt er ein altertümliches Teeglas mit Silbereinfassung in der Hand.

Er schaute sich in der leicht heruntergekommenen, bewusst

»osmanisch« gehaltenen Teestube um und lächelte bitter. Wie gut dieser Ort zu ihm passte! Die tiefen, mit Samt bezogenen Lehnstühle, der schäbige Fächer aus Straußenfedern, der an dem hohen, dunklen Hutständer in der Ecke hing – verblichene Artefakte einer Vergangenheit, die von Fes-Kappen, üppigen Odalisken und schwindsüchtigen türkischen Prinzen geprägt war, Prinzen, die kistenweise Champagner tranken, während ihr Reich um sie herum langsam verfiel. Verwöhnte, verblendete Männer, die sich selbst zerstörten, um zu vergessen – so wie Mehmets Großvater, der Fürst. So wie Mehmet selbst.

Wie hatte er nur so dumm sein können? Es war eine Sache, mit einer fremden Frau zu schlafen, wenn man verheiratet war, aber es mit einer Prostituierten zu tun … Er schüttelte den Kopf, angewidert von der Erinnerung an den Akt als solchen wie an die Lust, die er dabei empfunden hatte. Vielleicht hätte er seiner Frau Zelfa gar nichts von dem ungeschützten Liebesspiel mit der russischen Hure erzählt, doch das Mädchen war HIV-positiv gewesen, und so kam es von vornherein nicht in Frage, den Ehebruch zu verschweigen. Sein erster Test war negativ ausgefallen, aber wie ihm sein Arzt Krikor Sarkissian erklärte, würde erst der zweite Test, drei Monate nach dem »Kontakt«, zeigen, ob er sich angesteckt hatte oder nicht. Die wütende Zelfa Halman hatte dieses Ergebnis gar nicht erst abgewartet: Sie hatte die gemeinsame Wohnung in Ortaköy aufgelöst, ihren türkischen Vater gepackt und war nach Irland zurückgekehrt, ins Land ihrer Mutter. Und sie hatte Yusuf mitgenommen, Mehmets Sohn. Beim Gedanken an den kleinen Jungen stiegen Mehmet Tränen in die Augen. Wie könnte er – sollte er HIV-positiv sein – jemals von Zelfa verlangen, seinen Sohn wiederzusehen? Mehmet schaute auf seinen linken Arm hinunter und erinnerte sich an den schmerzhaften Einstich der Nadel. Dr. Sarkissian hatte gemeint, die Ergebnisse des zweiten Tests würden mindestens eine Woche auf sich warten lassen …

Mehmet nippte an seinem Teeglas und steckte sich die nächste Zigarette an. Nachdem Zelfa ihn hinausgeworfen hatte, war er ins Haus seiner Eltern zurückgekehrt, und so lebte er jetzt wieder unter einem Dach mit seinem labilen aristokratischen

Vater, den manche immer noch mit »Fürst« anredeten, seiner snobistischen, gewöhnlichen Mutter Nur und seinem verwitweten Bruder Murat sowie dessen kleiner Tochter Edibe. Sein alter Freund Balthasar Cohen hatte ihm zwar ein Zimmer in seiner Wohnung in Karaköy angeboten – Mehmet hatte dort nach der Scheidung von seiner ersten Frau gelebt –, doch die Wohnung war bereits ziemlich voll, und nun, da Cohens Sohn und İkmens Tochter geheiratet hatten, würde es dort noch enger werden. Deshalb blieb Mehmet nichts anderes übrig, als die Situation weiter zu erdulden. Viele Menschen taten das – bis sie eines Tages nicht mehr konnten und sich, wie in dem besonders bizarren Fall, mit dem Mehmet letzte Woche zu tun gehabt hatte, das Leben nahmen. Der junge, intelligente und aus wohlhabenden Verhältnissen stammende Cem Ataman hatte sich auf eine Weise umgebracht, an die Süleyman sich nur ungern erinnerte, auch wenn er den Gedanken an einen Freitod durchaus nachvollziehen konnte. Denn im Gegensatz zu Cem – mit seiner finanziellen Absicherung, seiner Jugend, seinem Studienplatz an der Istanbuler Universität – hatte er selbst nur wenig, worauf er sich freuen konnte. Bald würde er das Ergebnis seines zweiten HIV-Tests erfahren, und darum beschäftigte er sich zurzeit lieber mit der Vergangenheit – mit glücklichen Momenten, seinem Sohn und der Erinnerung an seinen gesunden, unversehrten Körper …

»Mehmet!«

Er sah auf und blickte in das vertraute Gesicht einer attraktiven Mittvierzigerin. Rasch erhob er sich und reichte ihr die Hand. »Suleika«, sagte er mit einem müden Lächeln. »Wie schön, dich zu sehen.«

Nachdem sie einander begrüßt hatten, setzte Suleika sich zu ihm und stellte einen Berg von Einkaufstaschen neben ihrem Sessel ab, die allesamt die Namen teurer Edelboutiquen trugen – Gönül Paksöy, Surreal Kılık İpek.

Mehmet zeigte mit dem Kopf auf die Taschen und lächelte. »Wie ich sehe, leidest du nicht gerade Not.«

Suleika erwiderte sein Lächeln. »Burhan ist wohlhabend, Mehmet«, sagte sie. »Ich kann mich wirklich glücklich schätzen.«

»Stimmt.«

»Aber das gilt natürlich auch für dich«, fuhr sie fort. »Wie geht es dem kleinen Yusuf?«

»Gut«, erwiderte Mehmet rasch. Obwohl Suleika seine Exfrau und außerdem seine Cousine war, wusste sie nichts von den tristen Umständen seines neuen Lebens. Die offizielle Version seiner Eltern lautete, dass Mehmets Frau mit dem Kind nur ihre Verwandten in Dublin besuchte. Genau wie seine osmanischen Vorfahren zog auch »Fürst« Muhammed Süleyman es vor, sein Privatleben hinter hohen Mauern verborgen zu halten.

Als die Kellnerin erschien, bestellte Suleika Tee.

»Aber jetzt erzähl mal, was machst du hier?«, fragte sie ihren Exmann, als das Mädchen sich wieder entfernt hatte. »Dieses Hotel ist doch nicht der neueste Treffpunkt für Polizisten, oder?«

Mehmet musste lächeln. »Çetin İkmens Tochter Hülya heiratet heute hier«, erklärte er. »Ich werde mich in ein paar Minuten der Hochzeitsgesellschaft anschließen.«

»Ach, tatsächlich?« Suleika runzelte die Stirn. »Ein sehr nobler Ort für jemanden wie İkmen. Ich hätte gedacht, bei seinen vielen Kindern …«

Suleika hatte Inspektor İkmen nie leiden können. Obwohl Çetin deutlich älter war als Mehmet, hatte sie nie verstanden, dass ihr Exmann ihm eine Zeit lang unterstellt gewesen war. Ihrer Ansicht nach war İkmen, trotz seiner guten Ausbildung, ein Mann des Volkes. Aber wie konnte er bei neun Kindern, einer billigen Mietwohnung in Sultanahmet und einer Frau, die Kopftuch trug, auch etwas anderes sein?

»Tatsächlich bezahlt der Onkel des Bräutigams die Hochzeit«, erwiderte Mehmet, dem schlagartig wieder bewusst wurde, warum er sich damals von dieser Frau getrennt hatte.

Suleika beugte sich über den Tisch und beleidigte Mehmets Nase mit einem schweren, teuren Parfümduft. »Jemand, den wir kennen?«

»Nein, ich glaube nicht«, sagte Mehmet. »Dieser Onkel, Jak Cohen, lebt seit dreißig Jahren in London.«

»Cohen?« Erneut runzelte sie die Stirn. »Nicht etwa verwandt mit deinem ehemaligen Kollegen, wie hieß er noch gleich …?«

»Balthasar«, warf Mehmet ein. »Doch, genau mit dem. Jak ist sein Bruder. Balthasars Sohn Berekiah heiratet Hülya İkmen.«

Suleika seufzte. »Aha. Ich nehme an, wenn İkmens Frau es über sich gebracht hat, einen Juden als Schwiegersohn …«

»Berekiah ist ein wunderbarer junger Mann«, erwiderte Mehmet aufgebracht. »Ein jeder wäre froh, ihn in seiner Familie zu haben.« Und dann fügte er mit beißendem Unterton hinzu: »Zumindest jeder mit ein bisschen Verstand.«

In dem Moment brachte die Kellnerin Suleikas Tee, und eine Weile saß sie schweigend da und nippte an dem heißen Getränk. Was für ein Narr Mehmet noch immer war! Allein seine Vorliebe für Menschen aus der Arbeiterschicht. Und noch dazu trug er eine Uhr, die sie sofort als billige Fälschung erkannt hatte. Burhan würde eher sterben, als sich mit so einem Ding erwischen zu lassen! Burhan, ihr Ehemann, mit seinen vielen Häusern, seiner prachtvollen Wohnung in Şişli, seinen Autos, seiner Yacht – und seinem dünnen, ergrauten Haar, seiner pubertierenden Tochter …

»Ich bin sicher, sie werden sehr glücklich miteinander werden«, sagte sie schließlich in versöhnlichem Ton.

Mehmet, der das Gefühl hatte, gerade einen moralischen Sieg errungen zu haben, setzte sich aufrecht hin. »Ja«, sagte er, »das glaube ich auch.«

Wie attraktiv er noch immer war! Vor allem, wenn er so bestimmt auftrat, machte er einen rechtschaffenen, aristokratischen Eindruck. Diese Ansicht teilte auch das blasse und vollkommen schwarz gekleidete junge Mädchen, das sich ihnen nun näherte. Bei seinem Anblick leuchteten ihre Augen förmlich auf.

»Suleika …«

»Oh. Fitnat.« Suleika erkannte die Mischung aus Begierde und Misstrauen im Blick des Mädchens. »Das ist mein Cousin Mehmet Bey.«

»Ah …«

Mehmet stand auf, um dem Mädchen die Hand zu geben.

»Mehmet, das ist meine Stieftochter Fitnat.«

»Es ist mir ein Vergnügen, deine Bekanntschaft zu machen, Fitnat.«

»Alles klar …« Sie stellte einen Berg Einkaufstaschen auf dem Boden ab, direkt neben ihre schweren, schwarzen Stiefel. Dann ließ sie sich in den einzigen noch verbliebenen Sessel sinken, während Mehmet ebenfalls wieder Platz nahm.

Sofort wandte Suleika sich ihrer Stieftochter zu: »Und, hast du ein paar hübsche, leichte Sommerkleider gefunden, Fitnat?«

»Ja, jede Menge«, erwiderte das Mädchen lächelnd. »Zeig ich dir zu Hause. Mehmet Bey hat bestimmt keine Lust, sie sich anzusehen, oder?«

»Dein Vater wird ja so erfreut sein«, unterbrach Suleika sie und wandte sich an Mehmet. »Fitnat hat gerade eine Gothic-Phase durchgemacht. Schwarze Kleidung, dickes Make-up, der ganze Unsinn.«

Mehmet hatte in der Nähe des Taksim Platzes und der İstiklal Caddesi schon des Öfteren Angehörige der Gothic-Szene gesehen – junge, schwarz gekleidete Teenager, die düstere Musik hörten und über Freitod redeten. Allerdings waren sie seiner Erfahrung nach keineswegs selbstmordgefährdeter als andere Jugendliche – vielleicht sogar weniger. Cem Ataman hatte sich laut Aussage seiner Eltern für die Gothic-Szene interessiert, ihr aber nicht angehört, so wie etwa dieses Mädchen hier.

»Das hast du jetzt alles hinter dir gelassen, meine Liebe, nicht wahr?«, sagte Suleika und strich Fitnat über das dichte, schwarz gefärbte Haar.

»Ja …«

»Sie ist noch sehr jung«, sagte Suleika und musterte ihre Stieftochter, die sich keine Bewegung ihres Exmannes entgehen ließ. »Sechzehn. Eigentlich noch ein Kind.« Fitnat, die sich weniger am Inhalt der Worte ihrer Stiefmutter störte als an deren boshaftem Unterton, warf ihr einen wütenden Blick zu. Suleika lächelte. »Und damit sie einen netten Mann in ihrem Alter findet, muss sie ihr hübsches Aussehen betonen«, fuhr sie fort, »anstatt es unter all dem schwarzen Zeug zu verstecken. Dafür hast du später noch genug Zeit, Fitnat, wenn du alt bist, so wie Mehmet Bey und ich.«

Das Mädchen blickte verständnislos in das schöne Gesicht seiner Stiefmutter und dann erneut zu Mehmet.

Ein Mittagessen in einem der kleinen Fischrestaurants am Hafen war fester Bestandteil eines jeden Ausflugs nach Anadolu Kavağı; deshalb steuerten das Ehepaar aus Israel und der junge Franzose, mit dem das türkische Mädchen auf der Fähre kurz gesprochen hatte, direkt auf das nächste Lokal zu.

Doch sie selbst war zu aufgeregt, um etwas zu essen, auch wenn das Treffen nicht vor Sonnenuntergang stattfinden würde. Allein der Gedanke daran ... Sie schlang die Arme um ihren Körper und lächelte. Als die anderen Gäste der Teestube – ein Fischer sowie eine gut gekleidete Frau mit ihrer Tochter – die Züge des Mädchens betrachteten, die von dem aufsteigenden Dampf aus dem Teeglas leicht verzerrt wurden, erschien sie ihnen ein wenig merkwürdig. Aber sie ahnten ja auch nicht, in welch köstlichem Zustand der Qual sie sich befand.

Sie hatte sich für diesen Tag aufgespart, ganz bewusst und voller Vorfreude. Das war nicht immer leicht gewesen, aber nichts, was wirklich von Bedeutung war, gestaltete sich jemals einfach – das hatte man ihr gesagt, das hatte sie gelernt. Zwar gehörte es nicht zu den Weisheiten ihres Vaters, aber was wusste er schon? Rein gar nichts. Niemand wusste etwas, denn sie hatte sich vorbildlich verhalten – genau wie man es von einer jungen Braut erwartete. Sie lächelte, trank ihren Tee aus und beobachtete aus halb geschlossenen Augen verträumt die Straßenkatzen, die vor der kleinen Polizeiwache am Hafen herumtollten.

Abgesehen von seinem Akzent, der İkmen ziemlich seltsam vorkam, hatte Jak Cohen sich in den vergangenen dreißig Jahren kaum verändert. Genau wie sein Bruder Balthasar war er zwar noch immer klein und dünn, wirkte aber bedeutend attraktiver als zu früheren Zeiten, damals in seiner Kindheit, die er als stets hungrige Halbwaise verbracht hatte. İkmen bot ihm ein Glas Champagner an, eines der wenigen Dinge, die er selbst zur Hochzeit beigesteuert hatte.

»Nein, danke, Çetin«, sagte Jak und hob abwehrend eine

Hand. »Ich habe dieses Getränk noch nie angerührt, und ich werde es auch nie tun.«

İkmen zuckte die Achseln, nahm sich selbst ein Glas und hob es genüsslich an die Lippen.

»Falls du dich noch an meinen Vater erinnerst …«

»Jeder erinnert sich an unseren Vater!«

Jak und İkmen blickten auf den schmächtigen Mann im Rollstuhl hinab, der sich an ein Glas Raki mit Wasser klammerte, als hinge sein Leben davon ab.

»Ja, Balthasar«, erwiderte Jak ernst, »jeder erinnert sich an ihn. Wenn man sich zu Tode trinkt und seine Kinder vernachlässigt, dann erregt das in der Regel einige Aufmerksamkeit.«

Der Mann im Rollstuhl räusperte sich. »Klar, er hatte ein paar Probleme, aber er ging seinen Weg.«

»Einen schlechten Weg.«

»Vielleicht, aber …«

»Wir sollten heute nicht an die Vergangenheit denken, sondern nur nach vorne schauen«, warf İkmen rasch ein. Er kannte die Gebrüder Cohen – Balthasar, Jak und Leon – seit ihrer Kindheit, was in Anbetracht seines eigenen Alters von fünfundfünfzig Jahren eine recht lange Zeit war. Und er wusste, wie schnell ein Streit zwischen ihnen eskalieren konnte.

»Deine Tochter und mein Sohn …« Balthasar runzelte die Stirn. »Eine Muslima und ein Jude, die in dieser hasserfüllten Welt heiraten.«

»Eine Muslima und ein Jude, die dieser hasserfüllten Welt hoffentlich zeigen, wie man nach vorne blickt«, sagte İkmen und zündete sich eine Zigarette an.

»Du hast dieser Ehe doch zugestimmt, Balthasar«, setzte Jak an. »Ich …«

»Ich habe zugestimmt, weil ich wusste, dass es unausweichlich war«, entgegnete der Mann im Rollstuhl. »Und ich habe dich gerufen« – er warf seinem Bruder einen finsteren Blick zu –, »weil ich der Meinung war, wenn sich die Hochzeit schon nicht vermeiden lässt, dann soll sie wenigstens richtig gefeiert werden.«

»Ich bin dein Bruder. Ich liebe dich. Ich tue alles für dich, was in meiner Macht steht.«

»Und ich bin dir dafür dankbar, Jak. Aber verlang nicht von mir, dass ich den Glücklichen spiele.« Er steckte sich die Zigarette, die İkmen für ihn angezündet hatte, zwischen die Lippen, wandte sich ab und rollte langsam davon.

Trotz ihrer langen Bekanntschaft hatte İkmen diese Seite von Balthasars Persönlichkeit erst in der jüngeren Vergangenheit kennen gelernt. Bis zu dem schrecklichen Erdbeben im Jahr 1999, das dafür verantwortlich war, dass er nun im Rollstuhl saß, war Balthasar immer nur als der fröhliche, ehebrecherische Wachtmeister Cohen bekannt gewesen – ein eher schludriger Polizeibeamter, der İkmen im Laufe der Jahre bei etlichen Ermittlungen geholfen, ihn manchmal aber auch behindert hatte. Die Tatsache, dass er sich nie zu irgendwelchen religiösen Themen äußerte, hatte İkmen zu der Annahme verleitet, dass Balthasar sich nicht sonderlich für seine jüdische Herkunft interessierte. Doch nachdem er diese furchtbaren Verletzungen davongetragen hatte und noch dazu sein ältester Sohn Yusuf unter schweren psychischen Problemen litt, hatte Balthasar plötzlich seine Zugehörigkeit zu einer der ältesten sephardischen Familien Istanbuls entdeckt. Möglicherweise hing das aber auch damit zusammen, dass Berekiah, İkmens neuer Schwiegersohn, Balthasars einzige Zukunftsperspektive darstellte …

»Balthasar hat mir erzählt, dass du in der Unterhaltungsbranche tätig bist, Jak«, wechselte İkmen das Thema. »Und sogar ziemlich erfolgreich, wie ich höre.«

Jak lachte. »Ich komme ganz gut über die Runden, Çetin«, sagte er mit einem Achselzucken. »Ich habe eine Wohnung in den Docklands, ein Haus in Surrey und eine Exfrau mit einem ziemlich extravaganten Geschmack. Außerdem kostet es mich ein Vermögen, dass mein Sohn Daniel in Cambridge studiert. Aber sollte er irgendwann einmal seinen Abschluss machen, war es das alles wert.«

»Du solltest wissen, dass ich dir …«, İkmen suchte nach den passenden Worten, »… sehr dankbar bin für deine Unterstützung.«

»Deine Tochter ist ein wirklich liebenswertes und hübsches Mädchen, Çetin Bey«, erwiderte Jak, wobei er nicht ohne

Grund zu der respektvollen Anrede »Bey« wechselte. Auch wenn er inzwischen recht wohlhabend war, erinnerte er sich nur allzu gut an die Zeit, als er und seine zerlumpten Brüder es als Auszeichnung empfunden hatten, mit Çetin İkmen und dessen Bruder Halil spielen zu dürfen, den beiden begabten Söhnen des Universitätsdozenten Timur İkmen und seiner albanischen Frau Ayşe, der berühmten Hexe von Üsküdar.

İkmen blickte zur anderen Seite des Saals hinüber, wo der schlanke, gut aussehende Bräutigam Hand in Hand mit seiner achtzehnjährigen Tochter stand. In prächtiges Weiß und Gold gehüllt, wirkte Hülya İkmen, jetzige Cohen, wie eine Märchenbraut. Neben dem jungen Paar stand eine attraktive Frau, die etwas älter war und, wie İkmen fand, bei weitem nicht so glücklich wirkte wie Hülya.

»Ich bin sehr froh, Berekiah als neues Mitglied in unserer Familie begrüßen zu dürfen«, sagte İkmen. Dann deutete er mit dem Kopf auf die Frau neben dem Brautpaar und fügte hinzu: »Ich wünschte nur, auch Çiçek würde jemanden finden.«

Jak, der İkmens Blick gefolgt war, lächelte wohlwollend. »Ach, ich glaube nicht, dass das allzu große Probleme bereiten sollte. Ich meine, wirf nur mal einen Blick auf den Kerl da drüben. Ein ziemlich attraktiver Bursche, und wie es aussieht, steuert er direkt auf deine Çiçek zu.«

Einen kurzen Moment lang dachte İkmen, dass vielleicht ein ihm unbekannter Mann hereingekommen war. Doch als er Mehmet Süleyman erkannte, wandte er sich ab und blickte durch die geöffneten Terrassentüren hinaus auf das Goldene Horn und die prachtvollen Moscheen der Altstadt. »Ich glaube nicht, dass er der Richtige wäre«, sagte İkmen mehr zu sich selbst als zu Jak. »Nicht bei seiner Vergangenheit.«

Im nächsten Augenblick setzte die Musik ein und hallte von den Marmorgalerien zurück, die den Saal zierten. Das Pera Palas-Hotel war einst für die eleganten Passagiere errichtet worden, die mit dem Orientexpress in Istanbul eintrafen, und hatte schon Atatürk, Agatha Christie, Jackie Onassis sowie diverse osmanische Fürsten beherbergt – so wie heute Mehmet Süleyman. İkmen beobachtete, wie sein Kollege sich mit Çiçek unterhielt, und schüttelte den Kopf, als müsse er düstere

Gedanken vertreiben. Dann trat er hinaus auf die Terrasse zu seiner Frau und ihren Schwestern.

Der Anstieg auf den Hügel war ziemlich steil, und nach einer Weile begann sie zu keuchen. Zu dieser späten Nachmittagsstunde war es zwar nicht mehr so heiß, aber das Mädchen litt unter leichtem Asthma – laut Aussage ihres Arztes hauptsächlich durch ihre Ängste verursacht. Er hatte ihr ein Mittel dagegen verschrieben. Dass die Atemnot anhielt, obwohl sie keine Ängste mehr hatte, schon eine ganze Weile nicht mehr, verwunderte sie ein wenig. Vielleicht hätte das Medikament geholfen, das der Arzt ihr verschrieben hatte. Wenn sie es denn genommen hätte.

Hoch über ihr ragten drohend die Ruinen der alten byzantinischen Festungsanlage Yoroz Kalesi auf. Im Hochsommer wäre diese Gegend nicht so ausgestorben gewesen wie jetzt, dachte das Mädchen. Doch wegen der fortgeschrittenen Jahreszeit und der Gerüchte über einen drohenden Krieg zwischen Amerika und dem Irak, immerhin einem direkten Nachbarn der Türkei, waren in den vergangenen Wochen wesentlich weniger Touristen nach Istanbul gekommen. Es hieß, der Krieg könne die Türkei möglicherweise direkt betreffen.

Ehe die Byzantiner im 14. Jahrhundert die Burg Yoroz Kalesi errichteten, hatte dort ein dem Gott Zeus geweihtes Heiligtum gestanden. Die griechischen Seeleute der Antike, die die Meerenge sicher zu passieren hofften, machten zunächst hier Halt, um ihrem Gott ein Blutopfer darzubringen. Dass die »neue« christliche Religion sich solche Orte aneignete und für ihre Zwecke nutzte, war nichts Ungewöhnliches. Aufstrebende Glaubensrichtungen verfuhren nun einmal auf diese Weise mit den heiligen Orten ihrer Vorgänger-Religionen: Sie vernichteten alle alten Zeugnisse, neutralisierten alles »Böse« und errichteten darauf ihre eigenen Kultstätten. So war auch die Hagia Sophia, einst eine auf den Ruinen einer heidnischen Tempelanlage erbaute Kirche, zuerst in eine Moschee und später in ein Museum umgewandelt worden. All das hatte das junge Mädchen, dem vor Anstrengung ein wenig schwindelig geworden war, gelernt und verinnerlicht.

Direkt unterhalb der Burg, auf einer kleinen Lichtung, die man ihr zuvor einmal gezeigt hatte, blieb sie erschöpft stehen. Obwohl noch immer ganz angespannt vor Aufregung, bekam sie allmählich doch Hunger. Aber es war zu spät, und außerdem gab es bis zu dem bedeutenden Augenblick noch viel zu viele Dinge zu bedenken und zu tun. Sie wusste, dass auch er sich in diesem Moment auf das Treffen mit ihr vorbereitete. Sobald die Sonne unterging, würde er zu ihr kommen. Sie streifte ihre Kleidung ab, faltete sie sorgfältig und legte sie neben einen Baum. Dann hockte sie sich im Schneidersitz auf den Boden und holte ihren Kristall aus der Tasche. Wie schön er ist, dachte sie, und blickte gebannt in die transparente Tiefe des Steins.

»Selbstmorde sind keine Seltenheit«, sagte Çiçek İkmen und drückte ihre Zigarette in einem kleinen weißen Aschenbecher aus.

Zusammen mit Mehmet Süleyman hatte sie den großen Veranstaltungssaal verlassen und in der Hotelbar Platz genommen, an einem der Tische unmittelbar am Fenster, weit weg von dem bedrohlich über der Theke hängenden Spiegel.

»Das müsstest du als Polizist doch eigentlich wissen«, fuhr Çiçek fort, die wie ihr Vater Kette rauchte. »Aber vielleicht hat dich ja das Alter des Jungen so erschüttert.«

Mehmet seufzte. »Vielleicht.«

»Oder die Art und Weise ...«

»Hör zu, Çiçek, ich möchte nicht darüber reden.« Er nahm eine Zigarette aus seiner Schachtel und zündete sie sich an.

»Okay.« Sie schlug die schlanken Beine übereinander und lehnte sich zurück, um das kunstvolle, altmodische Dekor der Bar zu betrachten.

Die Wahrheit konnte er ihr nicht sagen, weder ihr noch sonst irgendjemandem. Çiçek wusste zwar, dass Zelfa ihn verlassen hatte, doch er bezweifelte, dass sie den wahren Grund dafür kannte – sie verhielt sich so normal ihm gegenüber. Im Allgemeinen reagierten die Menschen weniger entspannt, wenn sie mit einem möglicherweise Todgeweihten sprachen. Noch dazu jemandem mit Aids, einer Krankheit, die nicht eben zu einem schmerzlosen, leichten Tod führte. Doch zwei Röhrchen der Antidepressiva, die man ihm verschrieben hatte, zusammen mit einer halben Flasche Raki, würden dem Horror ein Ende bereiten, noch bevor er richtig begonnen hatte. Oder er machte es wie dieser Junge ... Nein, das war zu grausam, zu schwer für diejenigen, die er zurückließ. Andererseits erschien ihm gerade diese Tötungsart im Moment seltsam verlockend, geradezu reizvoll. Doch das konnte er Çiçek natürlich nicht erzählen. Sie beobachtete gerade lächelnd, wie ihre Schwester zusammen mit ihrem Vater die Bar betrat; offensichtlich war sie sehr glücklich darüber, dass Hülyas sehnlicher Wunsch in Erfüllung gegangen war. Geschichten über den Tod wären hier fehl am Platze gewesen. Er zwang sich zu einem Lächeln.

»Meine Schwester sieht wunderschön aus, nicht wahr?« Çiçek hob ihr Champagnerglas an die Lippen.

»Du gehörst einer sehr attraktiven Familie an«, erwiderte Mehmet.

»Mit einer Ausnahme«, sagte Çiçek scherzhaft und warf einen kurzen Blick in Richtung ihres Vaters.

Mehmet lachte. »Çetin sieht zwar vielleicht klein, dünn und zerknittert aus, dafür besitzt er aber so viel Charme und Charisma, dass das Äußere bei ihm praktisch keine Rolle spielt.«

»Na ja, zumindest meine Mutter scheint diese Ansicht zu teilen«, meinte Çiçek, nachdem sie ihr Glas geleert hatte. »Sie ist schon eine Ewigkeit mit ihm zusammen.«

Mehmet nickte nachdenklich.

»Wusstest du, dass Baba eine Wahrsagerin engagiert hat, ein alte Bekannte von ihm? Sie ist draußen auf der Terrasse«, meinte Çiçek aufgeregt. »Hast du nicht Lust, dir die Karten legen zu lassen?«

Mehmet lächelte. İkmen und seine Wahrsager, Geisterbeschwörer und all die anderen seltsamen Vögel! »Nein«, erwiderte er, »das ist nichts für mich. Aber du solltest es versuchen.«

»Okay.« Sie erhob sich und ging hinaus.

Als Çiçek fort war, schaute Mehmet sich in der Bar um und begegnete für einen kurzen Moment İkmens Blick. Er lässt mich nie aus den Augen, dachte Mehmet. Er kennt meine Gedanken, meine Absichten. Als bester Kriminalbeamter der Stadt ist er sozusagen gesetzlich verpflichtet, mich zu schützen. Und er ist der Sohn einer Hexe. Und er liebt mich wie einen Sohn. Sollte ich mir jemals etwas antun wollen, wird er das verhindern.

Der leichte Druck einer Hand auf seiner Schulter ließ Mehmet zusammenzucken. İkmen war urplötzlich neben ihm aufgetaucht, beugte sich zu ihm hinunter und küsste ihn fest auf beide Wangen.

Mit dem Gebetsruf nach Sonnenuntergang kam er zu ihr – wie versprochen. Ohne ein Wort packte er ihre nackten Arme und drang von hinten in sie ein. Es tat weh. Für einen kurzen Augenblick war die Angst größer als das Verlangen, und sie konnte gerade noch einen Aufschrei unterdrücken. Groß, hart und kalt – sie hatte gewusst, dass es so sein würde – bewegte er sich zunächst nur langsam in ihr, was den Schmerz verstärkte. Doch als der Rhythmus schneller wurde, geschah etwas Seltsames – eine Art betäubende Wirkung setzte ein, die jede Empfindung verschwinden ließ, bis plötzlich etwas in ihr aufkam, das sie noch nie zuvor gespürt hatte, ein Gefühl zwischen Lust und Schmerz, eine wunderbare Anspannung aller Sinne. Sie stöhnte. Lange, schlanke Finger umfassten ihre Brüste, spielten mit ihren Brustwarzen und entlockten dem Mädchen einen kurzen, atemlosen Schrei.

Ihr Körper bewegte sich nun im Einklang mit seinem. Sie löste die Hände vom Boden und richtete sich auf. Man hatte ihr von diesem Augenblick erzählt, einem Augenblick, der sich nun mit ekstatischer Geschwindigkeit näherte. Sie hörte, wie es in ihren Lungen zu pfeifen begann, wie ihr Körper nach mehr Sauerstoff verlangte. Er sagte etwas, vielleicht auf Hebräisch, woraufhin sie stärker keuchte. Das machte ihn nur noch wilder, und dieses Gefühl war so wunderschön und so furchterregend zugleich, dass sie aufschrie.

Lass es vorüber sein, lass es ewig dauern, dachte sie, als der Orgasmus über sie hinwegspülte.

Und während er noch immer in ihr war, tauchten plötzlich andere auf, die Gesichter unter Kapuzen verborgen, und berührten ihren Körper, nahmen teil an ihrer beider Zeremonie.

Sie sah das Messer nicht, denn ihre Augen waren geschlossen. Doch sie spürte, wie es sich tief in ihr Herz bohrte, während große weiße Blitze über die Lichtung zuckten wie bei einem Hochzeitsfeuerwerk.

2

Sie ist bestimmt in einen Club gegangen und hat anschließend bei Sırma übernachtet«, sagte Nurdoğans Vater, während er sich mit einem schweren Kater zum Wagen schleppte.

Doch Nurdoğan wusste, dass Gülay in den letzten Monaten weder Sırma noch sonst irgendeine ihrer alten Freundinnen getroffen hatte. Er stieg die Stufen zum Schlafzimmer seiner Mutter hinauf.

»Gülay war heute Nacht nicht zu Hause«, sagte er zu der rothaarigen Frau, die auf dem Bett lag, Trauben aß und rauchte. Das Make-up vom Vorabend bedeckte noch immer zentimeterdick ihr Gesicht.

»Sie schläft bei Sırma«, meinte seine Mutter und hustete.

»Ich glaube nicht, dass sie noch Kontakt zu Sırma hat«, erwiderte Nurdoğan, während er sich auf die roten, rutschigen Satinlaken setzte.

»Das ist wahrscheinlich auch besser so.« Sie deutete ein Lächeln an. »Wo ist Kenan? Und müsstest du nicht längst in der Schule sein?«

Nurdoğans kindliche Züge verhärteten sich. »Heute ist Sonntag.«

Seine Mutter zog eine Augenbraue hoch.

»Mama, es ist inzwischen elf Uhr, und Gülay hat ihre Pumpe nicht dabei. Sie liegt noch neben ihrem Bett.«

»Sie wird schon zurechtkommen.« Die Frau drückte ihre Zigarette auf dem Teller aus, den sie auch für die ausgespuckten Traubenkerne benutzte. »Warum fährst du nicht ein bisschen mit deinem Rad in der Gegend herum? Wenn du zurückkommst, ist Gülay bestimmt längst wieder hier. Schließlich ist es nicht das erste Mal, dass sie woanders übernachtet, oder?«, fügte sie gereizt hinzu.

So war sie jedes Mal, wenn sie einen Abend mit ihrem Mann in einem von dessen Clubs verbracht hatte. Der Alkohol schien auch am nächsten Tag noch fortzuwirken und jede Empfindung zu dämpfen. Nurdoğan wusste, dass er seine Mutter jetzt allein lassen und sich in die Obhut Kenans sowie der anderen Hausmädchen begeben sollte, bis es ihr wieder besser ging.

Eigentlich bestand wirklich kein Grund zur Sorge wegen Gülays Abwesenheit. Gelegentlich blieb sie einfach über Nacht weg, wenn auch in den vergangenen Monaten nicht mehr so häufig wie zuvor. Und wenn er ehrlich war, musste er sich eingestehen, dass seine Schwester in letzter Zeit viel glücklicher gewirkt hatte. Aus irgendeinem Grund machte er sich dennoch große Sorgen. Früher hatte sie sich ihm stets anvertraut, ihm alles erzählt, aber inzwischen verschwand sie manchmal, ohne ihm zu sagen, wohin sie ging, oder schloss sich in ihrem Zimmer ein. Nurdoğan hatte seiner großen Schwester immer sehr nahe gestanden. In gewissem Sinne waren sie Verbündete gegen ihre Eltern – eine Allianz, die alle möglichen Teenagerphasen Gülays überdauert hatte. Nur jetzt, nachdem sie wieder »normal« war, schien es ein Problem zu geben.

Nurdoğan ging die Treppe hinunter und holte sein Fahrrad aus der Garage. Sein Vater, der den Wagen hinausgesetzt hatte, um ihn zu waschen, unterhielt sich gerade mit seinem Clubmanager, unterbrach das Gespräch jedoch, solange Nurdoğan in Hörweite war.

»Wenn Sie einverstanden sind, gebe ich den Leichnam des jungen Ataman zur Beerdigung frei. Schließlich gibt es keine Anzeichen von Fremdeinwirkung«, sagte der kleine, korpulente Mann mit einem Lächeln.

Mehmet Süleyman zuckte die Achseln. »Ich wüsste nicht, warum wir ihn noch hier behalten sollten«, meinte er müde. »Er hat sich das Leben genommen. Zwar aus keinem erkennbaren Grund, aber …«

Das Lächeln auf dem Gesicht des rundlichen Mannes schwand. Dr. Arto Sarkissian war zwar schon seit einer halben Ewigkeit als Pathologe bei der Istanbuler Polizei tätig und hatte so manches gesehen, was Menschen sich und anderen antaten, doch ein vorzeitiger, scheinbar sinnloser Tod wie der des jungen Cem Ataman bestürzte ihn noch immer.

»Ich werde mich mit der Familie in Verbindung setzen und die entsprechenden Vorkehrungen treffen«, sagte er, schob den Untersuchungsbericht an den Rand des Schreibtischs und wandte sich einem wesentlich angenehmeren Thema zu: »Und wie lange sind Sie noch auf der Feier geblieben?«

»Ungefähr bis Mitternacht«, erwiderte Süleyman. »Ich glaube, zu dem Zeitpunkt hatten alle anderen, einschließlich Hülya und Berekiah, ebenfalls genug.«

Arto nickte. »Ja, Hochzeiten sind ungemein anstrengend. Meine war es zumindest. Ich wäre gestern gerne länger geblieben, aber meine Frau verträgt die Hitze nicht. Çetin hatte Verständnis dafür, glaube ich.«

»Da bin ich mir ganz sicher.«

Diese Annahme war durchaus berechtigt. Seit Kindesbeinen befreundet, mussten der Türke İkmen und der Armenier Arto Sarkissian nicht mehr viele Worte wechseln, um zu wissen, was der andere dachte.

»Ich habe zufällig gesehen, wie Sie auf dem Fest mit meinem Bruder gesprochen haben«, setzte der Armenier vorsichtig an.

»Ja«, unterbrach Süleyman ihn rasch, »aber nicht über ...«

»Es ist mir klar, dass Krikor die Ergebnisse des zweiten Tests noch nicht vorliegen«, sagte Arto, dessen Bruder Facharzt für Suchtkrankheiten war.

»Stimmt.« Süleyman holte seine Zigaretten aus der Sakkotasche und zündete sich eine an. »Çetin hat mir erzählt, dass Jak Cohen dem jungen Paar ein Haus gekauft hat«, sagte er, um einen Themawechsel bemüht.

Arto schüttelte langsam den Kopf. »Ja, erstaunlich. Ein Haus in Fener. Es scheint allerdings etwas reparaturbedürftig zu sein, weswegen die beiden noch eine Weile bei den Cohens wohnen werden. Ihnen einfach ein Haus zu schenken! Ich weiß ja nicht, was Jak Cohen in England so treibt, aber offenbar macht er seine Sache ziemlich gut.«

»Soweit ich weiß, arbeitet er im weitesten Sinne in der Unterhaltungsbranche«, erklärte Süleyman. »Was dieses Thema anbelangt, ist sein Bruder nicht eben gesprächig – und das wiederum gibt Anlass zu allerlei Spekulationen.«

Der Armenier lachte. »Woraus ich schließe, dass Sie die Sexindustrie meinen.«

»Möglicherweise. Aber andererseits: Was ist schon dabei, wenn er Striplokale oder Tanzbars besitzt? In England sind solche Etablissements nicht verboten; sein Geld wäre also durchaus ›ehrlich‹ verdient.«

»Also nichts, was Çetin den Schlaf rauben müsste«, sagte Arto.

»Wir wissen doch alle, dass Balthasar und seine Brüder in moralischer Hinsicht zuweilen eine selektive Wahrnehmung haben, um es einmal vorsichtig zu formulieren«, erwiderte Süleyman. »Aber ich glaube nicht, dass sie schlechte Menschen sind. Und ich habe eine Zeit lang bei ihnen gewohnt – ich müsste es also wissen.«

»Dann sollten wir uns einfach mit dem jungen Paar freuen.«

»Ja«, pflichtete Süleyman dem Pathologen bei, »das sollten wir.«

Hamdı Alan war erst seit drei Jahren Polizeibeamter, und in der kleinen, wahrhaft pittoresken Wache am Hafen von Anadolu Kavağı erhielt er selten Gelegenheit, Berufserfahrungen zu sammeln, die über einen gelegentlichen Streit zwischen betrunkenen Fischern hinausgingen. Doch dieser neue »Umstand« – er wusste noch nicht, wie er es nennen sollte – hatte seine beschauliche Ruhe empfindlich gestört und ihn in eine Welt katapultiert, die er weder kannte noch kennen lernen wollte.

Der Leichnam war von einer alten Frau entdeckt worden, die an den Hängen unterhalb der Burg Yoroz Kalesi ihre kleine Ziegenherde hütete. Der Anblick des Blutes, das zum Großteil bereits im Boden versickert war, hatte sie weniger schockiert als die Nacktheit des Mädchens, und so hatte sie rasch ihren Umhang über den leblosen Körper geworfen, um die Sittsamkeit der Toten zu wahren. Polizeiwachtmeister Fuat Ayla, der widerwillig angeboten hatte, Hamdı zum Ort des Geschehens zu begleiten, zog den Umhang nun beiseite und drehte den Leichnam auf den Rücken.

»Klar, was passiert ist«, sagte Ayla, während er auf das tote Mädchen zu seinen Füßen starrte. »Die hat sich umgebracht.«

»Sieht so aus.« Das Mädchen hatte sich vorher vollständig ausgezogen und ihre sorgfältig zusammengefalteten Kleider am Rande der Lichtung unter einen Baum gelegt. Sie hatte sogar einen schweren Kristall darauf platziert, damit sie nicht fortwehten. Hamdı runzelte die Stirn. Er meinte sich zu erinnern, dass etwas Ähnliches kürzlich auch irgendwo anders im Großraum Istanbul passiert war …

»Hat sich entschlossen, die eigene Seele der Verdammnis preiszugeben.« Ayla schob sich eine Zigarette zwischen die dünnen Lippen und schüttelte den Kopf. »Kann ich nicht verstehen.«

»Ich auch nicht.« Doch obwohl er ein guter Muslim war, machte Hamdı sich im Augenblick noch am wenigsten Sorgen um die Seele des toten Mädchens.

Ayla, dessen ausladendes, fast feminines Gesäß bei jeder Bewegung wackelte, beugte sich über den Kleiderstapel.

»Wir können sie von einem Arzt untersuchen lassen, herausfinden, wer sie war, und sie anschließend ihrer Familie übergeben«, meinte er.

Die Art und Weise, wie das Mädchen sich umgebracht hatte – falls es wirklich Selbstmord war –, erschien Hamdı so gewalttätig, so bizarr, dass er ins Grübeln geriet. Und da war doch noch dieser andere Fall, bei dem es sich um einen jungen Mann handelte, wenn er sich recht entsann …

»Nein, warte.« Er hob eine Hand, um seinen Kollegen daran zu hindern, den Kleiderstapel zu bewegen. »Ich glaube, es wäre besser, wenn wir nichts anrühren, Fuat.«

»Warum?«

Hamdı zuckte die Achseln. Er konnte nicht genau sagen, was ihn an diesem Selbstmord irritierte – und Allah wusste, dass er sich den Ärger, den er sich mit einer polizeilichen Untersuchung einhandeln würde, bestimmt nicht wünschte –, aber irgendetwas an diesem Fall war merkwürdig.

»Ich glaube, wir sollten Verstärkung anfordern«, sagte er nach einer Weile. »Ich glaube, wir brauchen hier oben jemanden, der weiß, was er tut.«

Der Pass des Mädchens lautete auf den Namen Gülay Arat. Sie war siebzehn Jahre alt. Polizeioberwachtmeister İsak Çöktin hielt seinem Vorgesetzten das Dokument entgegen, doch Mehmet Süleyman warf nur einen kurzen Blick darauf. Am Rand der Lichtung standen die beiden Dorfpolizisten im Schatten der Bäume, blickten gebannt auf den Tatort und rauchten ihre Zigaretten so konzentriert, wie man es nur bei Menschen sieht, die fern jeder Großstadthektik aufgewachsen sind.

»Ich brauche einen Arzt, ehe ich irgendwelche Schlüsse ziehen kann«, sagte Süleyman und erhob sich mühsam, »aber es sieht genauso aus wie bei Cem Ataman.«

Çöktin, der nicht wusste, wie viel seine auswärtigen Kollegen mitbekommen durften, senkte die Stimme. »Hat sich mitten ins Herz gestochen.«

»Ja, sie selbst oder jemand anders.« Süleyman holte sein Mobiltelefon hervor und suchte nach einer Nummer.

»Wie hat sie das nur gemacht?«, fragte Çöktin kopfschüttelnd und musterte den zierlichen Leichnam zu seinen Füßen. »Man muss schon eine ziemliche Kraft aufbringen, um sich durch die Brust zu erstechen.«

Süleyman zuckte die Achseln. »Wir brauchen die Spurensicherung, und zwar möglichst schnell. Ich kann nur hoffen, dass unsere beiden Freunde hier« – er deutete mit einer Kopfbewegung auf die Beamten aus Anadolu Kavağı – »am Tatort nicht allzu viel verändert haben. Von kriminalpolizeilichen Ermittlungen haben sie wahrscheinlich noch nie was gehört.«

»Stimmt.« Çöktin, der Süleymans Ansichten über das einfache Volk zwar nicht immer teilte – schließlich entstammte er selbst einer kurdischen Arbeiterfamilie –, musste seinem Vorgesetzten in diesem Fall Recht geben. Die beiden Dorfpolizisten mit ihren schmuddeligen Uniformen und ihrer bedächtigen, provinziellen Art schienen tatsächlich nicht besonders sachkundig zu sein.

»Ah, Dr. Sarkissian …« Süleyman wandte sich ab, um ungestört telefonieren zu können.

İsak Çöktin hatte zu den Beamten gezählt, die herbeigerufen worden waren, um Cem Atamans leblosen Körper auf dem Friedhof von Eyüp zu begutachten. Der zusammengesackte

Leichnam des Achtzehnjährigen war hinter den hohen, inschriftlosen Grabsteinen einiger osmanischer Scharfrichter gefunden worden – in der Hand noch das tödliche Messer. Allerdings war Cem zum Zeitpunkt seines Todes nicht vollkommen unbekleidet gewesen; er hatte eine Hose und Unterwäsche getragen. Und obwohl er nicht besonders groß war, musste er doch deutlich mehr Kraft besessen haben als dieses kleine, nackte Mädchen.

»Dr. Sarkissian kommt gleich«, sagte Süleyman und steckte sein Mobiltelefon wieder in die Tasche. »Außerdem habe ich die Spurensicherung angefordert.«

»Ich dachte, der Doktor arbeitet sonntags nicht«, meinte Çöktin, der von Arto Sarkissians nomineller Zugehörigkeit zum christlichen Glauben wusste.

»Doch, er hat den ganzen Tag Dienst«, erwiderte Süleyman. »Ich habe ihm gesagt, er soll die Freigabe von Cem Atamans Leichnam widerrufen.«

»Aber das war doch eindeutig Selbstmord.«

»Das dachte ich auch.« Süleyman trat einen Schritt zur Seite und zündete sich eine Zigarette an. »Und vielleicht stimmt es ja tatsächlich. Aber dieser Todesfall hier wirft einige Fragen auf.«

»Was meinen Sie damit?«

»Ich meine damit Folgendes: Selbst wenn man bedenkt, dass es sich bei dem Tod des Mädchens um eine Nachahmungstat gehandelt haben könnte, glaube ich, dass zwei Vorfälle dieser Art innerhalb solch kurzer Zeit weitere Nachforschungen unsererseits erforderlich machen.«

»Dr. Sarkissian ist überzeugt, dass Cem Ataman sich das Leben genommen hat. Der Junge hat einen Abschiedsbrief hinterlassen ...«

»Ich behaupte ja auch gar nicht, dass der Pathologe sich irrt.« Süleyman bedeutete Çöktin, näher zu kommen. »Ich sage noch nicht einmal, dass ich ein Gewaltverbrechen vermute, aber wie Inspektor İkmen mir vor vielen Jahren beigebracht hat, können zwei ähnliche Vorfälle der Anfang eines Musters sein – und Gewaltmuster verlangen nun einmal unsere Aufmerksamkeit.«

»Wenn also irgendwelche Jugendliche anfangen, sich umzubringen …«

»Können wir das zwar nicht verhindern, aber wir können versuchen, dafür zu sorgen, dass sie nicht noch in dem Gedanken bestärkt oder gar dazu aufgefordert werden«, sagte Süleyman. Als er den verwirrten Ausdruck auf dem Gesicht seines Assistenten sah, fügte er hinzu: »Ich habe von Fällen gelesen – allerdings nicht in diesem Land –, bei denen Menschen dazu ermutigt wurden, ihr Leben von anderen beenden zu lassen.«

»Aber warum?«

»Wenn beispielsweise ein Mensch unheilbar krank ist, hilft ihm ein Freund oder ein Verwandter dabei, Selbstmord zu begehen.«

»Ja, das verstehe ich«, sagte Çöktin.

»Aber es gibt auch Fälle«, fuhr Süleyman fort, »bei denen jemand aus wesentlich dunkleren Motiven zu einer Selbsttötung ermuntert wird. Manchmal unterstützen Familien einen psychisch labilen, aber reichen Verwandten dabei, seinem Leben ein Ende zu setzen. Und dann gibt es noch die wahrhaft kranken Menschen, die andere zum Selbstmord auffordern, weil es ihnen ein abartiges Vergnügen bereitet. Und wie wir wissen, hat Cem sich für ziemlich düstere Sachen interessiert.«

Çöktin runzelte die Stirn. »Allerdings stand in den Zeitungen nichts darüber, wie er gestorben ist.«

»Ja, eine Nachahmungstat ist eher unwahrscheinlich. Aber vielleicht hat das Mädchen Cem oder seine Familie gekannt … Im Augenblick fischen wir noch im Trüben, deshalb sollten wir nichts ausschließen.«

»Inspektor Süleyman?«

Mehmet sah zu dem jüngeren der beiden Dorfpolizisten hinüber. »Ja?«

»Äh, was passiert denn jetzt? Sollen wir die Leiche wegbringen?«

»Nein, nein.« Abwehrend hob Süleyman eine Hand. »Nein. Ich habe die Spurensicherung und einen Polizeiarzt angefordert.«

Wachtmeister Hamdı Alans Augen weiteten sich. »Dann glauben Sie also, dass sie ermordet wurde?«

»Ich weiß es nicht«, erwiderte Süleyman. »Deshalb lasse ich Spezialisten kommen.«

Die beiden Dorfpolizisten sahen einander mit einer Mischung aus Furcht und Erregung an. Falls es sich um Mord handelte, würde Anadolu Kavağı aus seinem Dornröschenschlaf erwachen, was Segen und Fluch zugleich bedeuten konnte, wie sie beide wussten – mehr Touristen und mehr Geld, aber auch mehr Streitigkeiten, die geschlichtet, mehr perverse Schaulustige, die von Yoroz Kalesi fern gehalten werden mussten.

»Ach ja, und ich möchte mich noch mit der Frau unterhalten, die die Leiche gefunden hat«, fuhr Süleyman fort. Dann wandte er sich wieder an Çöktin: »Sobald der Tatort gesichert ist, nehmen wir Verbindung mit der Familie des Mädchens auf.«

»Ja, Inspektor.«

Die beiden Beamten warfen einen nachdenklichen Blick auf den unbekleideten Leichnam und fragten sich, wie sie den Eltern die schlechte Nachricht vom Tod ihrer Tochter überbringen sollten. Da das Mädchen nackt gefunden worden war, konnte ein Sexualverbrechen nicht ausgeschlossen werden. Vielleicht hatte sie sich das Leben genommen, nachdem man sie vergewaltigt hatte. Vielleicht war ihre Familie sehr traditionell, und sie hätte es nicht über sich gebracht, den Eltern zu erzählen, was man ihr angetan hatte.

»Wir sollten auch noch mal mit den Angehörigen von Cem Ataman sprechen.« Süleyman drückte seine Zigarette aus. »Vielleicht gibt es ja irgendwelche Verbindungen zwischen ihnen und der Familie des Mädchens.«

Çöktin zuckte die Achseln. »In Ordnung.« Er fragte sich allerdings, was er von dem Ehepaar Ataman wohl Neues erfahren könnte; schließlich hatte er ihren Sohn nach dessen Tod besser kennen gelernt, als sie ihn offenbar jemals gekannt hatten. Çöktin zündete sich eine Zigarette an und sah seinem Vorgesetzten nach, der den kleinen Hang zu den Ruinen der alten Burg hinaufstieg. Er wollte wohl einen Moment allein sein – wie so oft in letzter Zeit. Auf der Polizeiwache ging das Gerücht, dass Süleymans Frau, von der er selbst behauptete, sie sei in Urlaub gefahren, ihn verlassen hatte. Falls das der

Wahrheit entsprach, hatte sie sicher auch den gemeinsamen Sohn mitgenommen …

Süleyman setzte sich auf den steinigen Boden direkt unterhalb der Burgruine und blickte auf den Bosporus hinunter. Er hatte offenbar einiges an Gewicht verloren, und seine Gesichtszüge wirkten schärfer und markanter denn je. Im Profil erinnerte er fast an einen großen Greifvogel.

3

Die Wohnung kam Çetin İkmen leer vor ohne sie – obwohl wie üblich zahlreiche Familienangehörige, darunter auch seine drei anderen Töchter, die Räumlichkeiten bevölkerten. Trotzdem vermisste er Hülya. Wochenlang hatte sie alles Leben in der Wohnung beherrscht, war mit Unmengen von weißem Stoff unter dem Arm und mit hübschen, aber unbequemen Schuhen herumgelaufen. Es hatte Tage gegeben, an denen sie fast stündlich mit ihrem Bräutigam oder dessen Onkel Jak in London telefonierte. Die Wohnung war das reinste Tollhaus gewesen, was ihm zugegebenermaßen manchmal auch ziemlich auf die Nerven gegangen war – bis sich dann alle gemeinsam zu den Hochzeitsfeierlichkeiten aufgemacht hatten. War das wirklich erst gestern Morgen gewesen? İkmen stützte den Kopf in die Hände und versuchte sich zu erinnern, ob er die letzte Aspirin vor zwei oder vier Stunden eingenommen hatte.

»Wie geht's deinem Kater?«

İkmen sah auf und blickte in die amüsierten Augen seiner Tochter Çiçek.

»Er wächst und gedeiht«, erwiderte er und rückte ein Stück zur Seite, damit sie sich neben ihn auf das Sofa setzen konnte. »Rasende Kopfschmerzen, Übelkeit ...«

»Oh, also alle einschlägigen Symptome«, sagte sie schmunzelnd. »Vielleicht solltest du Sınan oder Orhan bitten, dir etwas dagegen zu geben.«

İkmen holte eine Zigarette aus der Tasche und zündete sie sich an. »Dabei kann mir kein Arzt helfen, nicht einmal meine eigenen Söhne«, meinte er düster. »Gegen einen Kater ist noch kein wirksames Mittel erfunden worden. Das ist eines der großen Rätsel des Lebens, die Allah in Seiner grenzenlosen Weisheit vor uns verborgen hält.«

»Ich glaube nicht, dass Allah viel mit übermäßigem Alkoholkonsum zu tun hat.«

»Nein, wahrscheinlich nicht«, sagte İkmen. »Wenn ich an Ihn glauben würde, könnte ich jetzt ein Gebet sprechen und Ihn fragen, aber da ich Atheist bin, werde ich es wohl nie erfahren.«

Es hatte Zeiten gegeben, da hatte İkmen fröhlich große Mengen Weinbrand in sich hineinschütten können, ohne auch nur einen Gedanken an irgendetwas anderes als den Genuss zu verschwenden, den ihm der Alkohol bereitete. Doch seitdem ihm zahlreiche Magengeschwüre schwer zu schaffen machten, musste er für jeden Schluck Alkohol teuer bezahlen.

»Hast du mitbekommen, dass Berekiah unserer Hülya erlaubt hat, ihm auf den Fuß zu treten?«, fragte Çiçek und spielte damit auf den uralten Brauch an, nach dem derjenige, dem es gelingt, während der Trauungszeremonie dem anderen auf den Fuß zu treten, in der Ehe die Oberhand behalten wird.

İkmen zuckte die Achseln. »Sie ist meine Tochter, und er ist Realist.«

Çiçek beugte sich vor und holte eine Zigarette aus ihrer Handtasche. »Glaubst du, Zelfa wird zu Mehmet zurückkehren, Baba?«

İkmen hatte keine Lust, ausgerechnet jetzt über Süleymans Eheprobleme zu sprechen, und wandte das Gesicht ab. »Ich weiß es nicht.«

»Er sieht nur so ... so verloren aus.«

»Zelfa hat ihre Gründe, Çiçek.«

»Die du natürlich kennst.«

Er drehte den Kopf und sah sie an. Çiçek hatte Mehmet Süleyman schon immer sehr gemocht, und er verspürte nicht das geringste Bedürfnis, diese Zuneigung zu untergraben. Doch angesichts von Mehmets Vergangenheit und seinen diversen Frauengeschichten, ganz zu schweigen von den möglichen Gesundheitsproblemen, wollte İkmen nicht, dass Çiçek sich weitergehende Hoffnungen machte. Schließlich war sie fast dreißig Jahre alt und beim Wettrennen zum Standesamt von ihrer viel jüngeren Schwester geschlagen worden. Çiçek war so verletzlich.

»Was ich über Mehmet weiß oder nicht weiß, geht dich nichts an«, erwiderte İkmen streng. »Das ist allein seine Angelegenheit.«

»Ich wollte doch nur ...«

»Ich weiß genau, was du wolltest, Çiçek«, fuhr İkmen fort. »Ich habe dich gestern mit ihm sprechen sehen. Du hingst ja förmlich an seinen Lippen.«

Çiçek ließ den Kopf sinken, genau wie sie es als kleines Mädchen immer gemacht hatte, wenn ihr Vater sie bei irgendeiner Missetat erwischt hatte.

»Auch deine scharfe Assistentin konnte die Augen nicht von Mehmet lassen«, warf eine amüsierte Stimme ein.

Weder İkmen noch Çiçek hatten bemerkt, dass der zwanzigjährige Bülent ins Wohnzimmer gekommen war. Der große, schlaksige Junge warf sich auf eines der Kissen auf dem Boden und fing an, sich genüsslich Pistazien in den Mund zu schieben.

»Ich würde es vorziehen, wenn du etwas respektvoller über Oberwachtmeisterin Farsakoğlu sprechen könntest, Bülent.«

»Ich sage nur, was ich gesehen habe, Baba.«

Natürlich hatte Bülent Recht, und natürlich war İkmen sich dessen bewusst. Seine Assistentin Ayşe Farsakoğlu hatte vor einigen Jahren eine kurze Affäre mit seinem eleganten osmanischen Freund gehabt, noch vor dessen Ehe mit Zelfa. Ayşe war nie darüber hinweggekommen – was aber für die meisten Frauen zu gelten schien, die in Süleymans Bannkreis gerieten. Nicht zum ersten Mal fragte İkmen sich, was Mehmet wohl an sich hatte, dass Frauen jeden Alters und jeder sozialen Herkunft derart von ihm fasziniert waren. Bülent, in seiner Familie berüchtigt für seine Taktlosigkeit, entwickelte eine eigene Theorie dazu: »Vielleicht ist er ja eine Art Superhengst ...«

»Jetzt reicht's aber!« İkmen, dessen Schädel mittlerweile zu platzen drohte, stand auf. »Wenn du wenigstens ein bisschen Respekt gegenüber dem Freund deiner Eltern vortäuschen könntest ...«

»Baba, ich hab doch nur Spaß gemacht! Ich mag Mehmet!«

İkmen stieß einen Seufzer aus. »Ja, wir alle mögen ihn«, sagte er, während er in das traurige Gesicht seiner Tochter blickte. »Und einige von uns mögen ihn ganz besonders. Aber er hat zurzeit eine Menge Probleme, deshalb wäre es besser, wenn wir jetzt nicht weiter über ihn reden würden.« İkmen drückte seine Zigarette im Aschenbecher aus und murmelte: »Mir geht es gar nicht gut. Ich glaube, ich muss wieder ins Bett. Ich will morgen früh raus.«

Damit ließ er seine Kinder im Wohnzimmer zurück und ging den Flur hinunter zum Schlafzimmer. Als er am Bad vorbeikam, unterbrach Fatma, seine Frau, für einen Moment ihre Putzarbeit, um ihm eine weitere Strafpredigt wegen seines Alkoholkonsums zu halten, doch er ignorierte sie und schlug die Schlafzimmertür hinter sich zu. Müde ließ er sich auf das Bett fallen und schloss die Augen. Im selben Moment drang die laute Stimme seines Nachbarn Ahmet Gören durch die Wand, gefolgt von der nicht minder dröhnenden Stimme eines anderen Nachbarn, Orhan Emin.

Ahmet Gören wohnte seit sechs Monaten in der angrenzenden Wohnung, zusammen mit seiner Tochter Halide, die etwa im gleichen Alter war wie Çiçek. Insgeheim sehnte Halide sich nach ihrem stillen anatolischen Heimatdorf zurück, das sie und ihr Vater verlassen hatten, um ihr Glück in der Großstadt zu suchen. Leider hatte ihre Melancholie die Aufmerksamkeit des Imbissbesitzers aus dem Erdgeschoss erregt und seine Leidenschaft geweckt. Der sechsundsiebzig Jahre alte Orhan Emin war bis über beide Ohren verliebt – was er in seinen täglichen Wortgefechten mit Halides Vater überdeutlich zum Ausdruck brachte.

»Ich bin ein vermögender Mann, ich kann für sie sorgen!«, rief Emin jetzt durch die geschlossene Wohnungstür der Görens.

»Vielen Dank, aber meine Tochter ist vollauf damit beschäftigt, sich um mich, ihren Vater, zu kümmern«, erwiderte Gören.

»Aber Sie müssen doch wollen, dass sie endlich heiratet! Das muss Ihnen doch am Herzen liegen! Schließlich ist sie nicht mehr die Jüngste! Eine alte Jungfer …«

Trotz der Hitze zog İkmen sich das Kissen über den Kopf

und seufzte. Hochzeit, Sex, Sex, Hochzeit – seit Monaten hörte er nichts anderes. Junge Mädchen, die heirateten, späte Mädchen, die keinen Mann fanden. Und jetzt, nachdem die Hochzeit ihrer Schwester sie schmerzlich an ihr eigenes Alter erinnert hatte, entdeckte Çiçek plötzlich wieder ihre Teenagerliebe für Mehmet Süleyman. Arme Çiçek, İkmens geliebte »alte Jungfer«, fasziniert von einem Mann, der möglicherweise Aids hatte …

Bei Allah – İkmen freute sich bereits darauf, am nächsten Morgen zur Arbeit zu gehen! Nur schade, dass erst jemand sterben musste, damit das Adrenalin wieder durch seine Adern schoss.

»Wie meinen Sie das: ›Was hat er so getrieben‹?«

»Ich meine damit: Wofür interessierte sich Ihr Sohn, Herr Ataman? Mit wem hat er sich regelmäßig getroffen?«

Den Atamans die weitere Verzögerung bei der Beerdigung ihres Sohnes mitzuteilen erwies sich als noch bedrückender, als der Familie von Gülay Arat die Nachricht vom gewaltsamen Tod des Mädchens zu überbringen. Bei den Arats hatte wenigstens der kleine Bruder Tränen vergossen …

»Sie haben den Abschiedsbrief doch gesehen. Anscheinend traf er sich mit Teufeln.« Mete Ataman warf seine langen Arme ungeduldig in die Luft. »Er war achtzehn und hatte sich offenbar entschlossen, sein Leben einer Fiktion zu weihen! Was treiben Achtzehnjährige sonst so, Inspektor Süleyman? Verraten Sie es mir.«

»Wenn ich nicht Tag und Nacht im Büro gewesen wäre, hätten wir ihn vielleicht von dieser schrecklichen Tat abhalten können.«

Sämtliche Köpfe drehten sich zu der dünnen, schwarz gekleideten Frau um, die zusammengesunken neben einem Fenster mit Blick auf den Galataturm saß.

Rot vor Zorn beugte Ataman sich über sie und fuchtelte mit dem Finger vor ihrer Nase herum. »Du hast gesagt, du willst unabhängig sein, Sibel! Ich habe mich darum gekümmert, dir diesen Job verschafft. Es war das, was du wolltest!«

»Ich weiß, ich weiß!«

»Dann tu jetzt nicht so, als wenn es dir Spaß gemacht hätte, für deinen Sohn da zu sein …«

»Das tu ich ja gar nicht! Ich bin einfach nur …« Sie sah zu Süleyman hoch, und ihre Augen füllten sich mit Tränen. »Mein Sohn war so unglücklich! So düster. Sie müssen wissen, er hat sich des Öfteren die Arme aufgeschlitzt …«

»Sibel!«

»Ja, wir wissen, dass Ihr Sohn sich selbst Verletzungen zugefügt hat, Frau Ataman.«

»Sie meinen wohl, er hat sich in die oberste Hautschicht geritzt!«, warf Mete Ataman beißend ein. »Alles nur Show! Wie bei diesen so genannten Gothics, die in der Stadt herumhängen! Alles nur, um Aufmerksamkeit zu erregen!«

»Das mag sein«, erwiderte Süleyman. »Ich hätte aber trotzdem gerne Ihr Einverständnis, das Zimmer Ihres Sohnes unter die Lupe nehmen zu dürfen, Herr Ataman. Ich …«

»Sie haben seine Sachen doch schon durchsucht!«

»Angesichts dieses anderen, ähnlich gelagerten Vorfalls möchte ich mir vor allem seinen Computer noch einmal ansehen …«

Der fünfzehnjährige Nurdoğan Arat hatte eine klare Vorstellung davon gehabt, wofür seine Schwester Gülay sich interessierte. »Sie hat stundenlang an ihrem Computer gesessen«, hatte er erklärt, während seine Eltern nur ratlos die Achseln zuckten. Eingeschlossen in ihrem Zimmer, hatte sie offenbar irgendetwas gemacht, über das auch Nurdoğan nichts Näheres wusste. Aber zumindest war es ein Anfang. Vielleicht hatten Cem und Gülay sich über das Internet kennen gelernt. Schließlich hatten sie allem Anschein nach dieselben ziemlich düsteren Interessen gehegt.

»Er hat ihn nur für Computerspiele genutzt.« Ataman ließ sich in einen Ledersessel fallen und zündete sich eine Zigarette an. »Ich habe versucht, ihm ein Tabellenkalkulationsprogramm nahe zu bringen, ihn auf eine verantwortungsvolle Aufgabe in meinem Unternehmen vorzubereiten, aber das interessierte ihn nicht.«

»Unser Sohn war ein sehr … verschlossener Junge, Inspektor«, sagte Sibel Ataman mit leiser Stimme. »Er hielt unsere

Arbeit für banal.« Sie wandte das Gesicht ab und blickte hinaus auf den Turm. »Was sie ja auch ist.«

Ihr Mann warf ihr einen vernichtenden Blick zu und sagte dann zu Süleyman: »Meinetwegen können Sie mitnehmen, was Sie wollen.« Nach einer kurzen Pause fuhr er mit brechender Stimme fort: »Mein Sohn ist tot. Ich habe keine Verwendung mehr für Kinderkram.«

»Danke, Herr Ataman.«

»Bitte geben Sie uns nur möglichst bald Bescheid, wann wir ihn beerdigen können.«

»Selbstverständlich.«

Süleyman und Çöktin erhoben sich, doch bevor sie hinausgehen konnten, wandte Sibel Ataman sich ihnen erneut zu.

»Verraten Sie mir noch eins, meine Herren«, sagte sie leise. »Glauben Sie, dass die Seele der Toten Qualen leidet …«

Ihr Mann stützte den Kopf in die Hände und stöhnte.

»… bis der Körper begraben ist?«

»Frau Ataman, ich kann Ihnen diese Frage wirklich nicht …«

»Um Himmels willen, Sibel, nun hör doch endlich auf damit!«, brüllte Ataman, das Gesicht puterrot vor Wut und unterdrückter Verzweiflung. »Dein Sohn ist tot, und du bist zu alt und zu frigide, um noch weitere Kinder zu bekommen! Dein Sohn ist tot! Er ist tot! Für immer! Mein Sohn …« Und dann brach er in Tränen aus.

Süleyman und Çöktin ließen den weinenden Vater in dem mit Antiquitäten voll gestopften Raum zurück und gingen in das Zimmer des toten Jungen. Sibel Ataman unternahm keine Anstalten, ihren Mann zu trösten; sie gönnte ihm nicht einmal einen Blick.

Als Gülay Arats lebloser Körper im Leichenschauhaus eintraf, war es bereits Abend. Ihr Vater, ein hart, beinahe brutal wirkender Mann von Mitte vierzig, identifizierte sie, woraufhin ihre sterblichen Überreste in die Obhut Arto Sarkissians übergeben wurden. Ungeachtet der späten Stunde beschloss der Gerichtsmediziner, sofort mit der Obduktion zu beginnen.

»Inspektor Süleyman legt großen Wert darauf, dass ich die

Leiche dieses Mädchens möglichst rasch mit dem Jungen vergleiche, der tot in Eyüp gefunden wurde«, sagte er, an Wachtmeister Hikmet Yıldız gewandt, der den Transport des Leichnams von Anadolu Kavağı zur Leichenhalle überwacht hatte. Dann rief er einem seiner Assistenten zu: »Ali, ich brauche den Leichnam aus Nummer fünf.«

»Kommt sofort, Doktor.«

Der Pathologiemitarbeiter verschwand in einem Nebenraum, aus dem Yıldız bald darauf ein metallisches Knirschen hörte.

»Ich nehme an, Sie werden uns Gesellschaft leisten, Wachtmeister Yıldız?«, fragte der Gerichtsmediziner, während er eine Reihe beunruhigender Instrumente neben dem zugedeckten Leichnam des Mädchens ausbreitete.

»Jedenfalls so lange, bis entweder Inspektor Süleyman oder Oberwachtmeister Çöktin hier eintrifft.« Für gewöhnlich zog Süleyman es vor, persönlich bei einer Obduktion dabei zu sein, statt diese Aufgabe einem seiner Untergebenen, wie etwa dem jungen Yıldız, zu überlassen. Doch der Inspektor und Çöktin waren noch nicht von ihren Besuchen bei den beiden Elternpaaren zurückgekehrt.

»Sie sind doch nicht zum ersten Mal bei einer Leichenöffnung dabei, oder?«, fragte Arto und zog das blutverschmierte Tuch von Gülay Arats grünlich schimmerndem, bleichen Körper.

Yıldız schluckte. »Nein.«

Sarkissians Mitarbeiter kehrte mit dem abgedeckten Bewohner von Nummer fünf zurück. Von dem gekühlten, seelenlosen Körper, der einmal Cem Ataman gewesen war, stieg feiner Wasserdampf auf.

»Also gut, Ali, dann decken Sie ihn mal auf«, sagte Arto mit einem Lächeln.

Sein Assistent kam der Aufforderung umgehend nach, und Hikmet Yıldız spürte, wie sich sein Mittagessen wieder in Richtung Speiseröhre bewegte. Cem Atamans lebloser Körper schimmerte grüner als grün. Yıldız blickte rasch in eine andere Richtung, während Arto Sarkissian damit begann, die Wunde an der Brust des Mädchens zu untersuchen.

»Im Gegensatz zum Fall Ataman haben wir hier keine Tatwaffe«, sagte er, »außerdem wurde die Lage des Leichnams nach dem Tod verändert.«

Er ging zu dem anderen Tisch hinüber und beugte sich über die klaffende Wunde in der Brust des Jungen.

»Cem wurde über das Messer gekrümmt aufgefunden, während das Mädchen mit weit gespreizten Gliedmaßen dalag«, fuhr er fort. »Das könnte natürlich aber auch durch den Fall auf dem steilen Gelände verursacht worden sein.«

»Sie ist rückwärts hinuntergestürzt.«

»Oder jemand hat sie gestoßen.« Sarkissian wandte seine Aufmerksamkeit wieder dem Mädchen zu. »Wie ich bereits am Tatort sagte, werde ich nach Anzeichen sexueller Handlungen suchen. Die Leute von der Spurensicherung meinen, es könnten eventuell weitere Personen am Tatort gewesen sein ...«

Es vergingen ein oder zwei Minuten, in denen das Geräusch hin und her bewegter Gliedmaßen den Raum erfüllte.

»Hier ist tatsächlich eine Schädigung des Gewebes zu erkennen ...«

»Es könnte also sein, dass sie kurz zuvor Geschlechtsverkehr gehabt hat?«

»Das wäre möglich«, erwiderte der Pathologe. »Ich kann aber natürlich erst dann etwas Genaues sagen, wenn ich eine vollständige Autopsie durchgeführt habe. Ich werde sofort morgen früh damit beginnen.«

»Oh. Gut.« Yıldız hatte schon befürchtet, ihm stünde eine lange Nacht bevor.

»Ich verschaffe mir nur schnell einen ersten Eindruck«, sagte der Gerichtmediziner zu dem jungen Polizeibeamten. »Warum gehen Sie nicht solange in mein Büro und warten dort auf mich?«

Plötzlich beschämt über den Eindruck der Schwäche, den er dem Arzt gegenüber offenbar erweckt hatte, blickte Yıldız betreten zur Seite.

»Ihr Gesicht hat eine etwas ungesunde Farbe angenommen«, flüsterte Arto ihm zu.

»Oh.«

Als der Pathologe eine halbe Stunde später in sein Büro zurückkehrte, saß dort ein deutlich entspannter wirkender Yıldız in Gesellschaft seines Vorgesetzten.

»Und?« Mehmet Süleyman erhob sich von seinem Stuhl, als der Armenier eintrat.

Die Männer reichten einander die Hand und nahmen dann Platz.

»Also, wie ich schon zu diesem jungen Beamten hier sagte, kann ich im Augenblick noch keine definitiven Aussagen zur Todesursache machen. Aber bei der Tatwaffe muss es sich – genau wie bei dem Jungen – um einen Dolch mit glatter, sehr scharfer Klinge handeln. Ich könnte mir vorstellen, dass er extra für diesen Zweck geschliffen wurde.«

»Sonst noch irgendetwas?«

»Ich kann sexuelle Aktivität bestätigen.«

Süleyman runzelte die Stirn. »Was bei dem Jungen nicht der Fall war.«

»Nein.«

»Das würde bedeuten, es gibt eventuell Spermaspuren …«

»Oh, nein, freuen Sie sich nicht zu früh«, unterbrach Arto den Inspektor. »Wenn ich von sexueller Aktivität spreche, meine ich damit nur, dass ein Sexualakt stattgefunden hat, aber nicht notwendigerweise mit einer anderen Person.«

»Ah.«

»Obwohl tatsächlich eine weitere Person beteiligt war.«

»Was meinen Sie damit?«

»Ich meine, dass das Mädchen von irgendetwas penetriert worden ist«, erwiderte der Pathologe. Yıldız blickte verlegen zu Boden.

»Und wovon?«

»Ich weiß es noch nicht genau«, erläuterte Arto, »aber ich glaube nicht, dass sie nur masturbiert hat. Sie hat blaue Flecken an den Schultern, die teilweise durch Finger verursacht wurden. Die Hände haben sie von hinten festgehalten, von wo auch das Objekt kam, das in sie eindrang – ein Penis oder möglicherweise ein größerer, weniger ›freundlich‹ gesonnener Gegenstand. Die Spurensicherung hat außerdem herausgefunden, dass sich noch weitere Personen am Tatort aufgehalten haben.«

»Wann, glauben Sie, wissen Sie genauer, worum es sich bei diesem Gegenstand gehandelt hat, Doktor?«

»Morgen werde ich den Leichnam vollständig öffnen, Inspektor«, sagte Arto und seufzte. »Danach wissen wir mehr.«

4

Soweit er das beurteilen konnte, war an den Spielen nichts Ungewöhnliches. Teenager liebten nun einmal Computerspiele; schließlich waren sie damit aufgewachsen. Und um ehrlich zu sein, verbrachte auch İsak Çöktin den einen oder anderen Nachmittag damit, Aliens abzuschießen oder mit einem Ferrari über virtuelle Rennstrecken zu jagen. Allerdings hatte er nur selten Gelegenheit dazu, denn meistens saß er aus beruflichen Gründen am Rechner.

»Morgen, İsak.«

Çöktin blickte über den Rand des Bildschirms. Als er sah, wer es war, lächelte er.

»Hallo, Inspektor. Und, ist bei der Hochzeit alles gut gelaufen?«

İkmen strahlte. »Man hat in diesem Leben nicht oft die Gelegenheit, wirklich stolz zu sein«, sagte er, »aber Hülyas Hochzeit war eine dieser seltenen Ausnahmen.«

»Dann gratuliere ich von ganzem Herzen.«

»Danke.« Angezogen vom grellen Flackern auf Çöktins Bildschirm trat İkmen einen Schritt näher. »Computerspiele während der Arbeitszeit, İsak?« Mit gespielter Missbilligung schüttelte er den Kopf. »Böser Junge. Was würde Inspektor Süleyman dazu sagen?«

Çöktin lachte. »Gut gemacht, nehme ich mal an.«

»Ach, tatsächlich?«

Çöktin nickte und erzählte İkmen von Gülay Arats Leichnam, den sie am Tag zuvor gefunden hatten, und von dem möglichen Zusammenhang zwischen ihrem Tod und dem von Cem Ataman.

»Von dem jungen Ataman habe ich gehört«, sagte İkmen, während er sich auf dem Stuhl gegenüber von Çöktin niederließ und sich eine Zigarette anzündete. »Inspektor Süleyman meinte, es sei Selbstmord gewesen.«

»Das stimmt auch. Aber der Tod des Mädchens wirft noch einige Fragen auf …« Çöktin seufzte. »Irgendwie ist es doch merkwürdig, dass zwei so ähnliche Todesfälle so kurz hintereinander auftreten.«

»Die Menschen ahmen einander manchmal nach.«

»Das mag sein, doch in den Medien wurde nichts über die Art und Weise berichtet, wie Cem sich umgebracht hat.«

İkmen zuckte die Achseln. »Möglicherweise kannten Cem und dieses Mädchen sich von irgendwoher.«

»Im Augenblick sieht es nicht danach aus«, erwiderte Çöktin. »Sie wohnten weit voneinander entfernt, außerdem ging Gülay Arat noch zur Schule – und zwar nicht auf dieselbe wie Cem früher –, während er bereits studierte. Allerdings besteht die Möglichkeit, dass sie über das Internet Kontakt zueinander hatten. Deshalb sehe ich mir gerade ihre Computer genauer an.«

»Indem Sie Computerspiele spielen?«

Çöktin blickte in İkmens verschmitztes Gesicht und musste ebenfalls lächeln. »Ich wollte mir erst einmal einen Überblick verschaffen, was sie so alles auf ihren Computern haben.«

»Verstehe.«

»Sie haben beide viel Zeit an ihrem Rechner verbracht. Und wenn sie irgendetwas gemein hatten, dann das Interesse für okkulte, übernatürliche Dinge. Das Mädchen, Gülay, gehörte zu diesen Jugendlichen, die sich Gothics nennen.«

»Und was ist mit ihren Familien?« İkmen drückte seine Zigarette in Çöktins Aschenbecher aus und zündete sich sofort die nächste an. »Was konnten sie an Informationen liefern?«

Çöktin zuckte die Achseln. »Nicht viel. Die Eltern des Jungen sind zwei typische Karrieristen aus der Werbebranche. Und Gülay Arats Vater gehören ein paar von diesen lauten Nachtclubs draußen in Ortaköy. Ihre Mutter ist, glaube ich, Alkoholikerin. Keiner von ihnen scheint auch nur die geringste Ahnung davon zu haben, was ihre Kinder so trieben oder wofür sie sich interessierten. Von Gülays Computerleidenschaft haben wir erst durch ihren jüngeren Bruder erfahren.«

İkmen schüttelte betrübt den Kopf. »So viele Kinder von Neureichen haben heutzutage alles, nur nicht die Aufmerksamkeit ihrer Eltern. Deswegen kleiden sich viele von ihnen auch ganz in Schwarz, reden über Vampire und existieren nur noch in ihren Computern.«

»Ja, obwohl ich sagen muss, dass auch viele Arbeiterkinder inzwischen ständig online sind.«

»Ich weiß«, sagte İkmen düster. »Mein jüngster Sohn quengelt auch dauernd, ich soll ihm einen Computer kaufen, damit er ins Internet gehen kann. Er behauptet, das würde ihm bei den Hausaufgaben helfen. Dabei hat er gerade erst auf der weiterführenden Schule angefangen.«

»Heutzutage haben sogar schon viele Grundschüler einen Computer, Inspektor.«

İkmen schüttelte erneut den Kopf und stand auf. »Soweit ich das beurteilen kann, findet man im Internet mehr unsinniges und überflüssiges Zeug als alles andere. Es ist genau wie mit den Mobiltelefonen. Mein Sohn Bülent gibt ein Vermögen für Telefonate und Kurzmitteilungen aus. Er und seine Freunde kommunizieren den ganzen Tag über nichts und wieder nichts – sogar während der Arbeit.«

Çöktin lächelte. Wie etliche ältere Beamte dieser Abteilung war auch İkmen ein regelrechter Technikfeind. Obwohl er sein Mobiltelefon inzwischen regelmäßiger nutzte, wusste er noch immer nicht, wie man eine SMS verschickte. Und den Computer, den ihm die Behörde vor einiger Zeit auf den Tisch gestellt hatte, überließ er meist seiner Assistentin Ayşe Farsakoğlu.

»Ich gehe dann mal«, sagte İkmen, »und überlasse Sie Ihren virtuellen Rennwagen oder was sich sonst auf dem Bildschirm tummelt.«

»Wiedersehen, Inspektor.«

İkmen schloss die Tür hinter sich, und Çöktin wandte sich wieder dem zu, womit er sich vor İkmens Besuch beschäftigt hatte – einem Humvee, den er mit Höchstgeschwindigkeit durch die Straßen von Los Angeles steuerte.

Nur Süleyman musterte das Gesicht ihres Sohnes und runzelte die Stirn. Seitdem dieses ausländische Weibsstück seinen

Sohn – ihren Enkel – mitgenommen hatte, wurde Mehmet immer dünner. Und er schien ständig müde zu sein. Auch heute Morgen hatte sie ihn erst um halb neun zum Aufstehen bewegen können; dabei musste er um neun auf der Wache sein. Obwohl sie seine Tätigkeit als Kriminalbeamter noch immer nicht sonderlich schätzte, war ihr bewusst, dass er Geld verdienen musste – im Gegensatz zu ihrem Ehemann, der wie üblich den ganzen Tag mit Nichtstun zu verbringen gedachte.

»Mehmet, ich glaube, du solltest mal mit Dr. Birand sprechen«, begann sie.

»Ich habe dir doch gesagt, dass ich bereits in Behandlung bin, Mutter«, erwiderte Mehmet, ohne von seinem Tee aufzublicken.

»Ich meine nicht irgendeinen Polizeiarzt ...«

»Ich war bei einem sehr guten Arzt, danke, Mutter«, unterbrach er sie, »und außerdem geht es mir gut.«

»Nein, das stimmt nicht!«

Verärgert blickte er auf. »Doch. Unter den gegebenen Umständen halte ich mich sogar ziemlich gut.«

»Unter den gegebenen Umständen!« Nur warf die Arme in die Luft und schüttelte den Kopf. »Schreckliche Umstände sind das! Unser Yusuf ist mit diesem Weibsstück verschwunden, das du ja unbedingt heiraten musstest! Wie konnte diese Frau dich nur verlassen! In ihrem Alter hätte sie dir doch vor Dankbarkeit die Füße küssen müssen!«

»Mutter, das verstehst du nicht! Wir haben beide Fehler gemacht, nicht nur Zelfa.«

»Natürlich wirst du bald wieder heiraten«, fuhr seine Mutter fort, während sie sich und ihrem Sohn eine weitere Tasse Tee einschenkte. »Die Frauen werden sich förmlich überschlagen ...«

»Noch bin ich verheiratet.«

»Ja, aber nicht mehr lange«, erwiderte Nur im Brustton der Überzeugung. »Du solltest möglichst bald die Scheidung einreichen, Mehmet. Ich werde heute mal bei Herrn Bayar einen Termin für dich vereinbaren.«

»Wenn ich einen Anwalt brauche, suche ich mir den schon selbst!« Erbost sprang Mehmet auf. »Ich mag zwar im Moment wieder zu Hause wohnen, Mutter, aber ich bin kein kleines Kind mehr! Ich bin fast vierzig!«

»Für deinen Vater regle ich auch sämtliche Angelegenheiten«, erwiderte Nur starrsinnig. »Wie kommst du auf die Idee, du wärst anders?«

»Du hast Recht, Mutter.« Mehmet nahm seine Zigaretten und sein Feuerzeug vom Tisch und steckte alles in die Sakkotasche. »Wir sind beide zu nichts nutze!« Dann verließ er rasch das Esszimmer, bevor er sich völlig vergaß. Das Zusammenleben mit seinem Bruder Murat und sogar mit seinem Vater gestaltete sich nicht so schwierig wie erwartet, aber seine Mutter war wie immer unerträglich. Bereits wenige Tage nach der Trennung von Zelfa hatte sie begonnen, ihm Frauen vorzuschlagen, mit denen er sich verabreden könnte, und davon geschwafelt, dass manche Leute ihre Partner heutzutage mit Hilfe des Internets fänden. Als ob sie irgendetwas davon verstand!

Wie sollte er in seiner Lage auch nur daran denken, sich wieder mit einer Frau zu verabreden? Im Augenblick konnte er noch nicht mal an Sex denken. Seit dem Moment, in dem er erfahren hatte, dass er möglicherweise HIV-positiv war, hatte Sex sich zu etwas entwickelt, was andere Leute machten, etwas, dem er manchmal im Zuge seiner Ermittlungen begegnete.

Von Dr. Sarkissian wusste er, dass Gülay Arat vor ihrem Tod Sex gehabt hatte, beziehungsweise dass irgendetwas – vielleicht gar kein Penis – in ihre Vagina eingedrungen war. Irgendetwas Großes. Was für ein brutaler und steriler Geschlechtsakt das gewesen sein musste. Worin bestand das Vergnügen, es mit irgendeinem unbelebten Gegenstand zu tun? Beim Sex ging es doch darum, dass zwei Menschen, Haut an Haut, gemeinsam Lust empfanden. Er liebte das Gefühl, wenn sein Körper mit dem einer Frau eins wurde. Andererseits gab es aber auch Menschen, denen das keine Befriedigung verschaffte. Vielleicht konnte derjenige, der diesen Gegenstand in Gülay eingeführt hatte, nur zum Höhepunkt kommen, wenn er es der Frau mit einem Dildo oder etwas Ähnlichem besorgte. Die Verwendung von Sexspielzeug war schließlich nichts Ungewöhnliches. Beunruhigend waren vielmehr die Umstände – wo und wann derjenige dieses Ding benutzt hatte. An einem steilen Hang und vollkommen nackt hatte Gülay Arat sich entweder selbst ein Messer in die Brust gerammt oder war von einem bis dato Unbekannten ermordet worden. Wann war das geschehen – vor oder nachdem derjenige einen Orgasmus gehabt hatte? Oder war er vielleicht genau im Augenblick ihres Todes gekommen?

»Ich bin noch zwei Wochen hier, also kann ich euch genauso gut helfen.«

Hülya sah ihren Mann an und zuckte die Achseln.

»Wenn du meinst, Onkel Jak«, sagte Berekiah. »Und du hast ganz bestimmt nichts Besseres zu tun, wo du doch so selten in Istanbul bist?«

»Du meinst wohl, deinem Vater bei seinen ständigen Litaneien zuzuhören?« Jak seufzte. »Darauf können wir, glaube ich, alle verzichten. Es stimmt zwar, dass ich hier noch ein paar geschäftliche Angelegenheiten zu erledigen habe, aber ich würde euch beiden wirklich gerne helfen.«

»Das ist sehr freundlich von Ihnen, Herr Cohen.«

»Bitte sag doch Jak zu mir«, erwiderte er und lächelte Hülya an. »Schließlich sind wir jetzt verwandt.« Dann holte er sein Mobiltelefon aus der Tasche. »Also gut. Ich glaube, wir brauchen zuerst ein paar Leute, die den Garten entrümpeln. Dann ist auch mehr Platz für die Baumaterialien. Ich geh mal rasch raus und versuche ungefähr abzuschätzen, wie viel Quadratmeter das Grundstück hat.«

Er schlüpfte durch das Loch in der Wand, das früher die Küchentür zum Garten gewesen war, und verschwand im Brombeer- und Wickengestrüpp. Hülya und Berekiah ließen den Blick über das unglaubliche Chaos schweifen, das sie umgab. Wie erschlagen von der schieren Größe des Problems, das sich nun ihr gemeinsames Haus nannte, setzte Berekiah sich auf den morschen Dielenboden und stützte den Kopf in die Hände.

»Es war wirklich sehr nett von deinem Onkel, uns dieses Haus zu schenken«, sagte Hülya; allerdings ließ der Ton ihrer Stimme ahnen, dass sie sich selbst auch erst noch von dieser Sicht der Dinge überzeugen musste.

»Stimmt«, erwiderte Berekiah.

»Für eine Familie ist es einfach perfekt.«

Berekiah hob den Kopf und blickte sich erneut um. »Ja, für eine Familie von eurer Größe. Aber für uns? Bis wir sämtliche notwendigen Reparaturen bezahlt haben, bin ich ein alter Mann. Und außerdem dachte ich, wir wollen nur zwei Kinder.«

»Vielleicht.« Sie ging umher und strich gedankenverloren über die alten, staubigen Möbel, die überall herumstanden. »Dein Onkel scheint uns wirklich helfen zu wollen.«

»Ja, aber wir können nicht zulassen, dass er noch mehr für uns bezahlt. Es wäre nicht richtig, ihn so auszunutzen. Außerdem bekommt mein Vater einen Anfall, wenn er davon erfährt.«

»Dein Vater schien keine Probleme damit zu haben, dass Onkel Jak unsere Hochzeit finanziert hat.«

»Aber doch nur, weil es für ihn die einzige Möglichkeit war, das Gesicht zu wahren«, erklärte Berekiah. »Sonst hätte Çetin Bey alles bezahlen müssen, und das wäre gegen Babas Ehre gegangen. Nicht nur, dass sein Sohn eine Muslima heiratet – er ist auch noch zu arm, um den Anzug des Bräutigams zu bezahlen! Wie hätte das denn ausgesehen? Er musste Jak einfach anrufen.«

Hülya bückte sich, um in einen niedrigen Schrank hineinzusehen. »Und jetzt hat Onkel Jak uns ein Haus gekauft …«

»Sagen wir, er hat uns das gekauft, was von diesem Haus noch übrig ist«, erwiderte Berekiah und stand vom Boden auf. »Ich weiß, dass es dir wegen seines exzentrischen Flairs gefällt, Hülya, aber es hat jahrelang leer gestanden. Bevor wir einziehen können, müssen eine Menge umfangreicher und ziemlich teurer Reparaturen ausgeführt werden.«

»Ich weiß.« Sie schloss die Schranktür und ging in den Teil der Küche hinüber, wo einst die Feuerstelle gewesen war.

»Wir werden wohl noch eine ganze Weile bei meinen Eltern wohnen müssen.« Er folgte ihr und legte die Hände auf ihre Hüften. »Was bedeutet, dass wir jede sich bietende Gelegenheit wahrnehmen müssen, um mal allein zu sein.« Eine seiner Hände wanderte zu ihrem Busen hoch. »Wie etwa, nachts hierher kommen …«

»Berekiah!«

Seine andere Hand glitt unter ihren Rock. »Ich muss ständig daran denken, Hülya!«, flüsterte er. »Wie schön es war! Wenn nur Jak nicht ...«

Rasch warf Hülya einen Blick über ihre Schulter und zog Berekiah dann in einen Nebenraum, der früher vielleicht einmal die Speisekammer gewesen war. »Komm schnell!«

Er protestierte nicht, weder jetzt noch wenige Sekunden später, als sie ihn an sich zog.

»Oh, Hülya!«

Sie küsste ihn leidenschaftlich, und ihre Hände wanderten seine Brust hinab.

»Hülya, Liebes, hättest du vielleicht ein Glas Wasser für ... Oh ...«

Die beiden jungen Leute blickten in die Küche, in der Jak jetzt mit einem bärtigen Mönch stand.

»Ähem.« Berekiah nahm so rasch die Hände von seiner Frau, als hätte er sich verbrannt.

»Bruder Konstantin hier hat einen schlimmen Schock erlitten«, sagte Jak.

»Schändung«, rief der Mönch mit zittriger Stimme. »An unserer Kirche!»

Hülya ging zu ihm und legte eine Hand auf seine Schulter. »Das ist ja furchtbar«, sagte sie.

»Das ist frevelhaft!«, flüsterte der Mönch mit Tränen in den Augen. »Gottlos!«

Es war mehr der Schock als alles andere, der Sırma Karaca in Tränen ausbrechen ließ. Sie hatte Gülay Arat schon eine ganze Weile nicht mehr besonders nahe gestanden; zum letzten Mal hatten sie sich vor über sechs Monaten gesehen, und da war es zum Zerwürfnis zwischen ihnen gekommen. Im Nachhinein erschien Sırma die damalige Auseinandersetzung vollkommen unbedeutend.

»Sie sagte, sie könne sich wegen meiner Kleidung nicht mehr mit mir abgeben«, schniefte Sırma und legte den Kopf an die Schulter ihrer Mutter. »Sie sagte, sie fände sie kindisch und peinlich!«

Die Mutter reichte ihrer Tochter ein Papiertaschentuch.

»Dabei hat sie vorher auch solche Sachen getragen«, sagte Sırma und deutete auf den dünnen schwarzen Stoff ihres weiten Kleides. »Und sie ist auch immer mit in die Atlas Pasaj gegangen. Sie war sogar diejenige, die mich zum ersten Mal in die Einkaufspassage mitgenommen hat.«

»Ja, aber Gülay hat sich weiterentwickelt.«

»Du meinst wohl ›ist erwachsen geworden‹!« Sırma funkelte ihre Mutter aus schwarzen, verweinten Augen wütend an. »Sag es doch gleich, Mama. Das ist es doch, was du denkst.«

»Sırma!«

»Es ist einfach albern, dass du dir Sorgen um mich machst!«, rief das Mädchen bockig. »Ich gehe nun mal gerne in die Atlas Pasaj. Mein Leben wäre öde ohne meine Freunde dort. Und außerdem gefällt mir meine Kleidung.«

»Ja, Schatz, aber bei dieser Hitze …«

»Du hättest es lieber, wenn ich hübsche Sommerkleidchen tragen würde, stimmt's?« Das Mädchen rückte ein Stück von seiner Mutter ab. »Aber das mache ich nicht.«

Sırmas Mutter lächelte traurig. »Ach, Kind. Schwarz ist so deprimierend.«

Mit einem ihrer langen, spinnwebartigen Ärmel wischte Sırma sich die Tränen fort und stand vom Sofa auf. »Aha, du machst dir also Sorgen wegen meiner Depressionen? Das hat doch überhaupt nichts damit zu tun, wie ich bin. Ich mag mich so, wie ich bin. Ich bin glücklich! Und außerdem nehme ich Prozac, also werde ich mich schon nicht umbringen, oder?«

»Nein …«

»Nein, es ist Gülay, die tot ist. Gülay, die die Szene verlassen hat, um ein erwachseneres Leben mit hübschen Kleidchen zu führen.«

»Sırma, ich weiß, dass dich das mit Gülay sehr mitnimmt.«

Plötzlich verlor das Mädchen jeglichen Kampfgeist und brach erneut in Tränen aus. Ihre Mutter erhob sich, trat zu ihr und nahm sie in den Arm.

»Ich hab Gülay sehr gemocht«, sagte Sırma mit kläglicher Stimme. »Tanzer, Defne, Hüseyin und ich – nach Gülays Verschwinden war es nicht mehr dasselbe.«

»Ich weiß.«

Doch so schnell ihre Trauer gekommen war, so schnell verflog sie auch wieder und machte einer rasenden Wut Platz.

»Wenn irgendjemand Schuld hat an Gülays Tod, dann ihre Eltern!«, fauchte sie.

»Sırma!«

Mit einer theatralischen Geste schüttelte das Mädchen den Arm der Mutter ab und warf sich wieder auf das Plüschsofa, auf dem sie gelegen hatte, als ihre Mutter ihr die Nachricht vom Tod der Freundin überbrachte. »Sie musste einfach von ihnen weg. Deswegen war sie auch so oft hier. Nie hatten sie Zeit für sie.«

Ihre Mutter holte sich eine Zigarette und ließ sich dann mit ernstem Gesichtsausdruck neben ihr nieder.

»Sırma, du solltest so nicht über Gülays Eltern reden.«

»Und warum nicht?«, schnaubte Sırma. »Schließlich ist es die Wahrheit. Frau Arat ist dauernd betrunken, und Herr Arat ist ein Verbrecher.«

»Scht!«, zischte ihre Mutter. »Wir ...«

»Baba sagt auch, dass er ein Verbrecher ist, und ihm ist es egal, wer ihn dabei hört!«, entgegnete Sırma aufgebracht. »Er schläft mit jungen Mädchen. Das hat Gülay mir selbst erzählt. Er ist sogar regelmäßig in ihr Schlafzimmer gekommen ...«

»Sırma!» Nervös zündete ihre Mutter sich die Zigarette an und wischte sich dann ein paar Schweißtropfen von der Stirn. »Sırma, du solltest solche Beschuldigungen wirklich nicht einfach in den Raum stellen.«

»Aber es ist die Wahrheit!«

»Vielleicht.« Sırmas Mutter holte tief Luft, ehe sie fortfuhr: »Aber wenn du es nur von Gülay gehört hast ...«

»Natürlich habe ich es von Gülay! Ihr Vater hätte es mir ja wohl kaum selbst erzählt. Oder ihre blöde, besoffene Mutter.«

»Nein, aber um Gülays Andenken zu ehren, solltest du es trotzdem für dich behalten, Sırma«, sagte ihre Mutter ernst. »Die Arats sind einflussreiche Leute, und ich glaube nicht, dass es klug wäre, solche Beschuldigungen gegen sie zu erheben.«

»Ich erzähle es ja auch nur dir«, meinte Sırma schmollend, »was spielt es also schon für eine Rolle?«

»Du hast Recht. Aber erzähl es sonst wirklich niemandem. Versprichst du mir das, Sırma?«

Das Mädchen starrte auf seine schwarz lackierten Fingernägel und zuckte die Achseln.

»Sırma?«

»Hm.«

»Hm, was?«

Sırma stand auf und ging zur Tür. »Nein, ich werde niemandem irgendetwas erzählen«, sagte sie. »Wahrscheinlich wird mich ohnehin niemand danach fragen …«

Wer sollte das auch tun? Gülay hatte gesagt, dass sich keiner dafür interessierte, was ihr Vater mit ihr machte. Einmal hatte sie sich ihrer Großmutter anvertraut, doch die hatte ihr nur eine Ohrfeige verpasst und gemeint, sie solle nicht solche Lügen verbreiten. Allerdings wusste ihre Mutter genau, was ihr Vater tat – das hatte Gülay Sırma wenigstens erzählt. Aber solange genügend Alkohol im Haus war, war es ihr herzlich egal.

Und da denken die Leute, ich bin merkwürdig, dachte Sırma, während sie in ihr Zimmer hinaufging.

Obwohl Mehmet Süleyman wie üblich nicht viel zu sich genommen hatte, hatte er das Mittagessen mit seinem Cousin Tayyar genossen. Tayyar war ein höchst unterhaltsamer Mann, der einen großen Teil seines Lebens damit zugebracht hatte, ohne viel Geld die Welt zu bereisen. Außerdem war er gut bekannt mit einem weiteren Mitglied ihrer gemeinsamen Verwandtschaft – mit Süleymans Exfrau Suleika. Es war schon seltsam, dass er innerhalb einer Woche sowohl mit als auch über Suleika gesprochen hatte, dachte Mehmet. Dabei vergingen manchmal Monate, ohne dass er auch nur einen Gedanken an sie verschwendete.

Als Mehmet Süleyman ins Büro zurückkehrte, starrte İsak Çöktin noch immer wie gebannt auf Gülay Arats Computer. Doch Süleyman blieb keine Zeit, sich länger mit seinem jungen Mitarbeiter zu beschäftigen, da im selben Moment das Telefon klingelte.

Am anderen Ende meldete sich Arto Sarkissian. »Gülay Arat wurde von einem Gegenstand mit einer scharfen oder zumindest rauen Kante penetriert«, erklärte der Pathologe, nachdem sie die üblichen Begrüßungsformeln absolviert hatten. »Einem ziemlich großen, phallischen Gegenstand, wahrscheinlich aus Metall.«

Süleyman runzelte die Stirn. »Aus Metall?«

»Ja, aber im Augenblick kann ich noch nichts Genaueres sagen«, erwiderte Sarkissian. »Bei der rauen oder scharfen Kante könnte es sich entweder um einen Fabrikationsfehler handeln oder um eine Spezialanfertigung, die dazu gedacht ist, beim Gebrauch Schmerzen zu verursachen. Eines weiß ich allerdings ganz genau: Das Mädchen war vor dem sexuellen Übergriff noch Jungfrau.«

»Und wie sieht es mit dem zeitlichen Zusammenhang zwischen dem Übergriff und dem Eintritt des Todes aus?«

»Sie meinen, ob sie vor oder nach ihrem Tod vergewaltigt wurde?« Arto räusperte sich. »Mit Sicherheit davor und möglicherweise auch noch kurz danach.«

»Das bedeutet, dass der Tod eingetreten sein könnte, während dieses Ding in ihr war?«

»Ja.«

»Was ist mit der Möglichkeit eines Selbstmords?«

»Das können wir so gut wie ausschließen – jetzt, nachdem ich sie gründlich obduziert habe«, meinte Sarkissian. »Der Eintrittswinkel der Waffe passt nicht zu einer selbst beigebrachten Wunde. Wir haben es hier mit einem Tötungsdelikt zu tun.«

»Dann wurde sie also ermordet.«

»Ja.«

»Ich danke Ihnen, Dr. Sarkissian.« Und an Çöktin gewandt, fügte Süleyman hinzu: »Gülay Arat wurde umgebracht.«

Doch sein Assistent war so sehr mit dem Computer beschäftigt, dass er gar nicht hörte, was Süleyman sagte.

Nachdem der Inspektor das Telefonat mit dem Pathologen beendet hatte, trat er hinter Çöktin, um zu sehen, was der mit dem Computer des toten Mädchens anstellte. Über den Bildschirm flackerten kurze Textpassagen, die aussahen wie Gesprächsfetzen.

»Was ist das?«, fragte er und stützte die Hände auf die Rückenlehne von Çöktins Stuhl.

»Gülay Arat war Mitglied in drei Newsgroups«, erklärte der junge Mann. »In einer hat sie sich sehr engagiert, bei den beiden anderen etwas weniger.«

»Newsgroups?«

Çöktin drehte sich zu Süleyman um und lächelte. »Diskussionsforen.« Er deutete auf den Bildschirm. »Das hier ist ein Forum für Fans von Brain Dead.«

»Ich nehme an, es handelt sich dabei um eine Band?«

»Ja. Eine Skatepunk-Band, ziemlich schwer und düster.«

Müde strich Süleyman sich übers Gesicht. »Ziemlich schwer und düster«, wiederholte er. »Skatepunk? Was soll das sein, İsak?«

»Das ist irgend so eine Jugendmusik, Metal oder so was Ähnliches.« Und als er den verständnislosen Blick seines Vorgesetzten sah, fügte er hinzu: »Wenn es Sie irgendwie tröstet, Inspektor: Ich verstehe es auch nicht ganz. Bin wohl zu alt dafür.«

»Also, wenn Sie schon zu alt dafür sind, was soll ich dann erst sagen?« Süleyman starrte weiter auf den Bildschirm. »Sind Sie sicher, dass es wirklich um diese Band geht, İsak? Sehen Sie mal hier.« Er zeigte auf eine Passage. »Hier schreibt jemand etwas über *kaymak*.«

»Ach, die schweifen andauernd vom Thema ab«, erklärte Çöktin, »genau wie in richtigen Gesprächen.«

»Ja, aber hier geht's um *kaymak*!«

Çöktin sah seinen aufgeregten Vorgesetzten an. »Warum nicht?«, fragte er achselzuckend. »In richtigen Gesprächen geht es doch auch oft ums Essen. Und *kaymak* ist ein ganz normales Lebensmittel. Ich persönlich mag es mit Feigen. In Newsgroups wie diesen geht es zu wie in kleinen Dörfern. Die Leute unterhalten sich, gewinnen neue Freunde und streiten sich manchmal sogar.«

»Und das Mädchen war in drei verschiedenen Gruppen aktiv?«

»Ja. In dieser hier, dann in einer, die sich mit einer anderen Skatepunk-Band beschäftigt – Rashit. Und dann ist da noch eine Gruppe, die sich selbst als ›Loge der Theodora‹ bezeichnet.«

»Und worum geht es da?«

»Ich habe bisher nur einen kurzen Blick auf die Webseite

geworfen, aber anscheinend drehen sich die Gespräche um das Byzantinische Reich, die Hagia Sophia, die Kariye. In den meisten Einträgen geht es allerdings, wie der Name vermuten lässt, um die Kaiserin Theodora.«

Süleyman holte eine Schachtel Zigaretten aus seiner Sakkotasche. »Dann hatte Gülay Arat also neben ihren ganz normalen Teenagerhobbys auch intellektuelle Interessen. Zigarette?«

»Danke.« Çöktin nahm sich eine Zigarette aus Süleymans Schachtel und zündete sie an. »Also, nach dem, was ich gesehen habe, glaube ich nicht, dass es sich bei der ›Loge der Theodora‹ um irgendwas Intellektuelles handelt. Dafür sind die Gespräche zu geschwätzig und sogar ein wenig tuntenhaft. Ich könnte mir vorstellen, dass viele Schwule diese Newsgroup frequentieren. Allerdings glaube ich nicht, dass Gülay Arat das gewusst hat.«

»Hm …« Mit der Zigarette in der Hand ging Süleyman zu seinem Schreibtisch hinüber. »Was ist mit den beiden anderen Newsgroups?«

»Die, bei der sie sich häufig eingeloggt hat – Brain Damage –, ist typisch für die Skatepunk-Szene.«

»Und das heißt?«

»Düster, deprimierend, hoffnungslos«, erwiderte Çöktin. »Meiner Meinung nach sind Istanbuls Skatepunker kaum von der Gothic-Szene zu unterscheiden. Da wir wissen, dass Gülay eine Weile dieser Szene angehört hat, erscheint mir ihr Interesse an Brain Damage, der Newsgroup über Brain Dead, völlig normal.«

Süleyman musste an die Stieftochter seiner Exfrau denken. Er hatte zwar den Namen des Mädchens vergessen, erinnerte sich aber daran, wie erfreut Suleika gewesen war, dass das Kind seine schwarzen Gewänder gegen etwas »normalere« Kleidung tauschen wollte.

»Ich werde mir diese Newsgroups noch mal genauer vornehmen«, fuhr Çöktin fort. »Allerdings vermute ich, dass wir unsere Bemühungen auf die Brain Damage-Site konzentrieren sollten. Allein wegen der Fülle der Beiträge, aber auch, weil sich hier jede Menge Anspielungen auf Themen wie Tod und Gewalt finden.«

»Glauben Sie, dass derjenige, der diese Newsgroup unterhält, oder vielleicht jemand Wichtiges aus der Szene die jungen Leute irgendwie manipuliert?«

Çöktin zuckte die Achseln. »Möglich wäre es. Wie Sie ja wissen, gibt es Hinweise von Polizeikräften im Ausland, dass sich im Internet viele Pädophile tummeln, die auf diese Weise Kontakt zu Kindern suchen. Ich muss mich aber intensiver damit beschäftigen und außerdem den Computer des Jungen hinzunehmen, um Vergleiche anstellen zu können.«

»Sie wissen ziemlich viel über diese Sachen, stimmt's?«, fragte Süleyman und musterte seinen Assistenten stirnrunzelnd. »Gehören Sie vielleicht auch so einer Newsgroup an?«

Çöktin spürte, wie sich ihm die Nackenhaare aufstellten. In der Hoffnung, dass seine relativ blasse Gesichtshaut keine verräterische Röte zeigte, erwiderte er vorsichtig: »Ja, hin und wieder sehe ich mich schon mal auf solchen Webseiten um.«

Süleyman lächelte. »Und über welche Themen diskutieren Sie da, İsak?«

»Musik, Filme und so.« Çöktin zwang sich, das Lächeln zu erwidern.

»Aha.« Süleyman musste lachen. »Vermutlich Musik für junge Leute, was, İsak? Dieses afrikanische Zeug, das ich manchmal in Beyoğlu höre?«

»Ja, so was Ähnliches«, erwiderte sein Assistent, blickte dann auf den Bildschirm und gab vor, sich wieder in seine Arbeit zu vertiefen.

5

İkmen hatte seiner Tochter geraten, sich nicht allzu viele Gedanken über das obszöne Graffiti an der Kirche Panaghia Mouchliotissa zu machen.

»Es ist wahrscheinlich das Werk gelangweilter Teenager«, meinte er, als sie ihm, ein wenig peinlich berührt, die Zeichnung beschrieb. Doch Hülya war nicht von der Harmlosigkeit der Abbildung zu überzeugen, und so beschloss İkmen, trotz der Hitze nach Fener zu fahren und sich selbst einen Eindruck zu verschaffen. Nachdem er das Graffiti in Augenschein genommen hatte, machte er sich direkt auf den Weg nach Beyoğlu zur Buchhandlung Simurg.

Das Ladenlokal an der Hasnan Galip Sokaği bestand aus zwei nebeneinander liegenden Geschäften mit einem umfangreichen Sortiment neuer und gebrauchter Bücher und Musiknoten. Die Suche nach einem bestimmten Titel erforderte zwar immer etwas Geduld, da man die zahlreichen Katzen, die das Geschäft bevölkerten, erst einmal von ihren literarischen Ruhestätten vertreiben musste, doch als Bücher- und Katzenliebhaber kalkulierte İkmen gewöhnlich genügend Zeit für einen Besuch bei Simurg ein. Diesmal kam er aber nicht zum Stöbern in die Buchhandlung; er hoffte vielmehr, Max hier zu treffen, der jeden Abend gegen achtzehn Uhr vorbeischaute.

İkmen, der sich in der Nähe des Eingangs postiert hatte, studierte gerade eine englische Ausgabe von Emily Brontës Roman *Sturmhöhe*, als sein Freund vorbeischaute.

»Hallo, Max.«

İkmen sprach ihn auf Englisch und ziemlich laut an, denn dort oben in den Wolken, in denen Max für gewöhnlich schwebte, konnte man die am Boden nicht immer gut verstehen.

Der große, schlanke Mann lächelte, als er İkmen erblickte. Zwar ließ sein Äußeres kaum Rückschlüsse auf sein Alter zu, doch İkmen wusste, dass sie beide etwa gleich alt waren. Obwohl Engländer durch und durch, wirkte Max allerdings wesentlich dunkler als İkmen – und das hatte nichts mit der türkischen Sonne zu tun: Er war ein dunkler Mann mit einer dunklen Seite.

»Hallo, Çetin«, sagte Max und beugte sich ein wenig hinunter, um den kleineren Mann zu umarmen. »Wie geht es dir?«

»Danke, gut. Darf ich dich auf einen Kaffee einladen?«

Max' große, grüne Augen leuchteten auf. »Was für ein wunderbares Sinnbild!«, rief er begeistert. »Kaffee! Wer mit jemandem reden will, lädt ihn zum Kaffee ein! Sex – Kaffee! Und in diesem Fall vemutlich Informationen – Kaffee!«

»Nicht direkt Informationen, Max«, erwiderte İkmen. »Ein fachmännischer Rat – das würde es eher treffen.«

»Oh, es geht also um irgendetwas Übernatürliches.«

»Ja.«

»Gut.«

Sie gingen zum Café Pia an der Bekar Sokak, einem ruhigen Treffpunkt für Künstler und Schriftsteller, ließen sich an einem Tisch auf der Außenterrasse nieder und bestellten zwei Cappuccino. Nachdem Max einige Bekannte gegrüßt hatte, die İkmen wie Beatniks aus den sechziger Jahren vorkamen, steckte er sich eine lange, dünne Zigarre an. İkmen holte ein Polaroidbild aus seiner Jackentasche und legte es vor sich auf den Tisch.

»Hast du eine Ahnung, was das sein könnte, Max?«

Der Engländer warf einen Blick auf das Foto.

»Ich habe es eben selbst geschossen«, erklärte İkmen. »Es ist nicht besonders scharf.«

»Das sieht aus wie der Ziegenbock von Mendes«, überlegte Max. »Allerdings habe ich ihn bisher nur mit einem oder zwei Penissen abgebildet gesehen. Hier müssen es jedoch …«

»Es sind dreizehn«, warf İkmen ein, »allesamt mit ekstatischen Frauen bestückt.«

»Faszinierend!« Max schaute von dem Foto auf. »Wo ist das Original?«

İkmen seufzte. »An einer der Außenmauern der Kirche Panaghia Mouchliotissa in Fener. Hülya und Berekiah renovieren gerade ihr Haus dort oben. Ein völlig aufgelöster Mönch ist bei ihnen aufgetaucht und hat ihnen dann das Bild gezeigt. Ich dachte erst, es ist ein Dummejungenstreich …«

»Wie soll man das heutzutage wissen?« Max schüttelte den Kopf und studierte das Foto noch einmal genau. »Es handelt sich zweifellos um einen Ziegenbock als ausgesprochen sexuelle Manifestation des Satans – wie du als gebildeter Mann ja sicher weißt. Ein sehr … christliches, okzidentales Motiv. Goya hat den Ziegenbock umgeben von Hexen dargestellt, die sich ihm in einer wahren Orgie sexueller Lust darbieten. Wie lange befindet sich das Graffiti denn schon an der Kirche?«

»Ich weiß es nicht, aber ich nehme an, noch nicht lange.«

Max lehnte sich auf seinem Stuhl zurück, als die Kellnerin mit den beiden Cappuccino an ihren Tisch trat. Rasch ließ İkmen das Foto in seiner Tasche verschwinden.

Nachdem das Mädchen gegangen war, meinte Max: »Und jetzt lautet vermutlich die Frage: Was hat es dort zu suchen? Und vor allem: Was hat es zu bedeuten?«

»Bruder Konstantin hat es als einen Übergriff interpretiert. Als einen Akt der Schändung.«

Max trank einen Schluck Kaffee, ehe er antwortete. Als er die Tasse zum Mund führte, bemerkte İkmen, dass seine Hand zitterte. »Also ist irgendjemand zur Kirche geschlichen, vermutlich nachts, hat die Zeichnung hinterlassen und sich dann aus dem Staub gemacht. Aber warum und zu welchem Zweck?« Er zuckte die Achseln. »Ich fürchte, da kann ich dir nicht weiterhelfen.«

»Gibt es hier denn nicht irgendwelche …« İkmen suchte nach dem passenden Wort, doch Max kam ihm zuvor.

»Satanisten?« Er lächelte. »Auf der asiatischen Seite gibt es eine kleine Gruppe gelangweilter Exil-Engländer und -Amerikaner. Ich bin vor ein paar Monaten auf sie gestoßen, das heißt, sie haben mich kontaktiert. Einer dieser schrecklichen Yankees wollte, dass ich Aleister Crowley nacheifere und den Gott Pan beschwöre.«

»Aleister Crowley?«

»Ein britischer Magier mit einer ungesunden Leidenschaft für Heroin und gefallene Mädchen«, erklärte Max. »Anfang des zwanzigsten Jahrhunderts hat er in Paris versucht, den Gott Pan zu beschwören, und sich damit ziemlichen Ärger eingehandelt.«

»Aha.«

»Wie du dir vorstellen kannst, war ich nicht gerade angetan von der Idee, mich mit Pan einzulassen, einer äußerst zerstörerischen und bösartigen Kraft.« Max erschauderte. »Also habe ich diesem Amerikaner unmissverständlich klar gemacht, er solle das Weite suchen«, fuhr er lachend fort, »allerdings erst, nachdem ich ihm ein paar Haare vom Jackett geklaubt hatte, um damit zu arbeiten.«

»Du hast ihn verflucht?« İkmen erinnerte sich, dass seine Mutter immer Haare oder abgeschnittene Fingernägel für ihre Verwünschungen verwendet hatte.

»Nicht direkt«, erwiderte Max, »aber ich habe seinem Treiben und dem seiner Freunde ein Ende bereitet. Ich kann Satanisten nicht leiden – all diese negative Energie! Und außerdem verwechseln mich die Leute dauernd mit ihnen, was mich, offen gestanden, auf die Palme bringt!«

»Sind das die einzigen, von denen du weißt, dass sie sich mit solchen Dingen beschäftigen?«

»Ich kenne ein paar Landsleute von dir, die damit zu tun haben«, sagte Max. »Nimm es mir bitte nicht übel, Çetin, aber türkische Teufelsanbeter taugen nichts. Ehrlich gesagt, glaube ich noch nicht mal, dass es türkische Satanisten im engeren Sinne überhaupt gibt. Ich weiß, dass du durch deine Arbeit manchmal mit irgendwelchen kranken Nekrophilen zu tun hast, die auf dem Friedhof erwischt werden und dann behaupten, der Teufel habe sie dazu getrieben. Aber in all den Jahren, die ich jetzt schon hier lebe, bin ich noch nie einem Türken begegnet, der tatsächlich satanische Kräfte heraufbeschwört. Sämtliche Versuche sind kläglich gescheitert. Vielleicht ist dein Ziegenbock deshalb so untypisch.«

»An die Wand geschmiert von einem meiner schlecht informierten Landsleute.«

»Vielleicht. Andererseits könnte auch deine Vermutung mit

dem Dummejungenstreich stimmen. Heutzutage werden die Menschen mit so vielen Informationen bombardiert – übers Fernsehen, übers Internet und was weiß ich über welche Kanäle noch –, dass sie das alles gar nicht richtig verarbeiten können, geschweige denn verstehen. Wenn ich mir nur diese so genannten Gothics ansehe, die ganz in Schwarz herumlaufen und ein Pentagramm um den Hals tragen, dann kriege ich es richtig mit der Angst zu tun. Diese Jugendlichen haben nicht die geringste Ahnung, worauf sie sich da einlassen. Mag sein, dass wir in unsicheren Zeiten leben – wegen der Situation im Irak und dem möglicherweise drohenden Krieg mit den Amerikanern –, aber schwarze Kleidung und Teufelsanbetung sind doch keine Lösung.«

İkmen dachte an seinen Sohn Bülent, der im nächsten Jahr zum Militär musste; falls die Amerikaner tatsächlich beschlossen, im Irak einzumarschieren, womöglich mit türkischer Unterstützung, würde ihn das unmittelbar betreffen. İkmen war entschlossen, alles in seiner Macht Stehende zu tun, um das zu verhindern, selbst wenn er sich dabei »dunkler Mächte« würde bedienen müssen. »Du bist also der Meinung, dieses Graffiti stellt keine korrekte Wiedergabe dar«, wandte er sich erneut an Max.

»Ja«, erwiderte der Engländer. »Aber ich werde der Sache mal nachgehen und mit ein paar ›Eingeweihten‹ reden.«

»Das wäre sehr hilfreich, Max.«

»Keine Ursache, alter Knabe.« Max' Augen funkelten. »Ich setze es einfach mit auf die Liste der Gefallen, die ich dir im Laufe der Jahre bereits erwiesen habe.«

»Was durchaus auf Gegenseitigkeit beruht«, meinte İkmen, nahm noch einen Schluck Kaffee und zündete sich eine Zigarette an. »Schließlich habe ich auch das eine oder andere für dich getan ...«

»Ja, allerdings nicht, wenn es um Frauen ging«, erwiderte Max verächtlich. »Falls dieses Mädchen ...«

»Meine Tochter Çiçek ist inzwischen eine erwachsene Frau und beschäftigt sich mit allem Möglichen, nur nicht mit deinem übernatürlichen Kram, Max. Zurzeit wünscht sie sich in allererster Linie einen Mann.« İkmens Gesicht nahm einen besorgten Ausdruck an. »Und wenn ich mich nicht täusche, handelt es sich bei dem Betreffenden um jemanden, von dem sie sich besser fern halten sollte.«

»Du solltest mir erlauben, sie in den Künsten zu unterrichten«, sagte Max mit einer abschätzigen Handbewegung. »Dann würde sie diesen Mann bald vergessen. Ich bin in meinem Leben bisher nur einem einzigen Menschen mit einer wahrhaft übernatürlichen Gabe begegnet, und das war deine ...«

»Wie ich bereits sagte, Max«, entgegnete İkmen mit fester Stimme, »meine Tochter bleibt so, wie sie ist.«

»Wie du willst ...«

Eine Weile schwiegen beide. Danach wandten sich der Polizeibeamte und der Magier weniger »dunklen« Gesprächsthemen zu und verließen schließlich um kurz vor acht das Café.

İkmen blickte Max nach, der in entgegengesetzter Richtung davon ging, und ihn beschlich wieder dieses ungute Gefühl, das der andere jedes Mal in ihm hervorrief. Dabei mochte er Max. Sie hatten einander vor vielen Jahren auf der Wache kennen gelernt, als der Engländer den Diebstahl seiner Brieftasche und seines Zauberstabs anzeigte. Da es sich bei ihm um einen Ausländer handelte – und noch dazu um einen sehr merkwürdigen –, hatte man İkmen hinzugezogen. Die beiden Männer verstanden sich sofort, und als es İkmen tatsächlich gelang, Max' Besitztümer wiederzubeschaffen, entstand eine etwas seltsame und – in İkmens Augen – manchmal beunruhigende Freundschaft zwischen ihnen. Andererseits war Max ein mächtiger westlicher Magier, ein Kabbalist, ein Eingeweihter und enger Vertrauter von Engeln wie Dämonen. Daher wusste İkmen – der hellsichtige Sohn einer Hexe, der seine magisch begabte Mutter gleichermaßen geliebt wie abgelehnt hatte –, dass er gegenüber Max eine gewisse Distanz wahren musste. Und das traf besonders dann zu, wenn es um seine Tochter Çiçek ging: Als Max dem Mädchen in Begleitung ihres Vater vor Jahren zufällig auf der Straße begegnete, war er bei ihrem Anblick fast in Ohnmacht gefallen. Seiner Meinung nach besaß Çiçek die stärkste magische Begabung, die er je an einem Menschen wahrgenommen hatte, und er wollte sie unbedingt unterrichten. İkmen wusste nicht, ob Çiçek jene magischen Fähigkeiten hatte, die Max meinte. Aber dass sie über eine seherische Gabe verfügte, genau wie ihr Vater und ihre Großmutter, brauchte ihm kein Fremder zu erzählen. Allerdings wollte Çiçek diese Gabe nie nutzen. Sie wollte einfach nur normal sein, und ihr Vater war entschlossen, sie darin zu unterstützen. Außerdem hatte es vor Jahren schon einmal ein hübsches Mädchen gegeben, das Max unbedingt unterrichten wollte, und die Geschichte hatte ein böses Ende genommen.

Doch im Augenblick machte İkmen sich eher Sorgen wegen Çiçeks wachsender Zuneigung zu Mehmet Süleyman. Sein – wenn auch nur noch auf dem Papier – verheirateter Kollege hatte schon immer Probleme mit Frauen gehabt. Und sosehr İkmen ihn auch mochte, so war Mehmet doch niemand, den er sich als Schwiegersohn wünschte. Die Frauen begehrten ihn einfach zu sehr, er würde also wohl immer wieder einmal schwach werden – darüber machte İkmen sich keinerlei Illusionen. Man musste sich nur vor Augen halten, wozu sein letzter Fehltritt, noch dazu mit einer Prostituierten, geführt hatte!

İkmen ging zurück in Richtung İstiklal Caddesi. Von Hülya und Berekiah wusste er, dass die griechischen Mönche in Fener die Zeichnung dieses – wie hatte Max es noch genannt? – Ziegenbocks von Mendes möglichst bald überstreichen lassen wollten. Doch irgendetwas sagte ihm, dass sie das besser noch nicht tun sollten. Jedenfalls nicht, bevor Max mit seinen »Eingeweihten« gesprochen hatte.

Um kurz vor neun verließ Süleyman sein Büro. İsak Çöktin hockte noch immer an den Computern von Gülay Arat und Cem Ataman und meinte, er würde abschließen, wenn er so weit sei.

Da er Balthasar Cohen auf Berekiahs Hochzeit versprochen hatte, ihn bald einmal zu besuchen, fuhr Süleyman direkt nach Karaköy und stellte seinen Wagen vor dem schäbigen Mietshaus ab, in dem sein Exkollege wohnte. Als er aus dem Wagen stieg, kam eine Gruppe Jugendlicher den Hügel herauf, doch er beachtete sie nicht weiter. Umso erschrockener war er, als ihm plötzlich jemand auf die Schulter tippte. Abrupt drehte er sich um und erblickte ein junges Mädchen, das ihm vage bekannt vorkam.

»Hallo, Mehmet Bey«, sagte sie und legte verführerisch einen Finger an ihre schwarz geschminkten Lippen.

»Äh, hallo«, erwiderte Süleyman, der sie nicht einordnen konnte.

Das Mädchen lachte. »Du erinnerst dich wohl nicht mehr an mich?«, fragte sie und schnalzte scheinbar missbilligend mit der Zunge. »Wie ungezogen! Wir haben uns im Pera Palas kennen gelernt. Meine Stiefmutter war auch dabei ...«

»Ah ...«

»Fitnat.«

»Burhan Beys Tochter«, sagte Süleyman lächelnd. »Ja, natürlich.«

»Meine Stiefmutter hat seit damals ziemlich viel von dir geredet«, meinte Fitnat mit gespielt unschuldigem Blick.

Süleyman wusste gleich, worauf sie hinauswollte, und erwiderte: »Wir sind schließlich miteinander verwandt.«

Fitnat gab keine Antwort.

»Wie ich sehe, trägst du wieder Schwarz«, sagte Süleyman, dem ihr dunkles Fransenkleid und ihr düsteres Make-up sofort aufgefallen waren.

»Stimmt«, erwiderte das Mädchen leichthin. »Es gefällt mir eben. Früher war ich ständig in der Atlas Pasaj, aber in letzter Zeit bin ich kaum noch hingegangen. Suleika hat was dagegen, außerdem muss ich mehr für die Schule tun – das ist wichtig. Heute haben meine Freunde allerdings meinen Vater überredet, mich noch mal mit hingehen zu lassen, weil Ilhan Geburtstag hat und sich die Augenbraue piercen lassen will.«

Ein großer, schlaksiger Junge inmitten der Gothics, die ein wenig abseits standen, grinste.

»Ich nehme an, in der Atlas Pasaj gibt es einen Club«, sagte Süleyman, »wo Leute hingehen, die dunkle Kleidung mögen und wo ...«

»Wo die Gothics rumhängen«, rief Fitnat lachend. Dann trat sie einen Schritt näher an ihn heran und fragte leise: »Hast du Lust mitzukommen, Mehmet Bey?«

»Oh, ich fürchte, dafür bin ich zu alt, meinst du nicht?«

»Das hängt von der Musik ab, die du magst«, erwiderte sie.

»Was für Musik magst du denn, Fitnat?«

»Metal, Skatepunk …«

»Skatepunk?« Das war die Musikrichtung, die Gülay Arat bevorzugt hatte – zumindest nahm Çöktin das an. Offenbar richtige Gothic-Musik.

»Ja, darauf stehen wir alle«, meinte Fitnat. »Bands wie Crunch sind für uns *de rigueur*, wie Suleika sagen würde.«

»Und Brain Dead?«, fragte Süleyman.

»Oh, die sind super!« Mit einer verführerischen Handbewegung fuhr Fitnat sich durch ihre wilde Mähne. »Du scheinst ja ziemlich viel von Gothic-Musik zu verstehen, Mehmet Bey. Warum kommst du nicht mit?«

Die Jugendlichen hinter ihr feixten.

»Ich halte das für keine so gute Idee, Fitnat«, sagte Süleyman. »Mit deinen Freunden wirst du dich viel besser amüsieren.«

Das Mädchen zuckte die Achseln.

»Aber du kannst mir eine Frage beantworten«, fuhr er fort, während er die Autoschlüssel in seine Sakkotasche gleiten ließ.

»Welche denn?«

»Treten diese Bands auch manchmal live in den Clubs auf, in denen ihr euch trefft?«

»Nicht in der Atlas Pasaj«, erwiderte sie. »Dafür musst du schon ins Kemancı gehen.«

»Und wo ist das?«

»An der Siraselviler Caddesi. Brain Dead hat da mal gespielt. Warum? Willst du dir die anhören?«

Süleyman lachte. »Nein.«

»Verstehe. Aber mach da ja keine Razzia, okay?« Fitnat stellte sich auf die Zehenspitzen und küsste ihn rasch auf die Wange. »Stiefvater.«

Dann drehte sie sich, über ihre eigene Vorwitzigkeit kichernd, zu ihren Freunden um, und die gesamte Gruppe rannte den Hügel hinauf zur İstiklal Caddesi.

Was für eine kleine Lolita, dachte Süleyman, Suleika wäre entsetzt, wenn sie wüsste, dass ihre Stieftochter mir Avancen macht! Und genau aus diesem Grund würde er ihr nichts davon erzählen, beschloss er. Aber in beruflicher Hinsicht hatte sich das Gespräch durchaus gelohnt. Soweit er wusste, hatte Gülay Arat schon eine ganze Weile nicht mehr der Gothic-Szene angehört; jedenfalls hatte man nur wenige schwarze Kleidungsstücke in ihrem Schrank gefunden. Doch offenbar hatte sie noch immer ein Faible für die Musik gehabt. Ob sie wohl jemals in der Atlas Pasaj oder im Kemancı gewesen war? Einen Moment lang war Süleyman versucht gewesen, Fitnat gegenüber ihren Namen zu erwähnen. Doch dann hatte er sich wegen ihrer Freunde dagegen entschieden. Vielleicht später, wenn Çöktin mit Gülays Computer weitergekommen war. Schließlich war die Gothic-Szene für ihre Geheimniskrämerei berüchtigt, und er wollte Fitnat nicht in Verlegenheit bringen. Außerdem wusste er ja, wo er sie finden konnte. Wenn er sie aufsuchte, musste allerdings unbedingt eine dritte Person dabei sein, denn mit ihrer Vorliebe für ältere Männer konnte Fitnat ganz schön gefährlich werden.

»Dreizehn Penisse?«

»Oh, das hast du verstanden?« Max legte den Hörer auf, drehte sich um und betrachtete das junge Mädchen, das über ein Buch gebeugt in der Ecke saß.

»Ja.«

»Interessant – dein Englisch wird immer besser, Ülkü.«

Das Mädchen lachte und legte das Buch auf die Reproduktion eines ägyptischen Sarkophags, der neben ihr stand.

»Sie reden über magische Sachen, Max Bey?«, fragte sie.

»Ja, aber nicht in deiner Gegenwart, Ülkü«, erwiderte Max in strengem Ton. »Ich habe deiner Mutter versprochen, dir Englisch beizubringen, und sonst nichts.«

»Mit wem Sie haben gesprochen über dreizehn Penisse, Max Bey?«

»Das geht dich nichts an«, sagte der Engländer und berührte mit einem seiner langen, dünnen Finger seine Nasenspitze. »Mit einem Freund, jemandem, den du nicht kennst.«

»Oh.«

Das gerade einmal sechzehn Jahre alte Mädchen, das noch immer die schwere Bauerntracht seines Heimatdorfs trug, lief barfuß über den alten, abgewetzten Kelim und stellte sich direkt vor seinen Lehrer.

»Sie wollen, dass ich noch was mache, bevor ich gehe, Max Bey?«, fragte sie mit gesenktem Blick.

»Hast du deine Übersetzung fertig?«

»Auf dem Tisch«, erwiderte sie und zeigte auf den Deckel des Sarkophags. »Ich hab das Bad sauber gemacht und auch die Toilette sehr gut.«

»Ich habe sowohl das Bad als auch die Toilette sorgfältig geputzt«, verbesserte Max das Mädchen.

»Ja.«

»Dann wiederhol es auch, Ülkü.«

Sie kam seiner Aufforderung nach.

Max nahm einen dicken Folianten aus einem der Bücherregale neben seinem Schreibtisch und schlug ihn mit einem zufriedenen Seufzer auf. »Du kannst jetzt gehen, Ülkü«, sagte er, »aber wenn dieser Turgut wieder versucht, aufdringlich zu werden, musst du mir sofort davon erzählen. Er soll dich respektvoll behandeln, hörst du?«

»Ja, Max Bey.«

»Und halte dich von diesen verrückten Leuten auf der İstiklal Caddesi fern.«

»Ja, Max Bey.«

Ülküs Freund Turgut wartete draußen vor der Tür auf sie. Er musste alles verstanden haben, was sie geredet hatten, und das wusste Max – genau darum hatte er seine Worte mit Bedacht gewählt.

»Also dann, bis später«, sagte er und wandte sich dem Buch auf seinem Schreibtisch zu.

Schweigend legten Ülkü und Turgut den kurzen Weg zwischen Max' dunkler, mit Büchern voll gestopfter Wohnung und dem winzigen Zimmer zurück, in dem nur ein schmales, schmuddeliges Bett stand. Nachdem Turgut die Tür verschlossen hatte, streifte er seine Kleider ab, setzte sich auf das Bett und zog Ülkü neben sich.

»Blas mir einen«, befahl er mit heiserer Stimme und versuchte, ihren Kopf hinunterzudrücken. »Wie ein richtiges Mädchen aus der Stadt!«

»Nein!«

»Aber mein Schwanz platzt gleich!«

»Nein!«

Nach wie vor vollständig bekleidet und mit abgewandtem Gesicht nahm Ülkü Turguts Penis und fing an, ihn mit der Hand zu befriedigen.

Augenblicklich besänftigt schloss Turgut die Augen. »Also«, sagte er mit einem Seufzer und fand sich damit ab, auf ihren Mund verzichten zu müssen, »was hat Max Bey denn heute so alles gesagt?«

»Er hat telefoniert und über ein Wesen geredet, mit dreizehn von denen ...« Ülkü warf einen kurzen Blick auf seinen Penis. »Und dabei hat er gelacht.«

Bei diesen Worten runzelte Turgut Can trotz Ülküs Bemühungen die Stirn.

6

Da er wegen der Hitze sowieso nicht mehr schlafen konnte, stand İkmen schließlich auf und machte sich auf den Weg zur Arbeit. Es war gerade einmal fünf Uhr, als er auf der Wache eintraf. Dort herrschte weitgehend Ruhe; nur in Inspektor Süleymans Büro brannte Licht.

»Sind Sie gar nicht zu Hause gewesen, Çöktin?«, fragte İkmen Süleymans verschwitzten Assistenten, als er den Kopf durch die Tür steckte und ihm dichter Zigarettenrauch entgegenschlug.

»Nein, Inspektor.«

»Warum denn nicht?«

»Ich habe mir die Computer genauer angesehen«, sagte Çöktin.

»Die ganze Nacht?«

»Ja.« Und dann erzählte Çöktin dem Inspektor ausführlich von den verschiedenen Newsgroups, die er auf Gülay Arats Rechner gefunden hatte.

»Und was ist mit dem Computer des Jungen?«, fragte İkmen, während er sich die vierte Zigarette des Tages anzündete.

»Auch Cem war Mitglied in verschiedenen Newsgroups.« Çöktin rieb sich die müden, geröteten Augen. »Aber leider nicht in denselben wie Gülay. Er hat sich für intellektuelle Themen interessiert. Allerdings gibt es eine Art Verbindung zwischen der byzantinischen Webseite, die Gülay regelmäßig aufsuchte ...«

»Loge der Theodora ...«

»Genau, und dieser christlichen Webseite hier.« Er starrte angestrengt auf einen der Bildschirme. »Das Blut des Lamms.«

»Klingt irgendwie makaber«, bemerkte İkmen.

»Soweit ich es verstehe, geht es dabei um die Kreuzigung

von Jesus Christus und darum, dass er sein Blut in einer Art Opferhandlung vergossen hat. Es werden auch ein paar ihrer Rituale beschrieben.« Çöktin blickte auf und lächelte. »Ich versteh nicht allzu viel vom Christentum, Inspektor.«

»Natürlich, wie auch? Aber worin besteht die Verbindung, Çöktin? Mal abgesehen von der Tatsache, dass die Byzantiner Christen waren?«

»In einzelnen, ganz speziellen Worten«, erwiderte Çöktin. »Es sind zwar nicht viele, und sie werden auch immer von denselben Leuten verwendet, aber auf beiden Webseiten finden sich die gleichen fremdländischen Begriffe.«

İkmen trat hinter Çöktins Schreibtisch und beugte sich vor, um sich selbst einen Eindruck zu verschaffen.

Çöktin zeigte gleichzeitig auf beide Bildschirme. »Sehen Sie, Inspektor, hier und hier.«

Während er die betreffenden Passagen las, runzelte İkmen die Stirn und zog konzentriert an seiner Zigarette. Nach einer Weile sagte er: »Ich verstehe, was Sie meinen, Çöktin. Das Wort *madi* taucht bei beiden auf. Und die anderen ... keine Ahnung, was sie bedeuten. Ich weiß noch nicht einmal, welche Sprache das sein könnte.«

»Ich auch nicht. Aber auf Cems Rechner werden diese Begriffe von jemandem benutzt, der oder die sich selbst ›Gemeinschaft‹ nennt, während der User auf Gülays Theodora-Webseite den Namen ›Nika‹ trägt. Vielleicht verbirgt sich hinter Nika und ›Gemeinschaft‹ ja sogar dieselbe Person.«

»Antwortet eigentlich auch irgendjemand in dieser seltsamen Sprache, Çöktin?«

»Nein. Das ist ja gerade das Merkwürdige. Nika und ›Gemeinschaft‹ benutzen als einzige diese fremden Begriffe. Aber es fragt auch niemand, was sie bedeuten. Alle scheinen sie zu verstehen und mühelos damit umgehen zu können.« Er seufzte. »Bisher habe ich nichts Unheimliches auf den beiden Webseiten finden können, abgesehen von der Tatsache, dass diese Nika die letzte Person war, mit der Gülay Arat vor ihrem Tod Kontakt hatte.«

»Und was hat sie geschrieben?«

Çöktin führte ein paar, wie İkmen fand, obskure Operationen am Computer durch. Dann las er die Passage vor: »Nika: ›Vermutlich freust du dich schon riesig darauf, eine *haş gagi* zu werden.‹ Gülay antwortet als ›Kaiserin I.‹, das ist ihr Newsgroup-Name: ›Ja. Ich kann es kaum erwarten, dir alles ganz genau zu erzählen.‹«

»Wann genau hatte diese Nika das letzte Mal Kontakt mit dem Mädchen?«

»Am Tag vor deren Tod.«

»Das klingt aber nicht, als ob sie gewusst hätte, dass sie bald sterben würde, oder?«

»Nein«, erwiderte Çöktin, »für mich klingt das so, als ob sie irgendetwas besonders Schönes plante und Nika anschließend brühwarm davon erzählen wollte. Vielleicht ging es um Sex? Vielleicht freute sie sich auf das erste Mal?« Er runzelte die Stirn. »Wenn wir nur wüssten, was eine *haş gagi* ist.«

İkmen zuckte die Achseln. Dann ging er zu Süleymans Schreibtisch hinüber und setzte sich auf dessen Stuhl.

»Können Sie diese Nika nicht über das Internet ausfindig machen?«, fragte er. »Ich meine, wenn Sie wissen, dass Gülay sich selbst ›Kaiserin I.‹ nannte, was vermutlich für Kaiserin Irene steht, dann müssten Sie doch auch Nika kontaktieren können.«

»Nein, Inspektor, das kann ich leider nicht.«

»Aber Sie haben doch Gülay identifiziert.«

»Das ging nur, weil ich ihren Computer habe.« Çöktin lehnte sich auf seinem Schreibtischstuhl zurück, gähnte und zündete sich eine Zigarette an. »Die Leute verbergen ihre wahre Identität, allerdings nicht notwendigerweise in böser Absicht.«

»Und wie machen sie das?«

Çöktin gab keine Antwort, doch sein gequälter Gesichtsausdruck sprach Bände.

»Ich würde es nicht einmal ansatzweise verstehen, nicht wahr, Çöktin?«

»Ich fürchte, ja, Inspektor«, murmelte Çöktin, doch dann räusperte er sich und fügte hinzu: »Nicht allzu viele Menschen würden es verstehen – auch Inspektor Süleyman nicht, falls Sie das tröstet.«

İkmen lächelte. Er sträubte sich ja gar nicht dagegen, etwas über den Gebrauch von Computern zu lernen, aber er stieß dabei schnell an seine Grenzen. Selbst das Öffnen und Schreiben von E-Mails bereitete ihm jedes Mal aufs Neue Schwierigkeiten, obwohl Ayşe Farsakoğlu es ihm schon so oft gezeigt hatte.

»Nika hat also ihre oder seine Identität verheimlicht. Und was ist mit den anderen Mitgliedern dieser Newsgroup?«

»Sie verwenden alle Pseudonyme.«

»Aber treffen sie sich denn nicht mal?«

»Sie meinen, von Angesicht zu Angesicht?« Çöktin grinste. »Das bezweifle ich, Inspektor. Newsgroups sind nicht mit Chatrooms zu vergleichen. Im Allgemeinen loggt man sich dort nicht ein, weil man neue Bekanntschaften sucht. Bei den Newsgroups geht es darum, Informationen weiterzugeben und Ideen auszutauschen. Einige der Diskussionen werden ziemlich hitzig geführt, und die meisten Leute wollen ihre Identität schützen, damit sie offen ihre Meinung sagen können, ohne Angst vor Spott oder Sanktionen.«

»Mir kommt das merkwürdig vor«, brummte İkmen.

»Auf den Rechnern hier sind Unmengen von diesem Kram gespeichert«, fuhr Çöktin fort. »Tagelange Diskussionen, Chats, Berge von Informationen. Ich habe keine Ahnung, wie lange es dauern wird, das alles durchzugehen.«

»Dann brauchen Sie Unterstützung«, sagte İkmen. »Inspektor Süleyman wird eine Aushilfe für Sie anfordern müssen.«

»Ich weiß nicht, ob mir das wirklich helfen würde, Inspektor.«

»Und warum nicht?«

»Wie gesagt, die Sache ist ziemlich kompliziert«, erwiderte Çöktin. »Wenn man seine wahre Identität verbergen möchte, gibt es etliche Wege, dies zu tun. Beispielsweise lassen sich Daten so umleiten, dass eine Rückverfolgung nahezu unmöglich ist.«

»Dann ist es also hoffnungslos?«

»Vielleicht – oder zumindest so lange, bis ich einen Weg gefunden habe, jemanden zu kontaktieren«, entgegnete Çöktin geheimnisvoll.

İkmen beugte sich über Süleymans Schreibtisch. »Wen zu kontaktieren, Çöktin?«

Der Kurde zuckte die Achseln. »Wenn ich das wüsste, Inspektor, hätte ich längst Kontakt aufgenommen zu diesem Mendes – wer auch immer das sein mag.«

»Jak!«

Mit einem Seufzer, der Estelle Cohen an einen genervten Teenager erinnerte, drehte Jak Cohen sich zu seinem Bruder um.

»Was ist?«

»Wo willst du um die Zeit denn noch hin?«, rief Balthasar von seinem Rollstuhl aus, der neben der Küchentür stand. Er hatte die ganze Nacht darin verbracht; manchmal war das für ihn bequemer, als im Bett zu liegen. Wie so oft in letzter Zeit hatte er dabei jedoch jegliches Zeitgefühl verloren.

»Es ist neun Uhr morgens, Balthasar«, sagte Estelle. »Jak hat eine Besprechung in Beyoğlu.«

»Eine Besprechung?« Balthasar richtete sich ein wenig auf und rieb sich die Augen. »Mit wem? Wann? Du wolltest mich doch um zwei zum Krankenhaus fahren.«

»Ja.«

»Aber wenn du eine Besprechung hast, wie willst du dann …?«

»Meine Besprechung, Balthasar, findet heute Vormittag statt«, erwiderte Jak entnervt. »Dein Termin im Krankenhaus ist erst heute Nachmittag. Keine Sorge, ich werde dich wie versprochen hinbringen.« Dann drehte er sich um und griff nach seiner Aktentasche, die auf dem Boden stand.

Besänftigt zündete Balthasar sich eine Zigarette an. »Und mit wem triffst du dich in Beyoğlu?«, fragte er, gegen einen heftigen Hustenanfall ankämpfend.

»Mit einem Geschäftspartner.«

»Ja, aber mit wem?« Balthasar lächelte. »Wie du dich ja sicher erinnerst, kenne ich ziemlich viele Leute aus deiner Branche, Jak. Zu meiner Zeit hab ich eine ganze Menge Zuhälter verhaftet.«

»Und dich ihrer Ware bedient«, warf Estelle mit einem angewiderten Blick auf ihren Ehemann ein.

»Mit Prostitution habe ich nichts zu tun, Balthasar«, erwiderte Jak gleichmütig und blickte seiner Schwägerin nach, die verärgert auf den Balkon hinaustrat. »Ich besitze ein paar Clubs, in denen schöne Frauen für Männer tanzen. Aber ohne Anfassen und ohne private Treffen nach der Vorführung ... Die Männer zahlen, die Frauen tanzen. Alles völlig legal.«

»Ja, aber für mich, deinen Bruder, hast du keine mitgebracht, du Mistkerl.«

»Nein.«

»Dann könntest du mir ja wenigstens eine von deinem Geschäftspartner hier in Istanbul beschaffen lassen.«

Jak richtete seine Krawatte. »Nein, das glaube ich nicht.«

»Und warum nicht?«, fragte Balthasar schmollend. »Gönnst du deinem armen, verkrüppelten Bruder nicht ein kleines bisschen Glück?«

»Ich dachte, das hätte ich bereits getan, als ich die Hochzeit deines Sohnes bezahlte.«

»Oh, ja, halt mir das nur immer wieder vor!« Balthasar warf ihm einen finsteren Blick zu. »Du Pornograph!«

Jak beugte sich vor und stützte sich mit den Händen auf die Armlehnen des Rollstuhls. »Zum allerletzten Mal: Ich besitze ausschließlich legale Tanzclubs und Läden, die Sexartikel und entsprechende Literatur verkaufen. Irgendwelche dubiosen Sachen mit Kindern oder Tieren fasse ich nicht an. Du kannst dich ja bei den britischen Behörden nach mir erkundigen. Die werden dir bestätigen, dass ich ein seriöser Geschäftsmann bin.«

»Ach, und wie soll ich an die rankommen?« Mit einer theatralischen Geste warf Balthasar die Arme in die Luft. »Ich war noch nie in England! Du hast mich nicht ein einziges Mal eingeladen!«

»Warum bittest du nicht deinen Freund Mehmet, mich bei der britischen Polizei überprüfen zu lassen?«, entgegnete Jak und richtete sich wieder auf. »Ich muss jetzt wirklich gehen.«

»Wohin? Und wen triffst du?«, hakte Balthasar nach.

»Einen Mann.«

»Welchen Mann?«

Zermürbt von der ständigen Fragerei seines Bruders, erwiderte Jak entnervt: »Er heißt Demir Sandal. Ich treffe mich mit ihm, weil ich Bauchtanzkostüme für meine Mädchen brauche. Ich habe nämlich vor, Orientalische Nächte anzubieten. Warum lachst du?«

Balthasar verschluckte sich fast, als sein Prusten in einen Hustenanfall überging. »Weil«, setzte er atemlos an, »dieser Demir Sandal die schweinischsten Videofilme macht, die ich in meinem ganzen Leben gesehen habe. Also, wenn es je einen Pornographen gegeben hat, dann wohl ihn ...«

»Das mag ja alles sein«, fuhr Jak ungerührt fort. »Aber ich treffe mich wegen der Kostüme mit ihm. Du lieber Himmel, Balthasar, für was für einen Idioten hältst du mich eigentlich? Wenn ich irgendwelche obszönen Sexfilme wollte, würde ich mir die in England beschaffen. Dann hätte ich nämlich nicht das Problem, die Scheißdinger durch den Zoll kriegen zu müssen!«

»Vor Jahren ist mir mal eins von Demirs Videos in die Hände gefallen«, sagte Balthasar fast träumerisch. »Mädchen miteinander, verstehst du?«

»Lesben.«

»Das hat mir die Augen geöffnet«, lachte Balthasar. »So was wollte ich unbedingt selbst mal erleben, und es ist mir auch gelungen. Das waren Engländerinnen – die machen einfach alles.«

»Mein Sohn ist Engländer, Balthasar«, meinte Jak im Hinausgehen. »Also pass auf, was du sagst.«

Dann zog er die Tür hinter sich zu.

Balthasar lehnte sich in seinem Rollstuhl zurück und schloss genüsslich die Augen. Sein Intermezzo mit den beiden britischen Mädchen musste doch schon länger zurückliegen, als er im ersten Moment gedacht hatte – irgendwann Ende der achtziger Jahre. Gott, war das gut gewesen – wirklich eine lohnende Investition. Demir Sandal musste inzwischen auch in die Jahre gekommen sein; schließlich verkaufte er seine billigen Magazine und Videos schon seit einer halben Ewigkeit. Gedankenverloren fragte Balthasar sich, womit der alte Pornohändler sich wohl derzeit beschäftigte – zweifellos handelte es sich um eine höchst aufregende Geschäftsidee, dachte er und lächelte.

Süleyman hatte sich inzwischen zu ihnen gesellt und blickte finster vor sich hin. İkmen, der einen Stuhl aus seinem eigenen Büro herübergeholt hatte, saß mit ratloser Miene neben ihm.

»Mendes ist ein Hacker«, erklärte Çöktin. »Er kann sich in ein System einloggen und wieder daraus verschwinden, ohne dass irgendjemand je erfahren wird, dass er dort gewesen ist. Er oder sie – schließlich könnte es sich auch um eine Frau handeln – ist ein regelrechter Mythos.«

»Hacken ist illegal«, sagte Süleyman in strengem Ton. »Woher wissen Sie das alles?«

»Ich weiß davon, weil in den Newsgroups, mit denen ich in Kontakt stehe, manchmal über Mendes diskutiert wird.«

»Newsgroups über Musik?«

»Ja, manche.« Çöktin wandte sich ab.

»Manche?«

İkmen hatte, wie es seine Art war, über die obskureren Aspekte dieses Falls nachgedacht und räusperte sich nun vernehmlich. »Der Ziegenbock von Mendes ist übrigens ein europäisches Teufelssymbol. Ich weiß nicht allzu viel darüber, habe aber einen Freund, der sich für diese Dinge interessiert.«

»Max ...«, setzte Süleyman an.

»Ja«, unterbrach İkmen ihn rasch, denn er wollte vermeiden, dass Süleyman den Nachnamen des Magiers erwähnte – nicht einmal vor Çöktin. »Glauben Sie, dass dieser Mendes möglicherweise mit irgendwelchen satanischen Praktiken zu tun hat, İsak?«, wandte er sich an Süleymans Assistenten.

Çöktin spürte, wie er rot anlief. Er wandte sein Gesicht ab, war sich jedoch darüber im Klaren, dass seine Vorgesetzten es trotzdem sehen konnten. Als Anhänger der kurdischen Jesiden sprach Çöktin nicht gerne über Satanisten. Die als Teufelsanbeter verschrieenen Jesiden glaubten an einen gütigen Satan, den sie als »Engel Pfau« bezeichneten – was dazu führte, dass sie häufig missverstanden und mit den westlichen Satanisten und deren dunklen Machenschaften in einem Atemzug genannt wurden.

İkmen, der merkte, in welche Bedrängnis diese Frage Çöktin brachte, und fügte hinzu: »Nicht, dass Sie irgendetwas über Satanismus wüssten ...«

»Nein, Inspektor.«

»Aber geht man nicht davon aus«, warf Süleyman ein, »dass einige dieser Jugendlichen, die der Gothic-Szene angehören, sich auch für Satanismus interessieren? Ich habe gestern Abend so eine Gruppe getroffen, und von einem der Mädchen weiß ich, welche Clubs und Bars sie besuchen. In einem der Clubs, wie hieß er noch gleich, ach ja, Kemancı, da wird dieser Skatepunk gespielt, von dem Sie mir erzählt haben, İsak. Vielleicht gibt es ja eine Verbindung zwischen Mendes, den Newsgroups und den Jugendlichen?«

»Das glaube ich nicht, Inspektor«, sagte Çöktin. »Es würde mich zumindest sehr wundern. Nach allem, was ich über Mendes gehört habe, nehme ich an, dass er schon zu lange dabei ist, um noch ein Teenager sein zu können. Und außerdem weiß niemand, wo er sich aufhält. Er könnte sonst wo stecken.«

»Aber er ist türkischer Nationalität?«

Çöktin zuckte die Achseln. »Vielleicht. Ich habe nie persönlich Kontakt mit ihm gehabt, und ich kenne auch niemand anderen, der das von sich sagen könnte. Sämtliche Informationen beruhen auf Hörensagen. Es heißt, Mendes verständige sich in verschiedenen Sprachen, unter anderem auf Türkisch, aber ...«

»Wegen der Dinge, die Sie da auf den Computern gefunden haben, würde ich gern ein paar jüngere Beamte in die Gothic-Szene einschleusen«, sagte Süleyman. »Vielleicht erinnert sich ja jemand an Gülay Arat oder Cem Ataman.«

»Gülay war schon seit mehreren Monaten nicht mehr aktiv dabei«, gab Çöktin zu bedenken. »Und obwohl Cem sich mit sehr düsteren Gedanken befasste, haben wir keinerlei Beweise, dass er ein Gothic-Anhänger war.«

»Stimmt«, räumte Süleyman ein, »aber ich werde das Gefühl nicht los, dass es sich trotzdem lohnen könnte, diese Spur zu verfolgen. Ich will auch mal diese Freundin von Gülay anrufen, von der uns ihr Bruder erzählt hat – das Mädchen, mit dem sie sich zerstritten hatte.«

»Sırma ...«

»Genau.«

İkmen, der sich in Gedanken noch immer mit der magischen

Seite des Falls beschäftigte, meinte: »Es gibt noch eine weitere Verbindung.« Dann berichtete er seinen Kollegen von der Zeichnung an der Außenwand der Kirche Panaghia Mouchliotissa.

»Dreizehn Penisse!«

»Max sagt, dass die Gestalt eigentlich nur einen, maximal zwei haben sollte«, fuhr İkmen fort.

»Ich habe nie irgendwelche sexuellen Dinge über Mendes gehört«, meinte Çöktin. »Wie gesagt: Wir kennen nicht einmal sein Geschlecht.«

»Aber Sie kennen Leute, die Kontakt zu dieser Person hatten?«

»Ja.« Erneut blickte Çöktin zu Boden. »Das Ganze erinnert allerdings ein wenig an diese alte amerikanische Fernsehserie, *Das A-Team*.«

»Aha. Und inwiefern?«, fragte Süleyman.

»In der Serie heißt es: Wer ein Problem hat, bei dem ihm niemand helfen kann, soll das A-Team einschalten – sofern er es findet.« Er lächelte. »Und genauso verhält es sich mit Mendes. Er ist nicht gut, er ist nicht böse, aber er ist unsichtbar.«

»Sie kennen aber doch ein paar Leute, die ...«

»Inspektor, Mendes kann nur dann ein Mythos bleiben, wenn er seine Anonymität wahrt. Die wäre jedoch bedroht, wenn er für uns arbeiten würde, und das würde seine Glaubwürdigkeit zerstören.«

Süleyman sah İkmen fragend an. »Was hältst du davon?«

İkmen zuckte die Achseln. »Es ist dein Fall, Mehmet. Allerdings würde ich zumindest versuchen, diesen Hacker ausfindig zu machen, falls das irgendwie möglich ist.«

»Und, ist es möglich?« Süleyman sah zu Çöktin hinüber.

»Ich kann es versuchen ...«

»Dann tun Sie das«, erwiderte Süleyman.

Çöktin nickte, doch allein der Gedanke daran bereitete ihm Magenschmerzen. Es wäre besser für ihn gewesen, wenn er Mendes gar nicht erst erwähnt hätte. Aber bei den vielen Rätseln, die ihnen diese beiden Computer aufgaben – was war ihm da anderes übrig geblieben?

Demir Sandal besaß kein eigenes Büro.

»Ich habe ein Lagerhaus«, erklärte er Jak Cohen, während er mit einer Hand in die riesige Reisetasche zu seinen Füßen griff, »allerdings gehe ich mit der Adresse nicht hausieren. Man kann nicht vorsichtig genug sein.«

»Da haben Sie Recht.«

Die beiden Männer hatten sich wie vereinbart vor dem Café KaVe in der kleinen Passage gegenüber der Seilbahnstation Tünel getroffen. Dieser ruhigere Teil der İstiklal Caddesi eignete sich hervorragend für verschwiegene Verabredungen, weil man sich zwischen den zahlreichen hohen Grünpflanzen treffen konnte, ohne Aufmerksamkeit zu erregen. Und bei seinen Geschäften konnte der schwergewichtige Demir keine neugierigen Blicke brauchen.

»Sehen Sie sich das hier mal an«, sagte er und zog ein mit Pailletten und Satinstickereien versehenes Kostüm aus der Tasche. »Das wird Ihnen bestimmt gefallen.«

Das Oberteil und der Rock waren aufwendiger verziert als alles, was Jak je gesehen hatte, doch Demir versuchte, seine Aufmerksamkeit auf etwas anderes zu lenken. Während er die verschwenderische Stofffülle anhob und das bestickte Unterteil zum Vorschein kam, meinte er: »Sehen Sie hier, Jak Bey, der Slip öffnet sich im Schritt.« Vertraulich beugte er sich vor. »Wenn die Mädchen darin tanzen, kann man alles sehen.«

»Hm. Nicht schlecht.«

»Ich kann Ihnen das Kostüm als Ensemble verkaufen oder nur die Röcke, falls Sie die Mädchen oben ohne auftreten lassen wollen.« Demir fuhr sich mit der Zunge über die Lippen. »Außerdem habe ich Pailletten für die Nippel, in allen Größen.« Er lachte. »Ich hatte mal ein Mädchen, Jak Bey, mit Brustwarzen so groß wie Zimbeln, die ich übrigens auch jederzeit liefern kann. Dieses Mädchen war einfach fantastisch, und die Männer kamen von überall her, nur um ihre riesigen Nippel zu berühren. Sie war eine dieser Frauen, der man es in Gedanken immer wieder besorgt, verstehen Sie?«

Jak lächelte nur. In der vergangenen Stunde hatte ihm Demir Sandal diverse Geschichten aus seiner Vergangenheit aufgetischt, einschließlich seiner Erfahrungen mit Sodomie. Jak mochte zwar Sexartikel vertreiben, aber er betrachtete sich nicht als Perversen – ganz im Gegensatz zu Demir Sandal; sein Bruder Balthasar hatte zugegebenermaßen nicht übertrieben.

»Welche Mengen könnten Sie wie schnell liefern, Demir Bey?«, fragte Jak und strich vorsichtig über den Stoff.

»Was? Die Röcke und Oberteile oder …?«

»Mir gefallen die Kostüme als Set«, sagte Jak, »und außerdem werden meine Mädchen sie nicht lange anbehalten, oder?«

»Nein.« Demir lachte. »Sie wollen, dass sie sie ausziehen, Jak Bey, weil das für Sie bare Münze bedeutet, hab ich Recht?« Der Pornohändler stieß Jak in die Seite und lachte anzüglich. Doch Jak lächelte nur. Vielleicht war er so reserviert, weil er schon so lange in England lebte, vielleicht lag es aber auch an etwas anderem. Sein Vater war ständig betrunken gewesen und hatte laut herumkrakeelt, häufig begleitet von Gewaltausbrüchen. Und dann waren da noch seine beiden Brüder: Leon, ein Alkoholiker wie sein Vater, und Balthasar, der diesem Sandal so sehr ähnelte, dass es Jak fast die Tränen in die Augen trieb.

»Ich besitze drei Clubs«, setzte er nun an, um das Gespräch wieder auf eine geschäftliche Ebene zu bringen. »Wenn ich im Winter pro Club zweimal im Monat eine Orientalische Nacht veranstalte, brauche ich …« Er schwieg einen Moment und blickte in sein Notizbuch. »Dann brauche ich fünfundvierzig vollständige Kostüme.«

»Samt Accessoires?«

»Samt Zimbeln und drei Schleiern pro Kostüm – und zwar in der schweren Ausführung, die Sie mir vorhin schon mal gezeigt haben.«

Demir Sandal zuckte die Achseln. »Kein Problem.«

»Gut.«

»Ich liefere alles, was Sie wollen, Jak Bey«, fuhr der Pornohändler fort. »Ich kann Ihnen sogar ein paar Dinge anbieten, von denen ich weiß, dass selbst Sie so etwas noch nie gesehen haben.«

»Ich bin wegen der Kostüme hier, Demir Bey.«

»Ja, aber Sie besitzen doch auch Sexshops, Jak Bey. Ich habe sie in England selbst gesehen.« Beifällig hob er die Hände. »Alles, was ein Mann braucht! Alles! Bis auf ...« – erneut beugte er sich zu Jak vor – »... bis auf diesen einen Artikel, den ich demnächst aus unserem bescheidenen Land werde liefern können.«

»Ich habe kein Interesse an irgendwelchen illegalen Sachen.«

»Nein, natürlich nicht.« Demir wirkte auf einmal gekränkt.

»Mein Bruder war früher Polizist.«

»Ja, ich weiß«, sagte Demir besänftigend. »Aber Sie sind ein ehrenwerter Mann. Ich kann mir Sie nicht einmal in einem Raum mit dieser Teufelsbrut vorstellen.« Er senkte die Stimme. »Selbst heute kommen noch einige von denen in meine Läden und rammeln wie die Kaninchen – alles, ohne zu bezahlen!«

Jak glaubte ihm sofort. Obwohl die türkische Polizei in den vergangenen Jahren in ihren Reihen ordentlich aufgeräumt hatte, waren Auswüchse wie diese noch immer an der Tagesordnung. Sehr wahrscheinlich hatte auch Balthasar sich während seiner aktiven Dienstzeit an solchen Dingen beteiligt. Nicht alle Polizeibeamten waren wie Çetin İkmen oder der nette Mehmet Süleyman, mit dem Balthasar auf so freundschaftlichem Fuß stand, dachte Jak. Er konnte gar nicht verstehen, warum İkmen sich nicht darüber freute, dass Çiçek von diesem kultivierten Mann so beeindruckt war.

»Was ich hier habe, beziehungsweise bald bekommen werde, Jak Bey, könnte Sie sehr reich machen. Selbst in England.«

Aus seinen Gedanken gerissen, blickte Jak auf. »Tatsächlich?«

»Es ist einfach unglaublich«, flüsterte der Pornohändler, »falls Sie meine unmaßgebliche Meinung dazu hören wollen.«

Jak kannte diese Sprüche bereits. Es gab immer irgendein neues, wundervolles Sexmittel, das einem zig Millionen Pfund einbringen sollte – und sich dann doch als Reinfall entpuppte. Der letzte »magische Artikel«, den er gesehen hatte, war so absurd gewesen, dass er laut hatte lachen müssen. Aber da er schon aus Prinzip nichts ausließ, gab er Sandal zu verstehen, dass er vielleicht interessiert sei.

»Sie werden es nicht bereuen, Jak Bey«, sagte Demir, während er sich Notizen zu Anzahl und Farbe der gewünschten

Kostüme machte. »Ich rufe Sie an, sobald ich es hier habe. Sie werden begeistert sein.«

»Ich bin nur noch zwölf Tage in Istanbul, Demir Bey.«

»Oh, das reicht völlig aus«, erwiderte der Pornohändler leichthin. Dann musterte er Jak mit einem geschäftsmäßigen Blick und meinte: »Und nun zum Preis pro Kostüm, Jak Bey. Wenn man bedenkt, wie viel Handarbeit darin steckt …«

7

Sırma Karaca war, wie Süleyman fand, eine typische Vertreterin der modernen, verwöhnten Wohlstandsjugend. Nur widerwillig hatte sie sich bereit erklärt, zur Polizeiwache zu kommen und seine Fragen zu beantworten, und saß nun, ganz in Schwarz gekleidet, schmollend vor ihm. Ihre Mutter, die etwa im selben Alter war wie er, gab sich freundlich, wirkte jedoch ein wenig nervös.

Inzwischen hatte Süleyman aus Sırma herausbekommen, dass sie und Gülay die besten Freundinnen gewesen waren und dass das nun tote Mädchen manchmal bei ihr übernachtet hatte.

»Aber damit war es vor etwa sechs Monaten vorbei«, fasste Süleyman zusammen.

Sırma wischte sich mit einem ihrer langen schwarzen Ärmel ein paar Schweißperlen von der Stirn. »Ja.«

»Und warum?«

»Ich glaube, dass Gülay sich einfach weiterentwickelt hat, Inspektor«, erklärte Frau Karaca mit einem wissenden Lächeln.

»Mama!«

»Was meinen Sie mit ›weiterentwickelt‹?«

Sırma stieß einen tiefen Seufzer aus. »Sie hat die Szene verlassen. Unsere Musik und unsere Kleidung langweilten sie.« Und mit einem verärgerten Blick auf ihre Mutter fügte das Mädchen hinzu: »Sie wurde erwachsen.«

Süleyman sah auf seine Notizen. »Wenn ich es richtig verstanden habe, wussten Gülays Eltern nicht, dass ihre Tochter sich für die Gothic-Szene interessierte«, sagte er. »Kannst du dir das erklären?«

»Sie wussten überhaupt nicht viel von ihr«, erwiderte Sırma achselzuckend. »Gülay wollte nicht, dass sie davon erfuhren.«

Frau Karaca legte eine Hand auf die Schulter ihrer Tochter und lächelte.

»Gülays Mutter macht irgendwas mit Mode«, fuhr Sırma fort. »Deshalb hat Gülay fast alle ihre Klamotten in meinem Zimmer aufbewahrt, und bevor wir ausgegangen sind, haben wir uns bei mir umgezogen.«

»Wovon ich natürlich nicht die geringste Ahnung hatte«, warf Frau Karaca rasch ein.

»Gülay kam also zu dir, wechselte die Kleidung und ging dann mit dir zusammen aus?«

»Ja.«

»Und wohin?«

»In die Atlas Pasaj. Da gehen wir alle hin. Manchmal haben wir uns auch eine Band im Kemancı angehört. Gülay stand total auf Brain Dead.«

Von denen hatte sie sich aber nicht entfernt, dachte Süleyman. Und wieder fiel der Name Kemancı, ein Club, den auch Fitnat und ihre schwarz gekleideten Freunde frequentierten. Süleyman fragte sich, ob Sırma die Stieftochter seiner Exfau kannte.

»Und weshalb ist eure Freundschaft zerbrochen?«

»Gülay hat sie beendet.« Sırma blickte ihn an, verzog aber keine Miene. »Sie meinte eines Tages, sie wäre das alles total leid. Sie hätte keine Lust mehr, mit uns ins Atlas zu gehen. Das wäre doch Kinderkram.«

»Und das kam plötzlich, ohne Vorwarnung?«

»Ja.«

»Ist euch zu der Zeit noch irgendwas anderes an ihrem Verhalten merkwürdig vorgekommen?«

»Nur dass sie seit ein paar Wochen mehr für die Schule getan und mehr Zeit zu Hause verbracht hat.« Sırma blickte zu Boden. »Das war irgendwie seltsam. Gülay hasste die Schule – sie hat nie gerne gelernt, und sie verstand sich auch überhaupt nicht mit ihren Eltern.«

»Aber ihre Kleidung bewahrte sie weiterhin bei dir auf?«

Sırma zuckte erneut die Achseln. »Sie meinte, ich könnte sie behalten. Aber die Sachen waren mir zu klein, also habe ich sie weggeworfen.«

Gülay Arat, die Gothic-Anhängerin, hatte also die richtige Kleidung getragen, die richtige Musik gehört, sich in den richtigen Kreisen bewegt – nur um dann urplötzlich die Lust an all dem zu verlieren, mit Ausnahme der Musik. Zudem hatte sie sich rar gemacht, um ein, wie es schien, ruhigeres und zurückgezogeneres Leben zu führen.

Süleyman beugte sich vor und lächelte Sırma an. »Suchst du gelegentlich im Internet nach Informationen über deine Lieblingsbands? Oder bist vielleicht sogar Mitglied in entsprechenden Newsgroups?«

»Ja, manchmal gucke ich mir deren Webseiten an«, sagte Sırma, »aber das ist ziemlich langweilig. Und die Newsgroups kenne ich auch.«

»Und?«

»Voll von Spinnern, die die ganze Zeit nur chatten wollen. Irgendwelche Jugendlichen, die zu Hause hocken und nicht wissen, was sie mit sich anfangen sollen. Warum?«

Der Polizeibeamte ignorierte die Frage und widmete sich dem nächsten Punkt auf seinem Zettel. »Du hast eben gesagt, Gülay verstand sich nicht mit ihren Eltern. Kennst du vielleicht den Grund dafür?«

Das Mädchen und seine Mutter wechselten einen raschen Blick, ehe Sırma antwortete. »Nein.«

»Und du bist dir ganz sicher?«

»Ja.«

»Denn wenn es da etwas gibt, was du dich nicht zu sagen traust …«

»Ihre Eltern sind einfach nie da«, erwiderte Sırma. »Außerdem wollen sie, dass sie so wird wie sie, und dass sie das macht, was sie sagen. Es interessiert sie überhaupt nicht, was Gülay will … wollte.«

»Und das ist wirklich alles?«, hakte Süleyman nach. »Dir fällt nichts ein, weswegen Gülay sich vielleicht das Leben genommen haben könnte?«

Sırma blickte zu ihrer Mutter hinüber. »Nein.«

»Also gut.« Süleyman notierte etwas auf seinem Zettel und fuhr dann fort: »Und danach, also nachdem eure Freundschaft zerbrochen war, hast du Gülay nicht mehr gesehen?«

»Nur noch ein einziges Mal, vor etwa einem Monat«, sagte Sırma. »Im Akmerkez. Sie trug ein hübsches Sommerkleid, wie meine Mutter sagen würde.«

»Hast du mit ihr gesprochen?«

»Ja, sie meinte, sie wäre jetzt glücklich.«

»Und hat sie gesagt, wieso?«

»Nein.«

»Hast du danach gefragt?«

»Nein.«

»War sie in Begleitung?«

»Nein.«

»Also habt ihr euch nur begrüßt, sie hat gesagt, sie sei glücklich, und dann seid ihr wieder auseinander gegangen?«

»Ja.«

Was muss das für ein seltsam steifes Gespräch gewesen sein, dachte Süleyman. Aber vermutlich waren Gruppierungen wie die Gothics auf Abtrünnige nicht gut zu sprechen. Und Gülay Arat hatte sich anscheinend gänzlich von der Szene verabschiedet – im Gegensatz zu Fitnat, die nur ihrem Vater und Suleika zuliebe so tat. Allerdings hatte Fitnat auch noch nichts gefunden, was sie gegen die Zugehörigkeit zu ihrer Clique hätte eintauschen wollen. Genau genommen hatte auch Gülay sich nicht vollständig von der Gothic-Szene entfernt; ihre Vorliebe für deren Musik war bis zuletzt ungebrochen. Irgendjemand oder irgendetwas hatte sie davon abgehalten auszugehen. Ihre Eltern vielleicht? Offenbar gab es hier Probleme, die über die üblichen Eltern-Kind-Reibereien hinausgingen. Und Sırma und ihre Mutter schienen mehr darüber zu wissen, als sie zugeben wollten. Vielleicht lag Çöktin ja richtig mit seiner Vermutung, dass die Antworten auf wenigstens einige dieser Fragen in den Computerdateien des Mädchens zu finden waren. Möglicherweise würde aber auch ein weiteres Gespräch mit Gülays Bruder Nurdoğan etwas mehr Licht in die Angelegenheit bringen.

Süleyman begleitete Sırma und ihre Mutter zur Tür. Als er an seinen Schreibtisch zurückkehrte, klingelte das Telefon. Hastig setzte er sich und nahm den Hörer ab. »Süleyman.«

»Hallo, Mehmet, hier ist Çiçek.«

»Oh, hallo.«

»Mehmet, entschuldige bitte, dass ich dich auf der Wache anrufe, aber ich habe ein kleines Problem«, sagte sie.

»Was denn für eins?«

Er konnte hören, wie sie nervös Luft holte. »Du weißt doch, dass ich mit meiner Freundin Emine zusammenwohne?«

»Ja.«

»Also, Emine hat morgen Geburtstag, und ich werde für sie und ihren Freund und für unsere Freundin Deniz und deren Mann kochen.«

»Was für eine nette Idee.«

»Eigentlich wollte auch noch Yaşar kommen, einer unserer Stewards«, fuhr Çiçek fort, die als Flugbegleiterin arbeitete. »Aber er musste absagen. Und deshalb bin ich jetzt auf der Suche nach einem Mann, der morgen Abend gewissermaßen mein Begleiter sein möchte ...«

»Und da dachtest du an mich.« Süleyman zündete sich eine Zigarette an und blies den Rauch mit einem Seufzer aus. »Aber Çiçek, wenn Yaşar dein Freund ist ...«

Çiçek lachte. »Yaşar ist schwul, Mehmet«, sagte sie. »Wie so viele Stewards. Er ist nur ein guter Freund und war ausschließlich deshalb eingeladen, weil ich eine ausgewogene Tischordnung bevorzuge.«

»Also möchtest du, dass ich das Gleichgewicht an deiner Tafel wieder herstelle?«

»Ja.«

»Ein Polizeibeamter unter lauter Stewardessen und Stewards?«

»Es sind nicht alles Flugbegleiter«, erwiderte sie. »Der Ehemann von Deniz hat ein Antiquitätengeschäft. Und außerdem wissen alle, dass mein Vater Polizist ist. Sie haben überhaupt kein Problem damit.«

»Aber hast du denn keinen festen Freund?«

»Nein.« Ihre knappe Antwort verriet ihm, dass er ein heikles Thema berührt hatte. »Ich verspreche dir, wir werden nicht den ganzen Abend über Turkish Airlines reden.«

»Also ...«

»Hör mal, Mehmet, ich stelle dich einfach als Freund der Familie vor.«

Mehmet seufzte. Er war zwar nicht in der Stimmung, sich mit fremden Leuten zu treffen, aber andererseits hatte er auch keine große Lust, den Abend wieder bei seinen Eltern zu sitzen. Außerdem würden ihn die Gespräche vielleicht auf andere Gedanken bringen und von seinen Problemen ablenken. Schließlich war Çiçek ein nettes Mädchen. Er kannte sie bereits seit ihrer Kindheit und kam sich wie eine Art Onkel vor. In ihrer Gesellschaft würde er sich bestimmt wohl fühlen – und möglicherweise sogar ein wenig entspannen können.

»Also gut«, sagte er entschlossen, »du hast deinen Begleiter, Çiçek.«

»Wunderbar!«

»Um wie viel Uhr?«

Nachdem sie die Details besprochen und noch ein paar Worte über Hülya und ihr seltsames neues Haus gewechselt hatten, beendete Süleyman das Telefonat. Als er den Hörer auflegte, runzelte er die Stirn. Am Tag nach Çiçeks Abendessen würde er das Ergebnis seines HIV-Tests erfahren. Vielleicht war es ja das letzte Mal, dass er gemeinsam mit anderen eine einigermaßen entspannte Mahlzeit würde einnehmen können. Vielleicht sollte er eine Ausnahme machen, sein Abstinenzgelübde brechen und auch etwas trinken.

İsak Çöktin schaffte es gerade noch bis nach Hause, bevor ihn die Müdigkeit übermannte. Seine Mutter, die es nicht gerne sah, wenn ihr Sohn nachts arbeitete, schimpfte zwar, doch er hörte sie kaum. Vollständig bekleidet warf er sich aufs Bett und sank umgehend in einen tiefen, traumlosen Schlaf.

Als er einige Zeit später von lauter Fasil-Musik geweckt wurde, die aus der Nachbarwohnung dröhnte, kehrten die Sorgen, die ihn schon während der Arbeit bedrückt hatten, schlagartig zurück. Der Wecker zeigte sechs Uhr abends, was bedeutete, dass er gerade mal vier Stunden geschlafen hatte – längst nicht genug, um einen klaren Gedanken fassen zu können und zu entscheiden, was er als Nächstes tun sollte. Er musste mit jemandem darüber reden. Mühsam hob er sein Mobiltelefon vom Boden auf und tippte eine Nummer ein.

Als am anderen Ende der Leitung abgenommen wurde, sagte

er: »Hier ist İsak. Du musst unbedingt vorbeikommen. Es gibt ein Problem.«

Natürlich bestand Çöktins Mutter bei der Ankunft seines Cousins Kasım darauf, dass sie alle gemeinsam zu Abend aßen. Und da es keinen Zweck hatte, seine Mutter zu hetzen, blieb Çöktin nichts anderes übrig, als sich zu gedulden, bis die Mahlzeit beendet war. Doch danach verließen er und Kasım sofort die Wohnung, unter dem Vorwand, einen Spaziergang machen zu wollen. In Tepebaşı, einem armen, heruntergekommenen Viertel, wohnten viele Zuwanderer vom Land, die Çöktins Familie um ihren relativen Wohlstand beneideten – und die dieselbe Sprache sprachen wie sie, was für Çöktins Vorhaben hinderlich war.

Rasch überquerten İsak und Kasım eine große, vierspurige Straße und gingen in Richtung Beyoğlu.

»Ich kenne den Pförtner der armenischen Kirche«, sagte İsak, als sie den geschäftigen Balık Pazarı mit seinen Fischständen, Souvenirläden und riesigen Gewürzsäcken betraten. »Er ist ein Freund unseres Pathologen und wird uns bestimmt reinlassen, damit wir ungestört reden können.«

Die beiden jungen Männer verschwanden durch etwas, das für Uneingeweihte wie eine Schranktür aussehen mochte. Dahinter befanden sich jedoch ein gepflasterter Innenhof und die unverkennbare weiße Fassade der Kirche Üç Horan, die im neunzehnten Jahrhundert für die damals große armenische Minderheit errichtet worden war. Und obwohl die Gemeinde inzwischen stark geschrumpft war, zählte das Gebäude nach wie vor zu den größten seiner Art in Istanbul.

Der Pförtner – ein dünner, verdrossen wirkender Mann namens Garbis – war hocherfreut, einen Kollegen von Dr. Sarkissian begrüßen zu dürfen, der sich zu einem Gespräch mit einem Freund auf eine der Bänke im Kirchhof setzen wollte. Schließlich ging es im Balık Pazarı in den Abendstunden zu wie in einem Tollhaus. Garbis brachte İsak und Kasım sogar einen Aschenbecher und Tee aus seinem eigenen Samowar. Als er sie allein ließ, hörte er, dass die beiden Männer sich in einer Sprache unterhielten, die weder Armenisch noch Türkisch war.

»Mein Chef möchte Mendes' Fachwissen nutzen«, sagte İsak ohne lange Einleitung.

Sein wenige Jahre jüngerer Cousin schüttelte den Kopf. »Woher weiß dein Chef denn von Mendes?«

»Ich habe dem Inspektor von ihm erzählt.«

»Du hast was?« Mit weit aufgerissenen Augen funkelte Kasım İsak wütend an. »Warum? Hast du den Verstand verloren?«

İsak zündete sich eine Zigarette an und blickte vor sich auf den Marmorboden. »Bei dem Fall, an dem wir gerade arbeiten, haben wir es mit Unmengen elektronischer Daten zu tun.«

»Ja, aber hat die Polizei denn keine eigenen Experten?«

»Doch, schon ... Hör zu, Kasım, ich kann dir jetzt keine Einzelheiten verraten. Aber wir brauchen jemanden, der in der Lage ist, Personen aufzuspüren, die in Newsgroups aktiv sind. Wir brauchen jemanden, der weiß, was man tun muss, um die eigene Identität zu verschleiern.«

Kasım wischte sich mit der Hand ein paar Schweißperlen von der Stirn. »Bist du wahnsinnig?«

»Nein, ich will bloß mit diesem Fall vorankommen – und das ist nur möglich, wenn ich einen Weg finde, Kontakt zu Mendes aufzunehmen.«

»Und wenn dein Vorgesetzter auf einmal weitere Informationen über Mendes haben will? Wenn er wissen will, was Mendes sonst noch tut? Was dann?«

»Inspektor Süleyman wird keine Fragen stellen, die über den Rahmen der Ermittlungen hinausgehen. Warum sollte er?«

»Weil er ein Polizist ist!«, fuhr Kasım seinen Cousin an.

»Das bin ich auch.«

»Ja, aber du bist anders, oder nicht?«, erwiderte Kasım nun etwas ruhiger. »Du bist in erster Linie einer von uns und dann erst Polizist. Dieser Süleyman ...«

»Inspektor Süleyman weiß, was ich bin, Kasım«, warf İsak ernst ein.

»Du hast es ihm gesagt!«

»Nein, natürlich nicht. Aber er weiß davon.«

»Und woher? In deinem Pass steht, du bist Moslem.«

»Ja, aber Inspektor Süleyman weiß, dass ich Jeside bin.« Ungeduldig schüttelte er den Kopf. »Warum und wieso, will ich jetzt nicht erläutern.«

»Wenn er also davon weiß, wieso hast du dann deinen Job noch? Dir ist doch klar, was die Leute über uns denken.«

»Inspektor Süleyman ist anders.«

»Aber nicht anders genug, um diskret wegzusehen, wenn er von deinem kleinen Nebenerwerb Wind bekommt«, meinte Kasım düster.

İsak blickte zur Seite und betrachtete eine ihm unverständliche armenische Inschrift. »Nein. Aber davon muss er ja auch gar nichts erfahren.«

»Ach, nein? Und was, wenn er wissen will, woher wir Mendes kennen? Nein.« Kasım holte eine Zigarette aus seiner Tasche. »Mendes muss ein Geheimnis bleiben.« Er beugte sich zu İsak hinüber, um seinen Worten mehr Nachdruck zu verleihen. »Mendes hat alles für uns geregelt. Wenn wir tun, was er sagt, kann man uns nicht finden.«

»Ich weiß.«

»Mendes sympathisiert mit uns ...«

»Das wissen wir doch gar nicht, Kasım.«

»Doch, sonst hätte er ...«

»Mendes ist ein Hacker«, entgegnete İsak ernst. »Er tut diese Dinge für andere Leute, weil er – oder sie – die Herausforderung genießt. Aber wir wissen nicht, wer Mendes ist. Soweit mir bekannt ist, hat dein Freund ihn nie persönlich getroffen. Er könnte genauso gut ein Kurde wie ein Amerikaner oder ein Koreaner sein ...«

»Mendes' Anweisungen waren in unserer Sprache verfasst.«

»Bist du dir da ganz sicher? Und was ist mit deinem Freund – der, mit dessen Hilfe wir unser Geschäft aufgezogen haben? Vielleicht hat er ja übersetzt, was der Hacker ihm gesagt hat.«

»Ich weiß es nicht.«

»Na, dann solltest du dich mal mit ihm in Verbindung setzen – oder mich Kontakt zu ihm aufnehmen lassen.«

»Nein!«

»Doch, Kasım.« İsak Çöktin drückte seine Zigarette aus und trank einen Schluck Tee. »Es ist mir ernst. Das Leben von Kindern könnte auf dem Spiel stehen. Ich würde mir nie verzeihen, wenn ich nicht alles in meiner Macht Stehende unternommen hätte …«

»Das war ein schlimmer Tag für uns, als du zur Polizei gegangen bist!«, erwiderte Kasım bitter.

Erzürnt über das Unverständnis seines Cousins, meinte Çöktin: »Ich bin zur Polizei gegangen, weil ich einen Job brauchte! Meine Arbeit sorgt dafür, dass meine Eltern was zu essen haben!«

»Du sprichst Englisch. Du hättest doch jeden Job haben können, sogar im Ausland!«

»Und Mutter und Vater zurücklassen?« Verächtlich winkte İsak ab. »Mein Vater kann nicht arbeiten, Kasım. Und Mutter tut ihr Bestes, aber … Außerdem will ich gar nicht ins Ausland.«

»Und warum nicht?« Kasım rückte noch näher an seinen Cousin heran. »Vielleicht wegen dieser türkischen Freundin, die du in Balat hast?«

»Döne …«

»Ja, Döne, die Frau, die du sowieso verlassen musst, wenn deine Eltern dir in unserem Heimatdorf eine Braut suchen.«

Rot vor Zorn zischte İsak: »Wechsel nicht das Thema, Kasım! Wirst du nun mit deinem Freund reden oder nicht?«

»Nein.«

»Na schön«, sagte İsak und stand auf. »Dann muss ich ihn eben selbst suchen. Kann ja nicht so schwer sein.«

»İsak!«

Çöktin beugte sich zu Kasım hinunter und flüsterte ihm ins Ohr: »Ich kann dich Tag und Nacht beschatten lassen, Kasım, und zwar ab sofort. Denk drüber nach.«

Dann bedankte er sich noch einmal bei Garbis und verschwand. Kasım blickte in sein fast leeres Teeglas und seufzte. Er mochte İsak, schließlich gehörte er zur Familie, und außerdem brauchte er ihn, um das Geschäft am Laufen zu halten. Aber das ganze Unternehmen so in Gefahr zu bringen war einfach rücksichtslos von ihm. Begriff er denn nicht, dass er nicht nur seinen Job, sondern auch seine Freiheit verlieren könnte, wenn sein Vorgesetzter von ihrem Tun erfuhr? Egal, ob Kinder in Gefahr schwebten oder nicht, das Risiko war einfach zu groß. Andererseits: Wenn İsak ihm nicht mehr half, wer würde es dann tun?

Sobald sie die Einkäufe für ihren Arbeitgeber weggeräumt hatte, griff Ülkü zum Telefon und gab Bescheid, dass Max Bey nicht zu Hause war. Es dauerte kaum eine Minute, bis Turgut an die Wohnungstür klopfte.

Rasch zog sie ihn herein und küsste ihn. Wer wusste schon, wie lange sie allein sein würden? Sie hatte Max Bey nicht fortgehen gesehen, er konnte also theoretisch jeden Moment zurückkommen. Aber Turgut reagierte wenig begeistert auf ihre Küsse; anscheinend hatte er einen schlechten Tag. Sie gingen in Ülküs Zimmer, und nachdem er noch einmal kurz in die Diele zurückgekehrt war, um Zigaretten aus seiner Jacke zu holen, schloss er die Tür hinter sich, setzte sich zu ihr aufs Bett und öffnete seinen Hosenschlitz.

»Komm schon«, sagte er, legte ihre Hand um seinen Penis und ließ sich in die Kissen sinken.

Ständig forderte er das von ihr – jedes Mal, wenn sie sich trafen. Widerstrebend, aber gehorsam tat Ülkü, was er von ihr verlangte, und blickte wie immer zur Seite, während ihr Freund stöhnte und keuchte und sich langsam dem Höhepunkt näherte. Sie wusste, wenn sie ihm seinen Willen gelassen hätte, hätte er »richtigen« Sex mit ihr gehabt. Doch genau wie sie stammte auch er aus einem kleinen Kaff im Osten des Landes, wo die Mädchen bis zu ihrer Heirat Jungfrauen blieben und die Männer zu Huren oder ausländischen Frauen gingen oder ihre Freundin zu dem überredeten, was sie gerade für ihn machte. Aber bald würden sie heiraten, das versicherte Turgut ihr ständig, und dann würde alles anders werden. Vielleicht war er ja deswegen so deprimiert – weil es so furchtbar lange dauerte, bis sie das Geld für die Hochzeit zusammenhatten.

Als Turgut fertig war, stand Ülkü auf und ging ins Bad. Später sollte sie sich daran erinnern, ein Geräusch aus dem Arbeitszimmer gehört zu haben, so als wäre etwas umgefallen. Aber das Geräusch war nicht sehr laut, und Max Bey war nicht zu Hause, also kümmerte sie sich nicht darum. Außerdem rief Turgut nach ihr.

»Ülkü?«

»Ja?«

»Du weißt, dass ich dich liebe, oder?«

Lächelnd kehrte sie in ihr Zimmer zurück. »Ja.«

Er lag noch immer auf dem Bett und massierte sich sein Ding zur Abwechslung einmal selbst.

»Ich will, dass du mir einen bläst«, sagte er schroff, fügte dann aber in sanfterem Ton hinzu: »Bitte. Es ist das Beste, was ein Mädchen für einen Mann tun kann, und ich bin so angespannt …«

»Nein!«, erwiderte Ülkü zornig. »Nur Huren machen so was!«

»Das stimmt nicht«, sagte Turgut, »auch anständige Mädchen machen es.« Er lächelte. »Max Beys Schülerinnen tun es. O Ülkü, es würde mich so glücklich machen.«

»Aber …«

»Komm schon, Ülkü, wir haben doch nicht viel Zeit zusammen. Bitte! Ein Mann muss wissen, dass seine zukünftige Ehefrau alles für ihn tut, was er verlangt …«

Es musste irgendetwas Schlimmes vorgefallen sein; seine Augen hatten so einen verletzten Ausdruck. Wenn sie nur mit ihm darüber reden könnte, was ihn so bedrückte, statt das hier für ihn zu machen. Aber wenn er sich dadurch besser fühlte … Also kam sie seinem Wunsch nach. Im Gegensatz zu sonst dauerte es nicht lange, und als Turgut sich erholt hatte, machte sie es gleich noch mal. Er war so verrückt danach, und sie wollte es ihm unbedingt recht machen. Max Bey hatte gesagt, wenn sie erst einmal anständig Englisch lesen und schreiben könne, werde sie einen besseren Mann finden als Turgut. Er traue ihm nicht und fürchte, Turgut wolle sie nur ausnutzen. Aber sie war glücklich. Turgut sah so gut aus, und obwohl sie sich neben ihm häufig klein und unbedeutend vorkam, wusste sie, dass er sie liebte. Warum sollte sie einen anderen Mann haben wollen?

»Geht es dir jetzt besser?«, fragte sie, nachdem sie erneut im Bad gewesen war, um sich zu waschen.

»Ja«, sagte er mit halb geschlossenen Augen. »Du bist ein braves Mädchen, Ülkü. Du hast mich sehr glücklich gemacht.«

Dann zog er sich wieder an und sagte beiläufig, er hätte gerne etwas zu trinken. Sie ging in die Küche, um eine Flasche Wasser aus dem Kühlschrank zu holen, und auf dem Rückweg beschloss sie, ihre Englischbücher aus dem Arbeitszimmer mitzunehmen. Turgut musste bald in sein Restaurant zurückkehren, und da Max Bey nicht da war, würde sie in Ruhe lernen können.

Sie öffnete die Tür und griff nach den Büchern auf dem kleinen Tisch, der dahinter stand. Warum sie überhaupt einen Blick in das Zimmer warf, sollte ihr auf ewig ein Rätsel bleiben. Beim Anblick des vielen Bluts auf dem Boden und an den Wänden ließ Ülkü die Bücher wieder fallen und rannte schreiend in ihr Zimmer.

8

Um wie viel Uhr hat Ihr Arbeitgeber das Haus verlassen?« Der Polizeibeamte, ein gewisser Inspektor İskender, war zwar klein, besaß aber eine starke Ausstrahlung: Trotz seiner attraktiven, gepflegten Erscheinung verströmte er eine eisige Kälte, die die traumatisierte Ülkü zusätzlich verängstigte.

»Ich … vielleicht gegen fünf … ich war einkaufen. Und als ich zurückkam, war er nicht da …«

»Es war genau fünf Uhr«, unterbrach Turgut sie mit fester Stimme. »Ülkü hat mich angerufen, sobald sie zurück war. Ich war zufällig in der Nähe und habe gesehen, wie Max Bey das Haus verließ. Sie müssen einander gerade eben verpasst haben. Es war fünf Uhr, das weiß ich genau.«

»War es denn notwendig, dass Frau Ayla sich allein in der Wohnung aufhielt, als Sie sie besuchten?«, fragte İskender den ungehobelt wirkenden jungen Mann vor ihm. »Immerhin haben Sie draußen herumgelungert. Hatten Sie vielleicht vor, die junge Dame zu verführen?«

»Nein«, erwiderte der Junge kaltblütig. »Ülkü und ich … wir sind verlobt. Ich würde sie niemals auf diese Weise entehren. Aber Max Bey mag mich nicht. Deswegen muss ich draußen herumlungern, um auch mal mit ihr allein sein zu können. Er meint, ich wäre nicht gut genug für sie.«

»Und warum sollte sich Max Bey um das Privatleben seines Hausmädchens kümmern?«

Ülkü und Turgut wechselten einen raschen Blick. Dann sagte das Mädchen: »Weil er ein freundlicher Mensch ist.«

Plötzliche Betriebsamkeit im Arbeitszimmer nebenan ließ İskender aufhorchen.

»Entschuldigen Sie mich einen Moment«, sagte er und bedeutete zwei Beamten, auf das Pärchen aufzupassen.

Als er den Raum betrat, sah er, wie Çetin İkmen zusammen mit mehreren uniformierten Beamten die Blutflecken aus nächster Nähe studierte. Auch İskenders Assistent Alpaslan Karataş war anwesend. Als İskender neben İkmen trat, wandte der sich um.

»Maximillian Esterhazy und ich sind alte Bekannte«, sagte İkmen. »Er ist ein kluger Mann.«

»Was wissen Sie über ihn?«

»Er ist etwa Mitte fünfzig, britischer Staatsbürger österreichischer Herkunft, gibt privaten Englischunterricht und schreibt gelegentlich für die eine oder andere Zeitschrift. Außerdem ist er ledig.« İkmen sah İskender direkt ins Gesicht. »Ich hoffe, das hier ist nicht sein Blut.«

»Das werden wir erst wissen, wenn wir seine Leiche oder die eines anderen finden«, sagte Metin İskender. »Glauben Sie, er wäre zu einem Gewaltverbrechen fähig?«

İkmen zuckte die Achseln. »Wer wäre das nicht?«

»Ist Esterhazy homosexuell?«, fragte İskender mit einer Direktheit, für die er berühmt war.

İkmen lächelte. »Ledig heißt nicht notwendigerweise schwul. Es könnte auch bedeuten, dass er einfach etwas Besseres zu tun hat, als zu heiraten. Außerdem lebt er völlig für seine Kunst. Für alles andere bleibt ihm keine Zeit.«

»Welche Art von Kunst?«

»Max ist Magier.« İkmen spürte, wie Alpaslan Karataş zu ihm herübersah.

»Was meinen Sie damit? Ein Zauberkünstler, der irgendwo auftritt?«

»Nein.« İkmen zündete sich eine Zigarette an und ließ sich in einem von Max' abgewetzten Sesseln nieder. »Ein echter Magier. Max ist das, was man im Westen als ›Eingeweihter‹ bezeichnet. Er beschäftigt sich mit magischen Systemen: Kabbala, henochische Magie.«

»Dann ist er also ein Scharlatan?«

»Das hängt vom Standpunkt des Betrachters ab«, erwiderte İkmen. »Aber wenn Max will, das etwas geschieht, dann geschieht es meist auch.«

»Ich habe die Spurensicherung angefordert«, sagte İskender,

setzte sich neben İkmen und zündete sich ebenfalls eine Zigarette an. »Wieso lebt Esterhazy eigentlich in Istanbul?«

»Weil es ihm hier gefällt. Ich glaube, es kommt seiner im Grunde staatenlosen Natur entgegen«, meinte İkmen. »Er hat mehrere Artikel über türkische Magie geschrieben, die in seiner Heimat ziemlich gut aufgenommen wurden, soweit ich weiß. Ich habe einen über die Jesiden gelesen, der wirklich hervorragend war.«

»Jesiden?« İskender kniff die Augen zusammen. »Die beten doch den Teufel an, oder?«

»Nein, das ist ein Mythos«, erwiderte İkmen müde. Einen Moment lang war er versucht, İskender zu erzählen, dass sie in ihrer Abteilung einen Jesiden hatten. Doch dann besann er sich eines Besseren und meinte nur: »Ihre Religion wird häufig missverstanden. Die Jesiden sind keine schlechten Menschen und mit Sicherheit keine Teufelsanbeter. Max weiß von ein paar Satanisten …«

»In Istanbul?«

»Ja.«

»Und warum haben Sie ihn dann nicht dazu gebracht …«

»Menschen wie Max folgen ihrem eigenen Weg«, sagte İkmen ernst. »Er hat sich die Satanisten und andere Wirrköpfe persönlich vorgeknöpft, auf seine eigene, einzigartige Weise.«

»Bis jetzt.«

»Schon möglich.« İkmen schüttelte den Kopf. »Das hängt davon ab, was das hier zu bedeuten hat. Ich weiß gar nicht, was ich Inspektor Süleyman erzählen soll.«

»Er kennt diesen Mann?«

»Ich habe sie einander vorgestellt«, sagte İkmen. »Sie kommen gut miteinander aus. Der gleiche familiäre Hintergrund.«

İskender schaute İkmen verwirrt an.

»Inspektor Süleyman entstammt einer aristokratischen Familie, genau wie Max«, erläuterte İkmen. »Ich glaube, der Vater von Max war ein Graf. Die Esterhazys sind, kurz bevor die Nazis Wien in ihre Gewalt brachten, von Österreich nach England ausgewandert. Sie waren gegen Hitler. Ich glaube, Max und Inspektor Süleyman tauschen sich gerne darüber aus, was sie heute wohl machen würden, wenn die Geschichte einen anderen Verlauf genommen hätte. Für uns Angehörige des gemeinen Volkes, Metin, spielt dieses ›Was wäre wenn‹ ja eher eine untergeordnete Rolle.«

Die beiden Männer saßen einen Moment schweigend da, bis Karataş mit einem großen, anscheinend sehr alten Buch zu ihnen trat.

»Das lag aufgeschlagen auf dem Schreibtisch, Inspektor«, sagte er und legte İskender den Wälzer auf den Schoß.

»Na, wenn das keine Darstellung des Teufels ist, dann weiß ich es auch nicht«, meinte İskender und zeigte auf die Abbildung.

İkmen schloss kurz die Augen und öffnete sie dann mit einem Seufzer wieder. »In gewisser Weise, ja. Es handelt sich um den Ziegenbock von Mendes. Allerdings hat Max sich nicht aus eigenem Antrieb damit beschäftigt.«

»Ach?«

»Nein. Ich habe ihn darum gebeten«, sagte İkmen und erläuterte seinem jüngeren Kollegen die Hintergründe.

»Glauben Sie denn, dass das Graffiti irgendetwas mit diesem Fall hier zu tun hat?«

»Ich weiß es nicht«, räumte İkmen ein. »Vielleicht. Ich hoffe, dass wir bald in der Lage sein werden, Max persönlich danach zu fragen. Eins steht allerdings fest: Wir müssen die Sache weiterverfolgen. Çöktin hat von einem Hacker gehört, der sich selbst Mendes nennt. Und ich weiß, dass Inspektor Süleyman Kontakt mit dieser Person aufnehmen will. Außerdem möchte ich ein paar Worte mit diesem Mendes wechseln.«

»Nicht nur Sie«, sagte İskender leicht gereizt. »Schließlich ist es mein Fall.«

»Natürlich.« İkmen stützte den Kopf in die Hände. »Natürlich ist es Ihr Fall.«

Schweigend saßen die beiden Männer da und warteten auf die Spurensicherung, während das Blut an den Wänden allmählich trocknete.

»Andererseits«, hob İskender nach einer Weile an und neigte nachdenklich den Kopf, »muss ich mich fragen, wie weit ich ohne Kenntnisse der Magie in diesem Fall komme, vorausgesetzt, dass Herr Esterhazy verschwunden bleibt. Vermutlich nicht sehr weit.«

İkmen blickte auf und sah in die harten, unergründlichen Augen seines Kollegen.

»Wenn Sie, Inspektor İkmen, also diesen Teil der Ermittlungen für mich übernehmen würden, wäre ich Ihnen überaus dankbar.« Dann erhob er sich abrupt und meinte: »Ich muss noch die Aussage des Hausmädchens und ihres Verlobten aufnehmen.«

»Ja, natürlich, Metin.«

Als İskender verschwunden war, warf İkmen dessen Assistenten Alpaslan Karataş einen Blick zu, doch der zuckte nur die Achseln. Metin İskender war ein anständiger Mann – rechtschaffen und grundehrlich. Aber er besaß auch ein paar merkwürdige Eigenschaften. Zum einen war er recht steif und ein Paragraphenreiter wie so viele Männer, die aus sehr ärmlichen Verhältnissen stammten, zum anderen war er aber auch der verhätschelte Liebling einer wohlhabenden Frau, die sich nichts sehnlicher wünschte, als dass ihr Mann den Polizeidienst quittierte. Sie wollte, dass er seine künstlerische Ader entdeckte, wo auch immer die sich verbergen mochte. Ganz gewiss befand er sich in der Hinsicht nicht auf einer Linie mit Maximillian Esterhazy und seinesgleichen.

Als İkmen von dem Vorfall in Max' Wohnung erfahren hatte, war ihm sofort klar gewesen, dass er in den Fall verwickelt werden würde – denn er und Max hatten etwas gemein, von dem nur sie beide wussten. Wo Max sich jetzt auch immer befand und was auch immer er getan haben mochte, İkmen musste ihm auf jeden Fall helfen.

Er hatte zweimal in der Wohnung angerufen, in der sich Zelfa und ihr gemeinsamer Sohn seines Wissens nach aufhielten, und zweimal hatte jemand den Hörer abgenommen und sofort wieder aufgelegt. Daher war Süleyman im Augenblick nicht in der Stimmung für irgendwelche Einwände seines übergewichtigen Vorgesetzten.

»Wir wissen, dass Gülay Arat in der Gothic-Szene verkehrte«, erklärte er Polizeipräsident Ardiç, während er unruhig vor dessen Schreibtisch auf und ab lief.

»Aber das ist schon eine Weile her, oder?«

»Etwa sechs Monate.«

Ardiç wischte sich den Schweiß von der Stirn und zündete sich eine dicke, schwarze Zigarre an. Der Polizeipräsident, der ein paar Jahre älter war als İkmen, gab ein gutes Beispiel dafür ab, was mit korpulenten Männern geschieht, wenn sie an ihren Schreibtisch gefesselt sind. Er hob seinen Bauch an und legte ihn auf der Kante seiner Schreibtischschublade ab. »Wenn das Mädchen die ›Gothic-Szene‹, wie Sie es nennen, verlassen hat, warum sollten wir uns jetzt damit befassen?«, fragte er.

»Bis kurz vor ihrem Tod hat sie noch immer deren Musik gehört«, entgegnete Süleyman.

Ardiç gähnte. »Und was ist mit diesen Computerhinweisen, die Çöktin gefunden hat?«

»Die Newsgroups.«

»Sind die nur merkwürdig oder auch irgendwie mit der Gothic-Musik in Verbindung zu bringen?«

»Einige sind merkwürdig, andere haben mit der Szene zu tun.« Süleyman ließ sich auf einen Stuhl sinken und seufzte. »Das letzte Newsgroup-Mitglied, mit dem Gülay Kontakt hatte, verwendete Worte in einer Sprache, die wir noch nicht identifizieren konnten. Und allem Anschein nach stand auch Cem Ataman mit der betreffenden Person oder mit jemand anderem, der ebenfalls diese Worte benutzte, in Verbindung.«

»Sie glauben also, dass der Selbstmord des Jungen und der Mord an dem Mädchen irgendwie zusammenhängen?«

»Ich weiß es nicht«, erwiderte Süleyman, holte seine Zigaretten aus der Sakkotasche und zündete sich eine an. »Cem war ein einsamer, trübsinniger Junge – offenbar weiß niemand besonders viel über ihn. Soweit uns bekannt ist, gehörte er nicht direkt der Szene an, interessierte sich aber durchaus für Teufelskulte. Und er fügte sich selbst Schnittwunden zu, was viele dieser Jugendlichen machen. Außerdem stand er mit einer Newsgroup in Verbindung, in der derselbe merkwürdige Jargon verwendet wird wie in dem Internetforum, in dem Gülay Arat sich regelmäßig austauschte. Çöktin kümmert sich zurzeit darum.«

»Er scheint ziemlich geschickt im Umgang mit Computern zu sein«, bemerkte Ardiç.

»Ja, obwohl diese Newsgroup-Sache auch ihn vor Probleme stellt. Ich habe ihm erlaubt, sich Hilfe von außerhalb zu holen.«

»Was meinen Sie damit?«

Da er wusste, dass das Wort »Hacker« eine Flut unerwünschter Fragen nach sich ziehen würde, sagte Süleyman: »Einen Experten mit großer Erfahrung im Bereich der Internet-Kommunikation.«

»Verstehe.« Ardiç runzelte die Stirn. »Sie wissen ja, dass die Eltern von Cem Ataman die Freigabe der Leiche ihres Jungen gefordert haben, damit sie ihn beerdigen können.«

»Ich habe ihnen bereits erklärt ...«

»Ja, ich weiß. Allerdings muss ich gestehen, dass ich unter den gegebenen Umständen nicht nachvollziehen kann, warum Sie den Leichnam noch zurückhalten, Süleyman. Meines Wissens hat der Gerichtsmediziner alles untersucht, was es zu untersuchen gibt. Sie können ja den Computer des Jungen und andere persönliche Dinge von ihm noch behalten, aber der Leichnam muss umgehend freigegeben werden.«

»Verstehe. Und was ist mit meinem Antrag, Sırma Karaca noch einmal befragen und Kontakt zu Gülay Arats anderen Freunden aufnehmen zu dürfen?«

Ardiç blickte vor sich auf den Schreibtisch. »Von mir aus«, sagte er, »vorausgesetzt, Sie versuchen, nicht allzu vielen Menschen auf die Füße zu treten. Soweit ich weiß, gehören diese seltsamen Kinder, die sich in der Atlas Pasaj treffen, größtenteils der Oberschicht an. Sie werden also entsprechend vorsichtig mit ihnen umgehen müssen«, fügte er hinzu und sah seinen Untergebenen eindringlich an.

»Natürlich.«

»Ungeachtet dieser Computerindizien bin ich nämlich noch immer nicht davon überzeugt, dass die beiden Todesfälle zusammenhängen«, fuhr Ardiç fort und seufzte. »Junge Leute bringen sich nun mal gelegentlich um, und Morde geschehen immer wieder.«

»Das Mädchen wurde vorher sexuell missbraucht«, sagte Süleyman. »Und zwar auf eine höchst bizarre Weise. Und in Anbetracht der düsteren Interessen dieser Jugendlichen ...«

»Ja, ja, ja!« Ardiç wurde nun allmählich ungehalten, wie üblich, wenn sich ein Fall als kompliziert erwies. İkmen hatte es einmal sehr treffend formuliert: Für Ardiç mussten Verbrechen kristallklar sein. Kneipenschlägereien, Blutrache und hin und wieder eine tote Prostituierte – das war eher nach seinem Geschmack. Doch für alles, was auch nur im Entferntesten schwierig zu werden drohte, brachte er keinerlei Verständnis auf.

»Hören Sie, Süleyman«, sagte er schließlich, »befragen Sie meinetwegen diese Jugendlichen, aber seien Sie vorsichtig. Diese Gülay Arat könnte genauso gut einverstanden gewesen sein mit dem Geschlechtsakt, den Sarkissian in seinem Bericht erwähnt. Schließlich wissen wir, dass ihr Vater eine Reihe dubioser Etablissements führt, wo anscheinend alle möglichen Dinge laufen – Drogen, Pornographie und was weiß ich noch alles. Vielleicht wollten sie und ihre Freunde nur irgendeinen perversen Film nachspielen ...«

»In dessen Verlauf ihr dann einer ihrer Freunde ein Messer ins Herz rammt?« Süleyman schüttelte den Kopf. »Nein, das glaube ich nicht.«

»Aber Sie sollten es auch nicht ausschließen«, erwiderte Ardiç schroff. »Auf diesen Videos und DVDs finden sich heutzutage die unglaublichsten Dinge. Es gibt Menschen, die einfach alles machen – und einiges davon für Hüseyin Arat, wie man hört.«

Süleyman nickte und versuchte, nicht daran zu denken, dass Ardiç sich einige dieser Pornos möglicherweise angesehen hatte.

Kurz danach verließ er das Büro seines Vorgesetzten. Er hatte bekommen, was er wollte: die Genehmigung, Gülays Freunde zu befragen. Mehr brauchte er nicht – mit Ausnahme von handfesten Beweisen dafür, dass er auf dem richtigen Weg war. Wie Ardiç gesagt hatte, konnten die beiden Todesfälle genauso gut nichts miteinander zu tun haben. Vielleicht waren selbst die Verbindung zur Gothic-Szene und die Mitteilungen von »Nika« und »Gemeinschaft« absolut bedeutungslos, denn schließlich hatte keiner der beiden Unbekannten irgendetwas Ungebührliches gegenüber den Jugendlichen geäußert – zumindest soweit das der Polizei bisher bekannt war.

Süleyman saß gerade in seinem Büro, als İkmen anrief, um ihm von Max Esterhazys Verschwinden zu berichten. Wo um alles in der Welt konnte der Engländer nur stecken? Und wessen Blut war in seinem Arbeitszimmer verspritzt worden? Die Tatsache, dass auf Max' Schreibtisch eine Abbildung des Ziegenbocks von Mendes gelegen hatte, ließ Süleyman plötzlich hellwach werden. Es konnte zwar sein, dass auch das nichts zu bedeuten hatte, doch der Name Mendes war nun in drei verschiedenen Zusammenhängen aufgetaucht: bei dem Graffiti an der Kirche, als Deckname eines geheimnisvollen Computerhackers und jetzt als Abbildung in einem von Max' Büchern.

Süleyman griff zum Telefonhörer und rief Çöktin zu Hause an.

»Ich verstehe nicht, wie sich in Herrn Esterhazys Wohnung ein solch schwerwiegender Vorfall ereignen konnte, ohne dass Sie davon irgendetwas bemerkt haben«, sagte İskender und musterte Turgut Can kalt. »Fräulein Ayla behauptet, sie habe Sie direkt nach ihrer Rückkehr von Esterhazys Arbeitszimmer aus angerufen. Und unmittelbar danach haben Sie Herrn Esterhazy aus dem Haus kommen sehen, richtig?«

»Ja.« Der junge Mann zuckte die Achseln. »Vielleicht ist er ja noch mal zurückgekommen.«

»Aber in dem Fall hätten Sie ihn doch sehen oder hören müssen, oder etwa nicht?«, erwiderte İskender.

»Nicht notwendigerweise.«

»Wie meinen Sie das?«

Turgut lächelte. »Also, ich war nicht in seinem Arbeitszimmer …«

»Nein? Und wo waren Sie dann, Herr Can?«

Turgut blickte auf seine Hände, und ein leicht dümmliches Grinsen machte sich auf seinem Gesicht breit. »Na, bei Ülkü.«

»Was meinen Sie damit?« İskender ließ sich an Max Esterhazys langem Küchentisch nieder und zündete sich eine Zigarette an.

»In ihrem Zimmer.«

»Hatten Sie Geschlechtsverkehr mit ihr?«

Turgut wirkte schockiert. »Nein!«

»Und was haben Sie dann in ihrem Schlafzimmer gemacht?«

»Wir haben …« Erneut blickte er auf seine Hände, und das Grinsen kehrte zurück. »Ich liebe Ülkü, Inspektor«, sagte er, »wir haben … sie ist ein anständiges Mädchen.«

»Aber?« İskender fragte das mit einem so zynischen Unterton, dass selbst sein Assistent, der von seinem Vorgesetzten einiges gewohnt war, erschrocken die Luft anhielt.

»Sie schenkte mir etwas Entspannung, wenn Sie verstehen, was ich meine.« Turgut wandte sich ab. »Mit der Hand …«

»Das heißt also, sobald Herr Esterhazy fort war, sind Sie mit Ihrer Freundin in deren Zimmer gegangen und haben sich dort von ihr mit der Hand befriedigen lassen.«

»Ja.«

»Meinen Sie nicht, dass Herr Esterhazy etwas gehört hätte, wenn er in die Wohnung zurückgekehrt wäre? Sie und Ihre Freundin müssen schließlich irgendwelche Geräusche gemacht haben.«

»Also, ich …«

İskender wandte sich an Alpaslan Karataş und sagte: »Bitte holen Sie Fräulein Ayla herein.«

»Ja, Inspektor.«

İskender blickte Turgut Can mit strenger Miene an. »Und wie lange haben Sie gebraucht? Für die Masturbation?«, fragte er. »Schließlich sind Sie ein junger, offenbar recht lüsterner Mann.«

Turguts Gesicht war plötzlich kreidebleich. »Was meinen Sie damit?«

Der Polizeibeamte lächelte spöttisch. »Ich meine Folgendes, Herr Can: Wenn ein Mädchen am Schwanz eines jungen Mannes herumfummelt, dauert es normalerweise nicht sehr lange, bis er Entspannung findet.«

Obwohl İskender sich im Allgemeinen eher gewählt ausdrückte, verfiel er manchmal gern in den rauen Tonfall und Jargon seiner Jugend. »Sie haben diese Wohnung um kurz nach fünf betreten, Fräulein Ayla hat uns um Viertel vor sieben gerufen – Sie müssen also mindestens eine Stunde in ihrem

Zimmer verbracht haben. Was haben Sie während der ganzen Zeit gemacht?«

»Ich habe Ihnen doch schon gesagt …«

»Nein, Sie haben mir nur einen Teil erzählt, Herr Can.« İskender schaute auf, als Karataş und das Mädchen den Raum betraten. »Ah, Fräulein Ayla …«

»Inspektor.« Mit gesenktem Blick setzte Ülkü Ayla sich neben Turgut Can, die Hände auf dem Schoß gefaltet.

»Ich habe gerade Herrn Can gefragt, was Sie und er gemacht haben, während Herrn Esterhazys Arbeitszimmer mit Blut verziert wurde«, sagte İskender. Ülkü sah Turgut an; dann errötete sie und wandte sich ab.

»Er sagt, Sie waren in Ihrem Zimmer.«

»Ja«, flüsterte sie kaum hörbar.

»Was haben Sie da gemacht?«

»Wir …«

»Ülkü hat es noch mal gemacht«, mischte Turgut sich ein.

»Was noch mal gemacht?«

»Sie wollte …« Er sah zu dem Mädchen hinüber. »Tut mir Leid, Ülkü, ich muss es ihm sagen.«

Ülkü brach in Tränen aus.

»Nachdem wir fertig waren … ist Ülkü ins Bad gegangen, und als sie zurückkam, haben wir … na ja, da hat sie mir einen geblasen. Ich hab sie nicht drum gebeten«, fügte er rasch hinzu. »Sie wollte es von sich aus.«

»Nein!«

Doch Turgut fuhr ungerührt fort: »Das war das erste Mal für mich, deshalb hab ich versucht, möglichst lange was davon zu haben.« Er grinste. »Sie wissen ja, wie das ist …«

İskender ignorierte die Bemerkung. »Entspricht das der Wahrheit?«, fragte er das Mädchen. »Haben Sie diesen Mann zuerst mit der Hand befriedigt und dann mit dem Mund?«

Sprachlos schüttelte Ülkü den Kopf, als verstünde sie die Frage nicht.

»Nun?«

»Ja, schon. Aber …«

»Das heißt, Sie beide haben sich eine Stunde lang miteinander amüsiert?«, sagte İskender verächtlich. »Und während dieser Zeit haben Sie nichts Ungewöhnliches gehört oder gesehen?«

»Nein.«

İskender wandte sich an seinen Assistenten und grinste. »Das muss ja 'ne echt heiße Nummer gewesen sein, was, Karataş?«

Der junge Mann lächelte nervös. »Sieht so aus.«

İskender zog eine Augenbraue hoch. »Eine volle Stunde lang?«

»Ich habe irgendwas fallen hören, als ich im Bad war. Ich glaube, das Geräusch kam aus dem Arbeitszimmer.« Die Worte sprudelten förmlich aus Ülkü heraus, als müsse sie sie loswerden, ehe jemand sie daran hindern konnte.

»Und um wie viel Uhr war das, Fräulein Ayla?«

»Ich weiß es nicht ... vielleicht gegen halb sechs ...«

»Sind Sie daraufhin ins Arbeitszimmer gegangen und haben nachgesehen, ob alles in Ordnung ist?«

Ülkü senkte den Blick. »Nein.«

»Und warum nicht, Fräulein Ayla?«

İskender fiel auf, wie angespannt Turguts Gesicht plötzlich wirkte.

»Weil Turgut mich in dem Moment gerufen hat ... er war so niedergeschlagen gewesen, und ich hab mir Sorgen um ihn gemacht. Dann hat er verlangt, dass ich diese Sache mit seinem ...«

»Sie meinen Oralsex.«

»Ja.«

»Nein! Sie wollte es von sich aus.«

İskender blickte von dem Mädchen zu dem jungen Mann hinüber und runzelte die Stirn.

»Sie wollte es!«, fauchte Turgut. »Sie kam aus dem Bad und hat sich auf mich gestürzt! Hat mir einen geblasen wie eine Hure! So wie dieser Perversling Max Esterhazy es ihr beigebracht hat!«

»Nein!« Ülkü sah İskender an und sagte: »So ist Max Bey überhaupt nicht, Inspektor. Er ist für mich wie ein Vater. Nicht ein einziges Mal musste ich für ihn irgendwas Schlimmes machen.«

»Das heißt, Sie hatten noch nie Oralsex mit Herrn Esterhazy?«, fragte İskender.

»Nein.«

»Hatten Sie denn irgendeine andere Art von Sex mit ihm?«

»Nein!«

»Doch, hattest du wohl!«, schnaubte Turgut. »Dieses ganze unheimliche Zeug, was er macht, da geht's doch nur um Sex! Seine Bücher hier sind voll davon! Menschen, die es miteinander tun und sogar mit Tieren!«

»Das sind doch nur seine Forschungen!« Flehentlich sah Ülkü İskender an. »Magie. Er hat mich nicht ein einziges Mal angerührt! Das müssen Sie mir glauben!«

»Sie lügt!«

İskender rümpfte die Nase. Am liebsten hätte er den so genannten Verlobten des jungen Mädchens geschlagen. »Und obwohl Sie davon ausgingen, dass Fräulein Ayla Sex mit Herrn Esterhazy hatte, haben Sie sich weiterhin mit ihr getroffen, Herr Can?«, fragte er. »Und haben sie sogar dazu aufgefordert, Ihnen ebenfalls zu Diensten zu sein?«

»Ja.«

»Es fällt mir schwer, das zu glauben«, sagte İskender. »Es sei denn, Sie führten etwas anderes im Schilde. Vielleicht wollten Sie das Hausmädchen ja nur benutzen, um aus irgendeinem Grund Zugang zu Herrn Esterhazy oder seinem Besitz zu erlangen? Es gibt ziemlich viele wertvolle Gegenstände in dieser Wohnung.«

Turgut lief rot an. »Nein! Ülkü hat mir den Schwanz gelutscht. Sie hat mich angebettelt, mit ihr zu …«

»Schlafen? Dieses – wie sagten Sie noch gleich – ›anständige Mädchen‹? Ihre Geschichte ergibt keinen Sinn, Herr Can.« İskender blickte von Turgut zu Ülkü und wieder zurück. »Heute Nachmittag, als Fräulein Ayla ein Geräusch aus dem Arbeitszimmer hörte, soll sie das als loyales Hausmädchen bewusst ignoriert haben, nur um stattdessen Ihnen einen zu blasen?«

»Wenn ich es doch sage …«

»Nein, Herr Can«, İskender beugte sich vor und blickte Turgut fest in die Augen, »so hat es sich nicht zugetragen, das wissen Sie genau. Und jetzt würde ich gerne die Wahrheit erfahren, von Ihnen beiden.«

Seit dem Tod seines Vaters lebten Kasım und seine Mutter allein in den drei kleinen, heruntergekommenen Zimmern, nur wenige Straßen von Çöktins elterlicher Wohnung entfernt. Kasıms Zimmer war vollgestopft mit Computern, Bildschirmen, CD-Rohlingen und Elektrokabeln. Seine Mutter, die längst die Hoffnung aufgegeben hatte, dass ihr Sohn es doch noch zu etwas bringen würde, ließ sie bereitwillig eintreten. Während sie das Gesicht von dem Fremden abwandte, der in ihre Wohnung kam, küsste sie İsak Çöktin auf beide Wangen. Dann rief sie laut »Kasım!« durch die dünne Sperrholztür und zog sich in ihr Zimmer zurück.

İsak Çöktin wartete erst gar nicht auf eine Antwort.

»Ich dachte, wir hätten alles, was es zu besprechen gibt, bereits in der Kirche geklärt«, sagte Kasım verächtlich, als sein Cousin unerwartet vor ihm stand.

»Die Situation hat sich verändert«, erwiderte İsak und hielt die Tür für einen groß gewachsenen Mann im eleganten dunklen Anzug auf.

»Wer ist das?«

»Mein Vorgesetzter, Inspektor Süleyman«, sagte İsak. »Er muss mit dir reden.«

Kasım schob sich von der Tastatur weg und rollte mit dem Schreibtischstuhl zum Fenster. Das lange Starren auf den Bildschirm hatte seine Augen stark gerötet, doch nun war auch ein Anflug von Furcht darin zu erkennen.

Süleyman sah sich kurz in dem mit Papier übersäten Zimmer um, nahm dann einen CD-Rohling vom Stapel neben Kasıms Computer und hielt ihn hoch. »Ich weiß Bescheid«, sagte er. »İsak hat mir alles erzählt.«

Kasım warf seinem Cousin einen hasserfüllten Blick zu.

»Aber deswegen bin ich nicht hier«, fuhr Süleyman fort. »Die Untertitelung von Spielfilmen in Ihrer eigenen Sprache geht mich nichts an.«

»Ich kann nicht glauben ...«

»Kasım, ich musste es ihm erzählen! Ich hätte mich sonst

immer mehr in meine Lügen verstrickt!« İsak ließ sich auf dem schmalen Bett seines Cousins nieder und fuhr sich mit den Händen übers Gesicht. »Jemand ist verschwunden, vielleicht sogar tot.«

»Ein Freund von mir«, warf Süleyman ein, »ein sehr anständiger Mann.«

»Möglicherweise gibt es eine Verbindung zwischen dieser Person und Mendes, Kasım«, erklärte İsak. »Deshalb wollen wir Kontakt zu ihm aufnehmen. Du musst uns sagen, wer dein Verbindungsmann ist.«

»Ich ... ich kann nicht«, stammelte Kasım.

»Du musst!«

Seitdem Çöktin Süleyman von dem kleinen »Nebenerwerb« erzählt hatte, den Kasım und er betrieben – die Untertitelung von Spielfilmen in kurdischer Sprache sowie den Verkauf von DVDs an Abonnenten in den östlichen Provinzen der Türkei –, gab es kein Zurück mehr. Natürlich hätte er seinem Vorgesetzten nicht davon zu erzählen brauchen, doch ein Mann war verschwunden, während er Recherchen über den Ziegenbock von Mendes anstellte, und dieser Bock galt schließlich als Symbol des Teufels. Plötzlich war ihm klar geworden, dass er keine andere Wahl hatte: Er musste versuchen, einem wohlmeinenden Menschen wie Süleyman den Unterschied zwischen Satanisten und seinem eigenen Volk zu erklären, und auf sein Verständnis hoffen. Jetzt wusste Süleyman mit absoluter Sicherheit, was er bis dahin von Çöktin immer nur vermutet hatte; allerdings hatte er wohl nicht geahnt, dass sein Assistent sich auch mit der Herstellung illegaler Raubkopien beschäftigte. Mendes hatte ihnen zwar geraten, ihre Tätigkeit streng geheim zu halten, und er kannte sich schließlich aus. Doch falls er auch in irgendwelche blutigen Geschichten verwickelt war, musste İsak dieses Opfer einfach bringen, wenn er sich jemals wieder selbst in die Augen sehen wollte.

»Wenn Sie nicht mit uns zusammenarbeiten, nehme ich Sie fest und lege Ihnen ein Verbrechen zur Last, das die nationale Sicherheit gefährden könnte«, sagte Süleyman kühl. Dann wandte er sich an seinen Assistenten und meinte: »Das gilt auch für Sie, Oberwachtmeister Çöktin.«

İsak senkte den Kopf und nickte. Er hoffte, dass sein Vorgesetzter in diesem Moment nur bluffte, aber irgendwann würde man ihm die Rechnung präsentieren. Daran konnte kein Zweifel bestehen. Er, ein aktiver Polizeibeamter, hatte wissentlich gegen das Gesetz verstoßen – nicht einmal İkmen, ganz zu schweigen von Süleyman, würde das ignorieren können.

Süleyman holte seine Zigaretten aus der Sakkotasche und zündete sich eine an. Dann hielt er Kasım die Schachtel hin, der mit zittrigen Händen danach griff.

»Ich kann nicht verstehen, warum Sie noch zögern, uns den Namen der Person zu nennen, die diesen Mendes kennt«, sagte der Inspektor jetzt etwas freundlicher. »Genau wie İsak vermute auch ich, dass es sich um jemanden aus Ihrem Bekanntenkreis handelt.« Süleyman beugte sich vor und sah Kasım in die Augen. »Ich habe nichts gegen die Jesiden, Kasım. Ich werde das, was ich weiß, nicht dazu verwenden, Ihrem Volk Schaden zuzufügen. Doch ich muss einfach Kontakt zu diesem Hacker aufnehmen. Ich muss herausfinden, warum die Wohnung meines Freundes voller Blut war und warum er verschwunden ist.«

Kasım sah zu seinem Cousin hinüber, der ihn anflehte: »Kasım! Bitte!«

»Aber Mendes schützt uns! Wenn irgendjemand erfährt, dass ich es war, der ihn …«

»Niemand wird davon erfahren«, unterbrach Süleyman ihn schroff.

»Ich glaube Ihnen nicht!«

Süleyman packte den jungen Mann am Kragen. »Jetzt hören Sie mir mal gut zu, Kasım Çöktin«, stieß er zwischen den Zähnen hervor. »Sie wissen rein gar nichts über mich und die Methoden, die mir zur Verfügung stehen. Wenn ich Ihnen garantiere, dass kein Außenstehender jemals davon erfahren wird, dass Ihr Freund den Kontakt zu Mendes hergestellt hat, dann dürfen Sie mir das ruhig glauben.«

»Der Inspektor ist ein Ehrenmann«, fügte İsak mit leicht zitternder Stimme hinzu.

»Nennen Sie mir den Namen, und ich werde Sie und die betreffende Person schützen.«

»Und was, wenn ich mich weigere?«

Süleyman ließ Kasıms Kragen los und setzte sich auf den Rand der durchgelegenen Matratze. »Dann dürfte Ihre Karriere in der Filmindustrie wohl beendet sein.«

Wütend warf Kasım die halb gerauchte Zigarette auf den kahlen Boden und trat sie mit dem Fuß aus.

9

Ich bin seit Anfang letzten Jahres mit Ülkü zusammen.« Turgut Can war auf die Polizeiwache gebracht worden, und Ülkü Ayla hatte İskender zu einer Frau geschickt, die sie aus ihrem Heimatdorf kannte. Doch zuvor hatte er ein langes Gespräch mit ihr geführt. Sie hatte ihm erzählt, wie Max sie während einer Reise durch die südöstlichen Provinzen rund um Mardin ihrer verarmten Mutter praktisch abgekauft hatte, wie sie ihn nach Istanbul begleitet hatte, um als sein Hausmädchen zu arbeiten, und wie er angefangen hatte, ihr Englisch beizubringen. Manchmal habe er ihr auch von seiner Beschäftigung mit der Magie erzählt, aber das sei nur selten vorgekommen, denn Max sei der Überzeugung gewesen, über das Thema müsse Ülkü sich im Laufe der Zeit eine eigene Meinung bilden. Und auch was Turgut Can betreffe, müsse sie ihre eigene Wahl treffen, habe er gesagt.

İkmen und İskender betrachteten den jungen Mann, der vor ihnen saß, mit steinerner Miene.

»Wie haben Sie sich kennen gelernt?«, fragte İkmen. Einfache junge Männer wie Turgut waren schließlich nicht besonders gewandt im Umgang mit Mädchen, vor allem mit traditionell erzogenen wie Ülkü.

»Ich arbeite als Kellner«, erwiderte Turgut, »in einem kleinen Lokal in Sirkeci. Ülkü kam auf dem Weg zum Mısır Çarşısı, wo sie immer irgendwelche Sachen für Max Bey besorgen muss, regelmäßig dort vorbei. Eines Tages, als es besonders heiß war, ist sie in Ohnmacht gefallen. Ich habe ihr aufgeholfen und ein Glas Wasser gebracht. Ülkü stammt aus einem Dorf, das nur vier Kilometer von meinem Heimatdorf entfernt liegt.«

»Und von da an haben Sie sich regelmäßig getroffen?«

»Nein, nicht sofort.« Turgut blickte zu Boden. »Ich habe erst ein paar Wochen gewartet.«

»Warum?«

»Ich wollte nicht, dass Ülkü mich für aufdringlich hält.«

»Und das aus dem Mund eines Mannes, der das Mädchen gezwungen hat, ihm den Schwanz zu lutschen!«, sagte İskender scharf.

İkmen ignorierte die Bemerkung seines Kollegen. »Sie fühlten sich zu Ülkü hingezogen?«

Turgut zuckte die Achseln.

»Also gab es noch einen anderen Grund?«, hakte İkmen nach. »Hatte es irgendetwas mit Herrn Esterhazy zu tun?«

»Ülkü hatte mir erzählt, dass er Magier ist. Das fand ich spannend.«

»Warum?«

Der Junge errötete. »Ich, äh … also, es ist so, ich selbst glaube nicht an diesen ganzen Quatsch, aber Max Bey hatte Mädchen in seiner Wohnung. Reiche Mädchen …«

»Seine Schülerinnen«, sagte İkmen. »Also haben Sie sich Fräulein Aylas Zuneigung erschlichen, damit Sie Herrn Esterhazys wohlhabenden Schülerinnen lüsterne Blicke zuwerfen konnten.«

»Nein!« Turgut wirkte beleidigt. »Nein, ich … Hören Sie, die Art, wie er bei meinem ersten Besuch mit den Mädchen geredet hat, erschien mir unangemessen und zu vertraut.«

»Was meinen Sie mit ›unangemessen‹? Hat er sie berührt?«

»Nein, aber dieser ganze Kram in seinen Büchern – der muss einfach pervers sein!«

»Sie können seine Bücher bei Ihrem ersten Besuch in der Wohnung doch gar nicht gesehen haben«, warf İkmen ein. »Die Tatsache, dass Sie den Inhalt der Bücher trotzdem kennen, legt die Vermutung nahe, dass Sie sie sich heimlich angeschaut haben.« An İskender gewandt sagte er: »Max würde niemals jemanden einen Blick in seine Bücher werfen lassen, mit Ausnahme seiner besten Freunde.« Dann drehte er sich wieder zu dem Jungen um. »Sie haben etwas getan, was nicht hätte sein dürfen, stimmt's, Turgut?«

Turgut ließ den Kopf hängen.

»Sie haben Ülkü nicht um ihrer selbst willen besucht«, fuhr İkmen fort. »Sie sind zu ihr gegangen, weil Sie Max' Schülerinnen kennen lernen wollten.«

»Nein! Nein, ich mag Ülkü. Ich will sie heiraten ...« Erneut senkte er den Blick und seufzte.

»Also hatten Sie bei den Schülerinnen kein Glück?«, fragte İkmen. »Das überrascht mich nicht, Turgut. Sie sind ein gut aussehender Bursche, aber Sie stammen vom Land, und Max' Schülerinnen sind in der Regel recht wohlhabend.«

»Ich ...«

»Stattdessen haben Sie sich an Herrn Esterhazys zweifellos faszinierenden Büchern aufgegeilt und von seinen Schülerinnen geträumt, während die schüchterne Ülkü Ayla Ihren Schwanz bearbeitet hat«, folgerte İskender ungerührt. »Herr Esterhazy hat nichts ...«

»Nein, ich ... Max Bey hat sich gegenüber diesen Mädchen unangemessen verhalten.«

»Inwiefern?«, fragte İkmen. »Was hat er mit ihnen gemacht?«

Turgut räusperte sich. »Also, er hat auf sehr vertrauliche Weise mit ihnen gesprochen und gelacht.«

»Max ist Brite«, erklärte İkmen. »Seine Schüler sind gebildete türkische Jungen und Mädchen. In diesen Kreisen gibt es harmlose, platonische Freundschaften zwischen Männern und Frauen.«

»Ja, schon, aber was ist mit den Büchern?«

»Max trennt streng zwischen seinem Leben als Magier und seiner Tätigkeit als Lehrer«, sagte İkmen. »Und außerdem: Wenn Sie dachten, dass er anständige türkische Mädchen, einschließlich Ihrer Ülkü, zu verführen versuchte, warum sind Sie dann nicht zu uns gekommen?«

Turgut blickte zu Boden. »Ich ...«

»Nun?«, hakte İskender nach. »Warum sind Sie nicht zu uns gekommen, Herr Can? Vielleicht, weil gar nichts Unangemessenes passiert ist, abgesehen von Ihrer eigenen Lüsternheit? Oder hatten Sie vielleicht vor, Herrn Esterhazy eines Tages zu erpressen?«

»Nein!«

»Haben Sie nun beobachtet, dass Herr Esterhazy Fräulein Ayla angefasst oder mit ihr geschlafen hat, ja oder nein?«

»Äh, nicht direkt …«, stammelte Turgut betreten.

»Nichts dergleichen haben Sie beobachtet«, sagte İkmen. »Sie mochten Max nicht, weil er Sie nicht mochte, stimmt's? Was ist passiert, Herr Can? Hat er Sie dabei erwischt, wie Sie versuchten, eine seiner Schülerinnen zu verführen, oder wie Sie sich schwer atmend über eines seiner Bücher beugten?«

Turgut Can stützte den Kopf in die Hände und brach in Tränen aus.

»Ülkü hat uns erzählt, wie freundlich Max Bey immer zu ihr ist«, fuhr İkmen fort. »Und dass er Ihnen nicht traut – auch wenn sie nicht weiß, warum.«

»Nein!«

»Oh, doch. Sie ist natürlich anderer Meinung als Max. Sie liebt Sie und erkennt nicht, dass Max' Schülerinnen und die faszinierenden Abbildungen in seinen Büchern der wahre Grund sind, warum Sie hinter ihr her waren. Die Tatsache, dass sie Sie jedes Mal anrief, sobald Max die Wohnung verließ, muss Ihnen genügend Gelegenheit verschafft haben, sich intensiv mit den Büchern zu beschäftigen.«

»Aber ich hab nicht …«

»Vielleicht nicht bei Ihrem letzten Besuch«, sagte İkmen lächelnd. »Beim letzten Mal sind Sie mit Ülkü sofort zur Sache gekommen – falls es sich wirklich so zugetragen hat.«

Turgut Can schaute auf. »Was meinen Sie damit?«

»Inspektor İkmen meint Folgendes: Wir wissen von dem Hausmeister, dass Herr Esterhazy tatsächlich noch einmal zurückgekehrt ist«, sagte İskender. »Und zwar fünfzehn Minuten nach Ihrer Ankunft.«

Der Junge wurde kreidebleich.

»Er hatte offenbar etwas vergessen«, erläuterte İkmen.

»Aber das ist unmöglich!«, rief Turgut. »Ich hätte ihn doch …«

»Ganz genau, Sie hätten ihn hören müssen«, stimmte İkmen ihm zu. »Es sei denn, Sie wären zu sehr mit Ülkü beschäftigt gewesen. Vielleicht hat Max Sie ja dabei erwischt, wie Sie sie zum Oralsex gezwungen haben.«

»Nein!«

»Wir haben nur Ihr Wort, dass Sie das Blut gefunden haben«, meinte İskender. »Wer sagt uns denn, dass Sie es nicht selbst in der Wohnung verspritzt haben?«

»Aber Ülkü ...«

»Ülkü liebt Sie, Herr Can«, meinte İkmen. »Sie will Sie heiraten, und sie glaubt, dass Sie das auch wollen. Ich gehe davon aus, dass sie alles tun würde, was Sie von ihr verlangen.«

Erregt sprang Turgut Can auf. »Ja, aber was ist mit der Leiche?«, rief er. »Es gibt keine Leiche!«

»Noch nicht«, sagte İkmen. »Aber wir lassen gerade die Lüftungsschächte, den Müllschlucker und die anderen Wohnungen durchsuchen.«

»Ja, aber dann hätte ich ...«

»Wenn Sie Herrn Esterhazy fünfzehn bis zwanzig Minuten nach Ihrer Ankunft in der Wohnung umgebracht haben, hatten Sie vor dem Anruf bei uns genügend Zeit, die Leiche verschwinden zu lassen.«

»Wie soll ich das denn gemacht haben?«

»Das weiß ich nicht, Herr Can«, sagte İkmen. »Vielleicht haben Sie sie ja zerstückelt – wenn man an all das Blut denkt ...«

»Aber ich bin unschuldig!«

»Dann haben Sie sicher nichts dagegen, uns Ihre Kleidung für eine Laboranalyse zu überlassen«, sagte İkmen.

Nachdem Turgut Can aus dem Büro gebracht worden war, saßen die beiden Beamten noch eine Weile wortlos da. Schließlich brach İskender das Schweigen. »Sie glauben doch nicht ernsthaft, dass dieser Junge Esterhazy getötet hat, oder?«

»Wir wissen noch nicht mal, ob Max überhaupt tot ist«, erwiderte İkmen. »Aber wir müssen Can und seine Freundin ausschließen können. Der Junge ist so verdächtig konfus.«

İskender zündete sich eine Zigarette an. »Glauben Sie denn, dass Esterhazy tot ist?«

»Das wissen wir erst, wenn die Blutanalyse aus dem Labor zurück ist.«

»Allerdings haben wir nur seine Blutgruppe, die wir mit der Probe abgleichen können.«

İkmen lächelte und zündete sich ebenfalls eine Zigarette an. »Max hält nicht viel von Ärzten«, sagte er. »Er behandelt sich immer selbst mit irgendwelchen Wundermitteln. Ich muss gestehen, zurzeit lässt mich meine Intuition schmählich im Stich. Zwar kann ich mir nicht vorstellen, dass Max es zugelassen hätte, dass ihn jemand angreift, aber andererseits …«

»Wir gehen doch davon aus, dass er noch einmal in der Wohnung war, richtig?«, meinte İskender.

»Ja, aber wenn er nicht tot ist, warum ist er dann verschwunden?«, fragte İkmen seufzend. »Wir werden sämtliche Krankenhäuser und Arztpraxen der Stadt kontaktieren müssen.«

»Und was ist mit dem Blut?«, fuhr İskender fort.

Nervös biss İkmen sich auf die Lippe. »Wenn es nicht von Max stammt, wessen Blut ist es dann und wie ist es in seine Wohnung gelangt?«

İkmen kam der plötzliche Gedanke, dass Max das Blut vielleicht selbst in seinem Arbeitszimmer verteilt haben könnte. Aber wenn das stimmte – wo befand sich dann derjenige, von dem es stammte, und wer war diese Person? Max hatte ihm gegenüber immer beteuert, er übe seine Magie allein aus. Umso schwieriger würde es werden, in seine Welt vorzudringen – es sei denn, dieses junge Mädchen, seine Haushälterin, ließe sich doch noch dazu bewegen, sich an irgendetwas zu erinnern.

Der junge Mann, der kaum den Kinderschuhen entwachsen zu sein schien, wandte sich an Çöktin und sagte: »Sie wissen ja, wenn Sie mich in Schwierigkeiten bringen, wird meine Familie Sie töten.«

Von Kopf bis Fuß in Weiß gekleidet, sah der Kurde Hüsnü aus wie eine Mischung aus Computerfreak und Siebziger-Jahre-Gigolo. Und wie die meisten dieser Typen, die permanent online waren, schien er über ziemlich viel Geld zu verfügen – was auch seine beeindruckende Wohnung in Cihangir bestätigte. Außerdem vergeudete er anscheinend keine Zeit mit Schlafen: Obwohl oder gerade weil er genau wusste, dass İsak Çöktin Polizeibeamter war, hatte Hüsnü es sich nicht nehmen lassen, seinen Besuchern gegenüber die Vorzüge von Amphetaminen zu preisen.

»Wenn ich schlafe, könnte ich etwas verpassen«, sagte er und führte den Jesiden Kasım und dessen Cousin in sein riesiges Wohnzimmer. Als er sah, wie der Polizeibeamte beim Anblick der Computerausstattung erstaunt die Augen aufriss, lächelte er zufrieden.

İsak Çöktin zählte sechs Computer, einen Scanner, einen Fernseher, der ständig lief, und einen weiteren, der ohne Ton eine DVD des Films *Hamam* abspielte. Nur ein Drucker war nirgendwo zu sehen.

Hüsnü setzte sich an einen der Computer und tippte etwas auf der Tastatur.

»Wer Mendes kontaktieren will, muss Geduld haben«, meinte er.

»Warum? Ist er viel außer Haus?«

Hüsnü lachte. »Er – falls es sich bei Mendes überhaupt um einen Mann handelt – geht niemals aus«, sagte er überheblich. »Ein echter Hacker verlässt nie seinen Posten.«

»Und warum müssen wir dann warten?«

Hüsnü drehte sich zu İsak um und meinte: »Wegen der Methode, mit der ich ihn kontaktiere.«

»Und welche ist das?«

»Also, ich kann ihm ja wohl kaum eine E-Mail schicken, oder?« Hüsnü lachte. »Mendes ist ein Hacker. Er verstößt gegen das Gesetz. Wenn Sie sich daran erinnern wollen, Oberwachtmeister, war es Mendes, mit dessen Hilfe Sie und Ihr Cousin Kasım Ihre kleine Untertitelungsfirma gründen konnten. Natürlich habe ich dabei geholfen, aber ...« Er warf einen Blick auf den Monitor und brummte. »Nein, ich werde Mendes mittels eines anonymen Bulletin Boards kontaktieren, einer Art Anschlagbrett. Ich hinterlasse ihm eine Nachricht, und dann wird er sich irgendwann mit mir in Verbindung setzen.«

Çöktin schaute über Hüsnüs Schulter auf ein für ihn vollkommen unverständliches Wirrwarr von Codes und fragte: »Warum kann ich nicht selbst eine Nachricht auf diesem Bulletin Board hinterlassen?«

»Weil Mendes Sie nicht kennt. Und weil ich erst feststellen muss, ob er überhaupt Kontakt zu Ihnen aufnehmen will.«

»Haben Sie ihn schon einmal persönlich gesprochen oder getroffen?«

»Natürlich nicht.« Hüsnü musterte Çöktin verächtlich und meinte: »Dein Cousin ist ja ein völliger Dilettant, Kasım!«

»Ich weiß.«

Obwohl ihn diese Bemerkung traf, musste Çöktin den beiden insgeheim zustimmen. Im Vergleich zu diesem Wunderkind war er ein technischer Waisenknabe und genau genommen kaum besser als İkmen.

»Ich werde eine Nachricht für Mendes hinterlassen, und wenn er sich mit mir in Verbindung setzt, rufe ich Sie an«, sagte Hüsnü. »Überlegen Sie sich genau, was Sie ihn fragen wollen, ehe Sie das nächste Mal herkommen, denn Sie werden ihn nur über mich kontaktieren können.« Er warf dem immer noch sehr verwirrt wirkenden Çöktin einen Blick zu. »Mendes vertraut darauf, dass ich die Sache unter Kontrolle behalte.«

»Okay.«

»Außerdem wird er den Kontakt jederzeit abbrechen, wenn er das will.« Hüsnü lächelte. »Das hängt zum großen Teil davon ab, ob es ihm Spaß macht. Ach ja, da wäre noch was: Die gesamte Kommunikation wird auf Englisch stattfinden. Sie sprechen doch Englisch?«

Die Art und Weise, wie dieser Computerfreak das sagte, sein spöttischer Ton, brachte İsak Çöktin mehr auf als die eigentliche Frage. »Selbstverständlich spreche ich Englisch!«, fauchte er.

»Na, dann können Sie mir ja Ihre Fragen aufschreiben, und ich werde sie für Sie verschlüsseln.« Hüsnü wandte sich wieder dem Computer zu und gab erneut etwas ein.

Nicht nur in englischer Sprache, sondern auch noch mit Zahlencodes verschlüsselt: Mendes ging offensichtlich kein Risiko ein, dachte İsak. Und nicht zum ersten Mal fragte er sich, was sein Vorgesetzter Mehmet Süleyman wohl zu diesem ganzen Computer-Zirkus sagen würde. Kasım hatte gemeint, es könne sich als kontraproduktiv erweisen, wenn sie den Inspektor in Hüsnüs Versteck mitnähmen, aber İsak war sich dessen nicht mehr so sicher. Wenn Süleyman selbst einen Blick auf dieses bizarre Szenario werfen könnte, würde er vielleicht mehr Verständnis aufbringen. Es blieb ihm wohl nichts anderes übrig, als zu Süleyman hinunterzugehen, der vor dem Haus in seinem Wagen wartete, und ihm alles zu erklären. Diese Verzögerung bei der Kontaktaufnahme mit Mendes würde ihm nicht gefallen.

»Also überlasse ich es Ihnen, Mendes zu kontaktieren …«

»Und ich rufe Sie an, sobald ich etwas höre.«

Çöktin griff in seine Sakkotasche, um eine Visitenkarte herauszuholen. »Sie brauchen noch meine Telefonnummer.«

»Bitte kein Papier!« Hüsnü hob abwehrend die Hand und nahm dann sein Mobiltelefon vom Tisch. »Wie lautet Ihre Nummer?« Während Çöktin diktierte, tippte er die Zahlen in sein Telefon ein und legte das Gerät dann wieder beiseite.

Als İsak und Kasım zur Tür gingen, drehte Hüsnü sich noch einmal um und meinte: »Schließt mich in eure Gebete ein, Jungs.«

»Was?«

»Ihr wisst schon, Satan«, sagte Hüsnü leichthin. »Der Leibhaftige. Der, den ihr Typen anbetet.«

Wütend machte İsak einen Schritt zurück in den Raum. »Was reden Sie da! Sie haben doch überhaupt keine Ahnung!«

»İsak«, zischte Kasım und hielt seinen Cousin an der Schulter fest, »hör auf!«

»Aber …«

»Lass gut sein!«

Als Kasım İsak durch die Tür schob, schallte ihnen Hüsnus unheimliches Lachen hinterher, begleitet vom Klackern der Tastatur.

Kurz vor Sonnenaufgang stand Ülkü auf und ging zum Fenster. Der unbeleuchtete Polizeiwagen parkte noch immer vor dem Haus. Nur die Zigarettenglut der beiden rauchenden Beamten ließ erkennen, dass jemand im Wagen saß. Solange er dort stand, konnte sie die Wohnung ihrer Bekannten nicht verlassen.

Mit nackten Füßen lief sie durch die Diele zur Wohnungstür und warf einen Blick durch den Spion. Es war niemand zu sehen; vielleicht konnte sie einfach durch die Tür schlüpfen und sich über den Notausgang aus dem Gebäude schleichen. Aber was würde dann mit Turgut geschehen?

Der Vorfall in Max Beys Wohnung war ein schwerer Schock für sie gewesen. Sie hatte sich zuerst so gefreut, dass er bei ihrer Rückkehr das Haus bereits verlassen hatte, weil sie dann ungestört mit Turgut zusammen sein konnte. Zwar lag ihr nichts an den ganzen Sexgeschichten, aber als zukünftige Ehefrau war sie ihm diesen Gefallen einfach schuldig. Turgut war nur wenige Augenblicke allein gewesen – nämlich als sie schon in ihrem Zimmer saß und er noch Zigaretten aus seiner Jacke in der Diele holte. Das hätte doch nie gereicht, um Max Bey etwas anzutun? Trotzdem hatte die Polizei ihren Verlobten auf der Wache behalten. Also hatten sie wahrscheinlich irgendetwas herausgefunden, aus ihm herausgeprügelt ...

Ülkü brach in Tränen aus. Warum hatte Turgut der Polizei all diese Lügen über sie und Max Bey erzählt? Dabei hatte sie mit keinem Wort erwähnt, dass er nicht die ganze Zeit bei ihr gewesen war. Und warum hatte er behauptet, sie habe von sich aus angeboten, sein Ding in den Mund zu nehmen? Er war es doch, der *sie* angebettelt hatte! Und jetzt, wo er mit der Polizei allein war, was würde er da noch alles über sie erfinden? Welche anderen Lügen würde er ihnen auftischen und warum? Konnte es sein, dass er sich tatsächlich schuldig gemacht und Max Bey irgendwie verletzt hatte? Turgut hatte sich immer für die Bücher des Engländers interessiert, für dessen Schülerinnen und was er so tat und sagte. Jedes Mal erkundigte er sich danach. Aber warum?

Vielleicht sollte sie der Polizei die ganze Wahrheit erzählen. Allerdings würde Turgut sie dann niemals heiraten. Nein, die Situation war jetzt schon verfahren genug. Denn solange Max Bey nicht zurückkam – falls er überhaupt je wieder auftauchte –, konnte sie nicht wieder in seine Wohnung. Leyla hatte sie nur für diese Nacht aufgenommen; sobald ihr Ehemann zurückkehrte, würde Ülkü gehen müssen. Sie war praktisch obdachlos. Da sie nicht Turguts Frau war, konnte sie nicht bei ihm wohnen, und nach Hause konnte sie auch nicht zurück. Ihre Mutter hatte so viele Kinder zu versorgen, sie war einfach nicht in der Lage, auch noch Ülkü durchzufüttern.

Langsam schlich das junge Mädchen zurück ins Wohnzimmer, wo Leyla ihr ein Bett hergerichtet hatte. Als sie unter die Decke kroch, nahm sie nur am Rande wahr, dass ein Wagen vor dem Haus hielt. Sie konnte nicht mehr einschlafen und lag reglos da, bis der Morgenruf des Muezzin von einem lauten Klopfen an der Wohnungstür übertönt wurde.

Als Rauf Ünver, ein zweitklassiger Jazzsaxophonist, sich in den frühen Morgenstunden auf den Heimweg machte, hatte er bereits tief ins Glas geschaut. Natürlich war es nicht besonders clever gewesen, nach dem Auftritt noch im Club hängen zu bleiben, und die zwei Flaschen Raki, die er zusammen mit einem griechischen Trompeter geleert hatte, dessen Name ihm momentan entfallen war, hatten seine Sinne auch nicht gerade geschärft. Doch in diesem Zustand noch mit dem Wagen zu fahren war glatter Irrsinn. Abgesehen davon, dass er erwischt werden und wegen Trunkenheit am Steuer seinen Führerschein verlieren konnte, war seine Frau bestimmt schon auf der Suche nach einem geeigneten Gegenstand, um ihm die Seele aus dem Leib zu prügeln.

Rauf wog gerade die Vorteile eines tödlichen Schlags mit dem Samowar gegenüber der langsameren, aber nicht weniger quälenden Strafe ab, den Inhalt des Mülleimers essen zu müssen – seine Frau hatte ihn schon einmal dazu gezwungen –, als plötzlich etwas Schweres auf seine Motorhaube prallte. Irgendwie gelang es ihm, zu bremsen und aus dem Wagen zu klettern, doch außer dem Knirschen der Steine unter seinen Schuhen war nichts zu hören.

Als er schwankend die Motorhaube inspizierte, entdeckte er etwas, das wie Blut aussah, und musste sich augenblicklich übergeben. Und dann bemerkte er den Körper, der reglos und mit dem Gesicht nach unten vor seinem Wagen lag. Um einen Aufschrei zu unterdrücken, stopfte er sich rasch die Faust in den Mund. Allem Anschein nach lag dort ein junges Mädchen – und er hatte es getötet.

Gehetzt schaute Rauf sich um und taumelte dann zurück in den Wagen. Es war niemand in Sicht; kein einziges Licht war in den umliegenden Häusern angegangen. Obwohl er in seinem Rausch zu weit nach Süden gefahren war, trennten ihn nur noch wenige Minuten von seiner Wohnung. Wenn ihn die Polizei schnappte und herausfand, wie viel er getrunken hatte, würde man ihn für immer hinter Gitter stecken. Wenn er jedoch nach Hause fuhr, den Wagen wusch und niemandem ein Sterbenswörtchen erzählte, würde er vielleicht noch mal davonkommen. Rauf setzte den Wagen ein Stück zurück und fuhr los.

Er war gerade einmal fünf Minuten fort, als Mustafa Yenilmez, der zu seiner Arbeit als Hotelportier im Hilton unterwegs war, fast über den Leichnam stolperte und die Polizei alarmierte.

10

Als Mehmet Süleyman am Unglücksort eintraf, hatte Arto Sarkissian sich die Leiche bereits angesehen.

»Ein junges Mädchen, vielleicht sechzehn oder siebzehn Jahre alt«, sagte der Pathologe müde, nachdem er Süleyman begrüßt hatte. »Ein Stich mitten ins Herz, aber bisher noch keine Tatwaffe. Außerdem wurde sie von einem Wagen angefahren.«

Süleyman rieb sich mit beiden Händen das Gesicht und zündete sich dann eine Zigarette an. Was Çiçeks Freunde heute Abend wohl von ihm denken würden? Er hatte nicht vorgehabt, so früh aufzustehen, und sah mit Sicherheit aus wie ein Zombie.

»Selbstmord?«

»Das scheint mir auf den ersten Blick unwahrscheinlich. Vermutlich war sie schon tot, als sie angefahren wurde.« Der Armenier zuckte die Achseln und fügte leise hinzu: »Ich glaube, sie wurde vergewaltigt.«

»Genau wie Gülay Arat?«

»Möglicherweise.«

Die beiden Männer tauschten einen besorgten Blick. Um sie herum sicherten Polizeibeamte den Unglücksort und hielten Neugierige fern. Es war bereits ziemlich warm, und viele Menschen versuchten, ihren täglichen Geschäften nachzugehen, ehe die Hitze unerträglich wurde.

Ein junger Polizist kam in Begleitung eines Mannes in Portiersuniform zu Süleyman herüber und salutierte.

»Dieser Herr hat die Leiche gefunden, Inspektor.«

Süleyman blickte dem sichtlich unter Schock stehenden Mann ins Gesicht.

»Mustafa Yenilmez«, stellte er sich vor.

»Was genau ist passiert, Herr Yenilmez?«

»Ich war auf dem Weg zur Arbeit. Ich wohne da drüben«, sagte er und deutete auf ein heruntergekommenes Holzhaus an der Straßenecke. »Ich bin aus der Tür gekommen, und da lag sie auch schon. Dann habe ich sofort die Polizei gerufen.«

»Haben Sie vielleicht jemanden in der Nähe bemerkt?«

»Nein.« Er warf einen Blick auf den blutgetränkten Staub zu seinen Füßen. »Kurz bevor ich aus dem Haus kam, habe ich allerdings einen Wagen wegfahren gehört.«

»Aber gesehen haben Sie nichts?«

»Nein.«

»Gut. Mein Mitarbeiter wird Ihre Aussage gleich noch schriftlich aufnehmen …«

Als Yenilmez und der Beamte sich entfernten, blieb Süleyman noch einen Moment lang bei den Kollegen von der Spurensicherung stehen, die Abgüsse von den Reifenspuren bei dem toten Mädchen nahmen.

»Wir müssen unbedingt diesen Wagen finden«, sagte er, nun wieder an Sarkissian gewandt.

»Ja.«

Süleyman berührte den Pathologen leicht am Ellbogen und zeigte auf sein Auto. »Kommen Sie.«

Die beiden Männer setzten sich in Süleymans großen weißen BMW, wo sie ungestört reden konnten.

»Also, wir haben einen Jungen, der sich selbst umgebracht hat, ein ermordetes Mädchen und nun möglicherweise einen zweiten Mord«, sagte Süleyman.

»Identische Todesursache, wenn nicht sogar derselbe Täter. Allerdings keine sexuellen Übergriffe bei dem Jungen«, ergänzte Arto Sarkissian.

»Außerdem ist Max Esterhazy verschwunden und seine Wohnung voller Blut.«

»Ja, ich habe davon gehört«, sagte der Pathologe, »allerdings kenne ich keine Details. Darüber sollten Sie besser mit Çetin İkmen und Metin İskender reden.«

»Möglicherweise gibt es irgendeine Verbindung zwischen den Fällen«, fuhr Süleyman fort und berichtete Sarkissian von dem Hacker namens Mendes und den anderen Zusammenhängen, in denen der Name Mendes aufgetaucht war.

»Ja, Herr Esterhazy hat in dieser Sache für Çetin ein paar Nachforschungen angestellt«, sagte Sarkissian. »Hülya und Berekiah hatten eine ziemlich beunruhigende Zeichnung des Ziegenbocks von Mendes außen an der Kirche Panaghia Mouchliotissa gesehen. Laut Çetin fand Herr Esterhazy die Abbildung inkorrekt, aber ich weiß nicht, was er im Einzelnen damit meinte.«

Süleyman seufzte und zündete sich die nächste Zigarette an. »Diese Stadt wird anscheinend von einer ganzen Serie ungeklärter Todesfälle heimgesucht.«

Sarkissian zuckte die Achseln. »Das Mädchen hier hatte keine Papiere bei sich«, sagte er. »Jedenfalls haben wir keine gefunden.«

»Falls sie aus einem fahrenden Wagen geworfen wurde …«

»Ja, falls.« Sarkissian hob mahnend den rechten Zeigefinger. »Sie wurde zwar angefahren, aber ob sie auch aus einem Auto geworfen wurde, ist noch die Frage. Ich will Ihnen bestimmt nicht vorschreiben, wie Sie Ihre Arbeit zu machen haben, Inspektor, aber an Ihrer Stelle würde ich auch mal die umliegenden Häuser durchsuchen lassen.«

»Ich werde Çöktin damit beauftragen.« Sobald er hier auftaucht, fügte Süleyman in Gedanken hinzu – immerhin hatte der Kurde eine noch kürzere Nacht gehabt als er selbst. Der Verbindungsmann seines Cousins zu Mendes schien ein merkwürdiger Typ zu sein, und die Kommunikationswege wirkten verschlungen, fast schon paranoid. Süleyman wusste, dass Çöktin fürchtete, er würde, falls bei der Sache nichts herauskam, seine Vorgesetzten vom Nebenerwerb seines Assistenten in Kenntnis setzen – was er tatsächlich in Erwägung zog. In gewisser Weise hatte Çöktin das auch verdient, allerdings nicht in erster Linie, weil er gegen das Gesetz verstoßen hatte, sondern weil er sich für einen Polizeibeamten einfach unglaublich dumm verhalten hatte.

Wenige Minuten später tauchte İsak Çöktin am Tatort auf und machte sich ungeachtet seines gespenstergleichen Aussehens zielstrebig an die Arbeit.

Kurz darauf wurde die Leiche abtransportiert, und Süleyman gab eine telefonische Beschreibung des Opfers durch, die an alle Wachen Istanbuls weitergeleitet wurde.

Sie hatten die ganze Nacht hindurch zuerst Turgut Can und dann dessen Freundin Ülkü Ayla verhört. Und obwohl weder İkmen noch İskender glaubten, dass einer der beiden Max Esterhazy getötet hatte, waren sie auch nicht davon überzeugt, dass das Paar die Wahrheit sagte.

»Ich verstehe nicht, warum Can so besessen ist von Esterhazys Büchern«, sagte İskender und steckte ein paar Unterlagen in seine Aktentasche.

İkmen, der auf Oberwachtmeister Karataş' Schreibtisch saß, gähnte. »Sie hatten ja auch noch keine Gelegenheit, sie sich anzusehen, Metin. Einige der Abbildungen sind durchaus anregend, um es einmal vorsichtig auszudrücken.«

»Aber warum konnte sich der Junge nicht einfach Pornomagazine besorgen wie jeder normale Mann?«

»Vielleicht weil ihn die in Max' Büchern gezeigten Praktiken erregt haben«, sagte İkmen. »Gewisse Rituale und Zeremonien in Verbindung mit Sex können sehr erotisch sein, auch wenn man sie nicht versteht. Außerdem sind diese Bücher überaus selten; selbst in England hätte man Schwierigkeiten, manche von ihnen zu bekommen. Max besitzt eine außergewöhnliche Sammlung mit allen bedeutenden Werken der westlichen Magie – in den richtigen Händen ein mächtiges Instrument, nach Ansicht mancher Leute extrem pervers und obendrein ziemlich viel Geld wert.«

»Aber allem Anschein nach hat Can keines der Bücher gestohlen«, sagte İskender.

İkmen lächelte. »Warum sollte er sich die Mühe machen, die Bücher zu stehlen, wenn er sich die unanständigen Bilder doch jederzeit ansehen und sich dann in Phantasien ergehen konnte, während seine Freundin ihn befriedigte? Außerdem weiß Can, dass Max ein Magier ist und ihn mit einem Fluch belegen könnte. Er hatte einfach zu viel Angst, um etwas mitgehen zu lassen. Max' Macht kann wirklich furchterregend sein.«

İskender zog skeptisch eine Augenbraue hoch. »Um noch

mal zu den eher irdischen Aspekten zurückzukommen: Haben Sie irgendeine Idee, wo Esterhazy sich aufhalten könnte? Schließlich kennen Sie ihn doch.«

»Wenn ich auch nur die geringste Ahnung hätte, säße ich nicht mehr hier, sondern hätte mich längst auf die Suche gemacht«, erwiderte İkmen. »Um ehrlich zu sein, schirmt Max alles Private weitgehend ab. Ich weiß zwar, dass er seine Englischbücher immer bei Simurg bestellt, aber ob er in der Buchhandlung irgendjemanden persönlich kennt, weiß ich nicht.«

»Vielleicht sollten wir das mal überprüfen.«

»Ja«, seufzte İkmen. »Es gibt eine Menge zu tun. Als Erstes muss ich sein Adressbuch finden; das könnte uns wirklich weiterhelfen. Und dann will ich auch noch zum Mısır Çarşısı.«

»Aha.«

»Ja, zu dem Gewürzhändler, bei dem Ülkü regelmäßig Besorgungen für Max getätigt hat.« Er warf einen Blick auf die Notizen, die er sich während des Gesprächs mit dem Mädchen gemacht hatte. »Ein gewisser Doğa im Afrodite Pazarı. Anscheinend gelingt es diesem Händler, alles zu beschaffen, was Max braucht, und sei es noch so außergewöhnlich. Vielleicht ist er ja selbst eine Art Magier.«

»Allah steh uns bei!« İskender verdrehte die Augen. »Ich kann mit diesem ganzen übernatürlichen Kram einfach nichts anfangen.«

»Vielleicht sollten Sie dann besser versuchen, die Listen mit den Telefonaten zu beschaffen, die von Max' Wohnung aus geführt wurden«, sagte İkmen. »Und wenn Sie im Labor nach den Ergebnissen der Blutuntersuchung fragen würden, wären die Ihnen sicher auch sehr dankbar. Ich verliere nämlich immer meine Geduld mit denen.«

»Keine schlechte Idee«, sagte İskender und hielt İkmen die Bürotür auf. »Aber jetzt fahre ich erst einmal nach Hause, dusche und ruhe mich ein wenig aus, bevor ich wieder herkomme. Herr Can hat zurzeit Besuch von seinem Anwalt. Bis ich zurück bin, hat sich an der Front ja vielleicht schon etwas bewegt.«

Auf dem Weg zu seinem Büro dachte İkmen über Ülkü Ayla nach. Er hatte Mitleid mit ihr. Max hatte vermutlich einiges unternommen, um dieses junge Mädchen vom Land zu unterrichten und zu beschützen. Aber er konnte und wollte sie wohl auch nicht vor allem bewahren – schließlich war er nicht nur Magier, sondern im gleichen Maße auch ein Freigeist. Die Menschen müssen ihrem eigenen Willen folgen können, pflegte er immer zu sagen, selbst wenn er sie auf Abwege führt. Gleichwohl hielt er offenbar nichts von Turgut Can. Wenn Max auch nur den Hauch eines Verdachts gehabt hätte, dass Turgut Ülkü sexuell ausnutzte, hätte er ihn sich zweifellos vorgeknöpft. Und der Gedanke, dass er das Mädchen selbst missbrauchte, war vollkommen absurd. İkmen wusste, dass es seit Alison keine Frau mehr in Max' Leben gegeben hatte; aber das wollte er erst zur Sprache bringen, wenn es unbedingt sein musste.

»Çetin, hättest du ein paar Minuten Zeit?«

İkmen blickte in Süleymans müde Augen. Bei Allah, sein Freund hatte in den letzten Monaten wirklich einiges mitgemacht! İkmen zwang sich zu einem Lächeln und zog den Stuhl hinter Ayşe Farsakoğlus Schreibtisch hervor. »Setz dich.«

»Wann kommt Wachtmeisterin Farsakoğlu eigentlich aus dem Urlaub zurück?«, fragte Süleyman und warf einen Blick auf İkmens Schreibtisch, der sich in einem noch chaotischeren Zustand befand als üblich.

»Am Montag, so Allah will.«

Süleyman lächelte. »Çetin«, sagte er dann wieder etwas ernster, »ich glaube, wir müssen uns noch mal über diese Mendes-Geschichten unterhalten.«

»Ja, über deinen Hacker und mein Teufelsabbild.«

Als İkmen sich vorbeugte, um eines von Max' Büchern aus der Schreibtischschublade zu holen, klingelte Süleymans Mobiltelefon. Dem kurzen Wortwechsel entnahm İkmen, dass es sich bei dem Anrufer um Arto Sarkissian handelte. Anschließend wirkte sein Freund noch ernster als zuvor.

»Das hier ist der Ziegenbock von Mendes.« İkmen schlug das Buch an der markierten Stelle auf. »Nicht immer wird er so ... plastisch dargestellt, aber das ist die Illustration, die aufgeschlagen auf Max' Schreibtisch lag. Der Ziegenbock, der die Initiation einer seiner Anhängerinnen vollzieht.«

Der Holzschnitt zeigte einen Mann mit Ziegenkopf und

Hufen, der von hinten in eine Frau mit ekstatischem Gesichtsausdruck eindrang.

Schweigend betrachtete Süleyman die Abbildung, während, İkmen fortfuhr: »Im Begleittext heißt es, der Penis des Ziegenbocks sei eiskalt. Manche Anhängerinnen beschreiben ihn als metallisch …«

»Çetin, heute Morgen haben wir ein weiteres Mädchen gefunden, das mit einem Messer erstochen wurde. Dr. Sarkissian hat mir gerade erzählt, dass sie genau wie Gülay Arat vor ihrer Ermordung von hinten penetriert wurde. Er nimmt an, dass dazu ein metallischer Gegenstand benutzt wurde.«

Die beiden Männer wechselten einen bedeutungsvollen Blick. Schweiß rann ihnen über die Schläfen.

»Max hat mir erzählt, dass er vor kurzem eine Auseinandersetzung mit Satanisten hatte. Er meinte, er hätte sie vertrieben. Aber vielleicht hat er sich ja getäuscht«, meinte İkmen stirnrunzelnd.

»Vielleicht. Ein Junge hat sich mit einem Messer umgebracht, zwei Mädchen wurden mit einem Messer erstochen.«

»Ich verstehe nicht, welche Rolle der Selbstmord in der Geschichte spielt«, sagte İkmen, »aber was weiß ich schon? Die Zeichnung, die ich Max gezeigt habe, dieses Graffiti an der Kirche, war seiner Ansicht nach untypisch.«

»Die Darstellung mit den dreizehn Penissen?«

İkmen zog erneut die Schublade auf und holte das Polaroidfoto mit der Abbildung hervor.

»Max sagte, er habe so etwas noch nie gesehen. Zwei Penisse, das könne durchaus vorkommen – aber keine dreizehn. Er war gerade damit beschäftigt, die mögliche Herkunft der Darstellung zu klären, als er verschwand.«

»Glaubst du, er könnte verschwunden sein, *weil* er danach suchte?«

»Keine Ahnung.« İkmen seufzte. »Und was ist mit deinem Mendes, Mehmet? Dem Hacker?«

»Es ist nicht leicht, an ihn heranzukommen«, erwiderte Süleyman. »Ich habe es Çöktin überlassen, sich darum zu kümmern. Er bezweifelt zwar, dass dieser Computerfreak in irgendwelche satanischen Machenschaften verstrickt ist, aber der Name Mendes ist einfach zu ungewöhnlich. Vielleicht sollten wir ihn mal fragen, warum er ihn verwendet.«

»Dabei musst du unbedingt behutsam vorgehen«, sagte İkmen. »Menschen, die sich mit Magie beschäftigen, sind sehr verschlossen und suchen überall nach Doppeldeutigkeiten. Falls dein Hacker also wirklich etwas mit Satanismus zu tun hat und vermutet, dass du ihm auf der Spur bist, wird er sich in Luft auflösen. Natürlich nicht buchstäblich, aber ...«

»Ich weiß, was du meinst, Çetin.«

»Es kann natürlich auch sein, dass es überhaupt keine Verbindung zwischen deinem Hacker, den mysteriösen Todesfällen und Max' plötzlichem Verschwinden gibt. Du willst Mendes doch in erster Linie kontaktieren, um die rätselhaften Nachrichten auf den Computern der Jugendlichen zurückzuverfolgen, oder?«

»Ja.« Einen kurzen Moment lang dachte Süleyman daran, İkmen zu erzählen, woher Çöktin so viel über Mendes wusste; doch dann entschied er sich dagegen. Solange Çetin keine Ahnung von der Sache hatte, konnten ihm weder ihr gemeinsamer Vorgesetzter noch sein eigenes Gewissen in die Quere kommen.

»Welche Spuren verfolgst du sonst noch?«, unterbrach İkmen Mehmets Gedankengang.

Süleyman erläuterte kurz seine bisherigen Recherchen und meinte dann: »Außerdem will ich noch mal mit diesen Gothics reden. Irgendetwas sagt mir, dass wir über diese Szene Zugang zu dem erhalten, womit sich Gülay Arat vor ihrem Tod beschäftigt hat. Und wenn das neue Opfer womöglich ebenfalls in diesen Kreisen verkehrt hat ...«

»Ich würde nicht behaupten, dass Jugendliche, die schwarze Kleidung tragen und Gothic-Musik hören, automatisch Satanisten sind«, sagte İkmen, »aber ich glaube, du hast mit deiner Vermutung Recht. Denn wenn man schon junge Menschen für die Sache des Bösen gewinnen will, warum sollte man sie dann nicht in den Reihen derjenigen suchen, die bereits die entsprechende Kleidung tragen und die dazugehörige Farbe lieben?«

Süleyman musste lächeln.

»Also, wie willst du an diese Jugendlichen rankommen?«,

fragte İkmen. »Schließlich gelten sie nicht als besonders gesprächig.«

»Eines der Mädchen aus der Clique, zu der Gülay vor ihrem Absprung gehörte, habe ich schon befragt, und zu den anderen nehme ich gerade Kontakt auf.«

İkmen holte seine Zigaretten aus der Tasche und hielt sie zunächst Süleyman hin, bevor er sich selbst eine anzündete. »Glaubst du wirklich, sie werden dir irgendwas erzählen, Mehmet?«

»Schwer zu sagen.«

»Ich halte das für sehr unwahrscheinlich.« İkmen dachte einen Moment lang nach und fragte dann: »Hast du schon mal überlegt, jemanden zu verdeckten Ermittlungen in diesen Club zu schleusen?«

»Natürlich, aber das braucht Zeit.«

»Wenn wir doch nur einen Insider hätten ...«

»Ja«, erwiderte Süleyman, »das wäre nicht schlecht.« Dann lehnte er sich zurück und rauchte schweigend. Seinem Kollegen kam es so vor, als zerbreche Mehmet sich über irgendetwas den Kopf.

Bevor İskender zurückkehrte, wollte İkmen unbedingt noch einmal in Max' Wohnung nach dessen Adressbuch suchen, um seine Freunde ausfindig machen zu können – falls Max überhaupt welche hatte.

İsak Çöktin betrat das unbewohnte, heruntergekommene Haus kurz vor Mittag. Sämtliche anderen Gebäude in der Häuserzeile waren gründlich durchsucht worden, einschließlich desjenigen, vor dem die Leiche des Mädchens gelegen hatte. Doch das Haus Nr. 8 stand seit vielen Jahren leer, was in einem überfüllten Viertel wie diesem ungewöhnlich war.

»Da drin treiben böse Geister ihr Unwesen«, hatte ihm eine Frau aus der Nachbarschaft erklärt. »Manchmal kann man nachts ihr schändliches Tun hören.«

Höchstwahrscheinlich irgendwelche Jugendlichen, die sich treffen, um Lösungsmittel zu schnüffeln, dachte Çöktin. Doch als er das obere Geschoss des Hauses erreichte, änderte er schlagartig seine Meinung. Man mochte von den Straßenkindern denken, was man wollte, aber sie brachten sich höchst selten gegenseitig um – und in diesem Raum war eindeutig ein Mord geschehen.

»Hier ist überall Blut, Inspektor«, sagte er, als er Süleyman auf seinem Mobiltelefon erreichte.

»Verstehe. Als Erstes brauchen wir einen Abgleich mit der Blutgruppe des Opfers. Ich schicke sofort die Spurensicherung los.«

»Danke, Inspektor.«

Çöktin klappte sein Telefon zu und wollte es gerade einstecken, als es erneut klingelte.

»Çöktin.«

»Mendes hat auf meine Nachricht reagiert«, sagte eine arrogante Stimme am anderen Ende der Leitung. »Er möchte mit Ihnen reden.«

»Ich nehme an, Sie meinen über das Internet«, erwiderte Çöktin.

Hüsnü lachte. »Sie erwarten doch wohl nicht, dass ich darauf antworte.«

»Was soll ich also tun?«

»Das liegt ganz bei Ihnen. Sie wissen ja, wo Sie mich finden.« Damit beendete er das Gespräch.

Hüsnü, ein Mann voller Geheimnisse – zumindest wollte er diesen Eindruck erwecken. Dabei interessierte es Çöktin nicht im Geringsten, was der Junge außer einem Technikfreak mit zu viel Geld sonst noch war. Trotzdem würde er noch einmal nach Cihangir fahren, sobald er hier in Yediküle alles geregelt hatte – sofern das überhaupt möglich war. Er hatte schon einige grauenerregende Tatorte gesehen, aber noch nichts, was diesem hier gleichkam. Dem Anschein nach hatten sich wahre Blutströme in den schäbigen Raum ergossen. Wer auch immer den Mord begangen hatte, musste den Leichnam anschließend im Kreis herumgewirbelt haben, um diesen schrecklichen Effekt zu erzielen. Laut Dr. Sarkissian war das Mädchen genau wie Gülay Arat sexuell missbraucht worden. Danach hatte jemand, vermutlich ihr Mörder, die Leiche aus dem Fenster auf die Straße geworfen – denn das Fenstersims war viel zu hoch, als dass sie einfach so hätte hinausfallen können. Doch warum das ganze Blut? Jeder, der sich mit ihr in diesem Raum befunden hatte, musste von oben bis unten voll gespritzt sein. Aber vielleicht war das auch gerade der Zweck der Übung gewesen.

Die vielen halb verspeisten Limonen, die auf dem Boden verstreut lagen, ergaben für Çöktin hingegen überhaupt keinen Sinn.

İkmen war häufig Zeuge gewesen, wie Max sein Adressbuch zu Rate gezogen hatte, und erkannte es daher auf Anhieb wieder. Das alte, mit Gummibändern zusammengehaltene schwarze Buch sah genauso aus, wie man es von einem Magier erwartete, dachte der Inspektor lächelnd. Nicht erwartet hatte er jedoch, dass er den Inhalt nicht entziffern konnte.

»Ach, Max«, murmelte er, während er die Seiten umblätterte, die scheinbar wahllos mit Buchstaben und Zahlen beschrieben waren. »Was soll denn das?«

İkmen hatte geahnt, dass die Angelegenheit kompliziert werden würde; schließlich war Max ein Magier, und wenn man sich in höheren Kreisen der Magie bewegte, bedeutete das offenbar gleichzeitig, dass man sich in jeder Hinsicht geheimnisvoll verhielt. Wenn er nur gewusst hätte, wie er ein solches System enträtseln sollte. Max war nicht nur Kabbalist, sondern hatte sich auch intensiv mit henochischer und ägyptischer Magie beschäftigt und vorchristliche Riten sowie Rituale aus England und Skandinavien studiert. Bei irgendeiner Gelegenheit hatte er İkmen einmal erklärt, er verwende bei einigen seiner Systeme Alphabete, die sich vom lateinischen oder türkischen Alphabet erheblich unterschieden. Allerdings deutete nichts in dem Adressbuch auf etwas Derartiges hin. Die Zahlen, die İkmen teilweise als Telefonnummern identifizierte, waren gemäß dem türkischen System alphabetisch sortiert: So fand er unter dem Buchstaben S eine Reihe von Ziffern, vor denen überall ein S stand, gefolgt von einer ein- oder zweistelligen Zahl, an die sich wiederum eine ausländische oder inländische Telefonnummer anschloss. Während İkmen weiterblätterte, stellte er fest, dass das Buch keine einzige Adresse enthielt, sondern nur noch mehr Zahlen in verschiedenen Reihen, bei denen es sich seines Erachtens um verschlüsselte Adressangaben handeln konnte. Aber wie er diese Codierung ohne Max' Unterstützung knacken sollte, war ihm ein Rätsel.

Natürlich konnte er einen Experten hinzuziehen. Beim MİT, dem türkischen Geheimdienst, gab es jede Menge Leute, die ständig irgendwelche Codes entschlüsselten – undurchsichtige Gestalten, die sich mit Haut und Haaren dem Staatsschutz verschrieben hatten. Im Laufe seiner Karriere war İkmen nur ein einziges Mal mit dem Nachrichtendienst in Berührung gekommen, worüber er sehr froh war. Geheimdienstmitarbeiter gehörten nun einmal zu den Menschen, mit denen man besser nichts zu tun hatte. Und obwohl İkmen keinen Zweifel daran hegte, dass ihm diese Leute beim Entschlüsseln von Max' Code helfen konnten, war er nicht bereit, ihnen das Adressbuch zu überlassen. Denn als Erstes würden sie wissen wollen, warum ihn das Buch interessierte, was wiederum eine Reihe von Erklärungen notwendig machen würde, die er nun wirklich nicht geben wollte. Außerdem galt Max offiziell nur als vermisst; ein solcher Schritt ginge möglicherweise doch ein wenig zu weit. Vielleicht sollte er einfach ein paar der Istanbuler Telefonnummern anrufen und sehen, was geschah.

Vielleicht aber auch nicht. İkmen legte das Adressbuch beiseite und nahm einen der dicken Wälzer aus dem Bücherregal. *Malleus Maleficarum – Der Hexenhammer*, eine Abhandlung aus dem fünfzehnten Jahrhundert mit Erläuterungen, woran man Hexen und Magier erkannte und wie man sie ihrer »gerechten« Strafe zuführte. İkmen war zwar nicht in der Lage, dieses alte Werk zu lesen, aber er hatte schon davon gehört. Während er in dem Buch blätterte, kam er zu dem Schluss, dass es sich vermutlich um eine Ausgabe aus dem neunzehnten Jahrhundert handelte, ein seltenes Exemplar, das Max wahrscheinlich eher in England als bei Simurg erworben hatte.

Doch falls er dieses und andere Werke nicht aus England mitgebracht hatte, woher stammten sie dann? Wo konnte er sie hier vor Ort gefunden haben? Es gab in Istanbul nur eine Möglichkeit – und dabei handelte es sich nicht um eine Buchhandlung. İkmen beschloss, zwei Fliegen mit einer Klappe zu schlagen: Auf dem Weg zum Mısır Çarşısı und dem Mann namens Doğa würde er direkt am Sahaflar, dem Büchermarkt, vorbeikommen.

Seit ihrer Scheidung war Suleika auf der gesellschaftlichen Leiter zweifellos eine Stufe nach oben geklettert – ihr zweiter Ehemann, Burhan Topal, erzielte mit seiner Medienagentur offenbar ein recht beträchtliches Einkommen. Als Süleyman durch das Tor auf das Sommerhaus, die *yalı* des Ehepaars Topal blickte, bemerkte er voller Bewunderung die saftig-grünen Rasenflächen und üppigen Blumenbeete, für deren Pflege sicher eine ganze Schar von Gärtnern nötig waren. Und als er sich umdrehte, fiel sein Blick auf die prachtvolle Nachbarinsel Heybeli Ada, die majestätisch im tiefblauen Marmarameer zu thronen schien.

Andererseits war Suleika hier, auf der Prinzeninsel Büyük Ada, aufgewachsen, dachte Süleyman, während er darauf wartete, dass jemand das Tor öffnete. Ihre Mutter, seine Tante Edibe, wohnte keine zehn Minuten entfernt auf der Çankaya Caddesi. Als Kind hatte er sie und ihre Familie oft besucht. Genau wie seine Mutter hatte auch ihre Schwester in eine wohlhabende Familie mit Beziehungen zur alten osmanischen Elite geheiratet. Die Ehe mit seiner Cousine Suleika, mit der ihn eigentlich nie viel verbunden hatte, war von den beiden mächtigen anatolischen Müttern arrangiert worden – was sich als Fehler herausgestellt hatte.

Es dauerte ziemlich lange, bis jemand auf sein Klingeln reagierte; dabei hatte er sich zuvor telefonisch angemeldet. Er hatte mit Fitnat, Burhan Beys Tochter, gesprochen und ihr gesagt, dass er mit ihrem Vater reden wolle. Auf der Straße, die an dem Anwesen vorbeiführte, tauchte jetzt eine Droschke auf, in der mehrere Marinekadetten in weißen Uniformen saßen. Da auf den Inseln keine Autos zugelassen waren, mussten sich Einwohner wie Touristen entweder mit Kutschen, mit Fahrrädern oder auf Pferden reitend fortbewegen. Der Anblick der lachenden Kadetten, die von einem Zigeuner zu einem Aussichtspunkt in den Hügeln gefahren wurden und dabei an den prachtvollen Sommerhäusern vorüberrollten, die einst den oberen Zehntausend des Osmanischen Reichs gehört hatten, erinnerte Süleyman an ein Bildnis aus dem neunzehnten Jahrhundert. Die gesamten Prinzeninseln verströmten dieses Fin de Siècle-Flair – wahrscheinlich war das der Grund dafür, warum er immer noch gerne hierher kam.

»Mehmet Bey.«

Süleyman drehte sich um und schenkte dem Mädchen, das im Torbogen stand, ein Lächeln. »Hallo, Fitnat.«

Ihre Kleidung wirkte auf ihn wie aus einem Film: Der aus mehreren Lagen schwarzer Spitze bestehende Rock reichte mit seinem Saum aus dichten Satinrüschen bis auf den Boden und passte hervorragend zu dem eng geschnürten Mieder, das wenig verbarg und viel betonte.

»Komm rein«, sagte sie. »Ich habe am Pool einen Tisch hergerichtet.« Sie betrachtete ihn mit unverhohlener Bewunderung. »Es macht dir doch nichts aus, draußen zu sitzen, oder?«

»Nein. Solange es deinem Vater genehm ist.«

Sie führte ihn durch die große Wohnhalle auf eine Terrasse an der Rückseite des Hauses. Süleyman fiel auf, dass die *yalı* zwar geschmackvoll, aber keineswegs modern möbliert war. Suleika hatte dem Haus noch nicht ihren Stempel aufgedrückt, dachte er; allerdings war sie auch erst seit einem Jahr mit Burhan verheiratet. Und es empfahl sich offenbar nicht, die Dinge zu schnell voranzutreiben: Burhan war nicht nur bedeutend älter als Suleika, sondern versuchte auch, seiner ersten Frau, Fitnats Mutter, die fünf Jahre zuvor gestorben war, ein ehrendes Andenken zu bewahren.

Der Swimmingpool hinter dem Haus war groß und einladend – sehr verlockend für einen erhitzten, übermüdeten Polizeibeamten im Anzug. Fitnat hatte vermutlich eines der zahlreichen Hausmädchen damit beauftragt, einen Tisch und zwei Stühle unter einem Weidenbaum am Ende des Pools aufzustellen.

»Hättest du gern einen Tee oder lieber etwas Kühles?«, fragte Fitnat und zog einen der Stühle für Süleyman heran.

»Tee wäre jetzt genau richtig, vielen Dank«, sagte er und setzte sich.

Sie drehte sich um und ging zum Haus zurück, wobei ihre schweren Röcke eine Spur im Gras hinterließen. Süleyman, der vor sich auf dem Tisch einen Aschenbecher entdeckt hatte, zündete sich eine Zigarette an und wartete auf das Eintreffen seines Gastgebers. Doch als der Tee kam – gebracht von einem Mädchen, das noch einige Jahre jünger war als Fitnat –, erschien nicht Burhan Bey, sondern erneut dessen Tochter im Garten.

»Wo ist dein Vater?«, fragte Süleyman.

»Oh, Baba musste weg«, sagte Fitnat leichthin, setzte sich zu Süleyman und entließ das Hausmädchen mit einer Handbewegung. »Er hat geschäftlich in Taksim zu tun.«

Süleyman seufzte. »Ich bin hierher gekommen, um mit deinem Vater zu sprechen, Fitnat. Und du hast mir gesagt, er würde hier sein.«

»Er musste dringend weg«, erwiderte sie mit einem Achselzucken. »Baba ist ein viel beschäftigter Mann.«

»Fitnat, es ist wichtig, dass ich mit ihm spreche.«

»Warum?« Sie lächelte ihn herausfordernd an. »Steckt er in Schwierigkeiten?«

»Nein.«

»Also warum dann?«

»Ich möchte deinen Vater um Unterstützung bitten«, sagte Süleyman, trank einen Schluck Tee und stellte das Glas anschließend wieder auf den Tisch.

»In welcher Angelegenheit?« Fitnat beugte sich vor. »Kann ich dir vielleicht irgendwie helfen?«

Im Grunde war er ja wegen Fitnat hergekommen. Als İkmen in ihrem morgendlichen Gespräch bedauert hatte, dass sie keinen »Insider« in der Gothic-Szene besaßen, war ihm der Gedanke gekommen, sie zu befragen. Auch wenn Suleika das Mädchen lieber in hübschen Kleidern sah und sich der Hoffnung hingab, irgendwann würde sie »dieser Phase entwachsen«, trieb sich die Kleine immer noch mit den Gothics herum – wie er in Karaköy mit eigenen Augen gesehen hatte. Bevor er sich erkundigen konnte, was sie und ihre Freunde in der Atlas Pasaj so machten, musste er jedoch die Erlaubnis ihres Vaters einholen. Aber Burhan Bey war nicht da und vermutlich bereits fort gewesen, als Süleyman vor über zwei Stunden hier angerufen hatte. Stattdessen schien Fitnat fest entschlossen, ihn zu verführen.

»Ganz schön heiß heute, nicht wahr?«, sagte sie und lockerte wie zufällig die Schnüre ihres Mieders. »Ich glaube, ich werde gleich mal in den Pool springen.«

»Und ich glaube, ich gehe jetzt besser wieder«, sagte Süleyman und erhob sich rasch.

»Oh, aber …«

»Fitnat, ich bin vorbeigekommen, weil ich deinen Vater um Erlaubnis bitten wollte, dir ein paar Fragen zu stellen.«

Sie sah ihn mit ihren schwarz geschminkten Augen neugierig an. »Warum fragst du mich nicht direkt? Schließlich bin ich erwachsen …«

»Nein.«

»Doch, bin ich wohl!« Sie stand auf und stellte sich vor ihn, die Hände in die Hüften gestemmt. »Wenn Baba hier wäre, würde er mir sicher Recht geben.« Dann lächelte sie und fuhr mit gesenkter Stimme fort: »Stell mir deine Fragen, Mehmet Bey, und ich werde entscheiden, ob ich gewillt bin, sie zu beantworten.«

Es war Zeit zu gehen. So jung und vermutlich unerfahren wie sie war, konnte Fitnat durchaus gefährlich für ihn werden. Andererseits war sie vielleicht in der Lage, ihm nützliche Informationen zu geben, und schließlich hatte er eine lange Anfahrt auf sich genommen, quer über das Marmarameer, auf einer Fähre voller Tagesausflügler …

»Also gut«, sagte er und setzte sich wieder. »Wenn du mir helfen willst …«

»Du kannst mich alles fragen, was du willst, Mehmet Bey«, sagte Fitnat, »wirklich alles.«

Zunächst wirkte sie enttäuscht, als er mit ihr nur über ihr Interesse an Gothic-Musik und -Mode sprechen wollte. Doch nachdem sie sich erst einmal für das Thema erwärmt hatte, kehrte auch ihre verführerische Art wieder zurück, und jetzt gelang es ihm, gelassener damit umzugehen.

»Warum erzählst du mir nicht, wie es in der Atlas Pasaj ist?«, fragte er.

Sie schaute ihn an und lächelte. »Es ist laut, immer rappelvoll, und stilmäßig ist es ziemlich Dracula.«

»Ah ja«, sagte er. »Und wie kommt man da hinein?«

Sie erzählte ihm, die meisten Besucher würden von ihren Freunden in den Club in der Passage mitgenommen. »Ab und zu kommt auch mal jemand alleine«, fügte sie hinzu, »aber das sind meistens die echten Freaks – Typen, die sich wirklich für Vampire halten und so.«

Süleyman runzelte die Stirn. Erst vor zwei Jahren hatte er von einem jungen, mittlerweile toten Engländer gehört, der allen Ernstes geglaubt hatte, er sei ein Vampir. Inzwischen hatte der exotische Lebensstil des jungen Mannes offenbar den Weg nach Istanbul gefunden – die Zeiten änderten sich wirklich schnell in dieser Stadt!

»Aber mit solchen Leuten will ich nichts zu tun haben«, sagte Fitnat. »Meine Freunde und ich stehen auf die Musik und die Kleidung, aber nicht auf dieses ganze Teufelszeug.«

»Teufelszeug?«

»Suleika hat Angst, ich würde mich mit Leuten einlassen, die den Teufel anbeten«, erklärte das Mädchen. »Darum will sie auch, dass ich nicht mehr ins Atlas gehe und wieder anfange, hübsche Kleidchen zu tragen. Dabei gefällt mir der Gothic-Look viel besser. Und wie findest du ihn, Mehmet Bey?«

»Erzähl mir lieber mehr über dieses Teufelszeug«, sagte er lächelnd.

»Ich hab dir doch gesagt, dass ich nichts damit zu tun haben will. Es ist einfach dämlich«, antwortete Fitnat leicht verärgert, weil er ihrer Frage ausgewichen war.

»Und was ist so dämlich daran?«

»Einfach alles. Vor allem die Selbstverstümmelung – sie schneiden sich in die Arme und Beine, als Blutopfer für den Teufel.« Ungehalten runzelte sie die Stirn. »Und dann diese bescheuerte Sprache ...«

»Welche Sprache?« Süleyman war plötzlich hellwach.

Fitnat winkte ab. »Eigentlich sind es nur ein paar Wörter«, sagte sie. »Sie benutzen sie, wenn sie sich unterhalten, und nur sie können sie verstehen. Einfach lächerlich.«

»Und du weißt nicht, was sie sagen?«

»Nein, aber einer meiner Freunde versteht sie ganz gut.«

»Ein Freund, der etwas mit diesem Teufelszeug zu tun hat?«

»İlhan? Der doch nicht!«, sagte sie lachend. »Das ist alles viel zu männlich für ihn. Nein, er war vor einem Jahr oft mit einem Jungen zusammen, der sich damit auskannte.«

»Waren İlhan und dieser Junge …?«

»Sie trugen beide gerne Frauenkleider, wenn du weißt, was ich meine«, sagte Fitnat. Dann beugte sie sich zu Süleyman vor und fügte hinzu: »Darum ist İlhan auch nur ein guter Freund von mir, Mehmet Bey – er ist kein richtiger Mann.«

»Ich verstehe.« Süleyman räusperte sich nervös. Die Kleine hatte ihm ein paar wirklich aufschlussreiche Informationen zukommen lassen. Vor allem die Sprache dieser Jugendlichen interessierte ihn; wenn es die gleiche war, die auch die geheimnisvollen Wesen »Nika« und »Gemeinschaft« benutzten, würde ihn das ein gutes Stück voranbringen. »Glaubst du, dein Freund İlhan würde mir mehr über diese Sprache erzählen?«

»Nein.« Ihr Gesicht nahm einen ernsten, fast verkniffenen Ausdruck an. »Nein, das würde er nicht.«

»Warum nicht?«

»Weil ihn das alles viel zu traurig macht.«

Die dünnen Zweige der Weide, unter der sie saßen, bewegten sich leicht in der kaum spürbaren, warmen Brise.

»Dieser Junge, mit dem er oft zusammen war … İlhan hat gehört, er hätte sich erstochen. Er ist tot.«

Süleyman erbleichte. »Wann war das?«

»Als wir İlhans Geburtstag im Atlas gefeiert haben.«

»Nein, wann hat sich dieser Junge …?«

»Ich weiß es nicht«, sagte Fitnat. »İlhan hatte ihn schon eine ganze Weile nicht gesehen. Solche wirklich intellektuellen Teufelsanbeter wie er hängen nie lange im Atlas rum. Ich glaube, die treffen sich woanders.«

»Und wo?«

»Keine Ahnung.«

»Kennst du den Namen von dem toten Jungen?«

»Nein.« Sie legte eine Hand auf seinen Arm. »Dieser ganze Teufelskram interessiert dich sehr, stimmt's?«

Er lächelte. Ob es sich bei İlhans totem Freund um Cem Ataman handeln könnte?

»Fitnat, ich muss unbedingt mit İlhan sprechen.«

»Warum?« Sie malte mit einem langen, schwarz lackierten Fingernagel Kreise auf seinen Arm.

»Das darf ich dir nicht sagen.«

»Warum denn nicht?«

»Weil es ... schau mal, Fitnat, es geht einfach nicht ...«

Sie sah ihm in die Augen und lächelte. »Aber Mehmet Bey, wie kann ich İlhan bitten, dir zu helfen, wenn ich nicht weiß, worum es geht?«

Süleyman war klar, dass ihm Wege offen standen, İlhan zum Sprechen zu bringen, wenn er nur wollte. Doch er zögerte, irritiert von den Verführungsversuchen des Mädchens.

Fitnat nahm die Hand von seinem Arm und steckte einen Finger in den Mund. Dann leckte sie langsam und genießerisch daran herum und meinte schließlich: »Dein Anzug schmeckt wirklich gut, Mehmet Bey.«

»Fitnat ...«

»Ich habe mitbekommen, wie meine Stiefmutter dich ansieht«, sagte sie, während sie seine Hand nahm und an ihre Brust zu führen versuchte. »Das sollte sie nicht tun, schließlich ist sie eine verheiratete Frau ...«

»Hör endlich auf damit!«, zischte Süleyman und entzog ihr seine Hand.

»Womit soll ich aufhören?«

»Hör auf damit, Verleumdungen über deine Stiefmutter zu verbreiten, und hör auf, dich an mich ranzumachen – ich bin nämlich nicht interessiert!« Er stand auf. »Ich bin hierher gekommen, weil ich mit dir über bestimmte Aspekte deines Lebensstils reden wollte, die für meine Ermittlungen aufschlussreich sein könnten.«

»Ich weiß nicht, ob mein Vater dir das glauben würde«, sagte Fitnat und zog einen verführerischen Schmollmund. »Du kommst einfach hierher, zu einem Mädchen, das ganz allein ist ...«

»Hör auf, mir zu drohen!«

Das Gesicht des Mädchens verdüsterte sich. Mit ihrem vor Wut zitternden Kinn wirkte sie plötzlich ausgesprochen unattraktiv. »Wag es ja nicht, mich zurückzuweisen!«, fauchte sie. »Meine Freunde haben gesehen, wie wir uns neulich Abend unterhalten haben. Sie werden meinem Vater erzählen, dass du mir Avancen gemacht hast. Und was meinst du wohl, wem er glauben wird?«

»Ich muss mit İlhan reden, Fitnat. Menschenleben könnten davon abhängen!«

»Dann solltest du besser tun, was ich sage«, erwiderte sie und schlang ihre Arme um seinen Hals. »Baba wird erst in ein paar Stunden zurück sein.«

»Ja, aber ich bin hier«, sagte eine weibliche Stimme. Fitnat und Süleyman drehten sich um.

»Suleika.«

»Geh auf dein Zimmer, Fitnat. Mit dir rede ich später.«

Fitnat ließ Süleyman los und rannte zu ihrer Stiefmutter. »Suleika, er hat versucht ...«

»Geh endlich!«

Mit vor Wut und Enttäuschung verzerrtem Gesicht rannte Fitnat zum Haus. »Du Schlampe!«, schrie sie. »Du bist nicht gut genug für meinen Vater!«

Als sie verschwunden war, sagte Suleika seufzend: »Es tut mir furchtbar Leid, Mehmet.«

»Du hast alles mitbekommen?«

»Nicht alles, aber genug. Seit dem Tod ihrer Mutter ist Fitnat ziemlich außer Kontrolle geraten. Ich weiß zwar nicht, warum du hier bist, aber ich bin mir sicher, es gibt einen ehrenhaften Grund dafür.«

»Ich muss Kontakt zu Fitnats Freund İlhan aufnehmen.«

»Und sie hat versprochen, dir seine Adresse zu geben, wenn du mit ihr schläfst?« Suleika lächelte. »Sie glaubt, mir auf diese Weise eins auswischen zu können. Es tut mir sehr Leid, dass du da hineingezogen wurdest.« Sie trat neben ihn und legte ihre Hände an seine Wangen. »Immer noch so attraktiv wie früher – was für ein Fluch! Ich bin froh, dass wir inzwischen nur noch Freunde sind.«

Süleyman lächelte.

»Ich kann dir İlhans Adresse geben«, sagte Suleika und trat einen Schritt zurück.

»Kennst du den Jungen denn?«

»Nein«, erwiderte sie, »aber manchmal gehe ich Fitnat nach.

Sie ist zwar ein verzogenes kleines Biest, aber ich mache mir Sorgen um sie, Mehmet. Sie treibt sich an üblen Orten herum. Ich muss sie beschützen, schon Burhan zuliebe. Wenn ihr irgendetwas zustieße, würde ihn das umbringen, und das könnte ich nicht ertragen.« Sie sah ihn mit ernster Miene an. »Ich mag Burhan, Mehmet. Er ist mein bester Freund. Wenn ihm etwas passieren würde, wüsste ich nicht, was ich tun sollte.«

11

Çöktin hatte Glück. Die Adresse, die Süleyman ihm gegeben hatte, lag in der Nähe von Hüsnüs Wohnung in Cihangir. Er konnte also den Hacker in seinem Hightech-Apartment aufsuchen, sobald er mit diesem İlhan Koç gesprochen hatte. Zwar musste er vorher die beiden uniformierten Beamten loswerden, die ihn begleiteten, aber das würde wahrscheinlich kein Problem sein – je nachdem, was der junge Koç ihnen zu sagen hatte.

İlhan Koç hatte Cem Ataman gekannt, meinte jedoch, sie seien nicht mehr als gute Freunde gewesen. İlhan beschrieb Cem als »total normal«. Er sei mehr an seiner Kleidung interessiert gewesen als an allem anderen. Obwohl nicht unbedingt das, was Çöktin als einen Transvestiten bezeichnet hätte, besaß İlhan ganz offensichtlich eine Schwäche für Frauenkleider und Make-up. In dem roten chinesischen Seidenhemd und der eng anliegenden Jeans wirkte er jedoch eher geschlechtslos als übermäßig feminin. Und obwohl er sich sorgfältig mit Lippenstift, Eyeliner und Wimperntusche zurechtgemacht hatte, verlieh die gegelte Stachelfrisur seinem langen, schmächtigen Körper eine fast schon aggressiv männliche Ausstrahlung.

»Ich glaube, er interessierte sich für mich, weil er mich für etwas hielt, das ich nicht bin.« İlhan warf den beiden Polizeibeamten, die ihm mit unbewegtem Gesicht gegenübersaßen, rasch einen Blick zu. Dann wandte sich wieder an Çöktin: »Einige der, Sie wissen schon ... In der Atlas Pasaj ziehen sich einige der richtig Abgefahrenen nämlich genau so an wie ich – echt extravagant. Vor allem, wenn sie noch ins Hammer wollen.«

»Die Bar in der Passage?«

»Genau. Meine Freunde und ich gehen da nicht mehr hin«,

fuhr İlhan fort und fügte mürrisch hinzu: »Da ist es uns einfach zu heftig.«

»Was meinen Sie damit?«

»Na ja, die Klamotten, die Musik, der Stil und so gefallen mir schon, aber ich will nichts mit dem perversen Kram zu tun haben, der da abgeht.«

»Was für ein perverser Kram?«

İlhan rückte noch näher an Çöktin heran und flüsterte: »Das ganze Durcheinander. Der Sex. Männer, die sich als Frauen verkleiden, und Frauen, die sie schlagen. Die ritzen sich da doch alle ständig die Arme auf und so. Und dann hab ich was von Teufelsanbetung gehört.«

»Und interessierte Cem Ataman sich dafür?«

»Ja.« İlhan starrte auf den Boden, das Gesicht verkrampft und traurig. »Ehrlich gesagt, war er dran interessiert, die Sprache zu lernen, die man in der Szene benutzt. Und die habe ich ihm beigebracht.«

Çöktin runzelte die Stirn. »Welche Sprache?«

»Die Besucher im Hammer verwenden die gleiche Geheimsprache wie die Transsexuellen«, sagte İlhan. »Ich habe einen Freund mit dieser … sexuellen Orientierung, einen Transsexuellen, der sie mir beigebracht hat.«

»Aus der Zeit, als Sie selbst darüber nachdachten, möglicherweise eine Geschlechtsumwandlung vornehmen zu lassen?«, fragte Çöktin.

İlhan wich seinem Blick aus. »Darauf muss ich nicht antworten.« Dann fuhr er fort: »Wichtig ist nur, dass die Typen im Hammer die gleiche Sprache benutzen. So können sie Botschaften austauschen, die andere nicht verstehen sollen.«

»Aber Sie verstehen diese Sprache?«

İlhan seufzte. »Ja.«

»Und Sie sind sich sicher, dass die Besucher des Hammer tatsächlich den Teufel anbeten?«

»Nein.«

»Aber Sie sagten doch gerade …«

»Ich weiß, dass manche mit dem Gedanken spielen«, meinte İlhan, »aber ich habe keine Ahnung, ob da mehr abgeht als dieser Sexkram. Das habe ich auch Cem gesagt, als er mich danach fragte – was ihn nicht davon abgehalten hat, die Sprache trotzdem lernen zu wollen. Cem hatte echt was im Kopf, und ich glaube, er wusste jede Menge über Teufelsanbetung.«

»Und er wollte andere Leute kennen lernen, die sich ebenso sehr dafür interessierten wie er?«

»Ja. Obwohl ich nicht glaube, dass er damit im Hammer Erfolg hatte.«

»Wie kommen Sie darauf?«

»Weil er nicht oft dagewesen ist. Ich bin ihm ein paar Mal begegnet, und wir haben miteinander geredet und so, und danach ist er vielleicht ein oder zwei Mal allein in den Hammer gegangen, aber das war's dann auch. Danach habe ich ihn bestimmt acht Monate nicht gesehen. Ich war echt total geschockt, als ich erfuhr, dass er sich umgebracht hat.«

»Haben Sie noch von anderen Leuten gehört, die am Teufelskult interessiert waren und Selbstmord begangen haben?«

»Nein.«

»Also hängen Cems Freitod und sein Interesse für Teufelsanbetung nicht unbedingt miteinander zusammen?«

»Ja ... und nein.« İlhan schaute erneut zu Boden. »Einiges von dem, was da im Hammer abgeht, ist echt abgefahren.«

»Diese Geheimsprache – können Sie mir mal ein Beispiel geben?«, fragte Çöktin.

Bis zu diesem Punkt hatte İlhan sich überraschend entgegenkommend gezeigt, doch jetzt schwieg er.

Çöktin war nach Süleymans Anruf klugerweise noch einmal auf die Wache zurückgekehrt. Jetzt zog er ein Blatt Papier aus der Tasche und warf einen Blick darauf. »Wenn ich beispielsweise das Wort ›madi‹ verwenden würde, oder vielleicht ›haş gagi‹ ...?« İlhan wurde ganz blass unter dem dicken Make-up. »Diese Begriffe dienten unseres Wissens möglicherweise dazu, Cem und einigen anderen übers Internet Anweisungen zu erteilen ...«

»Anweisungen zur Teufelsanbetung?«

»Möglicherweise.«

İlhan seufzte. »›Madi‹ bedeutet hässlich«, sagte er schließlich, »und eine ›haş gagi‹ ist eine richtige Frau.«

»Was meinen Sie mit ›richtige Frau‹?«

»Kein Transvestit, sondern eine echte Frau eben. Eine, die schon Sex mit einem Mann hatte. Die also keine Jungfrau mehr ist.«

Çöktin runzelte die Stirn. Der oder die Unbekannte namens Nika hatte Gülay Arat als ein Mädchen bezeichnet, das bald eine »haş gagi« sein würde. Nika musste also gewusst haben, dass das Mädchen in Kürze entjungfert werden würde. Hatte Nika auch gewusst, von wem?

»Haben Sie irgendeine Vermutung, woher diese Worte ursprünglich stammen?«, fragte Çöktin.

İlhan zuckte die Achseln. »Mein Freund meinte, es wäre eine Mischung aus Altarmenisch, Ladino und Zigeunersprache.«

»Wissen Sie irgendwas über die Leute, die in Newsgroups diese Sprache benutzen?«

»Nein«, erwiderte İlhan. »Ich hab nie jemanden von denen persönlich kennen gelernt. Ich weiß, dass manche die Sprache benutzen, aber ich würde sie nie verwenden.«

»Was für Leute?«

İlhan, dem die Richtung, die der Verlauf der Unterhaltung nahm, nicht gefiel, antwortete: »Ich werde Ihnen keine Namen nennen. Meine Freunde sind unschuldig.«

»Tun Sie, was Sie tun müssen«, antwortete Çöktin mit sanfter Stimme. »Und das bedeutet, dass Sie mir erzählen, was ich wissen muss.«

Den Sahaflar Çarşısı oder Bücherbasar betrat man entweder vom Beyazıt-Platz aus oder durch den Großen Basar. In der Mitte dieses ruhigen, geschichtsträchtigen Platzes voller Bücherstände stand die Statue von Ibrahim Müteferrika, dem Mann, der 1729 die erste osmanische Druckerei in der Türkei gründete. Errichtet auf dem Gelände eines ehemaligen Buch- und Papiermarkts aus byzantinischer Zeit, wurden auf dem Lieblingsplatz der Studenten inzwischen neue und antiquarische Bücher aller Art verkauft. Der Basar zog viele Touristen an sowie all jene, die nach seltenen Schätzen auf der Suche waren – sei es eine antike Kopie des Korans oder Fünfzigerjahre-Ausgaben von Eric Ambler, Graham Greene oder Kingsley Amis.

Unter den Buchverkäufern gab es angeblich viele Derwische,

islamische Mystiker, die mithilfe von Musik und ekstatischen Tänzen geistige Erleuchtung suchten. Und wie die Mystiker anderer Glaubensrichtungen – Maximillian Esterhazy beispielsweise – waren auch sie im Allgemeinen gut mit den Lehren anderer Konfessionen vertraut. Da Max gelegentlich Bücher auf dem Sahaflar kaufte, war er dort sicher mit den belesenen Verkäufern ins Gespräch gekommen.

İkmen stellte sich nur ein Problem: Er wusste nicht, wo er mit der Suche beginnen sollte. Zwar kannte er einige der Männer vom Sehen, hauptsächlich durch seine Freundschaft mit Berekiahs Arbeitgeber Lazar Bey, doch war es etwas ganz anderes, jemandem gelegentlich freundlich zuzunicken, als ihn über einen ausländischen Magier auszufragen, der seit kurzem verschwunden war. Wollte er wirklich nützliche Informationen von diesen Männern erhalten, würde es ihm nichts helfen, den Polizisten herauszukehren. Wie aber sollte er die Sache angehen?

İkmens Blick schweifte gerade über einen Stapel religiöser Schriften vom Anfang des 20. Jahrhunderts, als ein flüchtiges Aufblitzen seine Aufmerksamkeit erregte.

»Hallo, Inspektor.«

Die Stimme, tief, dunkel und kehlig, war ihm genauso vertraut wie die Unmenge Schmuckstücke und farbiger Stoffe, die ihren Körper umhüllte – Gonca, die Zigeunerin, schob sich die Zigarre zwischen die Lippen und reichte İkmen ihre große Hand zum Gruß.

»Die Hochzeitsfeier Ihrer Tochter hat mir sehr gefallen«, sagte sie freundlich. »Was für ein schönes Paar!«

»Vielen Dank«, erwiderte İkmen lächelnd. »Und Sie haben Ihre Sache großartig gemacht, Gonca.«

Die Zigeunerin neigte leicht den Kopf. İkmen hatte sie engagiert, den Hochzeitsgästen die Karten zu legen, und sie hatte sich dieser Aufgabe mit ebenso großer Begeisterung gewidmet wie dem Champagner. Aber Gonca betätigte sich nicht nur als Wahrsagerin, sondern auch als bildende Künstlerin, deren Arbeiten – bei denen häufig magische Themen im Mittelpunkt standen – beim wohlhabenden Bürgertum äußerst gefragt waren.

»Und, wonach suchen Sie heute?«, fragte sie İkmen. »Eine Abhandlung über die kabbalistische Symbolik des Tarot?« Sie lächelte. »Sie wissen ja, dass Ihre älteste Tochter eine große natürliche Begabung für übersinnl…«

»Sie sind nicht die Einzige, die meine Çiçek für eine vielseitig begabte junge Frau hält«, unterbrach İkmen sie. »Darf ich Sie zu einem Glas Tee einladen?«

Sie setzten sich in den Teegarten auf dem Beyazıt-Platz, wo es wie üblich von Studenten wimmelte. Zwischen den Tischen liefen osteuropäische Händler umher und versuchten, billigen Schmuck aus ihrer »alten Heimat« an den Mann zu bringen.

Nachdem der Tee serviert worden war, sagte İkmen: »Ich bin tatsächlich hier, weil ich mich nach magischen Büchern erkundigen möchte.«

»Dann sind Sie auf dem Sahaflar Çarşısı genau richtig.«

İkmen zündete sich eine Zigarette an und räusperte sich. »Wissen Sie, Gonca«, begann er, »ich habe ein kleines Problem. Ein Freund von mir ist verschwunden, ein Magier …«

»Oh, ich fürchte, das ist nicht ganz meine Kragenweite, Inspektor«, erklärte sie. »Das Wissen der Magier geht über die Kenntnisse einer bescheidenen Wahrsagerin weit hinaus.«

»Wie meinen Sie das?«

»Wenn Ihr Freund ein echter Magier ist, kann jemand wie ich Ihnen ganz sicher nicht helfen. Überhaupt dürfte es für sein Verschwinden einen triftigen Grund geben, selbst wenn Sie oder ich ihn nie verstehen werden.«

»Ehrlich gesagt, erzähle ich Ihnen nicht davon, damit Sie mir konkret bei meiner Suche helfen«, lenkte İkmen ein. »Doch ich weiß, dass mein Freund regelmäßig Bücher auf dem Sahaflar erworben hat, und dachte, ich könnte mit einem der Verkäufer über ihn sprechen …«

»Und als Sie mich sahen, ist Ihnen der Gedanke gekommen, ich könnte Sie vielleicht mit dem richtigen Mann bekannt machen«, ergänzte sie mit einem Lächeln. Sie wandte sich ein wenig nach links und deutete auf einen kleinen Mann mit Brille, der allein an einem Tisch unter einem Baum saß. »İbrahim Dede hat sich auf esoterische Schriften spezialisiert«, sagte sie. »Er ist ausgesprochen belesen.«

İkmen begann das Gespräch mit einer Entschuldigung dafür, dass er den alten Mann in seiner freien Zeit belästige. Dieser winkte nur lächelnd ab: Jeder Freund von Gonca Hanım sei auch sein Freund. Ohne den Namen zu nennen, beschrieb İkmen ihm Max' Interessen und Lebensstil und erwähnte, dass dieser Jemand spurlos verschwunden sei. Doch wie sich herausstellte, brauchte İbrahim Dede weder Namen noch genauere Einzelheiten, um zu wissen, von wem die Rede war.

»Maximillian Esterhazy kauft seit beinahe dreißig Jahren Bücher bei mir«, sagte er mit einem schelmischen Funkeln in den Augen. »Wussten Sie, dass er bei Rabbi Baruch studiert hat?«

»Bei wem?«

İbrahim Dede hob überrascht die Hände. »Rabbi Baruch! Ein unvergleichlicher Kabbalist und ...«, er senkte die Stimme, »... ein Mann, der Gott geschaut hat! Maximillian verfügt über Baruchs Wissen und ist daher zu wahrhaft Großem fähig.«

»Was meinen Sie damit genau?«, fragte İkmen.

»Kabbalisten, wahre Kabbalisten«, schaltete Gonca sich ein, »und damit meine ich nicht so erbärmliche Amateure wie mich, können Dinge tun, die den meisten Menschen unmöglich erscheinen.«

»Wenn Maximillian nicht will, dass Sie ihn finden, dann gelingt es ihm auch, einfach so zu verschwinden«, ergänzte der alte Mann. »Er könnte die ganze Zeit über in seiner Wohnung sein oder uns sogar jetzt in diesem Moment beobachten.«

Instinktiv drehte İkmen sich um, doch da war nur eine Gruppe Studenten. »Ja, aber warum ...?«

»Ich weiß es nicht«, sagte İbrahim Dede achselzuckend. »Vielleicht versucht er, das Gleichgewicht in dieser Stadt wiederherzustellen. In letzter Zeit ist es hier recht dunkel geworden.«

»Dunkel?«

»Einige Gotteshäuser wurden geschändet. Sie werden davon gehört haben.«

»Nun, ich weiß nur von einer Schändung«, antwortete İkmen. »Deshalb habe ich Max ja auch aufgesucht. Gab es denn noch weitere?«

»O ja. Gefährliche Abbildungen, Schmierereien von Ignoranten, die Orte des Lichts beschmutzen. Sie sorgen für ein Ungleichgewicht zwischen dem, was Sie Gut und Böse nennen würden. Im Laufe der Jahre habe ich dieses Phänomen schon mehrfach erlebt. Es scheint bevorzugt in gefährlichen Zeiten aufzutreten – Zeiten wie diesen.«

»Ich nehme an, Sie meinen den Konflikt zwischen Saddam Hussein und den Amerikanern?«, fragte İkmen.

»Ja. So viele offene Fragen, so viele Drohungen. Verfügt Saddam wirklich über diese chemischen Waffen, von denen George W. Bush spricht? Beherbergt der Irak Terroristen? Und was noch wichtiger ist: Wie wird sich unsere Regierung entscheiden? Werden auch wir in den Krieg ziehen?«

İkmen, dem diese Fragen unter den Nägeln brannten – schließlich würde sein Sohn Bülent bald zum Militärdienst eingezogen werden –, schaute einen Moment lang zu Boden, bevor er fortfuhr: »Die Abbildung, die ich an einer Kirche gesehen habe, war untypisch. Zumindest hat Max es so formuliert.«

»Der Ziegenbock von Mendes ist ein ausgesprochen mächtiges Symbol negativer Kräfte«, sagte der alte Mann ernst. »Selbst wenn auf mancher Darstellung zu viele Geschlechtsorgane abgebildet sind.«

»Sie wissen davon?«

»Natürlich! Schon seit einigen Wochen tauchen immer wieder solche abscheulichen Bilder auf. Zerstörerische Kräfte sammeln sich in dieser Stadt. Und wie jeder rechtschaffene Mensch muss ich, genau wie Maximillian, alles in meiner Macht Stehende tun, um das Gleichgewicht wiederherzustellen.«

Der ewigen Andeutungen müde, drängte İkmen: »Ich weiß, dass Sie es gut meinen, İbrahim Dede, aber ich muss Max unbedingt finden.«

»Ich weiß nicht, wo er sich aufhält, Inspektor.«

»Wo könnte er Ihrer Meinung nach sein? Wenn er das Dunkel bekämpfen will, von dem Sie sprachen?«

»Da gibt es viele Möglichkeiten«, sagte İbrahim Dede und faltete die Hände auf dem Tisch. »Sollte er wissen, wer all das Negative in unserer Stadt verbreitet, wird er ihm wohl auf den Fersen sein. Ansonsten dürfte er vermutlich allgemeine Gegenmaßnahmen ergreifen.«

»Was meinen Sie damit?«

»Rituale, um die natürliche Ordnung der Dinge wieder ins Gleichgewicht zu bringen. Maximillian liebt Istanbul über alles.« İbrahim Dede warf Gonca einen kurzen Blick zu. »Genaueres kann ich Ihnen nicht sagen. Maximillian ist ein Kabbalist, ich nicht.«

»Ich nehme nicht an, dass dieser Rabbi Baruch noch lebt, oder?«, fragte İkmen.

»Nein. Soweit ich weiß, ist Maximillian heute der einzige Magier in dieser Stadt, der die notwendigen Rituale kennen könnte.«

»Also ist es Ihrer Meinung nach nahezu unmöglich, ihn zu finden?«

İbrahim Dede seufzte. »Ich glaube, dass es ohne Grundkenntnisse der Kabbalistik sehr schwer werden dürfte. Für Uneingeweihte sind die Buchstaben- und Zahlensymbolik und die Korrespondenzen der magischen Systeme nahezu unverständlich.«

İkmen zog Max' Adressbuch aus der Tasche und legte es geöffnet auf den Tisch. »Zahlensysteme wie in diesem Fall?«, fragte er.

Der alte Mann betrachtete die Seiten durch die untere Hälfte seiner Brille. »Keine Ahnung, wie das zu entschlüsseln wäre. Ich bin eben kein Kabbalist.«

Gonca, die ebenfalls einen Blick in das Buch geworfen hatte, meinte: »Vielleicht sollten Sie einfach ein paar von den Nummern anrufen und schauen, was passiert.«

»Ja, daran habe ich auch schon gedacht. Aber was könnten diese Ziffern vor den Telefonnummern bedeuten?«

»Irgendwelche Korrespondenzen vielleicht?« Gonca zuckte die Achseln. »Wie İbrahim Dede gesagt hat: In der Kabbala dreht sich alles um Korrespondenzen. Jeder Tag der Woche und jede Stunde des Tages wird von einem Planeten beherrscht. Und jeder Planet korrespondiert mit einer Sephira, einer Eigenschaft sowohl Gottes als auch des Menschen, die im zentralen Bild der Kabbala, dem Lebensbaum, zusammenkommen.«

»Alles ist miteinander verbunden.«

»Genau! Jede Sephira hat ihre entsprechende Tarotkarte, ihr

Tierkreiszeichen, ihren Engel, Dämonen, Edelstein, ihre Speise und ihren Duft. Wie oben, so unten, İkmen«, sagte Gonca. »Himmel und Erde sind ein und dasselbe und vollständig austauschbar.«

»Und genau das tut ein Magier, nicht wahr? Er tauscht Dinge aus und manipuliert die Materie mithilfe von Kartenlegen, Visualisierung oder Ritualen für seine Zwecke.«

»So ist es«, sagte der Derwisch İbrahim Dede lächelnd. »Und meine Glaubensbrüder und ich bilden im geheiligten Sema-Ritual unseres Gründers, des verehrten Rumi, hier auf Erden die Himmelskörper nach. Wir werden gleichsam zu Planeten, versuchen, eins zu werden mit dem Universum und Allah. Maximillian könnte irgendwo auf dieser Welt sein – oder in einer anderen.«

İbrahim Dedes Augen funkelten, und einen Moment lang hatte İkmen das Gefühl, als würde er auf magische Weise von ihnen angezogen und hypnotisiert. Schnell dankte er dem kleinen Mann und der attraktiven, farbenfroh gekleideten Frau und machte sich auf den Weg nach Eminönü, zu den weltlicheren Verlockungen des Mısır Çarşısı. Als er den belebten Markt durch den Haupteingang betrat, wurde sein Geruchssinn förmlich überwältigt von duftendem Oregano, Kreuzkümmel, Henna, Kaffee und dem süßen Aroma des Hibiskus. Und während er an den Ständen vorbei schlenderte, die die große, als Afrodite Pazarı bekannte Gewölbehalle säumten, fragte er sich, mit welchen Himmelskörpern und Eigenschaften Hibiskus wohl korrespondierte.

Als Süleyman auf die Wache zurückkehrte, berichtete Çöktin ihm zunächst von seinem Gespräch mit İlhan Koç. »Ich habe diesem Mendes ausrichten lassen, dass ich die Identität von ›Nika‹ und ›Gemeinschaft‹ herausfinden muss«, sagte er anschließend. »Und ich habe darum gebeten, seine Antwort an meine private E-Mail-Adresse zu schicken.«

»Glauben Sie, dass er das tun wird?«, fragte Süleyman.

»Warum sollte er das nicht tun, Inspektor? Wenn er wirklich so gut ist, wie ich annehme, wird er seine Antworten sowieso über Hüsnüs Computer umleiten.«

»Okay.« Süleyman rieb sich das Gesicht mit den Händen und seufzte. »Dieser Hammer ... der Club, die Bar, was immer das für ein Laden ist, wir müssen uns dort umsehen, İsak. Ich möchte wissen, ob dort wirklich jemand diese seltsame Sprache benutzt, und ich möchte ganz genau wissen, was es mit dieser ›Loge der Theodora‹ auf sich hat.«

»İlhan Koç war sich ziemlich sicher, dass es sich um eine Newsgroup für Transvestiten handelt.«

»Ja, aber er wusste es nicht *genau*, oder?«, erwiderte Süleyman. »Und was sollte Gülay Arat auf so einer Internetseite?«

Çöktin zuckte die Achseln. »Na ja, die Webseite ist dem Leben und Werk der byzantinischen Kaiserin Theodora gewidmet, die von vielen Leuten verehrt wird, und vielleicht auch von der kleinen Arat. Oder sie hatte ein paar Transvestiten als Freunde. Wenn man sich die Beiträge genauer ansieht, stellt man fest, dass sie ziemlich tuntig klingen, und anscheinend hat sie sich nur mit ›Nika‹ über Sex ausgetauscht – um etwas anderes kann es nicht gegangen sein.«

»Wir müssen uns jedenfalls im Hammer umsehen.«

»Eine Razzia?«

»Nein. Wir, oder besser einige unserer Beamten, müssen dem Laden verdeckt einen Besuch abstatten, dort etwas trinken und mit ein paar Leuten reden, ohne Verdacht zu erregen.«

»Unsere Beamten zwischen diesen Gothics und Männern in Frauenkleidern?« Çöktin grinste. »Wenn ich offen sein darf, Inspektor: Ich wüsste bei uns keinen einzigen Mann, der sich so anziehen könnte oder wollte.«

Süleyman musste unwillkürlich lächeln. »Da haben Sie Recht«, sagte er. »Ich werde Polizeipräsident Ardiç um die Erlaubnis bitten, weibliche Beamte einsetzen zu dürfen. Wer weiß, İsak, vielleicht finden unsere Kolleginnen es ja ganz reizvoll, sich einmal besonders ausgefallen zu kleiden.«

»Gut möglich.«

Süleyman schaute auf die Uhr. »Ich habe in fünf Minuten eine Besprechung mit Ardiç. Hoffentlich können wir schon morgen jemanden in den Hammer schicken. Gibt es neue Erkenntnisse über den Mord an dem Mädchen von heute Morgen?«

»Bis jetzt nicht, Inspektor«, erwiderte Çöktin. »Allerdings

soll Wachtmeister Yıldız Kontakt zu einem Mann aufgenommen haben, dessen Schwester seit gestern Morgen verschwunden ist.«

»Halten Sie mich auf dem Laufenden«, sagte Süleyman. »Wir müssen versuchen, die verschiedenen Fährten, die Atlas Pasaj, die Newsgroups und so weiter, intensiver zu verfolgen – jetzt, wo wir langsam wissen, wonach wir suchen.«

»Und wenn wir auf diese Weise keinen Erfolg haben, Inspektor?«

Süleyman suchte seine Unterlagen für das Treffen mit Ardiç zusammen und sagte lakonisch: »Dann müssen wir eben wieder von vorn anfangen, İsak!«

»Natürlich.« Çöktin senkte ehrerbietig den Kopf, allerdings nicht so tief, dass Süleyman der unglückliche Blick des jungen Kurden entgangen wäre. Offensichtlich machte er sich immer noch Sorgen, was seine gesetzeswidrigen Handlungen wohl für Folgen haben würden.

Doch Süleyman hatte sich noch zu keiner Reaktion entschließen können. Er fuhr einfach fort: »Nach der Besprechung beim Polizeipräsidenten habe ich eine private Verpflichtung. Doch danach muss ich mich schnellstmöglich mit Inspektor İkmen treffen. Könnten Sie das bitte für mich arrangieren, İsak? Am besten morgen früh, sofern das dem Inspektor passt.«

»Natürlich, Inspektor.«

Süleyman nahm seine Unterlagen und wandte sich zur Tür. »Ich sehe Sie dann morgen, İsak.«

»Einen schönen Abend, Inspektor.«

Für jemanden, der Max Esterhazys Fähigkeiten kannte, machte Doğa Kaş bei der Befragung einen ziemlich gelassenen Eindruck. »Sein Hausmädchen kommt jede Woche mit einer Liste vorbei«, sagte er. »Sie kauft alles Mögliche: Rosmarin, Kardamom, Minze, Gewürznelken und manchmal auch Essenzen, Rose oder Moschus.«

İkmen ließ den Blick über die großen Säcke mit Kräutern und Gewürzen schweifen, die vor dem Stand aufgereiht waren. Auf manchen lagen Silbertabletts mit Lokum-Konfekt, als süße Verlockung für neugierige Touristen.

»Bevor ich Max Bey kennen lernte, hatte ich immer angenommen, Männer wie er würden für ihre Tränke Katzenblut und tote Kröten verwenden«, sagte Kaş mit einem verschmitzten Lächeln. »Aber wer weiß, vielleicht stimmt das ja auch. Vielleicht bezieht er solche Dinge nur aus anderen Quellen.«

İkmen lächelte. Jemand blieb am Stand stehen, ein typischer Tourist, und Doğa Kaş hielt ihm blitzschnell eines der Tabletts unter die Nase: *»Turkish Delight, yes please!«*

İkmens Mobiltelefon klingelte, und er wandte sich ab, um den Anruf entgegenzunehmen. »Hallo?«

»İskender am Apparat«, kam es geschäftsmäßig aus dem Hörer. »Ich dachte, ich sollte Sie besser informieren, dass die Nachbarn von Herrn Esterhazy seltsame Geräusche in seiner Wohnung gehört haben.«

»Haben wir einen Beamten vor Ort?«

»Ja, aber nur an der Vordertür. Die Rückseite ist versiegelt. Oberwachtmeister Karataş und ich sind auf dem Weg dorthin.«

İkmen, der sich daran erinnerte, was İbrahim Dede ihm über die angeblichen Fähigkeiten von Magiern erzählt hatte, sagte: »Gut, aber seien Sie vorsichtig, es könnte gefährlich werden.«

»Gefährlich? Weshalb?«

İkmen wusste es selbst nicht genau, also wiederholte er nur knapp: »Seien Sie einfach vorsichtig.«

»Ach ja, noch etwas: Die Ergebnisse der Blutanalyse sind da.« İskender wechselte wie gewöhnlich abrupt das Thema. »Blutgruppe A positiv. Dieselbe wie die von Esterhazy.«

»Aha.«

»Allerdings gilt das nur für das Blut, das wir rund um den Schreibtisch gefunden haben«, fuhr İskender fort. »Das am Fenster hatte die Blutgruppe AB negativ.«

İkmen runzelte die Stirn. »Also vermutlich Blut von Max und einer weiteren Person …«

»Außerdem war das Blut am Schreibtisch älter als das am Fenster, schon fast eingetrocknet. Wir kommen jetzt gerade vor Esterhazys Haus an; ich melde mich später wieder.« Und damit unterbrach İskender die Verbindung.

İkmen wandte sich wieder Doğa Kaş zu, der sein Tablett

dem Touristen vergeblich unter die Nase gehalten hatte: »Was können Sie mir noch über Herrn Esterhazy erzählen?«

Der Händler warf einen kurzen Blick die Markstände hinauf und hinunter, dann beugte er sich zu İkmen vor: »Ich glaube, dass es ihm finanziell schon mal besser gegangen ist.«

»Wie meinen Sie das?«

Doğa Kaş zuckte die Achseln. »Max Bey war stets ein zahlungskräftiger Kunde. Ich habe ihm Kredit gewährt, doch er hat ihn nie ausgenutzt – bis zu diesem Jahr.«

»Was könnte der Grund dafür sein?«, fragte İkmen.

»Keine Ahnung«, erwiderte der Kaufmann. »Er zahlt einfach nicht mehr regelmäßig, und bei großen Bestellungen wie der letzten ... Ich sage Ihnen, Inspektor: Wenn er nicht so ein netter Mann wäre und ich nicht befürchten müsste, dass er einen Dschinn auf meinen Laden hetzt, wenn ich ihn verärgere, dann ...«

Aus irgendeinem Grund beunruhigte İkmen der Gedanke, dass Max in finanziellen Schwierigkeiten stecken könnte. Vielleicht lag es daran, dass Max ein Magier war – denn wenn selbst jene, die Geist und Materie manipulieren konnten, nicht in der Lage waren, ihre Geldprobleme zu lösen, welche Hoffnung bestand dann noch für den Rest der Menschheit? In den dreißig Jahren, die Max hier lebte, hatte es zudem nie Anzeichen für finanzielle Schwierigkeiten gegeben. Außerdem hatte es ihm nie an Aufträgen gemangelt – was also war geschehen? Hing Max Esterhazys Verschwinden womöglich damit zusammen? War er etwa umgebracht worden, weil er seine Schulden nicht bezahlt hatte?

In diesem Fall hatte Max offenbar seinen Angreifer verwundet – nach dem zu urteilen, was İskender berichtet hatte. Allerdings war Max' Blut – falls es sich tatsächlich um sein Blut handelte – bereits vergossen worden, bevor die andere Person Blut verloren hatte.

Tief in Gedanken versunken, machte İkmen sich auf den Weg nach Hause. Die Kaufleute auf dem Mısır Çarşısı schlossen bereits ihre Stände für die Nacht. Und obwohl ihm ein junger Mann kurz vor dem Verlassen des Marktes eine Flasche unter die Nase hielt, in der sich angeblich das »Aphrodisiakum des

Sultans« befand, widerstand er der Versuchung und kehrte mit leeren Händen zu seiner Frau zurück.

Die Unterhaltung drehte sich um das Thema Zuwanderung aus ländlichen Gebieten in die Stadt. In letzter Zeit fanden immer mehr Menschen, häufig streng religiöse Bauern, aus den östlichen Provinzen ihren Weg nach Istanbul, so dass viele Istanbuler sich darüber beschwerten, die Stadt gehöre nicht mehr ihnen – eine Ansicht, die Mehmet Süleyman nach dem Genuss mehrerer Gläser Villa Doluca durchaus verstehen konnte.

»Ursprünglich waren wir doch alle Bauern«, sagte Omer, der Mann von Çiçeks Freundin Deniz, leidenschaftlich. »Natürlich mit Ausnahme von dir, Çiçek.«

Çiçek İkmen lachte. »Nein, das stimmt nicht ganz«, erwiderte sie, »ein Teil der Familie meines Vaters stammt aus Kappadokien. Eine meiner Großtanten lebt sogar noch dort, in Göreme.«

»Oh, im Land der Feenkamine!«, rief Çiçeks Freundin Emine aufgeregt. »Wie wunderbar!«

Kappadokien war mit seiner seltsamen Mondlandschaft, die durch bizarre Felskegelformationen geprägt wurde, tatsächlich ein zauberhafter Landstrich. Neben den berühmten Höhlenkirchen bildeten die zahlreichen, als »Feenkamine« bezeichneten und zum Teil sogar bewohnten Erdpyramiden eine besondere Attraktion. Die Einwohner glaubten zudem wohl noch an die Existenz von Feen. Süleyman erschien es herrlich passend, dass Vorfahren der Familie İkmen ursprünglich aus dieser magischen Region stammten.

»Aber Mehmets Familie kommt aus Istanbul«, sagte Çiçek und schenkte Süleyman ein Lächeln.

»Nur die meines Großvaters«, berichtigte er sie. »Meine Mutter ist in Adana geboren.«

»Ah, genau wie mein Vater«, warf Attila, Emines Freund ein, der sich und den beiden anderen Männern noch etwas Wein nachschenkte. Der Hauptgang lag schon eine Weile zurück, und sie genossen die lange, entspannte Pause vor dem Dessert.

Çiçek zündete sich eine Zigarette an und wandte sich erneut an Süleyman. »Aber dein Vater kommt von hier, oder?«

»O ja«, stimmte Süleyman lächelnd zu. »Mein Vater ist ein echter Istanbuler.«

Entweder der Wein hatte ihm die Zunge gelockert oder die Tatsache, dass er am nächsten Nachmittag in Krikor Sarkissians Klinik die Ergebnisse seiner Untersuchung erfahren würde – normalerweise sprach er nicht so offen über sein Privatleben. Doch was machte es schon, dass diese freundlichen Leute Näheres über ihn erfuhren? Schließlich waren sie alle gebildete Menschen und würden ihm seine verwandtschaftlichen Beziehungen zur alten osmanischen Elite sicherlich nicht vorwerfen. Zum ersten Mal in seinem Leben sprach er es laut und deutlich aus: »Mein Großvater ist am Hof von Sultan Mehmed VI. aufgewachsen.«

»Oh, dann gehörte deine Familie also zur Dienerschaft …«

»Nein, zu denjenigen, die bedient wurden«, sagte Süleyman.

»Mehmet ist in einem Palast zur Welt gekommen«, ergänzte Çiçek aufgeregt. Nie zuvor hatte sie Süleyman so locker und entspannt erlebt. »Wo war das noch mal? In Yeniköy?«

»Ganz in der Nähe von Yeniköy«, sagte er lächelnd. »Aber mein Vater hat das Haus schon vor langer Zeit aufgegeben. Es war zu teuer im Unterhalt.«

»Und darum bist du Polizist geworden«, sagte Omer. »Ein gebildeter, osmanischer Polizist.«

Der zynische Klang in Omers Stimme gefiel Süleyman nicht.

»Wir alle tun, was wir für richtig halten«, erwiderte er. Beinahe wäre er unter dem Einfluss des Weins mit der Wahrheit herausgerückt: Ursprünglich war er nur in den Polizeidienst eingetreten, um gegen seine Eltern zu rebellieren. Doch er hielt sich zurück. Diese Aussage würde nur weitere Fragen zu seinen Eltern und ihrem Lebensstil nach sich ziehen, und er war nicht bereit, darüber zu reden.

»Ich verstehe nicht, was an einer Organisation ›richtig‹ sein soll, die jene unterdrückt und misshandelt, denen sie eigentlich dienen sollte«, fuhr Omer fort.

»Mein Vater misshandelt niemanden, Omer«, ereiferte sich Çiçek. »Und du magst doch meinen Vater.«

»Çetin Bey ist eben anders als die anderen«, sagte Omer, warf seine Serviette auf den Tisch und erhob sich. »Wenn ihr mich bitte entschuldigen würdet.«

Als er außer Hörweite war, wandte sich seine Frau nervös an Süleyman. »Ich muss mich für Omer entschuldigen«, meinte sie. »Er weiß nicht, was er sagt.«

»Omers Bruder hat vor kurzem an einer Demonstration gegen diese Geschichten im Irak teilgenommen«, fügte Çiçek hinzu, »und wurde verhaftet.«

Süleyman griff nach seinen Zigaretten und zündete sich eine an. Er hatte gehofft, dieses Abendessen würde nicht in einer der üblichen Diskussionen über seinen Beruf enden. »Ich weiß, dass es für Ihren Mann nur ein schwacher Trost ist«, wandte er sich an Deniz, »aber ich persönlich habe mit politischen Angelegenheiten nichts zu tun.«

»Nein, natürlich nicht ...«

»Genau wie Çiçeks Vater arbeite ich bei der Mordkommission. Die seltenen Male, bei denen wir im Rahmen unserer Arbeit tatsächlich einmal mit der Politik in Berührung kommen, handelt es sich immer um ungeklärte Todesfälle.«

Deniz lächelte nervös. Zweifellos fürchtete sie, er werde ihren Mann seinen Vorgesetzten melden, dachte Süleyman. Was für ein Witz! Wenn sie wüsste, was er gerade seinem Assistenten hatte durchgehen lassen und mit wem er so alles zusammenarbeitete ...

Im Flur klingelte das gemeinsame Telefon von Çiçek und Emine.

»Entschuldigt mich.« Çiçek stand auf und ging hinaus.

Emines Freund Attila, der etwas jünger und unbeschwerter war als Omer, erzählte nun von den Schwierigkeiten bei Flügen in die ehemalige Sowjetunion. Er arbeitete als Pilot bei der *Turkish Airlines* und setzte nun zu einem Monolog an, der nur von Emines und Deniz' gelegentlichen Kommentaren unterbrochen wurde – genau die Art von Unterhaltung, die Süleyman bereits befürchtet hatte.

Kurz darauf kam Çiçek wieder ins Zimmer. Ihr Gesicht war ernst und kreidebleich.

»Es tut mir Leid, Mehmet«, wandte sie sich an Süleyman

und legte ihm eine Hand auf die Schulter. »Mein Vater ist am Telefon und möchte mit dir sprechen.«

Süleyman entschuldigte sich, ging hinaus und nahm den Hörer. »Hallo, Çetin.«

»Tut mir Leid, dass ich dich stören muss, Mehmet«, sagte İkmen. »Jemand hat auf Metin İskender geschossen.«

»Allah!«

Süleyman ließ sich auf den Stuhl neben dem Telefon sinken. Sein Blick fiel auf Çiçek, die jetzt in der Küchentür stand und besorgt die Stirn runzelte.

»Er lebt«, fuhr İkmen fort, »aber es steht nicht gut um ihn.«

»Wo ist er? Und wo bist du jetzt?«

»Im Krankenhaus in Taksim. Metin wird gerade operiert.«

»Ich komme sofort«, sagte Süleyman.

»Das brauchst du nicht«, erwiderte İkmen. »Es sind schon eine Menge Leute hier, Verwandte, Kollegen, Freunde ...«

»Ich möchte es aber, Çetin.«

»Gut.«

Süleyman legte den Hörer auf, stützte den Kopf in die Hände und versuchte, sich zu beruhigen. Metin İskender angeschossen? Wie und warum war das geschehen?

Eine sanfte Berührung ließ Süleyman aufblicken.

»Was ist passiert?«, fragte Çiçek. »Baba wollte mir nichts sagen. Ist mit ihm alles in Ordnung?«

»Deinem Vater geht es gut.« Süleyman rang sich ein Lächeln ab. »Aber es ist etwas Schlimmes vorgefallen, und ich muss leider sofort weg.«

»Oh.«

»Es tut mir Leid.«

Er ging noch einmal ins Wohnzimmer, holte seine Jacke und verabschiedete sich.

Çiçek begleitete ihn zur Tür und dankte ihm für sein Kommen.

»Ich danke dir, Çiçek, es war ein wunderschöner Abend«, sagte er, reichte ihr höflich die Hand und ging.

Nachdem sie die Tür hinter ihm geschlossen hatte, lehnte sich Çiçek mit Tränen in den Augen gegen die Wand.

Emine, die gerade einen Fotoapparat aus ihrem Zimmer geholt hatte, trat auf sie zu und legte ihr den Arm um die Schultern. »Arme Çiçek«, flüsterte sie, »du liebst ihn wirklich, nicht wahr?«

12

Um acht Uhr abends durfte er endlich den Leichnam sehen. Eine junge Pathologin und ein Polizist namens Yıldız begleiteten ihn. Offensichtlich hatte der leitende Pathologe schon Dienstschluss.

Er fand dies alles höchst unbefriedigend. Andererseits, was änderte es jetzt noch? Es war Lale, daran bestand kein Zweifel. Also bestätigte er es ihnen und nannte ihren vollen Namen und ihr Alter: Lale Tekeli, sechzehn Jahre alt. Seine Schwester. Seine einzige lebende Verwandte.

Der junge Polizist, dieser Yıldız, wollte ihm nicht einmal sagen, wie sie gestorben war. »Sie werden mit Inspektor Süleyman sprechen müssen«, erklärte er nur.

»Dann holen Sie ihn her«, forderte Osman Tekeli und kämpfte mit den Tränen.

»Ich fürchte, er wird erst morgen früh wieder zu sprechen sein, Herr Tekeli.«

»Und das ist alles, was Sie mir sagen können?«, fragte Tekeli bitter. »Meine Schwester ist tot, und Sie wollen mir nicht verraten, wie sie gestorben ist und warum?«

»So einfach ist die Sache nicht«, stotterte Yıldız. »Inspektor Süleyman wird Ihnen morgen alles erklären.«

»Aber ich will ihn jetzt sprechen!«

»Es tut mir Leid, aber wie ich schon sagte: Das ist leider nicht möglich.«

»Ich werde nicht bis morgen warten!«, rief Tekeli. »Ich will es jetzt wissen!« Dann fuhr er mit tränenerstickter Stimme fort: »Wachtmeister, ich bin ein gläubiger Mann. Ich unterrichte an einer islamischen Priesterschule. Meine Schwester ist tot, und ich möchte ihren Leichnam beerdigen.«

Yıldız warf der Pathologin Dr. Mardin einen Blick zu.

»Herr Tekeli«, sagte sie und wich seinem Blick aus, »wir können den Leichnam derzeit nicht zur Bestattung freigeben.«

»Wie bitte?«

»Die Todesursache Ihrer Schwester ist im Augenblick Gegenstand kriminalpolizeilicher Ermittlungen. Der leitende Pathologe wird ihren Leichnam erst freigeben, wenn er Klarheit über die Todesursache erlangt hat.«

»Ist sie denn …?« Er verlor endgültig die Fassung und begann zu weinen. Osman Tekeli war ein kleiner Mann und offensichtlich um einiges älter als seine Schwester. »Sie wurde ermordet, nicht wahr?«, fragte er, als er sich ein wenig beruhigt hatte. »Das stimmt doch, oder?«

»Herr Tekeli …«

»Aber wer tut so etwas?« Er sank auf die Knie und stieß schluchzend hervor: »Sie war doch so ein anständiges Mädchen!«

Süleyman fand İkmen schließlich in einer Gruppe, die sich vor der Intensivstation versammelt hatte. Außer İkmen entdeckte er auch noch einige andere bekannte Gesichter: Alpaslan Karataş, der mit gesenktem Kopf und einer Decke um die Schultern auf einem Stuhl saß; Metins Mutter und sein Vater, der in eine Raki-Wolke gehüllt auf dem Betonboden lag und schlief, sowie ein paar uniformierte Beamte. Die übrigen Männer und Frauen, vermutlich Verwandte von Metin, trugen einfache, bäuerliche Kleidung – abgewetzte Jacketts, Schiebermützen, Kopftücher mit buntem Blumenmuster.

»Was ist passiert?«, fragte Süleyman.

İkmen holte tief Luft, bevor er antwortete: »Metin und Karataş sind gegen Abend zu Max Esterhazys Wohnung gefahren. Die Nachbarn hatten seltsame Geräusche gehört.«

»Und weiter?«

»Nach dem, was Karataş uns erzählt hat«, fuhr İkmen fort, »betraten sie gemeinsam die Wohnung. Karataş ging ins Arbeitszimmer. Metin wollte einen Blick in Max' Schlafzimmer werfen. Da hörte Karataş einen Schuss, lief ins Schlafzimmer und sah Metin blutüberströmt auf dem Boden liegen. Soweit er feststellen konnte, war niemand in dem Zimmer, und auch das

Fenster war verschlossen. Allerdings war er in diesem Augenblick auch mehr daran interessiert, einen Arzt zu rufen und Metin am Leben zu erhalten, als sich gründlich umzusehen.« İkmen zuckte hilflos die Achseln.

»Wird Metin durchkommen?«, fragte Süleyman leise.

»Es war ein Bauchschuss«, sagte İkmen ernst. »Er hat viel Blut verloren und das Bewusstsein noch nicht wiedererlangt.« Und überraschend fügte er hinzu: »Alles, was wir tun können, ist beten.«

Süleyman schaute sich um und fragte: »Wo ist seine Frau?«

»Auf dem Rückweg von Deutschland«, antwortete İkmen. »Sie hatte geschäftlich dort zu tun.« İskenders Frau Belkıs, eine erfolgreiche Verlegerin, war häufig im Ausland unterwegs.

»Sie wird außer sich sein. Die beiden hängen wirklich sehr aneinander.«

»Ich weiß.« İkmen seufzte. »Was will man machen? Kismet.«

Einen Augenblick standen sie schweigend da. Dann sagte Süleyman: »Sind all diese Leute hier Verwandte von Metin?«

İkmen lächelte bitter. »Metins kultivierte Fassade ist wirklich überzeugend, nicht wahr? Ja, das hier sind alles seine Verwandten. Bauern pflegen nun mal ziemlich viele Kinder zu haben.«

»Und sein Vater ist …«

»Betrunken wie üblich«, sagte İkmen. »Ich habe kurz mit seiner Mutter sprechen können. Sie steht unter Schock, aber sie hält sich tapfer. Vermutlich ist sie daran gewöhnt, Schicksalsschläge ohne die Unterstützung ihres Mannes zu meistern.« Er deutete auf İskenders Assistenten. »Im Augenblick mache ich mir allerdings mehr Sorgen um Karataş.«

Sie blickten beide zu dem hoch gewachsenen Oberwachtmeister hinüber, der wie ein Häufchen Elend in sich zusammengesunken dasaß.

»Er weigert sich, nach Hause zu gehen«, erklärte İkmen.

»Hat ein Arzt nach ihm gesehen?«

İkmen nickte. »Ja, man hat ihm Beruhigungsmittel gegeben. Metin wäre im Krankenwagen fast gestorben, und er saß daneben und konnte nicht helfen. Bestimmt wäre er zu Hause besser aufgehoben, wo seine Mutter und seine Schwestern sich um ihn kümmern könnten.«

Süleyman warf einen Blick auf das blasse Gesicht und meinte: »Vermutlich bedeutet es ihm viel, dass er hier bei ihm ist.«

»Du hast wahrscheinlich Recht«, sagte İkmen. Er nahm Süleyman beim Ellbogen und führte ihn durch eine geöffnete Seitentür nach draußen. »Kommst du mit? Ich brauche eine Zigarette, und wir müssen miteinander reden.«

Nachdem İkmen sich eine Zigarette angesteckt hatte, kam er sofort zur Sache: »Das Blut in Max' Wohnung stimmte mit seiner Blutgruppe überein – jedenfalls ein Teil davon. Anscheinend war da Blut von zwei verschiedenen Personen, was darauf hindeutet, dass ein Kampf stattgefunden haben könnte. Allerdings war das Blut mit Max' Blutgruppe älter …«

»Aber wo könnte Max nur stecken?«

»Ich weiß es nicht. Aber wenn es sich tatsächlich um sein Blut handelt, dürfte er schwer verletzt sein. Ich weiß, dass er nicht in einem der Krankenhäuser der Stadt liegt; das habe ich überprüfen lassen. Wenn er noch lebt, muss es also jemanden geben, der sich um ihn kümmert.«

»Eine Freundin oder ein Freund?«

»Möglich. Es gibt nur ein Problem, Mehmet: Ich kenne niemanden aus seinem Freundeskreis, und sein verschlüsseltes Adressbuch habe ich bis jetzt nicht entziffern können.« Er berichtete Mehmet Süleyman von seinem Gespräch mit İbrahim Dede und den möglichen Schwierigkeiten, die sich aus der Tatsache ergeben konnten, dass Max Kabbalist war. »Wenn sich jemand so intensiv mit der Kabbala auseinander setzt, bestimmt sie schließlich jeden Aspekt seines Lebens. Ich wünschte, ich wüsste mehr darüber. Vielleicht könnte ich dann nachvollziehen, wohin Max verschwunden ist und warum.«

»Aber wenn er viel Blut verloren hat«, sagte Süleyman, »wird er doch schnelle Hilfe benötigt haben.«

»Ja, sofern es sich tatsächlich um sein Blut handelt. Hattest du eigentlich je den Eindruck, Max könnte in finanziellen Schwierigkeiten stecken?«

Süleyman verschränkte die Arme vor der Brust. »Er hat nie etwas erwähnt. Allerdings … wenn ich jetzt darüber nachdenke, hat er seine Einkäufe im La Cave recht plötzlich eingestellt.«

»Diesem Weinladen in Cihangir?«

»Ja. Mein Vater ist Stammkunde dort.« Süleyman rollte mit den Augen. »Max bevorzugte französische Weine, doch seit schätzungsweise einem halben Jahr habe ich nur noch türkische Durchschnittsweine wie Çankaya oder Villa Doluca auf seinem Tisch gesehen.«

İkmen musste lächeln. Obwohl Süleyman kaum Alkohol anrührte, war es typisch für seinen gesellschaftlichen Hintergrund, dass er eine Veränderung der Lebensumstände als Erstes an der Art und Qualität des Weins festmachte.

»Glaubst du, Max könnte deshalb verschwunden sein?«, fragte Süleyman. »Um seinen Gläubigern zu entkommen?«

»Ich weiß es nicht. Bei Max ist alles möglich. Aber erzähl mir lieber, wie du mit deinen Ermittlungen vorankommst. Was ist mit dem Mädchen, das ihr heute Morgen gefunden habt?«

»Sie ist ebenfalls jung, war ebenfalls nackt, wurde aber in einem geschlossenen Raum ermordet. Und der Boden rund um die Leiche war übersät mit Limonen. Ich weiß noch nicht viel über sie. Ein Mann hat sich im Leichenschauhaus gemeldet, der sie wahrscheinlich identifizieren kann. Mich würde interessieren, ob sie auch etwas mit der Gothic-Szene zu tun hatte, so wie Cem Ataman.«

»Gehen deine Nachforschungen immer noch in diese Richtung?«, fragte İkmen.

»Ja. Aus verschiedenen Quellen habe ich erfahren, dass es so etwas wie einen inneren Kreis von Jugendlichen geben könnte, die sich für Satanismus begeistern. Es gibt eine Bar in der Atlas Pasaj ...«

»Du weißt, dass die Kirche Panaghia Mouchliotissa nicht das einzige Gotteshaus ist, das mit einem Teufelssymbol beschmiert wurde?«, unterbrach İkmen Süleyman. »Der Derwisch İbrahim Dede glaubt, dass die Stadt von Mächten angegriffen wird, die er als ›dunkel‹ bezeichnet. Er vermutet, dass Max irgendwo da draußen ist und versucht, das wieder in Ordnung zu bringen.«

»Davon verstehe ich überhaupt nichts«, sagte Süleyman.

»Diese Schändungen von Gotteshäusern müssen wir allerdings sehr ernst nehmen. Warum kommen die Geistlichen mit diesen Vorfällen nicht zu uns? Aber noch mal zurück zur Gothic-Szene: Ich habe Ardiç um ein paar weibliche Beamte gebeten. Sie sollen in dieser Bar – sie heißt übrigens Hammer – Nachforschungen anstellen.« Süleyman erzählte İkmen von Cem Atamans Verbindungen zum Hammer und davon, dass er ein paar Worte einer Geheimsprache herausgefunden hatte, die manche der Stammkunden, vor allem Transvestiten, benutzten. »Es ist derselbe Jargon, der auch von ›Nika‹ und ›Gemeinschaft‹ in den Newsgroups verwendet wurde«, erklärte er. »Anscheinend geht es da aber nur um ganz normalen Sex – es dürfte also harmlos sein. Wir wollen uns den Hammer jedoch genauer ansehen; dort werden möglicherweise junge Satanisten angeworben. Allerdings glaube ich nicht, dass in den Räumlichkeiten selbst tatsächlich irgendwas passiert …«

»Verstehe.«

»Beide Mädchen, sowohl Gülay Arat als auch das neue Opfer, wurden vor und kurz nach ihrem Tod sexuell missbraucht«, sagte Süleyman. »Ich kann mich des Eindrucks nichts erwehren, dass es sich um eine Art Ritual handelt.«

»Wenn das der Fall ist«, sagte İkmen, »dann ist derjenige, der diese Mädchen manipuliert, äußerst gefährlich – wer auch immer das sein mag. Wenn Max etwas davon gewusst hat, warum hat er es mir dann nicht erzählt!« Unzufrieden schüttelte er den Kopf. »Wenn ich doch nur mit Leuten aus seiner Welt Kontakt aufnehmen könnte. Ich habe einige der Nummern aus seinem Buch angerufen, aber es kam jedes Mal ›Kein Anschluss unter dieser Nummer‹.«

»Vielleicht sind einige der Telefonnummern veraltet.«

»Kann sein.« Dann lächelte İkmen plötzlich. »Der Hammer«, sagte er. »Vor kurzem hatte ich eines von Max' Büchern in der Hand, ein berühmtes Werk mit dem Titel *Der Hexenhammer* oder *Malleus Maleficarum*, wie es ursprünglich in lateinischer Sprache hieß. Es würde mich interessieren, ob deine Bar ihren Namen diesem Buch verdankt.«

Einen Augenblick lang herrschte Schweigen. Dann sagte Süleyman: »Und was hast du als Nächstes vor, Çetin?«

»Ich werde mich in Max' Wohnung einquartieren«, sagte İkmen, »und mich in seine Bücher und Schriften vertiefen. Vielleicht finde ich ja auf die Weise heraus, was vorgeht. Ach ja, wenn es dir nichts ausmacht, lass lieber mich Kontakt zu den religiösen Institutionen aufnehmen.«

Süleyman zuckte die Achseln. »In Ordnung.«

»Ich glaube übrigens, wir können Max' Hausmädchen Ülkü und ihren widerwärtigen Freund als Täter ausschließen«, fuhr İkmen fort. »Ihre Kleidung war sauber, und außerdem sind sie mit Sicherheit nicht an den heutigen Geschehnissen beteiligt gewesen, schließlich haben sie gerade erst die Wache verlassen. Schade, dass der Junge, dieser Turgut Can, nicht in die Sache verwickelt ist.«

»Warum?«

»Weil es mich persönlich auf die Palme bringt, wie er Max verleumdet. Ich weiß, dass unser Freund eine ganze Reihe schlüpfriger Bücher besitzt, um es vorsichtig auszudrücken, aber dieser Junge scheint regelrecht von der Idee besessen zu sein, Max sei eine Art teuflischer Perverser. Ich weiß, für schlichte Gemüter sind Magier gleichbedeutend mit Teufelsanbetern …«

»Wie die Jesiden«, sagte Süleyman.

»Genau.«

Eine von İskenders Verwandten, die in ihrer Nähe zusammenstanden, schluchzte plötzlich laut auf. Erschrocken sahen sie zu ihr hinüber. Es war Metins Schwester Meral, der die Ungewissheit über das Schicksal ihres Bruders schwer zusetzte, denn noch immer gab es keine Neuigkeiten aus dem Operationssaal.

»Die arme Frau.«

»Ja«, sagte İkmen und fragte dann abrupt: »Wie war das Essen mit Çiçek und ihren Freunden?«

»Richtig nett«, erwiderte Süleyman mit einem Lächeln. »Alle anderen waren viel jünger als ich. Es kam mir so vor, als würde ich mit meiner Lieblingsnichte zu Abend essen.«

»Du betrachtest Çiçek also als eine Art jüngere Verwandte?«

»Ja«, sagte Süleyman. »Wahrscheinlich liegt das daran, dass ich sie schon kenne, seit sie ein Kind war.«

»Verstehe.« İkmen drückte seine Zigarette aus und zündete sich eine neue an. »Du weißt ja, meiner Meinung nach sieht sie dich in einem viel romantischeren Licht.« Er hielt eine Hand hoch, um Süleymans Protest im Keim zu ersticken: »Ich weiß, dass du sie nicht ermutigst, Mehmet. Ich möchte dich nur darauf aufmerksam machen.«

Süleyman schüttelte den Kopf. »Aber warum?«, fragte er.

»Weil sie einsam ist. Du bist ein kultivierter, attraktiver Mann, und sie kennt dich gut«, antwortete İkmen. »Çiçek hatte schon als Teenager eine Schwäche für dich. Jetzt ist sie fast dreißig, noch unverheiratet, und es fällt ihr immer schwerer, mit Männern auszugehen, die sie zum ersten Mal trifft.«

»Aber ich bin verheiratet!«

İkmen zuckte die Achseln. »Ich weiß. Çiçek wird auch nichts Unüberlegtes tun, Mehmet. Sie ist ein anständiges Mädchen. Ich wollte dich nur darauf ansprechen, damit du es ihr behutsam beibringen kannst. Ach, diese Kinder!«, sagte er und verzog das Gesicht. »Selbst wenn sie erwachsen sind, können sie einen noch in den Wahnsinn treiben.«

»Estelle! Estelle!«

»Was … wer …?«

Berekiah Cohen drehte sich um und strich seiner schlaftrunkenen Frau übers Gesicht. »Schon gut. Das ist nur mein Vater«, beruhigte er sie. »Schlaf einfach weiter.« Er schaute auf den Wecker. Viertel nach drei – in drei Stunden musste er aufstehen und zur Arbeit gehen.

»Estelle!«

Wahrscheinlich saß sein Vater im Wohnzimmer in seinem Rollstuhl, auf Kissen gestützt, umgeben von Telefonen und Tablettenpackungen. Und entweder hatte Berekiahs Mutter ihn nicht gehört oder sie hatte beschlossen, sein Rufen zu ignorieren.

Was soll's, ich kann sowieso nicht wieder einschlafen, dachte Berekiah und stand auf. Leise schloss er die Schlafzimmertür hinter sich und ging ins Wohnzimmer.

Das helle Licht der Neonlampe an der Decke ließ ihn blinzeln. »Was ist denn los, Baba?«

»Ich hab keine Zigaretten mehr«, knurrte Balthasar Cohen. »Drüben sind noch welche.«

Berekiah holte seinem Vater zwei Schachteln Marlboro aus der Küche. »Hier, bitte.«

»Eigentlich hätte deine Mutter aufstehen sollen«, sagte Balthasar missmutig. Er zündete sich eine Zigarette an und inhalierte tief. »Warum bist du nicht im Bett?«

»Ich konnte nicht schlafen.« Berekiah nahm sich ebenfalls eine Zigarette und lieh sich das Feuerzeug seines Vaters.

»Und warum nicht?«

Berekiah zuckte die Achseln.

»Na, wenn du es nicht weißt!«, sagte sein Vater. »Ein jung verheirateter Mann geht nur aus zwei Gründen ins Bett: Entweder er macht es mit seiner Frau oder er ist furchtbar müde.« Er runzelte die Stirn. »Mit Hülya ist doch alles in Ordnung ...?«

»Natürlich!«

»War ja nur eine Frage!« Balthasar hob abwehrend die Hände. »Du bist mein Sohn, da darf man ja wohl noch Interesse zeigen.«

Für seinen Geschmack interessierte er sich ein bisschen zu sehr für dieses Thema, dachte Berekiah. Außerdem wusste er nur allzu gut, dass zwischen Berekiah und Hülya alles in Ordnung war; schließlich schlief er im Nebenraum. Sein Vater wollte nur mal wieder über Sex reden. Vielleicht sollte er Onkel Jak bitten, seinem Vater ein paar Pornofilme und -hefte zu besorgen, ehe dieser wieder nach England zurückkehrte. Vielleicht stillte das ja das schier unersättliche Interesse seines Vaters daran, wie oft er und Hülya miteinander schliefen. Je eher sie in ihr neues Haus einziehen konnten, desto besser. Andererseits ... Seine Gedanken schweiften ab.

Die Zeichnung auf der Kirchenmauer ließ ihm keine Ruhe. Sie war so grob und abstoßend. Dieses brünftige Wesen mit seinen vielen Penissen – gleich dreizehn Frauen spießte es auf, als wollte es sie damit töten. Und offenbar war diese Kirche nicht der einzige Ort, an dem der »Künstler« sein Markenzeichen hinterlassen hatte: Auf dem Weg zum neuen Haus war Berekiah erneut Bruder Konstantin begegnet, der gerade von der griechischen Jungenschule kam, wo er unterrichtete. Im

Flüsterton hatte ihm der Mönch berichtet, dass man an der Ahrida-Synagoge und an der Moschee in Koca Mustafa Paşa weitere Graffitis gefunden habe.

»Es ist eine Schande! Gott der Allmächtige, vom Teufel höchstpersönlich herausgefordert! Und das hier in Fener und in Balat! Der Leibhaftige ist gekommen, um unsere Seelen zu holen!«

Als Berekiah den Mönch bat, die Abbildungen genauer zu beschreiben, und ihn fragte, was die anderen Geistlichen dazu sagten, wurde der alte Mann einsilbig.

»Hat denn jemand die Polizei informiert, Bruder Konstantin?«, hakte Berekiah nach.

»Nein. Wir wollen sie da nicht hineinziehen. Aber ich weiß, dass der Patriarch mit dem Oberrabbiner gesprochen hat und mit dem Imam. Das Ganze ist äußerst beunruhigend.«

»Sie sollten unbedingt mit der Polizei reden«, sagte Berekiah. »Mein Schwiegervater, Inspektor İkmen, interessiert sich dafür. Er war sehr besorgt, nachdem er das Graffiti an Ihrer Kirche gesehen hatte. Und ich bin mir sicher, wenn er von den anderen Fällen wüsste ...«

»Ich weiß, Sie meinen es gut«, erwiderte der Mönch freundlich, »doch ich glaube, das müssen wir selbst aufklären. Die Polizei kann uns schließlich nicht vor Dämonen schützen, oder?« Und damit ließ er den jungen Mann stehen und ging die Straße hinunter.

Berekiah war fest entschlossen, İkmen davon zu erzählen. Sein Schwiegervater würde sich bestimmt für das vermehrte Auftreten der abscheulichen Graffitis interessieren. Schließlich standen Hülya und er selbst noch immer unter Schock. Obwohl Jak jeden Tag Handwerker kommen ließ, um Reparaturen am Haus durchzuführen, betraten sie beide das Viertel nach wie vor mit einem unguten Gefühl. Etwas Böses hatte sich in Fener eingenistet, und wenn nicht bald jemand etwas dagegen unternahm, würde es sich möglicherweise dort festsetzen, dachte er.

Auch Jak war wohl von den Rufen seines Bruders geweckt worden. Müde kam er ins Wohnzimmer geschlurft, und ein weiteres Gespräch über Sex nahm seinen Lauf.

»Triffst du dich bald wieder mit Demir Sandal?«, fragte Balthasar seinen Bruder unvermittelt.

»Ja, in ein paar Tagen,« Jak fuhr sich mit der Hand durchs Haar und schenkte Berekiah ein kurzes Lächeln. »Ich verstehe nicht, wie du ständig wach sein kannst, Balthasar.«

»Vielleicht weil ich mich so furchtbar langweile!«

»Dann unternimm doch mal was.« Jak ließ sich in einen Sessel sinken und zündete sich eine Zigarette an.

Berekiah spürte, dass sich ein Streit zusammenbraute, und verließ leise den Raum. Kaum hatte er die Tür hinter sich ins Schloss gezogen, beugte sich Balthasar zu seinem Bruder und bat: »Kannst du mir nicht ein Mädchen besorgen, von Demir Sandal …«

»Balthasar!«

»Sie müsste auch nur …«

»Hör zu, Sandal will mir irgendein neues Produkt andrehen. Etwas, das wirklich erotisch sein soll. Bei der Gelegenheit besorge ich dir ein paar Magazine«, sagte Jak resigniert. »Aber überleg dir gut, wo und wann du sie liest. Du musst auch einmal an Estelle denken!«

»An welche Frau sollte ich sonst wohl denken?«, erwiderte Balthasar bitter.

Fitnat hatte befürchtet, dass İlhan nie wieder ein Wort mit ihr wechseln würde, aber das stimmte nicht. Nachdem Suleika sie vor den Augen von Mehmet Süleyman gedemütigt hatte, war sie direkt zum Fähranleger gelaufen. Bestimmt hätte er mit ihr geschlafen, wenn ihre Stiefmutter nicht aufgetaucht wäre, da war Fitnat sich ganz sicher. Aber das spielte jetzt keine Rolle mehr – jetzt, wo sie einen viel besseren Mann kennen gelernt hatte.

İlhan hatte ihr sogar von der Befragung durch den Polizisten erzählt. Allerdings hatte er ihr nicht verraten, worüber sie gesprochen hatten. Jedenfalls wollte İlhan eine Weile nicht mehr mit in die Atlas Pasaj kommen. Er war zwar immer noch ihr Freund, würde sich jedoch eine Zeit lang zurückziehen.

Wütend war sie anschließend in die Atlas Pasaj marschiert, hatte dort ein paar Wodka getrunken und war danach in den

Hammer gegangen. Sonst besuchte sie den Club nur selten, aber heute schien er genau zu ihrer düsteren Stimmung zu passen. Wie gewöhnlich war der Laden brechend voll mit den üblichen Spinnern: Typen mit Vampirzähnen und großbusige Frauen mit Narben auf den Armen. Daher war sie auch überrascht, jemanden wie ihn hier zu treffen: groß, dunkelhaarig, attraktiv, etwa so alt wie Mehmet Bey – und eindeutig an ihr interessiert.

»Bist du noch Jungfrau?«, fragte er jetzt. Dann legte er sie sanft auf das Bett und lockerte die Schnüre an ihrem Mieder.

»Ja.«

Sein heftiges Atmen verriet ihr, dass ihn der Gedanke erregte. Bereits im Hammer hatte sie gespürt, wie sehr er sich zu ihr hingezogen fühlte. Das Gespräch hatte sich hauptsächlich um sie gedreht und schnell zu einem Kuss geführt, bei dem sie, eng an ihn gepresst, seine Erektion spüren konnte. Eigentlich war sie zuerst nur mit ihm gegangen, um ihre Stiefmutter zu ärgern, die sich um diese Uhrzeit bestimmt schon Sorgen um sie machte. Aber hier in dieser riesigen, eleganten Wohnung in Beyoğlu mit Blick auf das Goldene Horn …

Er sah gut aus. Sie wollte ihm ihre Jungfräulichkeit schenken – obwohl sie wusste, dass sie das nicht tun durfte, dass sie noch warten sollte. Aber wie lange noch? Sie wollte es jetzt. Trotz seiner Erregung nahm er sich viel Zeit. Bis zum Morgengrauen hatte er sie und sich selbst auf eine Weise erregt, die sie sich niemals hätte träumen lassen. Ohne auch nur einmal in sie einzudringen, löste er Empfindungen in ihr aus, die ihren Körper zum Leben erweckten. Als sie schließlich die Wohnung verließ, hörte sie in der Ferne bereits die Sirenen der Fähren in Eminönü, doch in Gedanken war sie bei dem Bild des zerwühlten Bettlakens, auf dem er ihr mit Händen und Lippen immer neue Orgasmen geschenkt hatte.

»Ruf mich an«, hatte er beim Abschied an der Tür gesagt, ihr seine Karte gegeben und sie geküsst. »Ich will dir noch viel mehr zeigen.«

13

Mehmet Süleyman war viel zu müde für dieses Gespräch. Obwohl İkmen ihm dringend dazu geraten hatte, war er zwischendurch nicht nach Hause gefahren. Die Ärzte hatten Metin İskender bis fünf Uhr morgens operiert, und danach wäre es Süleyman wie reine Zeitverschwendung erschienen, sich noch auf den Heimweg zu machen. Metin schwebte nach wie vor in Lebensgefahr: Der Schuss hatte nicht nur einen Teil des Darms zerfetzt, auch seine Milz hatte entfernt werden müssen. Man erzählte sich, Belkis, diese sonst so beherrschte und gelassene Geschäftsfrau, habe geschrien und gejammert wie eine Bäuerin, als sie ihren Mann zum ersten Mal nach dem Vorfall zu Gesicht bekam.

Und nun saß Mehmet Süleyman bei Herrn Tekeli, Lales Bruder. »Jemand hat ihr mitten ins Herz gestochen«, murmelte Tekeli ungläubig. »Aber wenn Sie das doch wissen, warum kann ich sie nicht mitnehmen und beerdigen?«

»Der Tod Ihrer Schwester ist Gegenstand laufender Ermittlungen im Zusammenhang mit der Vergewaltigung und Ermordung mehrerer junger Mädchen.«

»Sie wurde vergewaltigt ...« Erneut wiederholte Tekeli die Worte Mehmet Süleymans.

»Ja«, sagte Süleyman. »Der große Verlust, den Sie erlitten haben, tut mir sehr Leid, ebenso wie die Unannehmlichkeiten, die diese Verzögerung Ihnen bereiten muss. Ich weiß, wie schwer diese Prüfung für Sie ist, aber bedauerlicherweise kann ich den Leichnam Ihrer Schwester noch nicht freigeben. Außerdem muss ich Sie bitten, uns Zugang zu Lales persönlichen Besitztümern zu gewähren.«

Tekeli schüttelte den Kopf. »Welche Besitztümer? Was meinen Sie?«

Süleyman warf Çöktin einen Blick zu. Der zuckte die Achseln. Im Lichte der Informationen, die er an diesem Morgen von Mendes erhalten hatte, bezweifelte Çöktin, dass sie konkrete Anhaltspunkte finden würden, selbst wenn Lale einen Computer besessen und die entsprechenden Newsgroups frequentiert hatte.

Wie Çöktin von Anfang an befürchtet hatte, gab es keine Möglichkeit, die Identität der beiden Newsgroup-Mitglieder herauszufinden, deren Spur sich nur bis Argentinien zurückverfolgen ließ. Allerdings war es natürlich wichtig zu wissen, ob Lale Tekeli dem Muster entsprach, das sich allmählich abzeichnete.

»Uns interessiert vor allem, ob Ihre Schwester einen Computer besessen hat«, erklärte Süleyman.

Tekeli sah ihn mit Tränen in den Augen an. »Ja, aber den hat sie nur zum Lernen benutzt.«

»Hatte sie Zugang zum Internet?«

»Ja. Allerdings hat sie nur islamische Webseiten besucht. Das weiß ich, weil ich aufgepasst habe. Lale war sehr fleißig und sehr gottesfürchtig. In manchen Fächern hat sie sogar zusätzlich privaten Unterricht genommen.« Er brach in Tränen aus. »Vergewaltigt! Dabei hat sie doch immer ein Kopftuch getragen!«

»Herr Tekeli ...«

»Lale war keins von diesen Mädchen, oben zugeknöpft und unten freizügig!«, rief Tekeli aufgebracht und meinte damit den Kleidungsstil junger Türkinnen, die den Kopf bedeckten, aber Röcke trugen, deren Schlitz bis zum Oberschenkel reichte. »Einige ihrer Kopftücher waren wirklich hübsch ... sogar modisch ... aber ...«

»Herr Tekeli, ich weiß, dass es schwer für Sie ist, diese Frage zu beantworten«, sagte Süleyman, »aber hatte Ihre Schwester noch irgendwelche anderen Interessen neben der Schule und ihren religiösen Verpflichtungen? Irgendwelche Freunde ...«

»Nein. Nein, sie war ein anständiges Mädchen. Sie wollte einmal Lehrerin werden ...«

Eine Weile saßen sie schweigend da. Dann sagte Tekeli: »Wenn Sie glauben, dass Ihnen Lales Computer dabei helfen kann, den Mörder zu finden, können Sie ihn haben.«

»Ich danke Ihnen, Herr Tekeli«, sagte Süleyman. »Mein Assistent wird Sie nach Hause bringen und sich den Rechner ansehen.«

»Wie Sie wollen ...«

Nachdem Çöktin und Tekeli gegangen waren, bereitete Süleyman sich auf das Treffen mit Polizeipräsident Ardiç vor, zu dem er und İkmen bestellt waren. Doch Mehmet Süleyman ging der Gedanke nicht aus dem Kopf, dass er am Nachmittag einen Termin bei Krikor Sarkissian hatte, der ihm die Testergebnisse mitteilen würde. Während er die Unterlagen für das Meeting mit seinem Vorgesetzten zusammensuchte, stellte er erschrocken fest, dass seine Hände zitterten.

»Einer meiner Beamten ringt mit dem Tod«, sagte Ardiç und blickte von İkmen zu Süleyman und wieder zurück. »Außerdem ist ein ausländischer Staatsangehöriger spurlos verschwunden. Trotzdem scheinen wir uns nicht richtig in die Sache hineinzuknien. Kann mir das vielleicht jemand erklären?«

Obwohl er saß, leise sprach und äußerlich ruhig wirkte, hielt Polizeipräsident Ardiç seine glimmende Zigarre umklammert, als hinge sein Leben davon ab. Wer ihn so gut kannte wie İkmen und Süleyman, wusste, dass er kurz davor stand zu explodieren.

»Der Fall ist nicht ganz so einfach«, begann İkmen.

»Das sind Ihre Fälle nie, İkmen.« Die dunkelbraunen Augen unter den buschigen, schwarzen Brauen musterten İkmen voller Groll. »Tatsache ist: İskender schwebt noch immer in Lebensgefahr, wir können ihn also nicht fragen, wer auf ihn geschossen hat. Unter den gegebenen Umständen müssten wir dringend mit diesem Maximillian Esterhazy reden. Ich habe ihn deshalb zur Fahndung ausgeschrieben.«

»Am Tag seines Verschwindens wurde in seiner Wohnung Blut gefunden, das von ihm stammen könnte«, gab İkmen zu bedenken.

»Ja, das weiß ich alles«, erwiderte Ardiç. »Eingetrocknetes, altes Blut, dazu frischere Blutspuren von jemand anderem. Ich weiß aber auch, dass die Fingerabdrücke in seinem Arbeitszimmer nur von diesem Esterhazy selbst stammen sowie von seinem Hausmädchen und deren Freund.«

»Von den beiden hat keiner die Blutgruppe AB negativ«, sagte İkmen.

»Richtig«, entgegnete Ardiç und fügte dann bissig hinzu: »Sind Sie sicher, İkmen, dass Ihr Magierfreund keine Kinder opfert? Zauberei gilt in diesem Land schließlich immer noch als Verbrechen.«

»Ich …«

Ardiç zeigte mit dem Finger auf İkmen. »Ich will, dass er gefunden wird. Er ist doch Lehrer, also setzen Sie sich mit seinen Schülern in Verbindung.«

Als İkmen erklärte, er habe das bereits versucht, sei jedoch an Max' Adressbuch gescheitert, lief das Gesicht des Polizeipräsidenten rot an.

»Allah behüte uns!«, murmelte er. »Dann werden wir uns wohl oder übel an die Presse wenden müssen. Warum sind Sie damit nicht schon früher zu mir gekommen, İkmen?«

»Also, ich …«

»Und nun zu Ihnen, Süleyman«, wandte Ardiç sich abrupt an den jüngeren Beamten. »Was ist mit diesen toten Mädchen?«

Süleyman informierte seinen Vorgesetzten über den neuesten Stand der Dinge und fügte hinzu: »Obwohl uns die Rechner der beiden Jugendlichen konkrete Hinweise schuldig bleiben, halte ich die Aktion in der Atlas Pasaj heute Abend für gerechtfertigt.«

»Ihre Beamten sind entsprechend instruiert?«

»Ja. Allerdings …«

Ardiç blickte Süleyman scharf an. »Allerdings was …?«

»Das neue Opfer, Lale Tekeli, hatte, soweit wir wissen, keine Verbindung zur Atlas Pasaj und keinerlei, sagen wir mal ›dunkle‹ Interessen.«

»Jedenfalls haben Sie noch keine gefunden.«

»Nein. Lale Tekeli war ein fleißiges Mädchen und eine fromme Muslimin.«

Ardiç lehnte sich zurück. »Vielleicht hat sie ihre ›dunklen‹ Interessen auch nur besser geheim gehalten als die anderen. Nun, ich glaube zwar nichts von diesem ganzen Unsinn. Aber wenn es denn sein muss, lassen Sie die armen, verwirrten Jugendlichen aus dem Atlas auf die Wache bringen. Sie werden weder Satan noch irgendwelche Dämonen bei ihnen finden – abgesehen von ihren wohlhabenden Eltern. Ich habe Ihnen ja bereits gesagt, dass in diesem Fall besondere Vorsicht geboten ist, Süleyman.«

»Ja, ich weiß.«

Ardiç wandte sich erneut an İkmen. »Ach, übrigens: Mir ist zu Ohren gekommen, dass neben der Panaghia Mouchliotissa noch wenigstens ein weiteres Gotteshaus mit beunruhigenden Schmierereien verunstaltet wurde. Vielleicht hat ja Ihr englischer Zauberer …«

»Ich habe mich an Max gewandt in der Hoffnung, dass er mir in dieser Angelegenheit helfen kann!«, erwiderte İkmen. »Aber er konnte sich auf die Darstellung auch keinen Reim machen!«

»Eine Verbindung zwischen den Gothics und den Dingen, die in der Atlas Pasaj vor sich gehen sollen, ist nicht ausgeschlossen«, warf Süleyman ein. »Wenn es in Istanbul aktive Satanisten gibt, dann finden wir sie dort.«

»Also gut …« Ardiç entließ İkmen und Süleyman mit einem Achselzucken.

Vor dem Büro des Polizeipräsidenten zündeten sich beide erst einmal eine Zigarette an.

»Ich weiß, dass das nicht besonders motivierend klingt, Çetin, aber ich habe irgendwie ein komisches Gefühl, was diese Lale Tekeli anbelangt«, sagte Süleyman.

»Du meinst, weil es so wenig Übereinstimmungen mit Gülay Arats Profil gibt?«

»Ja. Gülay und Cem haben immerhin die Atlas Pasaj gemeinsam, auch wenn der Junge sich selbst das Leben genommen hat. Aber bei Lale …«

»Vielleicht stehen all diese Jugendlichen auf eine Weise miteinander in Verbindung, die wir noch nicht entdeckt haben.« İkmen warf einen Blick auf die Uhr und meinte: »Ich muss zu Max' Wohnung. Ich treffe mich dort mit Karataş.«

»Um den gestrigen Vorfall durchzusprechen?«

»Ja. Außerdem ist er mir für ein paar Tage unterstellt worden. Ich bin zwar der Meinung, er sollte nach Hause gehen, aber … Na, auf jeden Fall kann er mir bei der mühsamen

Kleinarbeit helfen. Ich will Max' Sachen durchsehen.« İkmen zuckte die Achseln. »Ich frage mich, ob Ardiçs Idee, sich an die Medien zu wenden, etwas taugt.«

»Warum? Was spricht dagegen?«

»Max' Schüler sind Kinder wohlhabender Eltern, die bestimmt keine Scherereien haben wollen oder zulassen, dass ihre Kinder mit einer Schießerei in Verbindung gebracht werden. Ein neuer Englischlehrer findet sich schließlich schnell.«

»Da könntest du Recht haben.« Süleyman runzelte die Stirn. »Was ist mit Metin? Fährst du noch mal ins Krankenhaus?«

»Ja, nach Dienstschluss. Und du?«

Süleyman blickte zu Boden. »Ich auch. Doch zuerst muss ich ...« Er schluckte. »Ich habe heute einen Termin bei Krikor Sarkissian ...«

»Ah. Verstehe.«

Süleyman zwang sich, İkmen in die Augen zu sehen und zu lächeln.

»Alles wird gut, *inschallah*!« İkmen nahm seinen Freund in die Arme. »Geh nach Hause und ruh dich ein wenig aus.«

Den Kopf an İkmens Schulter gelehnt, gelang es Süleyman nur mit Mühe, die Tränen zu unterdrücken.

Die kleine, sehr ordentliche Wohnung der Tekelis lag über einer religiösen Buchhandlung im Wallfahrtsort Eyüp, am nördlichen Ende des Goldenen Horns – eine passende Umgebung für einen so gottesfürchtigen Mann wie Osman Tekeli.

»Werden Sie das Grabmal besuchen, wenn Sie schon einmal hier sind?«, fragte Tekeli und reichte Çöktin, der vor Lales Computer saß, eine Tasse Apfeltee.

Çöktin drehte sich um und lächelte. »Ich weiß es noch nicht. Das hängt davon ab, wie viel Zeit mir bleibt.«

»Verstehe.« Tekeli zeigte zwar nicht offen seine Missbilligung, aber Çöktin spürte, dass sein Gegenüber mit seiner Antwort nicht zufrieden war. Wie häufig in solchen Situationen wünschte Çöktin sich, er könnte einfach darauf hinweisen, dass er nicht im Geringsten verpflichtet war, das Grab von Abu Eyub al Ansari – dem Fahnenträger Mohammeds – oder irgendeines anderen muslimischen Heiligen zu besuchen. Doch wie üblich schwieg er; schließlich wollte er seinen Gastgeber nicht kränken. Nachdem Tekeli wieder in der Küche verschwunden war, nahm Çöktin einen Schluck Tee und wandte sich erneut dem Computer zu.

Auf dem Rechner fanden sich weder Computerspiele noch irgendwelche Anzeichen für die Teilnahme an Chatrooms oder Newsgroups, dafür jede Menge Hausaufgaben – von türkischen Essays bis hin zu Aufsätzen in englischer und deutscher Sprache über Themen wie »Aspekte islamischer Theorie und Praxis«, »Beschreibung der Topographie der Marmara-Region« oder »Der Alltag in Großbritannien«. Im Gegensatz zu Cem Ataman und Gülay Arat hatte Lale sich anscheinend nicht für die Gothic-Szene, deren Musik oder sonst irgendwelche abstrusen Dinge interessiert. Und als Çöktin sich in dem bescheidenen Zimmer umsah, fiel ihm ein weiterer Unterschied auf: Cem und Gülay stammten beide aus wohlhabenden Familien, was auf Lale offensichtlich nicht zutraf. Die Tekelis waren keineswegs arm: Osman arbeitete als Lehrer und besaß eine beträchtliche Sammlung religiöser Schriften. Er fuhr einen recht neuen Mercedes, und er und seine Schwester fuhren wohl jedes Jahr als Pilger nach Mekka. Dafür war eine Menge Geld nötig, wenn auch nicht so viel, wie es die Atamans und Arats zur Schau stellten.

Aber es gab noch einen weiteren Unterschied, der Çöktin wesentlich wichtiger erschien als die Frage des Geldes. Er stand auf und ging hinüber ins Wohnzimmer.

»Herr Tekeli«, setzte er an und betrachtete den kleinen Mann, der reglos dasaß und die Wand anstarrte. »Wenn wir Lales Mörder finden wollen, müssen wir so viel wie möglich über sie in Erfahrung bringen.«

»Warum denn?«

Die Frage erschien Çöktin merkwürdig, aber es war durchaus möglich, dass ein Mann wie Tekeli, der vermutlich nur selten mit der Polizei in Berührung kam, kaum etwas über die psychologische Beziehung zwischen Opfer und Täter wusste.

»Je mehr wir über Lale wissen und darüber, womit sie sich beschäftigt hat, wohin sie ging und mit wem sie sich traf, desto größer ist die Chance, dass wir herausfinden, wo sie die Person kennen lernte, die sie getötet hat.«

»Ich habe Ihnen alles erzählt, was Sie über Lale wissen müssen. Sie besuchte die Schule, an der ich unterrichte. Ich habe sie hingebracht und wieder mit nach Hause genommen. Wir sind überall zusammen hingegangen.«

»Nicht an den Ort, wo sie ihren Mörder traf«, beharrte Çöktin.

Tekeli sah ihn an. »Sie hat die Wohnung ohne mein Wissen oder Einverständnis verlassen«, erwiderte er.

»Ja, und dafür muss es einen Grund geben.« Çöktin setzte sich in den Sessel neben Tekeli und lächelte. »Hören Sie, Herr Tekeli. Ich weiß, das alles ist sehr schwer für Sie, aber ich kann im Zimmer Ihrer Schwester keinerlei persönliche Dinge finden.«

»Sie hatte keine.«

»Wirklich nicht?«

Tekelis Gesicht verdüsterte sich.

»Jeder Mensch hat doch irgendwelche persönlichen Gegenstände«, sagte Çöktin. »Ein paar Schmuckstücke, eine Uhr, Fotos, Briefe.«

»Meine Schwester war ein gottesfürchtiges Mädchen«, entgegnete Tekeli. »Sie besaß keine Fotografien.«

»Na, dann vielleicht Briefe oder irgendetwas anderes! Herr Tekeli, ich verstehe ja, dass Sie das Andenken Ihrer Schwester möglichst unbefleckt bewahren wollen, und es spricht auch überhaupt nichts dagegen. Aber Lale muss Dinge besessen haben, die Ihnen möglicherweise ein wenig … peinlich sind. Vielleicht ein paar Stofftiere oder …«

»Schon gut! Schon gut!« Tekeli hob abwehrend die Hände und stand auf. »Wenn es denn unbedingt sein muss, will ich Ihnen geben, was ich habe.«

»Ich danke Ihnen.«

Max Esterhazy war ein Genie – das hatte İkmen zwar schon immer angenommen, doch als er ganz allein in dessen Wohnung war, inmitten all der Bücher und Schriften, wurde ihm diese Tatsache noch einmal deutlich vor Augen geführt. Dicke Wälzer und Folianten zu den verschiedensten Themen, einige von Max Esterhazy selbst verfasst, füllten die hohen Bücherregale seines Arbeitszimmers. Und nicht nur in einer oder zwei Sprachen: Bis jetzt hatte İkmen neben den zu erwartenden Bänden auf Englisch, Deutsch und Türkisch auch Schriften in französischer, lateinischer und hebräischer Sprache identifizieren können. Max schien ein wahrer Renaissancemensch zu sein, bewandert in Literatur, Wissenschaft, Kunst und Magie. İkmen blätterte in einigen englischsprachigen Abhandlungen über den Kabbalismus, dann zog er gedankenverloren eine Schublade von Max' Schreibtisch auf und entdeckte dort dessen Pass.

Es war ein ganz gewöhnlicher britischer Pass, der İkmen zunächst nichts Neues verriet – abgesehen von einer Seite im hinteren Teil. Seltsamerweise hatte İkmen nie darüber nachgedacht, dass Max »im Falle eines Unfalls zu benachrichtigende Verwandte oder Freunde« haben könnte, doch natürlich musste selbst ein so außergewöhnlicher Mann wie er irgendwo Familienangehörige haben. Wer aber war diese Mrs. Maria Salmon, und in welcher verwandtschaftlichen Beziehung stand sie zu Max – war sie seine Schwester, oder vielleicht eine Cousine? Seine Eltern, jene adligen Österreicher, die kurz vor Ausbruch des Zweiten Weltkriegs aus Wien nach England geflohen waren, mussten inzwischen längst tot sein.

Es gab nur eins, was er tun konnte – die Telefonnummer anrufen, die unter der Londoner Adresse dieser Frau aufgeführt war. Offenkundig hatte Max das Land nicht verlassen, aber wenn diese Mrs. Salmon tatsächlich eine enge Verwandte war, hatte er ihr vielleicht etwas über seine Pläne verraten. Die Art und Weise von Max' Verschwinden sprach zwar dagegen, dennoch tippte İkmen die Nummer in Max' Telefon ein und wartete, dass am anderen Ende jemand abnahm. Dabei fiel sein Blick auf eine Abbildung des kabbalistischen Lebensbaums in einem Buch, das von Englands selbst ernannter führender Kabbalistin verfasst worden war. Was Gonca als »Sephira« – oder in der Mehrzahl »Sephiroth« – bezeichnet hatte, war hier in Form von Kreisen abgebildet, die durch als »Pfade« bezeichnete Linien miteinander verbunden waren. Es gab zehn Sephiroth, die laut der Autorin für die »Eigenschaften Gottes und des Menschen« standen. Die Bedeutung der Pfade konnte İkmen sich nicht erklären, doch er wusste, dass der Lebensbaum den »Adam Kadmon« symbolisierte – das Urbild des Menschen, die Gesamtheit des himmlischen, makrokosmischen und des irdischen, mikrokosmischen Menschen. Wie Gonca gesagt hatte: Kabbalisten glaubten, dass das Überirdische, Göttliche von seinem Ursprung her das gleiche war wie das Irdische und Teuflische – und daher letztendlich austauschbar.

»Hallo?« Es war eine Frauenstimme, ein wenig zaghaft und unverkennbar britisch.

»Hallo, ist dort Mrs. Salmon?«, fragte İkmen.

»Ja. Mit wem spreche ich?«

İkmen erklärte Mrs. Salmon – bei der es sich tatsächlich um Max' Schwester handelte –, wer er war und warum er anrief, vermied es bei der Beschreibung der Ereignisse rund um das Verschwinden ihres Bruders jedoch, Details zu erwähnen.

»Ich habe meinen Bruder seit gut fünfzehn Jahren nicht mehr gesehen«, sagte Mrs. Salmon. »Und soweit ich mich erinnere, haben wir im vergangenen Dezember das letzte Mal miteinander telefoniert. Er wollte mir Frohe Weihnachten wünschen und mit mir über etwas sprechen.«

»Und worüber, wenn ich fragen darf?«

»Es ging um eine persönliche Angelegenheit«, antwortete Mrs. Salmon auf jene typisch englische, distanzierte Art, die auch Max gelegentlich an den Tag legen konnte. »Sie betraf unsere Eltern. Ich weiß, Sie halten sich im Augenblick in der Wohnung meines Bruders auf, aber haben Sie vielleicht eine offizielle Telefonnummer, unter der ich Sie erreichen kann? Die Nummer Ihrer Polizeiwache vielleicht? Ich würde gerne überprüfen, ob Sie auch derjenige sind, für den Sie sich ausgeben.«

»Aber selbstverständlich.« İkmen nannte ihr die Nummer der Wache und erklärte ihr, wie sie sich zu ihm durchstellen lassen konnte. Offensichtlich war Mrs. Salmon genauso vorsichtig wie ihr Bruder.

»Ihre Eltern müssen wirklich außergewöhnliche Menschen gewesen sein«, sagte İkmen höflich, bevor er das Telefongespräch beendete.

»Wie meinen Sie das?«

»Die Flucht aus Wien, bei der sie ihr gesamtes Vermögen zurücklassen mussten – alles nur, um den Gräueln der Nationalsozialisten zu entkommen.«

»Hat Ihnen mein Bruder das so erzählt?«

Hier stimmte etwas ganz und gar nicht; das konnte er an ihrer Stimme hören. »Ja.«

Vom anderen Ende der Leitung kam ein Seufzen. »Wir beide müssen wirklich dringend miteinander sprechen«, sagte Mrs. Salmon. »Wie wäre es in etwa einer Stunde?«

»Einverstanden.« İkmen verabschiedete sich und legte auf. Nach diesem Gespräch fiel es ihm nicht leicht, sich wieder auf seine vorherige Tätigkeit zu konzentrieren. Was hatte der Satz »Hat Ihnen mein Bruder das so erzählt?« zu bedeuten? Hatte Max ihn über seine Vergangenheit belogen? Und wenn ja, warum?

Karataş, dem der Schock über die kürzlich miterlebte Gewalttat noch immer ins Gesicht geschrieben stand, betrat mit einem Karton in den Händen das Zimmer. »Inspektor, die Lebensmittel werden langsam schlecht«, sagte er. »Sie fangen an zu stinken.«

»Was ist denn da drin?«

»Obst und Gemüse.«

»Im Augenblick werfen wir besser noch nichts weg«, sagte İkmen. »Etwas anderes wäre es mit Fleisch. Aber lassen Sie den Karton lieber auf der Spüle stehen.«

»Ja, Inspektor.«

İkmen schaute auf die Uhr. Bis zur Wache waren es zu Fuß nur wenige Minuten, er konnte also noch eine Weile bleiben und sich seinen Studien widmen. Malkuth, die unterste Sephira, repräsentierte die Erde und die Materie. Da sie am unteren Ende des Baumes stand, war das korrespondierende Körperteil der Fuß. Ihr Element war natürlich die Erde, und der mit ihr assoziierte Engel war ein Wesen mit Namen Sandalphon. Daneben gab es eine Liste der ihr zugeordneten Edelsteine (in diesem Fall handelte es sich um den Bergkristall), Tugenden (das Urteilsvermögen) und sogar Düfte (Ambra). Wenn ein Magier mit einer bestimmten Sephira arbeitete – was immer das zu bedeuten hatte –, musste er sich mit möglichst vielen dieser Dinge umgeben und möglichst viele der zugeordneten Eigenschaften und Tugenden kultivieren.

Aber würde İkmen bei seiner Suche nach Max mit so geringen Kenntnissen dieser besonderen Welt wirklich etwas erreichen – einer Welt, mit der sich der Magier seit Jahrzehnten beschäftigt hatte? İkmen hörte auf zu lesen und stützte das Kinn in die Hände. Die Erkenntnis, dass Max sein ganzes Leben nach diesem System organisierte, brachte ihn auch nicht weiter. Allerdings fand er die verschiedenen Korrespondenzen faszinierend und fing an nachzuschlagen, ob seine Lieblingstiere oder -früchte in den Listen vorkamen und was sie repräsentierten.

İkmen zündete sich eine Zigarette an. Auf der Suche nach einer vermissten Person hatte er manchmal ganz deutlich gespürt, ob er oder sie noch am Leben war. Doch dieses Mal ließ ihn seine Intuition im Stich – obwohl er Max Esterhazy gut kannte, spürte er nichts. Irgendetwas oder irgendjemand, vielleicht sogar Max selbst, blockierte seine Fähigkeiten.

14

Fitnat erwachte um die Mittagszeit; schließlich war sie erst gegen neun Uhr morgens nach Hause gekommen. Doch es hatte sich gelohnt, auch wenn ihre Stiefmutter getobt hatte – es hatte sich gelohnt. Fitnat bereute nichts, und sie wusste, dass es beim nächsten Mal sogar noch besser werden würde. Denn sie würde keine Angst mehr haben, sich hinzugeben und ihn in sie eindringen zu lassen. Sie musste sich eingestehen, dass sie in der vergangenen Nacht noch davor zurückgeschreckt war – weil sie im Grunde wusste, dass sie es auch noch nicht tun durfte. Was in der letzten Nacht geschehen war, hatte ihr genügt – noch. Sie schloss die Augen und erinnerte sich daran, wie sehr er es genossen hatte, ihre Brüste an seinem Penis zu spüren.

Wie sie sich wünschte, ihn auch an diesem Abend wiedersehen zu können! Aber das war leider nicht möglich. Sie hatte Unterricht und wusste, dass sie zuvor wenigstens einen Blick auf die Hausaufgaben werfen musste. Wie unwichtig und banal ihr das alles auf einmal erschien.

Fitnat griff unter ihr Bett, um die Mappe hervorzuholen, hielt dann aber inne und gab sich erneut ihren Erinnerungen hin. Wie gut er geschmeckt hatte! Wie groß er gewesen war! Was er getan hatte, um ihr Vergnügen zu bereiten, wie zärtlich er sie berührt hatte …

»Fitnat!«

Die Stimme ihres Vaters holte sie in die Wirklichkeit zurück. Schnell schob sie die Mappe wieder unter ihr Bett und setzte ein unschuldiges Lächeln auf. »Ich komme, Baba!«

Vielleicht konnte sie am Abend noch in die Atlas Pasaj gehen und ihn treffen. Schließlich hatte sie seine Telefonnummer.

Çöktin hielt die kleine Statue hoch und zeigte sie Osman Tekeli, der sich bei ihrem Anblick angewidert abwandte.

»Ich weiß nicht, wo sie die her hat!«, sagte er verärgert. »Einfach scheußlich!«

»Vielleicht von einem Freund, der in Ägypten war?«

»Ich weiß es nicht! Ich habe sie ihr sofort weggenommen!«

»Und wie hat Lale darauf reagiert?«, fragte Çöktin, während er die Statue des ägyptischen Totengottes Anubis auf Osman Tekelis Sideboard stellte.

»Sie hat geweint.«

»Aber sie hat Ihnen nicht erzählt, von wem sie die Statue hatte?«

»Das ist doch vollkommen unerheblich«, schnaubte Tekeli. »Ich habe sie nicht danach gefragt!«

»Sie haben sie ihr also einfach weggenommen und …«

»Sie hat sie sich noch einmal wiedergeholt.« Tekeli setzte sich und vergrub das Gesicht in den Händen. »Aber ich habe ihr die Statue erneut abgenommen.« Und in seine Hände murmelte er: »Ich habe sie geschlagen!«

Viele Männer hätten voller Stolz und ohne jedes Schuldgefühl zugegeben, ihre eigenen weiblichen Verwandten zu schlagen. Doch Tekeli war darüber offenbar keineswegs glücklich; er begann sogar zu weinen.

Çöktin fand noch andere traurige kleine Dinge in der traurigen kleinen Schachtel, die Tekeli ihm gegeben hatte. Eine Haarspange mit einem Schmetterling, ein Stück roten, glitzernden Stoff und das Foto eines älteren Paares. Beide sahen eher mondän aus, und Çöktin fragte sich, ob es sich dabei um Lale und Osman Tekelis verstorbene Eltern handeln konnte – schließlich stammten viele der neuen, sehr religiösen Türken aus ursprünglich weltlichen Familien. Dann stieß er auf eine Postkarte der im 12. Jahrhundert erbauten Ulu-Moschee in Urfa. Auf der Rückseite der Karte, die an Lale adressiert war, standen nur die Worte: *»Having a lovely holiday!«*

»Vom wem ist die Karte?«, fragte Çöktin.

Tekeli warf einen Blick darauf und schüttelte den Kopf. »Von einem ihrer Lehrer.«

»Das Bild einer Moschee«, sagte Çöktin. »Warum haben Sie die Karte konfisziert?«

»Weil ein Mann sie ihr geschickt hat.«

»Ein Lehrer von Ihrer muslimischen Schule?« Çöktin runzelte die Stirn. »Der Mann hätte es besser wissen müssen.«

»Nein, nein! Die Karte ist von einem ihrer Privatlehrer«, sagte Tekeli.

»Und was ist mit diesem Mann?«

»Er gab ihr Englischunterricht«, erwiderte Tekeli. »Maximillian Esterhazy. Ein sehr guter Lehrer.«

»Maximillian Esterhazy?« Çöktin setzte sich. »Herr Tekeli, hat sich Ihre Schwester je allein mit ihm getroffen?«

»Nein, der Unterricht fand ausschließlich hier oder an einem öffentlichen Ort statt«, sagte Tekeli pikiert. »Meist habe ich sie zu einem Teegarten gebracht und nach Ablauf der Stunde persönlich wieder abgeholt. Herr Esterhazy hatte vollstes Verständnis dafür. Nach diesem anfänglichen kleinen Fehler mit der Karte erwies er sich als höchst intelligenter und feinfühliger Mann.«

»Unser Vater, Inspektor, war tatsächlich von adliger Herkunft«, sagte Maria Salmon, deren Stimme in İkmens Ohren ein wenig müde klang. »Sein voller Name lautete Graf Frederick Esterhazy, und sein Vater wiederum war ein Berater des österreichischen Kaisers Franz Josef. Unser Vater entwickelte sich jedoch mit der Zeit zu einem Nationalsozialisten. Und ganz gleich, was Maximillian Ihnen erzählt hat: Das ist die Wahrheit.«

»Mrs Salmon …«

»Es fällt mir nicht leicht, das zu sagen, Inspektor«, fuhr sie fort, »und wenn mein Bruder nicht verschwunden wäre, würde ich es Ihnen überhaupt nicht erzählen. Es ist schrecklich, aber Vater war in der SS. Und was das bedeutet, brauche ich Ihnen wohl nicht zu erklären, oder?«

»Nein.« İkmen zündete sich eine Zigarette an.

»Im Jahre 1945, kurz vor dem Untergang des Dritten Reichs, setzte Vater meine Mutter und mich in einen Zug Richtung Westen. Die Russen rückten damals von Osten vor, während die Amerikaner von Westen immer näher kamen. Vater glaubte, dass meine schwangere Mutter und ich auf der amerikanischen Seite bessere Überlebenschancen hätten – was sich als richtig erwies. Und so kam mein Bruder Maximillian tatsächlich in London zur Welt.«

»Aber warum hat er gelogen?«, fragte İkmen. »Schließlich war es sein Vater, der …«

»Ja, sein Vater«, sagte sie nachdenklich. »Jahrelang nahmen wir an, er sei tot. Ich will ganz ehrlich mit Ihnen sein, Inspektor: Ich habe gebetet, dass er tot ist. Doch dann erhielt meine Mutter plötzlich Briefe, die sie vor uns zu verstecken versuchte, aus weit entfernten Ländern wie Brasilien und Panama. Es stellte sich heraus, dass mein Vater nicht nur am Leben war, er verdiente sogar noch Unmengen Geld – das meiste angeblich für uns. In dieser Zeit bin ich von Zuhause ausgezogen. Wie Sie sicher verstehen werden, hätte ich es nie fertig gebracht, den britischen Behörden etwas über meine Eltern zu verraten, aber ich musste mich von ihnen lösen. Ich konnte das schmutzige Geld einfach nicht annehmen. Vielleicht war es falsch von mir zu schweigen. Und Inspektor, bitte, mein Ehemann weiß von all dem nichts.«

»Ich verstehe.«

»Um auf meinen Bruder zurückzukommen: Maximillian hat es bei meiner Mutter nie an etwas gefehlt. Dabei hat sie ihm durchaus die Wahrheit über unseren Vater verraten; damals muss er etwa zehn Jahre alt gewesen sein. Aber er hat das Geheimnis immer für sich behalten.« Sie seufzte. »Und er hat das viele Geld gern genommen. Im Laufe der Jahre habe ich mehrfach versucht, ihn zum Nachdenken darüber zu bewegen, wo das Geld herkam, und ihn gebeten, seine Einstellung zu überdenken. Maximillians Antwort lautete jedes Mal: ›Wenn ich mit dem Geld Gutes tue, ist es nicht länger schmutzig.‹ Dabei hat er, soweit ich das beurteilen kann, nie etwas anderes damit getan, als in Ihrem Land ein luxuriöses Leben zu führen.«

»Unser Land zieht Reisende aus aller Welt an, Mrs. Salmon«, sagte İkmen. »Und gerade Istanbul hat etwas an sich, das vor allem romantische Naturen fasziniert – eine Art ›poetischen Ennui‹. Sie wissen, dass Max als Englischlehrer arbeitet?«

»Ich weiß, dass er einer Beschäftigung nachgeht«, meinte

Maria Salmon. »Aber was es genau war, wusste ich nicht. In Zukunft wird er allerdings wirklich Geld verdienen müssen.«

»Warum?«

»Weil unser Vater letztes Jahr gestorben ist. In Panama City, soweit ich weiß. Seine panamesische Frau hat alles bekommen, und so stand Maximillian auf einmal ohne finanzielle Unterstützung da. Deswegen rief er mich ja vergangenes Jahr zu Weihnachten an: Er wollte Geld von mir.«

»Und Sie haben abgelehnt?«

»Ich habe kein Geld, Inspektor. Mein Mann und ich sind inzwischen pensioniert, wir haben Kinder und Enkelkinder, und außerdem ...«

»Ja?«

»Bitte glauben Sie mir, ich halte meinen Bruder nicht für einen schlechten Menschen«, sagte sie. »Es ist nur so, dass ... sobald wir wussten, dass mein Vater lebte, begann meine Mutter wieder von der ›guten alten Zeit‹ zu sprechen. Wie gut es uns unter Hitler gegangen sei und dass die nationalsozialistische Philosophie auch ihre faszinierenden Seiten hätte ... Maximillian las jedes Buch zu dem Thema, das er finden konnte, während ich versuchte, ihm die Wahrheit zu vermitteln. Er hörte mir auch zu, doch dann erwiderte er zum Beispiel, es gebe auch Gutes am Nationalsozialismus und dieses Gute würde er eines Tages nutzen, um Menschen zu helfen – allen Menschen, Juden, Nichtjuden ...«

Magie. Selbst ich als unbeteiligter Türke weiß, dass Hitler fasziniert war von Magie, schoss es İkmen durch den Kopf.

»Was das Verschwinden meines Bruders betrifft, kann ich Ihnen leider nicht helfen«, sagte Maria Salmon matt. »Ich habe keine Ahnung, wo er sein könnte. Er hat mit mir nie über seine Freunde in der Türkei gesprochen. Die einzige, von der er mir je erzählt hat, war eine gewisse Alison.«

»Alison?« Selbst nach all den Jahren ließ der Name İkmens Herz höher schlagen.

»Ja. Irgendeine Rucksacktouristin, soweit ich weiß. Angeblich hat sie ihn wegen eines Türken verlassen.«

O nein, Max, dachte İkmen, o nein, das ist eine Lüge, und das weißt du. »Mrs Salmon, ich danke Ihnen für Ihre Offenheit«, sagte er. »Es tut mir Leid, dass ich so viele schmerzliche Erinnerungen in Ihnen geweckt habe. Eine letzte Frage hätte ich aber noch.«

»Und die wäre?«

»Hat Max sich je für Magie interessiert?«

»Ach, Sie meinen Zaubertricks? Ich glaube, in Oxford war er in irgendeinem magischen Zirkel.«

»Aha …«

»Ich hoffe jedenfalls, dass Sie tatsächlich Zaubertricks meinen …« Ihre Stimme bekam einen drohenden Unterton, eine Härte, die İkmen überraschte. »Denn wenn Sie das meinen, was ich vermute, sollten Sie äußerst vorsichtig sein. Wie die meisten Leute heutzutage wissen, hat Hitler sich sehr für Okkultismus interessiert; viele seiner Überzeugungen und Taten waren von der Astrologie und den Schwarzen Künsten beeinflusst. Ich könnte den Gedanken nicht ertragen, dass mein Bruder solche Praktiken anwendet – sie sind sehr gefährlich.«

Seufzend stieß İkmen eine Wolke Zigarettenrauch aus. »Mrs Salmon, ich würde Ihnen liebend gerne diese Befürchtung nehmen, allerdings …« Und dann erzählte er ihr von den Interessen ihres Bruders, wobei auch er nach wie vor davon überzeugt war, dass Max sein Wissen und seine Kenntnisse stets für das Gute eingesetzt hatte.

»Wie konnte er da hineingeraten«, meinte sie, als İkmen geendet hatte. »Das weiß Gott allein! Vielleicht hat er an der Universität doch nicht nur Zaubertricks gelernt.«

»Hier in Istanbul hat er viele Jahre bei einem Rabbiner studiert, der offenbar ein berühmter Kabbalist war«, erklärte İkmen. »Es kann gut sein, dass er sein Interesse für die Magie erst entdeckte, nachdem er England verlassen hatte.«

»Oder unser Vater hatte seine Hand im Spiel«, erwiderte Maria Salmon bitter.

»Ihr Vater war ein Anhänger des Okkultismus?«

»Ich weiß es nicht. Aber mein Vater kannte Hitler gut, und so muss er zumindest von dessen Interesse an Astrologie und Magie gewusst haben. Mich überläuft es eiskalt bei dem Gedanken«, fuhr sie fort, »dass Maximillian der Schüler eines Rabbiners war. Schließlich hat Hitler nicht nur versucht, alle

Juden zu vernichten, er wollte auch noch ihr Wissen für seine eigenen Zwecke nutzen.«

»Aber Max ist ein guter Mensch.«

»Ich hoffe sehr, dass Sie Recht haben«, antwortete sie.

İkmen versprach Maria Salmon, sich zu melden, sobald er etwas herausfand, dann beendete er das Telefongespräch, drückte seine Zigarette aus und steckte sich sofort die nächste an. Die Unterhaltung mit Max Esterhazys Schwester hatte keine Antworten geliefert, sondern lauter neue Fragen aufgeworfen. Er verstand natürlich, warum Max in Bezug auf seine Familie gelogen hatte – selbst die unschuldigen Kinder ehemaliger Nazi-Größen waren in weiten Teilen Europas alles andere als willkommen. Doch dass Max sich, trotz dieses familiären Hintergrunds, dem Okkultismus zugewandt hatte, stimmte ihn nachdenklich. Und dann war da noch die Sache mit Alison ...

Allein der Gedanke an sie versetzte İkmen einen Stich. Alison war seine Freundin gewesen. Mehr nicht. Damals hatte er noch Uniform getragen, und Alison ... Nun ja, sie war einfach eine Rucksacktouristin auf dem Weg nach Indien gewesen, genau wie Maria Salmon gesagt hatte, mit langen, blonden Haaren und schweren, rosa gefärbten Stiefeln. Er hatte sie in der Kapalı Çarşı kennen gelernt. Alison hatte ihn zum Lachen gebracht, und weil sie ebenfalls aus England kam, hatte er sie Max vorgestellt. Sie hatten sofort einen Draht zueinander. Doch schon bald bekam die zivilisierte Fassade ihrer wechselseitigen Freundschaft erste Risse: Max wollte Alison unbedingt mit seiner Welt vertraut machen – so wie er es später auch mit Çiçek versuchen sollte –, doch sie schreckte davor zurück. Aufgrund ihrer katholischen Erziehung hielt sie Max' Schwarze Kunst für böse und gefährlich. İkmen bestärkte sie in ihrer Entscheidung und brachte damit Max gegen sich auf. Zwischen den beiden Männern kam es zum Streit um die junge Frau, und kurz danach verließ Alison Istanbul ohne ein Wort. Einige Zeit später tauchte ihr Name wieder auf: auf der Vermisstenliste der Polizei. Sie war zuletzt in Kayseri gesehen worden. Das traf İkmen schwer, der trotz seiner Liebe zu Frau und Kindern heimlich in Alison verliebt gewesen war. Und genauso musste es Max ergangen sein. Umso merkwürdiger, dass er seiner Schwester erzählt hatte, Alison hätte ihn wegen eines Türken verlassen. Damit konnte er nur İkmen gemeint haben, und auch in dieser Hinsicht hatte Max gelogen: İkmens Beziehung zu Alison war stets von Freundschaft und Respekt geprägt gewesen – auch wenn es ihn große Mühe gekostet hatte, es dabei zu belassen.

Als das Telefon klingelte, hob İkmen den Kopf. Es war İsak Çöktin. Und noch während er sich den Bericht des Kurden anhörte, griff İkmen in seine Jackentasche und holte Max' kleines schwarzes Adressbuch hervor.

Nach dem Gespräch mit İkmen instruierte Mehmet Süleyman zwei seiner Beamtinnen für ihren Einsatz im Hammer. Während Ayşe Gün sich professionell gab wie immer, freute sich die jüngere Muazzez Çelik fast ein wenig zu sehr, dass sie große Mengen schwarzer Spitze würde tragen müssen. Im Grunde spielte das aber keine Rolle, da die beiden in dieser Phase der Ermittlungen nur observieren sollten, dachte Süleyman. Deshalb war es auch so wichtig, dass sie sich gut getarnt unter die Barbesucher mischten. Er und Çöktin würden sich am Abend für Notfälle bereithalten, weshalb er gehofft hatte, noch ein paar Stunden schlafen zu können. Doch das Schicksal wollte es anders: Çiçek İkmen stand vor der Haustür seiner Eltern, ein Päckchen Zigaretten in der Hand, die er angeblich bei ihr vergessen hatte.

»Ich dachte, du brauchst sie vielleicht«, sagte sie mit einem nervösen Lächeln.

»Vielen Dank.«

Sie legte die Schachtel Winston auf das Telefontischchen: »Also, dann …«

Da selbst sein Vater, der sonst immer irgendwo im Haus ein Nickerchen hielt, ausgegangen war, fand sich Mehmet plötzlich allein mit einer Frau wieder, der er bis zum Vortag ausschließlich verwandtschaftliche Gefühle entgegengebracht hatte, die er nun jedoch, nach İkmens Warnung, mit erhöhter Vorsicht behandeln musste. Schließlich war sie unter einem überaus fadenscheinigen Vorwand zu ihm gekommen. Die türkische Gastfreundschaft verbot es ihm jedoch, sie einfach wieder hinauszukomplimentieren. Also führte er sie in den Garten und bot ihr ein Glas Tee an.

»Ich wusste gar nicht, dass ihr eine Kirche in der Nachbarschaft habt«, meinte Çiçek und deutete auf die kleine Kuppel mit dem Kreuz, die knapp die alte Mauer zu ihrer Linken überragte.

»Hier wohnen ziemlich viele Griechen«, erklärte er und stellte das Tablett mit den beiden Teegläsern auf den Tisch. »Es gibt sogar eine Reihe von Tavernen, die durchaus einen Besuch lohnen.«

»Ach.«

Süleyman setzte sich Çiçek gegenüber an den Tisch und versuchte zu lächeln. Er war vollkommen übermüdet und machte sich zudem große Sorgen, was sein anstehendes Gespräch mit Krikor Sarkissian ergeben würde.

»Du hast wirklich Glück, dass du hier leben darfst«, sagte sie ein wenig nervös. »Ich bin dagegen in einem regelrechten Tollhaus aufgewachsen, aber das weißt du ja!« Sie lachte.

»Hier ist es jedenfalls ruhiger als in Arnavutköy«, stimmte er zu und warf einen Blick auf die etwas heruntergekommene Rückseite des Holzhauses seiner Eltern.

»Es ist zauberhaft hier.«

Süleyman zuckte die Achseln. »Schöner wäre es, wenn man sich eine *yalı* am Wasser erlauben könnte.« Oder sogar einen Palast, fügte er in Gedanken hinzu. Er wusste zwar, dass viele von so einem Holzhaus in einer abgelegenen Dorfstraße nur träumen konnten, doch der alte Palast der Familie in Yeniköy war dem Vernehmen nach gerade erneut verkauft worden – diesmal anscheinend an jemanden, dessen Reichtum aus dubiosen Quellen stammte. Aber so war es nun mal …

»Als ich klein war«, setzte Çiçek an und beugte sich mit leicht geröteten Wangen vor, »hat mein Vater mir immer erzählt, ich würde in einer *yalı* wohnen, wenn ich erst groß sei.«

»Und ich wette, er hat auch gesagt, dass du sie dir selbst verdienen müsstest«, sagte Süleyman lächelnd.

»O ja.« Sie lachte. »Du weißt ja, Baba ist nicht der Meinung, eine Frau könnte nur über ihren Ehemann zu Wohlstand gelangen.« Sie blickte zu Boden und fügte hinzu: »Im Gegensatz zu meiner Mutter.«

»Beide Ansichten sind durchaus nachvollziehbar.«

»Ja, das finde ich auch.« Çiçek beugte sich zu ihrer Tasche hinunter und holte eine Schachtel Zigaretten und ein Feuerzeug hervor.

Mehmet legte den Kopf in den Nacken und blinzelte in die Sonne.

»Mehmet …«

»Hm.«

»Mehmet, ich …«

Als er die Nervosität in ihrer Stimme bemerkte, setzte er sich gerade hin und sah sie an. »Was ist?« Ihr Gesicht war jetzt rot wie eine Tomate.

»Nichts.« Sie steckte die Zigaretten und das Feuerzeug wieder ein und sprang auf.

»Çiçek?« Auch Süleyman stand auf. »Was ist los, Çiçek?«

»Nichts, nichts.« Verzweifelt schüttelte sie den Kopf und eilte zum Haus. »Ich hätte nicht herkommen dürfen.«

Mit einem unangenehmen Gefühl in der Magengegend folgte er ihr und hielt sie am Handgelenk fest. »Was ist denn los, Çiçek?«

Sie weinte. Armes Mädchen. İkmen hatte ihm gesagt, sie sei in ihn verliebt, aber dass es so schlimm war … »Çiçek?«

»Lass mich!«, sagte sie und versuchte, ihr Handgelenk aus seinem Griff zu befreien.

»Erst, wenn du mir sagst, was los ist.«

Sie wandte ihm das gerötete, tränenüberströmte Gesicht zu: »Du kapierst es nicht, oder?«

Doch, er verstand durchaus, aber wie sollte er darauf antworten, ohne İkmens Vertrauen zu missbrauchen? »Was kapiere ich nicht?«

Çiçek riss sich los und rannte ins Haus.

Mehmet zuckte resigniert die Achseln und ging ihr hinterher. »Çiçek!«

Sie hatte bereits die Eingangstür geöffnet und stand auf der Türschwelle, drehte sich jedoch noch einmal um. »Du kapierst nicht, was ich für dich empfinde, oder? Ach, ich habe einen solchen Narren aus mir gemacht!«

Und damit rannte sie die Stufen hinunter und auf die Straße.

Mehmet Süleyman schloss die Tür und schleppte sich müde die Treppe hinauf ins Schlafzimmer. Arme Çiçek ... Ja, und armer Mehmet, dachte er. Schließlich war sie nicht das, was er wollte – er wünschte sich seine Frau zurück, seinen Sohn und seine Gesundheit. Und auch dem Sterben der Jugendlichen in dieser Stadt würde er liebend gerne ein Ende setzen, dachte er, während die Sonne langsam am Horizont versank.

Als İsak Çöktin zur Wache zurückkehrte, hatte İkmen das Rätsel gelöst.

»Wie oben, so unten«, sagte er, als der junge Beamte ins Büro kam und sich setzte.

Çöktin runzelte die Stirn.

»Lale Tekelis Nummer war der Schlüssel.« İkmen legte Max Esterhazys Adressbuch vor Çöktin auf den Tisch. »Sehen Sie«, fuhr er fort, »das hier ist die vierstellige Vorwahl von Istanbul, gefolgt von der siebenstelligen Nummer des jeweiligen Anschlusses.«

»Aha.«

»Max hat alle Zahlen zu Paaren zusammengefasst und die beiden letzten Ziffern einer Telefonnummer gegen die beiden letzten des darüberstehenden Zahlenpaars ausgetauscht.«

Çöktin sah ihn verwirrt an.

»Die beiden letzten Ziffern der Nummer bei Lale Tekelis Namen stammen von der Telefonnummer darüber. Und die beiden darüber stehenden Ziffern gehören eigentlich zu ihrer Telefonnummer, die darunter notiert ist. Verstehen Sie?«

Çöktin runzelte die Stirn. »Ja, aber warum das Ganze?«

»Was meinen Sie? Den Drang zur Geheimniskrämerei oder die Methode?«, fragte İkmen.

»Beides.«

»In dem Wort Magier steckt bereits die Antwort auf beides, İsak.« Als İkmen merkte, dass sein junger Mitarbeiter ihn noch immer verwirrt ansah, fügte er hinzu: »Ich will Sie nicht länger damit langweilen. Glauben Sie es mir einfach.«

»Ja, sicher, Inspektor«, sagte Çöktin. »Aber wieso steht Lale Tekelis Nummer unter dem Buchstaben S? Und was bedeuten die anderen Zahlen vor der Vorwahl?«

İkmen lehnte sich zurück und seufzte. »Das weiß ich leider auch nicht, İsak. Ich habe die Telefonnummer angerufen, die Max mit Lale Tekelis Nummer kombiniert hat. Es war der Anschluss der Firma Aygaz, doch so sehr ich mir auch den Kopf zerbreche, ich kann die Flüssiggasmarke einfach nicht mit dem Buchstaben S in Verbindung bringen. Außerdem begreife ich nicht, was Max macht, wenn er eine neue Nummer genannt bekommt, die er nicht mit einer anderen kombinieren kann. Ich weiß noch nicht einmal, ob Ihnen und Inspektor Süleyman die Information etwas nützt, dass Lale Tekeli eine von Max' Schülerinnen war.«

»Ich werde jedenfalls nachprüfen, ob einer der anderen toten Jugendlichen ebenfalls Privatunterricht bei Esterhazy erhielt«, sagte Çöktin. »Und dieser Mann ist ein Magier, oder wie haben Sie es genannt?«

»Ich verstehe selbst kaum, was ein Magier genau tut«, erwiderte İkmen und erhob sich müde. »Was ich bisher in Erfahrung gebracht habe, ist Folgendes: Das, was Max betreibt, die Kabbala, ist eine komplexe, mächtige Kunst, die sich deutlich vom einfachen Kartenlegen, Kaffeesatzlesen und Wahrsagen unterscheidet. Bei der Kabbala geht es um Beschwörungen, Rituale – die Begegnung mit Engeln und Dämonen.«

Unwillkürlich wich Çöktin seinem Blick aus. »Das klingt irgendwie gefährlich – wenn man daran glaubt.«

»In den falschen Händen kann diese Magie tatsächlich gefährlich sein«, erwiderte İkmen, während er seine Unterlagen zusammensuchte. »Für ein Ritual umgibt sich der Magier mit den jeweiligen irdischen Dingen, die mit den göttlichen korrespondieren. Ich sagte es ja bereits: wie oben, so unten.«

»Das verstehe ich nicht.«

»Genau wie die Zahlen am Ende der Telefonnummern austauschbar sind, können bei einem magischen Ritual bestimmte Dinge durch andere ersetzt werden.« Çöktin starrte ihn noch immer verwirrt an, und İkmen versuchte erneut, es ihm zu erklären: »Wenn Sie beispielsweise mit einem bestimmten Engel arbeiten wollen, tragen Sie möglichst viele Dinge zusammen, die mit diesem Engel assoziiert werden. Bestimmte Worte etwa oder Formeln, Farben, Gegenstände ...« Er schwieg einen

Moment, um sich eine Zigarette anzuzünden. »Ehrlich gesagt, weiß ich auch nicht, wo das hinführen soll, İsak. Ich weiß so wenig über die Kabbala und bin doch gezwungen, Max mithilfe ihrer Geheimnisse zu suchen.«

»Eines der Geheimnisse scheinen Sie ja schon enträtselt zu haben, Inspektor.«

»Ja ... weil ich ein verrückter, alter Narr bin«, murmelte İkmen. Dann lächelte er. »Ich fahre jetzt wieder zu Max' Wohnung und versuche, noch ein paar der Nummern miteinander zu tauschen. Mal sehen, was dabei herauskommt. Und ich werde versuchen, jemanden zu finden, der mehr von dem Ganzen versteht als ich. Sie wissen nicht zufällig, ob Wachtmeister Yıldız im Haus ist?«

»Nein. Warum?«

İkmen lächelte. Wachtmeister Yıldız traf sich seit einiger Zeit gelegentlich mit Gonca, der Zigeunerin, und obwohl İkmen wusste, wo sie wohnte, hatte er ihre Telefonnummer nicht zur Hand. Aber der junge und vermutlich sehr, sehr dankbare Wachtmeister kannte sie bestimmt auswendig, dachte İkmen.

»Ach, nur so«, sagte er, begleitete Çöktin zur Tür und ging dann zur Treppe. »Halten Sie mich auf dem Laufenden, İsak!»

»Natürlich, Inspektor.«

Çöktin erinnerte sich, dass Inspektor Süleyman den Begriff »Ritual« im Zusammenhang mit den Morden an den beiden Mädchen verwendet hatte. Vielleicht war nicht die Atlas Pasaj die entscheidende Verbindung zwischen den Opfern – was auch Lale Tekelis Fall andeutete –, sondern dieser Magier. Andererseits war es durchaus möglich, dass Esterhazy gar nicht mehr lebte. Außerdem: Hatte Osman Tekeli nicht gesagt, seine Schwester habe den Englischlehrer nicht ein einziges Mal unter vier Augen getroffen? Çöktin ging in sein Büro, das er mit Inspektor Süleyman teilte, und rief Gülay Arats Mutter an. Diese war jedoch offensichtlich wieder derart betrunken, dass sie sich nicht an den Namen Maximillian Esterhazy erinnerte; sie erinnerte sich aber auch kaum an den Namen ihrer eigenen Tochter. Çöktin beendete zügig das Gespräch und wählte die Telefonnummer der Familie Ataman.

15

Metin İskender erlangte kurz vor vier Uhr das Bewusstsein wieder, und İkmen erlaubte dem beunruhigten Karataş nur zu gern, seinen Chef sofort zu besuchen. »Finden Sie heraus, woran er sich noch erinnert, aber drängen Sie ihn nicht«, gab er dem hochgewachsenen Oberwachtmeister mit auf den Weg.

Glücklicherweise waren Alpaslan Karataş solche Szenen nicht fremd, wie sie sich im Krankenzimmer seines Vorgesetzten abspielten: die blasse Gestalt des frisch Operierten, der an verschiedene Geräte angeschlossen war, umgeben von einem Schwarm Verwandter, die alle gleichzeitig auf den Patienten einredeten und ihm – und sich gegenseitig – etwas zu essen und zu trinken anboten. Karataş konnte unter diesen Umständen Metin İskenders Frau Belkıs nicht ausmachen, obwohl er wusste, dass sie kultivierter und eleganter sein musste als der Rest der Verwandtschaft. Sie hatte ihn jedoch bemerkt, schob ihren rakiseligen Schwiegervater unsanft zur Seite und begrüßte Karataş mit den Worten: »Der Arzt meint, Metin braucht Ruhe. Aber was soll ich machen, mit all den Leuten hier im Zimmer?«

Karataş erwiderte, er wolle sehen, was er für sie tun könne, und machte sich auf den Weg zum Schwesternzimmer. Dort unterhielten sich zwei Krankenschwestern mit einem erschöpft wirkenden Mann, den Alpaslan noch aus der vergangenen Nacht kannte.

Auf die Frage, ob İskenders Gesundheitszustand es erlaube, ihn über den Angriff auf ihn zu befragen, antwortete der Arzt: »Das dürfte kein Problem sein. Ich weiß allerdings nicht, ob er Ihnen brauchbare Hinweise wird geben können. Nach einem solchen Trauma arbeitet das Gehirn nicht zuverlässig, und seine Erinnerung an den Vorfall könnte vorübergehend oder sogar dauerhaft Lücken aufweisen.« Dann lächelte er und sagte: »Ich komme mit und helfe Ihnen, ein paar Verwandte aus dem Zimmer zu schaffen.«

Zehn Minuten später war es ihnen gelungen, den größten Teil von İskenders Familie auf den Parkplatz des Krankenhauses hinauszukomplimentieren; nur seine Frau, seine Mutter und seine Schwester blieben im Raum.

Belkıs İskender setzte sich ans Krankenbett und griff nach der blassen Hand ihres Mannes. Dann strich sie ihm übers Haar und sagte: »Metin, mein Schatz, Oberwachtmeister Karataş ist hier, um dich zu besuchen.«

İskender öffnete die Augen und blickte Karataş direkt ins Gesicht.

»Hallo, Chef.«

»Karataş …« İskender hob die Hand, berührte das Gesicht seines Assistenten und fragte: »Alles in Ordnung?«

»Ja, Chef.« Karataş setzte sich neben Belkıs İskender auf einen Stuhl. »Es tut mir so Leid …«

»Was denn?« Die sonst so harten Augen wirkten infolge des Beruhigungsmittels sanft, fast freundlich.

»Dass ich Sie nicht habe schützen können.«

İskender lächelte. »Ich weiß gar nicht, was passiert ist«, sagte er. »Ich kann mich an nichts erinnern.«

»An gar nichts?«

Langsam schüttelte İskender den Kopf. »Da sind nur diese Linien.«

Karataş runzelte die Stirn.

»Seltsame Linien auf einem Blatt Papier – das ergibt keinen Sinn.«

»Und dieses Blatt Papier, Chef, war das …«

Belkıs İskender, die verhindern wollte, dass ihr Mann sich unnötig aufregte, sagte: »Metin …«

»Schsch«, beschwichtigte er sie. »Mir geht es gut, Belkıs.« Und an Karataş gewandt, sagte er: »Tut mir Leid, Alp, ich weiß nicht, was das zu bedeuten hat. Es waren nur Linien … Ich glaube, das Blatt Papier lag auf oder neben dem Bett von diesem Mann, diesem …«

»Max Esterhazy, Chef.«

»Ja, genau.«

Karataş' Blick fiel auf İskenders Hände, auf die Kanüle, die an einen Tropf angeschlossen war. Er zog sein Notizbuch und einen Stift aus der Tasche und legte beides aufs Bett.

»Könnten Sie die Linien für mich aufzeichnen, Chef?«

Belkıs İskender warf ihm einen wütenden Blick zu.

»Ja«, sagte İskender. »Aber es ist nur ein Muster.«

Karataş reichte ihm Notizbuch und Stift und beobachtete, wie İskender quälend langsam ein Zickzackmuster zu Papier brachte, quer über das gesamte Blatt. Unwillkürlich fragte er sich, was für ein Gesicht İkmen beim Anblick dieses Gekritzels wohl machen würde. Hoffentlich würde er damit mehr anfangen können als die offensichtlich aufgebrachte Frau des Verletzten. Karataş wusste, dass İkmen sich im Augenblick in Esterhazys Wohnung mit ein paar sehr seltsamen Dingen beschäftigte – und außerdem war, kurz bevor er zum Krankenhaus aufbrach, eine mit Glitzerschmuck behangene Zigeunerin dort aufgetaucht und von İkmen ungewöhnlich freundlich begrüßt worden.

Er erkannte sich selbst kaum wieder, unablässig plappernd wie ein Idiot.

»Sie wissen ja, ich muss um sechs zu einer Besprechung mit dem Oberwachtmeister, deshalb habe ich wirklich nicht viel Zeit«, sagte Süleyman und lief nervös vor Krikor Sarkissians imposantem Schreibtisch auf und ab. »Wenn wir die Sache so schnell wie möglich hinter uns bringen könnten, Doktor …«

»Gerne. Sobald Sie sich gesetzt haben«, sagte der Armenier. »Bitte setzen Sie sich doch, Inspektor. Meine Stühle beißen nicht.«

Dr. Sarkissians ernstes Gebaren und sein Beharren darauf, dass er sich setzte, konnten nur eins bedeuten: Er hatte Aids. Süleyman rang unwillkürlich die Hände und fragte sich, ob er angesichts der Diagnose in der Lage sein würde, sich einen Rest von Würde zu bewahren. »Herr Doktor …«

»Hinsetzen!«

Es war ein Befehl. Was erlaubte Dr. Sarkissian sich? Mit unverhohlenem Zorn starrte Süleyman den kleinen, elegant gekleideten Mann hinter dem Schreibtisch an.

»Bitte«, fügte Krikor Sarkissian sanft hinzu. »Bitte setzen Sie sich, Inspektor.«

Und ehe er sich's versah, saß Süleyman auf einem Stuhl vor Krikor Sarkissians Schreibtisch, den Kopf gesenkt wie ein kleiner, unartiger Schuljunge, der zum Direktor zitiert worden ist.

»Ich habe Ihr Testergebnis hier«, sagte Krikor, »und freue mich, Ihnen mitteilen zu können, dass Sie sich keine HIV-Infektion zugezogen haben ...«

Süleyman wusste nicht, woher die Tränen plötzlich kamen, doch er konnte sie nicht aufhalten. Das hier hatte mit Würde bewahren nichts mehr zu tun, schoss ihm durch den Kopf, und er schämte sich. Die ungeheure Spannung, die sich in ihm aufgebaut hatte, entlud sich – und machte ihn völlig hilflos: Nach der kurzen, alles verändernden Mitteilung des Doktors hörte sein Körper zehn Minuten lang nicht mehr auf zu zittern, und erst viel später bemerkte er, dass Krikor Sarkissians Hand auf seiner Schulter lag.

Als er die Fassung so weit wiedererlangt hatte, dass er den Kopf aus den Händen heben konnte, fragte der Arzt: »Wissen Sie jetzt, warum ich Sie gebeten habe, sich zu setzen?«

Süleyman lächelte unter Tränen.

»Auch bei einer guten Nachricht will der Schock erst einmal überwunden sein«, sagte Dr. Sarkissian. »Egal, wie das Resultat lautet: Niemand kann sich auf diesen Moment vorbereiten.« Dann lächelte er. »Und jetzt werde ich Matilde bitten, Ihnen eine Tasse Kaffee zu machen. Wir müssen uns unterhalten.«

»Ja, aber ich ...«

»Nur fünf Minuten.« Dr. Sarkissian erstickte Süleymans Protest im Keim. »Ich glaube, das sind Sie mir schuldig.«

Der Arzt erzählte ihm zwar nichts, was er nicht bereits gewusst hätte, aber als Mehmet Süleyman die Praxis verließ und sich auf den Weg zur Wache machte, verstand er, was Dr. Sarkissian damit bezweckt hatte: Er würde sich ändern müssen, wenn seine Frau ihm eine zweite Chance geben sollte. Die vergangenen Monate hatten ihn allerdings, neben vielen anderen Dingen, bereits gelehrt, sein sexuelles Verlangen zu kontrollieren. In jüngeren Jahren war er ein Muster an Selbstkontrolle gewesen, und er konnte sich nicht erklären, was diese Veränderung in ihm verursacht hatte. Er wusste nur, dass er zu seinem früheren Verhalten zurückfinden musste.

Natürlich bedeutete das nicht, dass er völlig auf Sex verzichten würde. Und als er auf der Wache sah, welche »Kostüme« Gün und Çelik sich für den Abend ausgesucht hatten, wurde ihm bewusst, dass er wahrscheinlich weniger leicht darauf verzichten konnte, als er gehofft hatte: Vor allem Çelik mit ihren blonden, zu einem unordentlichen Knoten hochgesteckten Haaren und dem schwarzen, bestickten Abendkleid bot einen atemberaubenden Anblick.

Doch als die beiden Frauen gegangen waren, beschloss Süleyman, sich ganz auf die bevorstehende Aufgabe zu konzentrieren. Mit etwas Glück würden Çöktin und er an diesem Abend herausfinden, was im Hammer vor sich ging und wer dahinter steckte.

Bisher hatte Max Esterhazys Adressbuch nur seinen Friseur, die Buchhandlung Simurg und die Telefonnummer eines jungen Mädchens preisgegeben, das früher Unterricht bei ihm gehabt hatte, jetzt aber an einer amerikanischen Universität studierte. Und auch Çöktin, der ihn von unterwegs anrief, hatte keine allzu guten Neuigkeiten für İkmen.

»Cem Ataman, der junge Selbstmörder, war einer von Max Esterhazys Schülern«, sagte er. »Aber er hatte seit etwa sechs Monaten keinen Unterricht mehr bei ihm.«

»Und das andere Mädchen?«

»Es ist mir noch immer nicht gelungen, im Hause Arat einen nüchternen Ansprechpartner zu finden«, erwiderte Çöktin finster.

»Ich verstehe.«

İkmen legte auf und schaute zu Gonca hinüber. Die Zigeunerin hatte es sich inmitten zahlloser Bücher auf Max' altem Ledersofa bequem gemacht. Als sie seinen Blick auf sich und ihren verlockenden Kurven ruhen spürte, lächelte sie ihn so strahlend an, dass İkmen einen Moment wie geblendet war. Kein Wunder, dass der junge Yıldız nicht genug von ihr bekommen konnte. Trotz ihrer fast fünfzig Jahre schien Gonca nichts von ihrer Anziehungskraft auf das andere Geschlecht verloren zu haben, wobei İkmen allerdings nicht hätte sagen können, ob das an ihrer offensiven Sinnlichkeit lag oder reine Magie war.

Erneut griff er nach dem Telefonhörer und wählte die nächste Nummer. Die Stimme der Frau am anderen Ende der Leitung kam ihm seltsam bekannt vor, doch wie bei allen anderen Anrufen stellte er sich erst einmal förmlich vor.

»Sie arbeiten mit meinem Exmann zusammen«, unterbrach ihn die Frau.

Und da dämmerte es ihm: Suleika Süleyman. Allah, wie hatte sie dem armen Mehmet jahrelang das Leben schwer gemacht! Pausenlos auf dem Weg von einem Einkaufsbummel zum nächsten, hatte sie eifersüchtig jeden seiner Schritte überwacht, genau wie Mehmets jetzige Frau.

»Suleika.«

»Genau. Inzwischen übrigens Suleika Topal.«

»Meinen Glückwunsch, Frau Topal.«

»Womit kann ich Ihnen helfen, İkmen?«, fragte sie in dem gleichen überheblichen Ton, den sie ihm gegenüber schon immer angeschlagen hatte. »Wie sind Sie überhaupt an diese Nummer gekommen?«

İkmen erzählte ihr von Max Esterhazy und seinem plötzlichen Verschwinden.

»Nun, das ist wirklich eigenartig«, sagte sie.

»Warum, Frau Topal?«

»Weil meine Stieftochter Fitnat heute Abend eine Unterrichtsstunde bei Herrn Esterhazy hat. Sie ist gerade unterwegs zu ihm. Zumindest hat sie mir eben noch erzählt, sie würde jetzt zu seiner Wohnung fahren.«

»Und Sie wissen ganz sicher, dass sie heute Abend bei ihm Unterricht hat?«

»Ja, Herr Esterhazy hat sie gestern noch deswegen angerufen.«

»Haben Sie den Anruf entgegengenommen?«

»Nein, Fitnat.« Suleika Topal schwieg einen Moment. Er konnte förmlich hören, wie sie missbilligend die Lippen schürzte. »Es sei denn ...«

»Was?«

»Fitnat geht gern in die Atlas Pasaj und hängt mit diesen seltsamen Gothics herum. Sie weiß, dass ich etwas dagegen habe, aber ...«

»Hat Fitnat ein Mobiltelefon, Frau Topal?«

»Natürlich. Wenn sie jedoch etwas tut, was sie nicht tun darf, wird sie es wohl abgestellt haben.«

»Könnten Sie mir dennoch ihre Nummer geben? Ich muss Herrn Esterhazy wirklich dringend finden.«

»Selbstverständlich.« Sie suchte die Nummer heraus und gab sie ihm durch. »Würden Sie mich bitte informieren, wenn Sie sie erreichen?«

»Natürlich«, sagte İkmen. »Vielleicht bekomme ich sie sogar zu Gesicht. Ich befinde mich nämlich gerade in Herrn Esterhazys Wohnung.«

»Aber was, wenn sie in die Atlas Pasaj gegangen ist?«

İkmen sah keine Veranlassung, Suleika Topal mitzuteilen, dass ihr Exmann an diesem Abend eine Aktion im Hammer geplant hatte. »Wenn Sie sich ohne Ihre Erlaubnis dort aufhält, können wir sie auflesen und nach Hause bringen«, sagte er.

»Dafür wäre ich Ihnen sehr dankbar, Çetin.«

İkmen musste sich beherrschen, um nicht laut loszulachen, dass ausgerechnet sie ihn beim Vornamen nannte. Er versprach ihr, sein Möglichstes zu tun, und beendete das Telefonat. Danach versuchte er, das Mädchen auf ihrem Mobiltelefon zu erreichen, jedoch ohne Erfolg. Als Nächstes rief er Süleyman an.

»Was hat Krikor Sarkissian dir gesagt?«, fragte er seinen Freund ohne Umschweife.

»Ich bin gesund, Çetin, vielen Dank«, erwiderte Mehmet Süleyman. »Allah sei gepriesen.«

»In der Tat«, stimmte İkmen zu. Obwohl er kein gläubiger Mensch war, hatte er in aller Stille ein paar Gebete für Mehmet gesprochen. Er hatte sogar einige Male um ihn geweint, und auch jetzt stiegen ihm Tränen in die Augen – diesmal allerdings aus Erleichterung.

»Gibt es sonst noch was?«, fragte Süleyman. Offensichtlich war ihm gar nicht aufgefallen, welche Wirkung diese Neuigkeit auf seinen Kollegen hatte.

İkmen räusperte sich, dann fragte er: »Sagt dir der Name Fitnat Topal irgendetwas, Mehmet?«

»Ja, natürlich«, antwortete sein Freund deutlich irritiert. »Die Kleine flirtet etwas zu gern.«

»Wusstest du auch, dass sie eine von Max' Schülerinnen war?«, erkundigte sich İkmen weiter und berichtete ihm von seinem Gespräch mit Suleika.

Süleyman war entrüstet. »Aber wenn sie gestern von Max gehört hat ...«

»*Falls* sie von ihm gehört hat«, fiel İkmen ihm ins Wort. »Fitnat hat das Gespräch entgegengenommen; wir wissen also nichts Genaues, bevor wir mit ihr geredet haben. Suleika glaubt, sie könnte in die Atlas Pasaj gegangen sein.«

»Das werden wir dann ja bald herausfinden«, erwiderte Süleyman. »Gün und Çelik sind gerade dorthin unterwegs.«

»Sag ihnen, sie sollen nach ihr Ausschau halten«, bat İkmen ihn. »Und wenn ihr sie tatsächlich dort findet, möchte ich mit ihr sprechen.«

»In Ordnung.«

İkmen legte den Hörer auf und schaute erneut zu Gonca hinüber. Diesmal schien sie völlig in ihre Bücher vertieft zu sein und schrieb nur hin und wieder etwas auf ein Blatt Papier.

»Probleme?«, fragte sie, ohne aufzublicken.

»Komplikationen«, erwiderte İkmen.

Gonca lachte dunkel und rau. »Was haben Sie denn von einem Magier erwartet?«

»Ich weiß auch nicht.« Er zündete sich eine Zigarette an, lehnte sich zurück und sah an die Decke. »Wissen Sie, Gonca, ich bin seit dreißig Jahren mit Max Esterhazy befreundet, und die ganze Zeit habe ich ihn eigentlich nicht gekannt.«

»Von İbrahim Dede weiß ich, dass der Engländer der einzige Schüler war, den der alte Rabbi Baruch je angenommen hat«, sagte sie.

İkmen schüttelte den Kopf. In Anbetracht dessen, was er inzwischen über Max' Vergangenheit wusste, erschien ihm das unvorstellbar. Was hatte Max getan? Hatte er wie Hitler versucht, die Juden ihrer Magie zu berauben? Er konnte es sich nicht vorstellen, und doch ... Damals, als sie sich wegen Alison gestritten hatten, war ihm aufgefallen, was für eine gewaltige Wut tief in Max schlummerte. Was hatte er İkmen nicht alles an den Kopf geworfen. Er hatte ihn beschuldigt, das Mädchen nur für sich haben zu wollen, sich in Dinge einzumischen, von denen er nichts verstand.

Plötzlich warf Gonca eines der Bücher auf den Boden; offenbar hatte sie die Geduld damit verloren.

»Diese Korrespondenzen nehmen überhaupt kein Ende«, stöhnte sie. »Es ist sinnlos – solange wir nicht wissen, was Ihr Magier geplant hat. Und was das hier angeht ...«, sie hielt die Zeichnung hoch, die İskender im Krankenhaus angefertigt hatte, »beim ersten Hinsehen dachte ich, es handelt sich vielleicht um den Lichtfunken.«

»Worum?«

»Oh, auf diese Weise stellen die Kabbalisten das göttliche Licht dar, wie es aus der Krone des Lebensbaums, also von Gott, in den eigenen Leib am Fuße des Baumes fährt«, sagte sie. »Ohne das können Kabbalisten nicht arbeiten, habe ich jedenfalls gehört. Wissen Sie, İkmen, das alles ist zu kompliziert, und ich bin nur eine einfache Zigeunerin ...« In diesem Augenblick betrat Karataş, der in der Küche Kaffee aufgesetzt hatte, den Raum.

»Öffnen Sie auf jeden Fall, wenn es an der Tür klingelt«, ordnete İkmen an, während der Oberwachtmeister eine Tasse vor Gonca abstellte. »Es könnte eine von Max' Schülerinnen sein.«

»Ja, Inspektor.«

»Also, Gonca: Falls es sich bei İskenders Zeichnung nicht um diesen Lichtfunken handelt, was könnte sie dann darstellen?«

Doch Gonca hatte in diesem Moment typischerweise nur Augen für Karataş.

»Allah!«

Erst nachdem der Oberwachtmeister den Raum verlassen hatte, antwortete sie: »Ich glaube, es könnte ein Siegel sein – ein geschriebener oder gezeichneter Talisman. Magier benutzen so etwas, um darin die Essenz von etwas oder jemandem einzufangen. Sie behaupten, wenn sie jemandes Siegel besitzen, könnten sie diese Person kontrollieren. Ich weiß aber nicht, was genau sie damit meinen, und diese ganzen Bücher hier helfen mir auch nicht weiter.«

»Aber wenn Max in die Wohnung zurückgekehrt wäre, um dieses …«

»… Siegel zu holen? Vielleicht wollte oder musste er unbedingt die Kontrolle über diese Person erlangen«, sagte Gonca. »Aber woher wissen wir, ob es wirklich Esterhazy war, der hier aufgetaucht ist und auf Ihren Kollegen geschossen hat?«

»Das wissen wir eben nicht.« İkmen seufzte. »Wenn Max tot wäre, würde ich sicher etwas spüren – irgendetwas …«

»Würden Sie das?«, fragte sie lächelnd. »Gerade eben haben Sie noch gesagt, dass Sie ihn nicht so gut kennen, wie Sie dachten. Glauben Sie mir, İkmen: Hier an diesem Ort sind mächtige Kräfte am Werk.«

Damit stand sie auf und ging zur Tür.

»Wohin wollen Sie?«

Sie zuckte die Achseln. »In die Küche.«

İkmen verdrehte die Augen. »Bitte lassen Sie Oberwachtmeister Karataş in Ruhe, Gonca, versprechen Sie mir das? Er hat eine schwere Zeit hinter sich.«

Aber Gonca ließ ihn einfach stehen. Andererseits, dachte İkmen, was hatte er erwartet? Wie sagte seine Frau immer: »Wenn du dir zwielichtige Gestalten zu Hilfe holst, kannst du nicht auf ihre Zuverlässigkeit bauen.« Womit sie natürlich Recht hatte. Im Laufe der Jahre hatte er mit vielen Menschen zusammengearbeitet, die ein Leben »am Rande der Gesellschaft« führten: Transsexuelle, Zigeuner, Wahrsager, Bettler. Manche hatten sich als hilfreich erwiesen, andere eher als Hindernis. Eines hatten sie jedoch gemeinsam: Sie waren sich immer treu geblieben, folgten stets dem eigenen Instinkt – und letztlich waren sie ihm darin nicht unähnlich. Das Gleiche galt für Max: İkmen hatte ihn um Hilfe gebeten. Er hatte ihn nach dem Abbild des Ziegenbocks von Mendes befragt und nach der Schändung von Gotteshäusern – also nach etwas, dessen sich auch die Nationalsozialisten schuldig gemacht hatten. Aber Max? Nein, Max wollte dem Guten dienen. Das hatte seine Schwester gesagt, und İkmen hatte ebenfalls stets daran geglaubt. Andererseits, fragte er sich, wie gut kenne ich diesen Mann, oder: Wie gut habe ich ihn gekannt?

İkmen griff nach dem Blatt Papier mit dem angeblichen Siegel. Wie Gonca gesagt hatte: Es war im Grunde bedeutungsloses Gekrakel. Sie wussten ja noch nicht einmal, ob die Zeichnung überhaupt etwas mit dem Schuss auf İskender zu tun hatte. Vielleicht war es tatsächlich nur ein harmloses Zickzackmuster, das İskender zufällig in Max' Schlafzimmer gesehen hatte, bevor er zusammenbrach. İkmen steckte das Papier in die Tasche und verzog gequält das Gesicht, als Goncas kehliges Lachen aus der Küche an sein Ohr drang.

16

Die Atmosphäre und Einrichtung im Hammer entsprachen nicht ihren Erwartungen. Es gab keine künstlichen Grabsteine, keine nachgemachten Spinnweben, nicht einmal eine dunkle Ecke, in der man von Herzen unglücklich sein konnte. Und obwohl das Publikum fast ausschließlich aus Leuten in schwarzer Kleidung, mit schwarzem Make-up und vernarbten Armen bestand, wirkte der Raum durch das grelle Neonlicht fast modernistisch. Er erinnerte eher an Sartres Salon in *Geschlossene Gesellschaft* als an einen Ort, an dem sich Frankensteins Monster wohl gefühlt hätte. Sie schauten sich um, bestellten etwas zu trinken, suchten einen Sitzplatz – und schließlich mussten sich die beiden Beamtinnen eingestehen, dass sie zu fein angezogen waren. Diese Gothic-Anhänger wirkten absolut cool und völlig überzeugend in dem, was sie taten – gerade wenn man das Hammer mit den anderen Clubs und Bars in der Passage verglich. Es würde äußerst schwierig werden, mit Leuten ins Gespräch zu kommen – es sei denn, jemand sprach sie von sich aus an.

»Und das scheint mir nicht sehr wahrscheinlich.« Gün starrte frustriert in ihr Mineralwasser.

»Sieht jedenfalls nicht so aus, als ob wir hier auf etwas wirklich Interessantes stoßen würden«, meinte Çelik.

»Bisher habe ich nichts bemerkt, was auf Satanismus hindeutet. Du etwa?«, fragte die ältere und erfahrenere Gün.

Çelik senkte den Blick. »Nein …«

»Dann solltest du keine Vermutungen anstellen.«

Die lauten Beats der Trance-Musik, die bis vor wenigen Augenblicken das ganze Gebäude hatten erzittern lassen, setzten nun wieder ein. Çelik, die Trance mochte, wippte leicht im Rhythmus mit, Gün hingegen schüttelte verzweifelt den Kopf und bedeutete ihrer Kollegin, sie werde sich auf die Suche nach der Toilette machen. Das magere, drogensüchtig wirkende Barmädchen, das eine auffällige Narbe an der Kehle hatte, wies Gün den Weg ins Kellergeschoss.

Unten war es überraschenderweise so hell wie oben in der Bar. Als Gün über den leuchtend weißen Gang auf die Toilette zuging, hatte sie den Eindruck, gleich einen Operationssaal zu betreten. Einige Bilder an den Wänden brachten sie zum Schmunzeln, etwa die retuschierte Reproduktion des berühmten Fotos von Marilyn Monroe über einem Luftschacht: Marilyn mit Fangzähnen und einem Schwanz! Bei einem anderen Poster, auf dem eine verblüffend echt aussehende Leiche abgebildet war, verzog sie angewidert das Gesicht. Und dann erregte etwas schlagartig ihre Aufmerksamkeit: eine schlichte gerahmte Skizze. Gün nahm ihr Mobiltelefon aus der Handtasche und rief Süleyman an.

Seit Jahren verdiente sich Gülizar auf diese Weise ein paar Lira dazu. Ihr Vater brachte zwar mit einer Pferdekutsche Touristen und manchmal Marinekadetten hinauf zum Kloster, doch das Geld reichte vorn und hinten nicht. Ihre Eltern besaßen nichts als die winzige, schäbige Hütte am Ufer, in der die vierzehnköpfige Familie leben musste; eine zusätzliche Einnahmequelle war daher gern gesehen. Es war bereits dunkel, und sie hatte die Hütte eigentlich nur verlassen, um Wasser zu holen, als er aus Richtung des Klosters über die Anhöhe kam. Sie ging ein Stück in seine Richtung – einfach, um zu sehen, was er tat. Schließlich war es ungewöhnlich, dass zu so später Stunde noch jemand das Kloster des Heiligen Georg verließ. Doch nur zu bald war ihr klar, was er wollte.

»In Ordnung«, sagte sie.

Er gab ihr das Geld, und sie zog ihn hinter einen Baum.

»Nicht hier!«, protestierte er und schob ihre Hand von seinem Unterleib weg.

»Warum nicht?«

»Oben am Kloster.«

Gülizar runzelte die Stirn. Es war ein steiler Weg, und dort oben würde es menschenleer sein.

»Warum?«

»Weil ich es so will!«, zischte er. »Kommst du jetzt, oder …«

»Dann will ich zehn Millionen zusätzlich«, verlangte sie, »für die Zeit und den Aufwand.«

»Okay! Okay!«

Der Anstieg war steil, und sie geriet außer Atem, so dass sie kein Wort mehr herausbrachte. Andererseits waren Männer in seinem Zustand – sie hatte gespürt, dass er schon hart war – normalerweise nicht aufs Reden erpicht.

Als sie die Klostermauern erreicht hatten, befahl er ihr, sich auszuziehen. Gülizar gefiel das gar nicht. »Ich hab dir doch gesagt, dass du nicht das volle Programm haben kannst!«, verkündete sie energisch. »Ich hol dir einen runter und basta.«

»Zieh dich aus!«

Etwas an seinem Tonfall sagte ihr, dass sie besser tat, was er verlangte. Also zog sie die Kleider aus und legte sie, zerlumpt wie sie waren, ordentlich neben sich. Sie fühlte sich ausgeliefert und schämte sich fast. Die meisten ihrer Kunden waren mit einer raschen, ungeschickten Erleichterung zufrieden, und sie war es nicht gewohnt, nackt zu sein.

»Komm her«, befahl er.

Sie gehorchte, mittlerweile verängstigt – sie hätte nicht einmal sagen können, warum genau. Der Mann griff in sein Jackett und holte eine kleine Flasche hervor. »Nimm das«, sagte er.

Sie schraubte den Deckel ab und schnupperte. Ein muffiger, süßlicher Geruch stieg ihr in die Nase. Er öffnete den Reißverschluss seiner Hose, während sie sich einen kleinen Tropfen der öligen Flüssigkeit in die Hand goss. Merkwürdig, aber wenn er es so wollte …

»Mach schon!«

Ohne hinzuschauen, verrieb sie das Öl auf seinem Penis und sah ihm in die Augen, die sie mit finsterem Blick fixierten. Dann verlor sie das Bewusstsein.

Nur vage nahm sie Hände überall auf ihrem Körper wahr, ein Gefühl zwischen Lust und Schmerz und ein Licht, das sie einhüllte – weiß, grell, beängstigend.

Es war eine klassische Machtdemonstration der Polizei: Einsatzgruppen in voller Montur riegelten die ganze Atlas Pasaj ab, und bewaffnete Beamte schwärmten im Hammer aus. Sie kontrollierten jeden der Anwesenden. Inspektor Süleyman lief unablässig auf und ab, mit kaltem, bedrohlichen Blick. Viele der Jugendlichen hatten offensichtlich Angst und suchten Halt in ihrer kleinen Gruppe. İkmen wäre entsetzt gewesen.

Doch Süleyman war mit seiner Geduld am Ende. »Ich will von jedem hier den Personalausweis sehen und von jedem Ausländer den Pass«, verkündete er. »Danach werde ich ein paar Fragen stellen und Fotos zeigen. Sie dürfen das Lokal erst dann verlassen, wenn ich es sage.«

Leises Murren kam auf, doch die meisten Gäste fügten sich ins Unvermeidliche.

Süleyman nahm in einer Nische Platz und wartete auf İsak Çöktin, der noch einmal zurück zur Wache gegangen war, um ein Foto von Fitnat Topal zu holen, das Suleika ihnen zugefaxt hatte. Bis jetzt war das Mädchen weder im Hammer noch in Max Esterhazys Wohnung aufgetaucht, und Süleyman wollte wissen, ob einer der Anwesenden sie gesehen hatte. Er fing bei den Angestellten an, zwei Jungen und zwei Mädchen, und überprüfte ihre Ausweise. Dann zündete er sich eine Zigarette an und fragte: »Was wisst ihr hierüber?« Er holte die gerahmte Zeichnung hervor, die Gün im Keller entdeckt hatte.

Einer der Jungen zuckte die Achseln.

»Also, was ist?«

Der andere Junge und eines der Mädchen – nicht die mit der Narbe am Hals – schauten sich an. »Ich weiß, dass es ein Geschenk war«, sagte das Mädchen. »Für den Besitzer, Beyazıt Bey. Beyazıt Koray.«

»Und wo ist Beyazıt Bey jetzt? Weißt du das?«

Sie zuckte die Achseln. »Er kommt nicht so oft her.«

»Dann hast du bestimmt seine Telefonnummer?«

»Hakan hat sie.«

Der jüngere der beiden Kellner gab Süleyman eine Mobilfunknummer, die der Inspektor Çöktin weiterreichte mit der Bitte, den Mann anzurufen und herbeizuzitieren. Dann zeigte er den Angestellten Fotos von Cem Ataman, Gülay Arat, Lale

Tekeli und Fitnat. Einer der Jungen meinte, er sei Cem möglicherweise schon einmal begegnet, sei sich jedoch nicht sicher.

»Was wisst ihr über die Leute, die hierher kommen?«, fragte Süleyman.

»Wie meinen Sie das?«

»Ich meine, was für Leute kommen her und warum?«

Das Mädchen mit der Narbe sagte irritiert: »Also, das sehen Sie doch.«

»Was?«

»Leute, die auf Skatepunk und Trance stehen. Leute, die gern schwarze Klamotten tragen.«

Er langte über den Tisch, packte ihre Hände und drehte die Innenseiten ihrer Unterarme nach oben. »Und Leute, die sich gern verstümmeln.«

Sie schaute zunächst auf ihre Arme, dann blickte sie ihm direkt ins Gesicht. »Die Leute verstümmeln sich aus den unterschiedlichsten Gründen«, sagte sie.

»Und welchen Grund hast du, Fräulein ...« Er warf einen Blick auf ihren Ausweis, um sich ihren Namen wieder in Erinnerung zu rufen: »... Özbek?«

Sie fasste sich an die Kehle und senkte erneut den Blick. »Das ist meine Sache.«

»In der Szene scheint das ja weit verbreitet zu sein.«

»Vielleicht machen wir das ja aus Frust«, sagte das andere, etwas ältere Mädchen. »Als eine Art Protest.«

»Wogegen?«

»Wo soll ich anfangen?«, fragte sie.

Süleyman lächelte. »Hast du schon mal was von dem amerikanischen Schauspieler James Dean gehört?«

Hakan lachte.

»Bei all dem hier geht es also nur um die Unzufriedenheit von Jugendlichen, um sonst nichts?« Süleyman schüttelte fassungslos den Kopf.

»Ich schätze schon ...«

»Und die zwei da drüben« – Süleyman deutete auf ein Paar mittleren Alters, der Mann groß und mit langen Haaren, die Frau äußerst extravagant aufgemacht – »sind also nur eine Ausnahme?« Er schwieg einen Augenblick. »Ich habe mindestens drei Männer und zehn Frauen gesehen, die älter sein könnten als ich. Also was ist hier wirklich los?«

»Offensichtlich haben Sie ja schon eine Theorie«, erwiderte die ältere Kellnerin. »Warum rücken Sie nicht einfach damit raus?«

Von ihrer Kühnheit beeindruckt, lächelte Süleyman sie kurz an und meinte: »Okay. Satanismus – erzählt mir, was ihr darüber wisst.«

İkmen kehrte erst gegen Mitternacht nach Hause zurück. Bereits die Nacht zuvor hatte er nicht geschlafen, dazu die neuen Informationen über Max' Interessen und Vergangenheit – kurz nach elf Uhr konnte er einfach nicht mehr. Er rettete Karataş vor Goncas Avancen und brachte die Zigeunerin nach Hause, bevor er in der Hoffnung auf ein wenig Schlaf heimfuhr.

Als er das saubere, wenn auch abgenutzte Wohnzimmer betrat, saß sein Sohn Bülent noch vor dem Fernseher und schaute über den neuen Satellitenempfänger der Familie CNN.

»Ich dachte, du interessierst dich nur für MTV«, sagte İkmen, ließ seine Aktentasche fallen und machte es sich im Sessel bequem.

»Glaubst du, es gibt Krieg, Baba?«

Bisher hatte für Bülent allein das Vergnügen gezählt – über die wachsenden Spannungen zwischen den Vereinigten Staaten, Großbritannien und dem Irak hatte er noch nie gesprochen. Erst seit einiger Zeit machte er sich Gedanken über den Wehrdienst, und nun, da seine Einberufung kurz bevorstand, hatten sich diese Sorgen verstärkt.

»Ich weiß es nicht«, antwortete İkmen. »*Inschallah*, vielleicht bleiben wir verschont.«

»Ich will nicht kämpfen«, sagte Bülent mit gesenktem Kopf – offenbar schämte er sich dieses Eingeständnisses.

»Ich weiß«, seufzte İkmen. »Bülent, ich kann deine Gefühle verstehen. Unglücklicherweise sieht es im Moment so aus, dass wir nur zuschauen können und abwarten müssen, was passiert.«

»Ich weiß.« Damit wandte Bülent sich wieder dem Fernsehprogramm zu. İkmen bemühte sich, seinen Sohn nicht merken zu lassen, welch große Sorgen er sich um ihn machte. Und was wusste er schon Genaues? Die Amerikaner und Briten riefen zu den Waffen, weil Saddam Hussein angeblich Massenvernichtungsmittel besaß und seit Jahren chemische und biologische Waffen hortete. Ein zynischer englischer Journalist – ein Bekannter von İkmens Bruder – hatte gesagt, die Briten wüssten dies so genau, weil sie ihm die Waffen selbst geliefert hätten. Doch ob Saddam wirklich darüber verfügte, und ob er sie auch einsetzen würde, war schwer zu sagen. Wie viele andere hatte İkmen gehört, die Bewohner des Grenzgebiets zum Irak würden mit Gasmasken versorgt und vorsorglich gegen Pocken geimpft. Doch zugegebenermaßen dachte er nicht allzu oft über solche Gerüchte nach. Max Esterhazy hatte sich jedenfalls große Sorgen wegen des bevorstehenden Kriegs gemacht, das wusste er. Sie beide gehörten einer Generation an, der es gelungen war, jeder kriegerischen Auseinandersetzung aus dem Weg zu gehen. In İkmens Fall hieß dies: zu jung für Korea, zu alt für einen Einsatz am Golf oder in Afghanistan.

Bülent schaltete den Fernseher aus und gähnte. »Çiçek hat vorhin nach dir gesucht«, sagte er.

»Warum hat sie mich nicht angerufen? Sie hat doch die Nummer.«

Bülent zuckte die Achseln. »Ich glaube, sie wollte dich persönlich sprechen. Sie wirkte irgendwie durcheinander. Als du nicht nach Hause kamst, ist sie wieder gegangen.«

Hörten die Probleme gar nicht mehr auf? İkmen seufzte unwillkürlich. Kaum hatte er das eine Kind beruhigt, war das nächste »durcheinander«, wie Bülent sich ausdrückte. Hoffentlich hatte es nichts mit Mehmet Süleyman zu tun, dachte er, doch sein Gefühl sagte ihm etwas anderes. Warum konnte nicht einfach ein netter junger Mann in Çiçeks Leben auftauchen! Andererseits wusste er nur zu gut, dass es im Leben nur selten so lief, wie man es sich wünschte. Und das Schicksal zu beeinflussen, wie etwa Kabbalisten es taten, war gefährlich. Was Max Esterhazy wohl gerade tat? Oder besser: Was er wohl getan hatte?

»Ich gehe ins Bett«, verkündete Bülent und schleppte sich müde aus dem Zimmer.

İkmen schloss die Augen. Er sah Alisons Gesicht vor sich, ihr Lächeln, ihre schneeweiße Haut. Mit heutigen Augen betrachtet, hatte sie ihn furchtbar gönnerhaft behandelt: Sie hatte ihn »Schatz« und »Liebling« genannt und mit Pistazien gefüttert. Aber einen Moment lang war er in Versuchung geraten, einen einzigen Moment, vor ihrer schäbigen Touristenpension – es war noch früh im Jahr, dabei schon recht warm gewesen. Er hatte sie in die Arme genommen und geküsst, mit einer Leidenschaft, die ihn selbst erschreckte. Damals war er ein verheirateter Mann mit drei kleinen Kindern gewesen, doch er hatte sie geküsst. Und sie hatte seinen Kuss erwidert, gewollt, dass er mit ihr schlief. Er hatte es nicht getan; so etwas kam für ihn nie in Frage. Wohin ein solches Verhalten führen konnte, sah man an Mehmet Süleyman – oder auch nicht: Zum Glück hatte sich sein Freund nicht mit HIV infiziert, sondern war noch einmal davongekommen.

Doch die grundsätzliche Bereitschaft zu einem Seitensprung steckte vermutlich noch in ihm. Und wie der böse Flaschengeist aus *Tausendundeine Nacht* konnten solche Dinge gewaltiges Unheil anrichten, wenn sie erst einmal ins Freie gelangt waren. Wie eine Tür, die sich, einmal geöffnet, nie wieder schließen ließ ... İkmen war seiner Frau nie untreu geworden. Doch diesem einen verbotenen Kuss nach zu urteilen, wirkte das Verbotene wie eine alles verzehrende Droge. Er erinnerte sich noch an jedes Detail – der Geschmack von Alisons Lippen, der sanfte Druck ihrer Brüste an seiner Uniform, diese plötzliche Gier, die ihn dazu gebracht hatte, sie mit seinem Körper gegen die Wand zu pressen.

Und obwohl er sich abzulenken versuchte, indem er sich eine Zigarette anzündete, konnte İkmen die Tränen nicht länger zurückhalten.

»Man nennt es den Ziegenbock von Mendes. Die Leute, die hier herkommen, mögen so was.«

»Ich weiß das, Herr Koray«, sagte Süleyman schroff. »Mich interessiert, woher Sie es haben.«

»Einer meiner Gäste hat es gemalt.« Beyazıt Koray, etwa Mitte dreißig, reich und von Polizisten nicht so leicht zu beeindrucken, nahm das Gespräch nicht allzu ernst. »Wollen Sie seinen Namen?«

»Ja.«

»Hüsnü.«

Süleyman warf Çöktin einen Blick zu. »Woher kennen Sie den Mann?«

»Wie gesagt, er ist ein Gast«, erwiderte Koray. »Außerdem hilft er mir manchmal mit dem Computer.«

»Ist er ein Hacker?«

»Keine Ahnung. Er ist ein ziemlich seltsamer Typ«, fügte Koray hinzu. »Andererseits sind die meisten dieser Computerfreaks irgendwie seltsam, oder? Er kommt nicht oft in den Club, weil er meist an seinem eigenen System herumbastelt.«

»Wieso hat er Ihnen die Zeichnung geschenkt?«

»Das weiß ich nicht«, antwortete Koray. »Vielleicht dachte er, sie passt gut in den Laden. Er ist genau wie die anderen, redet ständig über Dämonen und so'n Zeug. Das Bild von Marilyn Monroe hat wieder ein anderer Gast gemacht. Die Leute mögen so was, und der Club ist einer der wenigen Orte, wo sie das ausleben können.«

»Wussten Sie, dass man in letzter Zeit mit solchen Bildern Gotteshäuser verschandelt hat, Herr Koray?«

»Nein.«

Süleyman beugte sich vor. »Und wussten Sie, dass dieses Etablissement dem Ruf nach ein Treffpunkt für Satanisten ist?«

Koray seufzte. Er schüttelte den Kopf. »Nur weil die Jugendlichen hier Schwarz tragen …«

»Nein!«

»Hören Sie, Inspektor, ich biete diesen Leuten Drinks an und einen Ort, an dem sie sich treffen können. Was sie darüber hinaus tun, geht mich nichts an. Die stehen nun mal auf Reproduktionen alter Horrorfilmplakate, tragen schwarzen Nagellack und unterhalten sich oft mit leiser Stimme – aber bei den meisten ist das sowieso nur eine Phase!«

»Selbst bei den Fünfundvierzigjährigen?«

»Es steht mir nicht zu, den Leuten vorzuschreiben, was sie zu tun und zu lassen haben!«

»Sie wissen, dass sie in ihrer ganz eigenen Sprache miteinander kommunizieren?«

»Ein paar von den Kids finden es cool, Transsexuelle nachzumachen. Na und?«

»Es heißt, bei manchen dieser heimlichen Unterhaltungen ginge es um Teufelsanbetung«, sagte Süleyman. »Wir glauben, dass sich die Leute hier treffen und dann anderswo hingehen, um unerlaubte Riten …«

»Davon weiß ich nichts«, sagte Koray nachdrücklich. »Und selbst wenn, was sollte ich Ihrer Meinung nach tun? Ihnen erzählen, sie dürften nirgendwo sonst hingehen? Nicht den Teufel anbeten?«

Süleyman wandte sich an Çöktin: »Wir brauchen Kasıms Freund. Holen Sie ihn her.«

»Ja, Inspektor.«

»Und nehmen Sie ein paar Männer mit.«

Nachdem Çöktin gegangen war, zeigte Süleyman dem Clubbesitzer Fotos von den drei toten Jugendlichen und von Fitnat.

»Haben Sie diese Personen schon einmal gesehen oder kennen Sie sie, Herr Koray? Drei von ihnen sind tot, und die vierte wird zurzeit vermisst.«

Scheinbar gleichgültig musterte Koray die Bilder. Doch bei dem letzten wurde er auf einmal blass.

Süleyman kniff die Augen zusammen. »Und?«

Beyazıt Koray schaute zu Boden. Dann sagte er leise: »Ja, ich kenne die Kleine.«

Um drei Uhr morgens wimmelte es in den Zellen und Verhörräumen nur so von seltsamen Gestalten, aber Süleyman hatte auf seine Fragen im Zusammenhang mit den drei Morden noch keine befriedigende Antwort erhalten. Er würde sich Beyazıt Koray und Hüsnü Gunay noch einmal vorknöpfen müssen, doch vorher stand ein klärendes Gespräch mit Fitnat Topal an.

»Hat Herr Koray dich vergewaltigt, Fitnat?«, fragte er.

»Nein.« Ihr Haar war zerwühlt, und sie wirkte leicht angetrunken. Lippenstift und Eyeliner waren zerlaufen und hatten sich mit ihrem Make-up vermischt.

Wachtmeisterin Gün, in ihrem prachtvollen schwarzen Seidenkleid, hakte nach: »Aber du warst mit Herrn Koray im Bett?«

»Ja.«

»Und hattet ihr Sex?«

»Nein.«

»Was hast du dann in seinem Bett gemacht?«, fragte Süleyman.

Fitnat bemühte sich, nicht daran zu denken, damit man ihr nichts ansah. Sie lächelte und sagte: »Ich habe geschlafen.«

Seufzend verdrehte Süleyman die Augen und zündete sich eine Zigarette an. »Also schön, Fitnat«, begann er erneut. »Vergessen wir Herrn Koray mal für einen Augenblick und wenden wir uns der Geschichte zu, die du deiner Stiefmutter erzählt hast – dass du zum Englischunterricht bei Herrn Esterhazy in dessen Wohnung in Sultanahmet fahren wolltest. Stimmt das?«

»Na ja …«

»Stimmt das, Fitnat? Hat Herr Esterhazy dich vorgestern angerufen, um den Unterricht mit dir zu vereinbaren? Es ist äußerst wichtig, dass du mir die Wahrheit sagst.«

Fitnat betrachtete ihre Hände. »Na ja, irgendwie ist es schon wahr«, sagte sie. »Ich meine, Herr Esterhazy hat mich wirklich angerufen.«

»Bist du sicher?«

»Natürlich bin ich sicher«, sagte sie, nun ein wenig aggressiver. »Ich gehe doch seit Jahren zu ihm! Er hat mich angerufen und gefragt, ob ich etwas dagegen hätte, wenn unsere übliche Unterrichtsstunde bei mir statt bei ihm stattfände.«

»Bei dir zu Hause?«

»Nein, im Hamdı Baba, dem Restaurant auf Büyük Ada. Das hat er schon einmal vorgeschlagen, im Sommer. Er meinte, weil wir einen so schönen September hätten, könnten wir doch das Beste daraus machen, falls ich nichts dagegen hätte. Ich fand es okay.«

»Aber du hast dich dann nicht mit ihm getroffen?«

Fitnat senkte den Kopf. »Nein.«

»Was hast du stattdessen gemacht?«

»Du weißt doch, was ich gemacht habe.«
»Ich will, dass du es mir sagst.«
Nun schaute sie auf und sagte mit trotzig vorgerecktem Kinn: »Ich bin zu Beyazıt gegangen.«
Süleyman stand auf und wies Gün an, in seiner Abwesenheit auf das Mädchen aufzupassen. Dann trat er auf den Flur hinaus. Glücklicherweise würden Burhan Topal und Suleika die Kleine bald abholen. Süleyman lehnte sich gegen die Wand und rauchte, bis er Çöktin aus dem Zellentrakt im Untergeschoss kommen sah.
»Zwei seiner Mitarbeiter und ein Gast haben ausgesagt, dass Beyazıt Koray gerne junge Damen mit zu sich nach Hause nimmt«, sagte der Kurde, als er neben seinem Chef stand.
»Sieh mal einer an.«
»Aber das hat anscheinend nichts mit Satanismus oder so zu tun«, sagte Çöktin lächelnd. »Ein cleveres Bürschchen, dieser Herr Koray.« Er lächelte.
»Inwiefern?«
»Offenbar dringt er nie wirklich in sie ein. Keine Beweise, kein Ärger mit Vätern, Brüdern oder Geliebten.«
»Aber …«
»Es heißt, Herr Koray sei ein äußerst erfahrener Mann, Inspektor«, ergänzte Çöktin.
»Ich verstehe.« Süleyman räusperte sich. »Das ist dann wohl ein Nebenschauplatz, oder? Stattdessen sollten wir uns lieber mal Herrn Hüsnü Gunay vornehmen.«
»Ja, Inspektor.«
In dem Moment kam die vertraute Gestalt seiner Exfrau mit ihrem Mann über den Gang auf Süleyman zu.
Der drehte sich noch einmal zu Çöktin um. »Ich möchte, dass Sie bei dem Gespräch mit Gunay dabei sind, İsak. Ich will nur kurz ein paar Worte mit Herrn und Frau Topal wechseln.«
»In Ordnung.«
»Ach, und İsak, würden Sie Inspektor İkmen für mich anrufen?«
»Es ist fast vier Uhr morgens, Inspektor.«
»Ja, ich weiß, aber es ist wichtig. Es geht um Maximillian Esterhazy«, sagte Süleyman. »Offenbar lebt er tatsächlich noch.«

17

Manchmal werden selbst die wichtigsten Neuigkeiten von den Ereignissen überholt, und so kam es, dass Süleyman İkmen erst von Hüsnü Gunay erzählen konnte, als sie bereits mit der Fähre in Richtung Büyük Ada unterwegs waren.

»Unglücklicherweise wird er von Öz vertreten«, sagte Süleyman; Öz war einer der teuersten Rechtsanwälte der Stadt. »Es dürfte also schwer werden zu beweisen, dass Gunay und der Hacker Mendes ein und dieselbe Person sind. Gunay behauptet, Mendes habe das Bild gemalt und es ihm per E-Mail zugeschickt.«

»Handelt es sich denn um eine Kopie? Ich dachte, es sei ein Original«, fragte İkmen.

»Das dachte ich auch erst«, erwiderte Süleyman. »Es ist aber leider ein Ausdruck.«

»Und weshalb hat Gunay das Ding dann der Bar geschenkt?«

»Weil er annahm, es würde Mendes gefallen«, sagte Süleyman. »Gunay ist gelegentlich Gast im Hammer; anscheinend gehört er ebenfalls zur Gothic-Szene. Sein ›Freund‹ Mendes findet das offenbar alles äußerst amüsant und hat die Zeichnung als eine Art Witz für ihn angefertigt. Mehr will Gunay im Moment nicht sagen, auch nicht über die Eigentümlichkeit der Darstellung.«

»Du meinst die dreizehn …«

»Genau.« Süleyman schaute sich zu Arto Sarkissian um und lächelte. »Angeblich hat Mendes das ironisch gemeint, deshalb könne er, Gunay, nichts dazu sagen.«

»Glaubst du wirklich, dass Gunay und Mendes ein und derselbe sind?«, fragte İkmen.

»Ich finde es jedenfalls äußerst seltsam, dass dieser Mendes, der alles Okkulte angeblich so amüsant findet, einen derart dämonischen Namen benutzt«, sagte Süleyman.

»Vielleicht ist er ausländischer Herkunft«, erwiderte İkmen. »Wir wissen ja nicht, woher er kommt oder wer er oder sie überhaupt ist, oder?«

»Nein. Es gibt übrigens noch ein Problem«, sagte Süleyman stirnrunzelnd. »Eine Komplikation. Aber darüber sollten wir jetzt nicht reden.«

»Wieso nicht?«

Süleyman hob die Hand. »Vertrau mir einfach, Çetin.«

İkmen zuckte die Achseln. »In Ordnung.«

Die Komplikation, die Süleyman meinte, hatte sich nicht im Verlauf von Gunays Verhör ergeben, sondern erst danach, als dessen Anwalt Süleyman beiseite genommen hatte. Es war um Çöktin gegangen. Adnan Öz hatte keinen Zweifel daran gelassen: Wenn Hüsnü Gunay vor Gericht erscheinen musste, dann galt dasselbe auch für den Jesiden mit seiner Untertitelungsfirma. Offenbar war der Anwalt um einen Deal bemüht.

Als Büyük Ada in Sicht kam, wandte sich Arto Sarkissian an İkmen: »Ich habe gehört, das letzte Opfer ist eine junge Zigeunerin. Weiß man schon, wie alt?«

»Ich glaube, die Beamten vor Ort waren sich nicht ganz sicher«, gab İkmen düster zurück. »Aber was spielt das für eine Rolle? Jemand hat sie ermordet. Sie ist tot und sollte es nicht sein.«

Hinzu kam, dass Max gestern angeblich auf der Insel gewesen war. Also lebte er offenbar noch. Und er war das Verbindungsglied zwischen Cem Ataman, Lale Tekeli und, wie sie heute Morgen erfahren hatten, auch zu Gülay Arat. Doch worin bestand seine Verbindung zu diesem Zigeunermädchen – sofern es überhaupt eine gab?

Während die Fähre an der reich verzierten osmanischen Landungsbrücke festmachte, fühlte İkmen sich auf einmal furchtbar einsam. Süleyman und er hatten an unterschiedlichen Fällen gearbeitet, daher hatte er seinem Kollegen noch nicht berichten können, was er inzwischen über Max Esterhazy erfahren hatte – von Alison ganz zu schweigen. Andererseits wusste außer Max sowieso niemand von ihr. Wenn er auch vielleicht über mehr Informationen verfügte, als er İkmen gegenüber zugegeben hatte. Womöglich wusste er sogar, wo sie war.

Obwohl Süleyman am liebsten nach Hause gefahren wäre, um seine Frau wegen des Testergebnisses anzurufen, kam es nun, da er schon so lange darauf gewartet hatte, auf ein paar Stunden mehr oder weniger auch nicht mehr an. Im Übrigen war seine Anwesenheit auf dieser wunderschönen, melancholischen kleinen Insel dringend erforderlich. Statt seiner fuhr İkmen in die Stadt zurück, um sich wieder auf die Suche nach dem immer noch verschwundenen Max Esterhazy zu machen.

Mit starrem, ausdruckslosen Gesicht standen die Angehörigen und Freunde der toten Zigeunerin am Fuß des Klosterbergs. Wie der örtliche Wachtmeister Süleyman erklärte, war Gülizar sowohl unter den Männern von Büyük Ada als auch bei Besuchern vom Festland »einschlägig bekannt« gewesen. Das arme, ungebildete Mädchen hatte die Insel höchstens einmal verlassen, um in der Stadt zu betteln. Was bedeutete das alles? Hatte es überhaupt etwas zu bedeuten?

Genau wie die beiden anderen Mädchen war auch Gülizar missbraucht und durch einen Stich ins Herz getötet worden. Doch offenbar gab es keine Verbindung zwischen ihr und den anderen Opfern. Sie gehörte nicht zur Gothic-Szene, hatte keinen Unterricht bei Max Esterhazy gehabt und war alles andere als wohlhabend. Es gab nur eine einzige denkbare Verbindung, und die war äußerst dürftig: Angeblich war Max am Abend zuvor auf Büyük Ada gewesen, auch wenn sich das bislang nicht beweisen ließ. Niemand im Hamdı Baba schien ihn gesehen zu haben, und dennoch – wenn er Fitnat gebeten hatte, sich mit ihm dort zu treffen, musste er doch auch vorbeigekommen sein, um nach ihr Ausschau zu halten. Vielleicht hatte er das ja aus einiger Entfernung getan, je nachdem, was er vorgehabt hatte. Schon der Gedanke daran ließ Süleyman erschaudern. Hatte Max tatsächlich vorgehabt, Fitnat zu ermorden, wie İkmen beinahe widerwillig in Erwägung zog – und war er dann, als seine Schülerin nicht auftauchte, zufällig auf die unglückliche Gülizar gestoßen?

Aber warum sollte er so etwas tun? Weshalb sollte Max, ein

netter, großzügiger Mann und noch dazu sein Freund, ein solches Verbrechen begehen? İkmen hatte ihm erzählt, dass Max in Bezug auf seine Vergangenheit gelogen hatte – ein Verhalten, das Süleyman zumindest teilweise nachvollziehen konnte. Aber nur weil sein Vater ein Nazi gewesen war, hieß das nicht, dass Max genauso dachte. İkmen sah das ähnlich. Allein die Schüler und der rituellen Charakter der Verbrechen brachten Max mit den Morden in Verbindung. Offenbar war er ein weit mächtigerer Magier, als sie bislang angenommen hatten; allerdings musste das nicht zwangsläufig bedeuten, dass er etwas mit den Morden zu tun hatte. Hüsnü Gunay – oder Mendes, falls er es wirklich war – hatte keine seiner Fragen über Max Esterhazy beantwortet. Kannte er Max überhaupt? Und was war mit dem Blut, das İkmen und İskender in Max' Wohnung gefunden hatten? Stammte das ältere Blut wirklich von ihm? Und von wem um alles in der Welt stammte dann das frischere?

Am liebsten wäre Demir Sandal gar nicht nach Karaköy gekommen – vor allem, weil er wusste, dass er dort mit Balthasar Cohen zusammentreffen würde. Doch Jak Bey hatte darauf bestanden, und außerdem würde er auf diese Weise noch ein kleines Nebengeschäft abwickeln können: Der verkrüppelte Balthasar benötigte seinem Bruder zufolge ein paar erotische Hilfsmittel.

Während er vor den Augen der Cohen-Brüder einen Haufen Bücher, Magazine und Videos ausbreitete, sagte Demir: »Es ist für jeden Geschmack etwas dabei, Balthasar Bey: normale Sachen, Lesben, Bondage – alles, was das Herz begehrt.«

Jak, der dagegen gewesen war, dass der Pornohändler zu ihnen in die Wohnung kam, schaute besorgt in Richtung Tür; Estelle konnte jeden Moment zurückkehren.

»Was ich mir wünsche, ist eine Frau aus Fleisch und Blut!«, sagte sein Bruder gereizt.

Demir Sandal ließ sein breites Gesäß in den Sessel neben Balthasar sinken und sagte: »Nun, Balthasar Bey, wie Sie wissen, liefere ich keine Frauen. Allerdings habe ich natürlich meine ... Kontakte. An was hatten Sie denn so gedacht?«

»Was soll das Getue?«, explodierte Balthasar. »Ich weiß

doch, dass Sie Nutten haben, Demir! Sie sind der Polizei als Zuhälter von Illegalen bekannt! Und was meine Wünsche angeht …« Er beugte sich vor und schrie: »Ich will ein Mädchen, das bereit ist, mit mir Sex zu haben. Sie muss weder hübsch noch jung oder auch nur interessiert sein. Sie soll es einfach nur tun!«

Jak dachte darüber nach, dass Estelle sich womöglich dazu bereit erklären würde, wenn Balthasar nur ein wenig netter zu ihr wäre; vielleicht wollte sie ja sogar von sich aus ihrem Mann wieder ein wenig näher kommen. Doch Balthasar war felsenfest davon überzeugt, dass es nicht funktionieren würde. Er behauptete, süchtig nach verbotenem Sex zu sein und seit fast drei Jahren keine »Dosis« mehr bekommen zu haben.

»Also gut, ich werde mich umhören und sehen, was ich tun kann«, sagte Sandal. »Und um noch mal auf die Bücher und Magazine zurückzukommen …«

»Irgendwas mit Lesben«, sagte Balthasar abfällig.

»Also ein Buch, ein Video, ein …?«

»Irgendwas«, stieß Balthasar hervor. Dann sagte er mit einem gehässigen Seitenblick auf Jak: »Mein Bruder bezahlt. Setzen Sie's auf seine Rechnung.«

Sandal schaute fragend zu Jak hinüber. Der zuckte nur die Achseln.

»Es muss schön sein, einen so großzügigen Bruder zu haben«, sagte der Pornohändler.

Jak brachte nur den Anflug eines Lächelns zustande; sein Bruder stellte seine Geduld wirklich auf eine harte Probe. Nachdem Sandal Balthasar Cohen eine reiche Auswahl von Büchern und Videos übergeben hatte, nahm Jak ihn sofort beiseite, um seine Schuld zu begleichen.

»Ihr braucht Tee, wenn ihr Geschäfte machen wollt«, sagte Balthasar. »Allerdings ist die Frau nicht zu Hause.«

»Es wird nicht lange dauern, Balthasar«, sagte Jak. Er hatte sich bereits entschlossen, nicht zu handeln. Die Kostüme waren nach europäischen Maßstäben recht preiswert, und außerdem war er schon viel zu sehr Engländer, als dass er sich mit etwas abgab, das er mittlerweile für unnötig und langweilig hielt – eine Einstellung, die Demir Sandal höchst amüsant fand.

»Oh, Jak Bey«, sagte er, »was haben die Engländer Ihnen nur angetan? Bitte, bitte, lassen Sie uns noch einmal anfangen – so geht das einfach nicht!«

Jak legte zwei dicke Geldbündel auf den Tisch. »Nehmen Sie es, oder lassen Sie es bleiben, Demir Bey«, sagte er. »Ich bin sehr zufrieden mit der Verarbeitung der Kleider, die Sie mir verkauft haben, und ich freue mich, Ihnen den verlangten Preis zahlen zu können.«

Ungläubig schüttelte Demir Sandal den Kopf. Dann schnalzte er mit der Zunge und sagte: »Oh, Allah, was für ein großer Mann! Jak Bey …«

»Danke, Demir Bey.«

Jak wollte, dass Sandal verschwand, bevor Estelle zurückkam. Sie sollte nicht sehen, was er gerade für ihren Mann gekauft hatte, und er wollte nicht schon wieder eine der üblichen Auseinandersetzungen miterleben.

Blitzschnell steckte Demir Sandal das Geld ein und erhob sich. »Also gut, Jak Bey. Ich muss los«, sagte er. »Hab in der Stadt noch einiges zu tun. Ein Mann kommt hier nur selten zur Ruhe …«

»Vergessen Sie nicht, mir eine Frau zu besorgen!«, unterbrach ihn Balthasar.

»Natürlich nicht, Balthasar Bey. Ich werde mich sofort um Ihr Problem kümmern.« Er schüttelte dem Mann im Rollstuhl die Hand und sagte dann zu Jak: »Ach ja, ich hatte Ihnen ja noch etwas versprochen, nicht wahr?«

Damit griff er in sein Jackett und zog eine Videokassette hervor, die schon bessere Zeiten gesehen hatte.

»Nagelneu und einzigartig«, meinte er und drückte dem eher widerwilligen Jak die Kassette in die Hand. »*Frauen mit Seeschlangen*«, flüsterte er. »Mit diesem bemerkenswerten Video werden neue Maßstäbe gesetzt, Jak Bey. Die Engländer werden es lieben, das verspreche ich Ihnen. Ich kann so viele Kopien ziehen, wie Sie wollen, für nur zwanzig amerikanische Dollar pro Stück.«

Irgendwie gelang es Jak schließlich, Sandal aus der Wohnung zu komplimentieren. Als der Händler verschwunden war, ging er ins Wohnzimmer zurück und warf das Video in den

Papierkorb. Er war so voller Vorfreude nach Istanbul zurückgekehrt, doch jetzt hatte er die Nase voll – von Balthasar und seinem ständigen Gejammer, von Estelles Elend, vom Verkehr, vom Tauschhandel und von der Art und Weise, wie sein Neffe und dessen Frau zum Gegenstand der lüsternen Fantasien seines Bruders geworden waren. Was Berekiah und Hülya miteinander anstellten, war ihre Sache. Jak setzte sich in einen Sessel und schaute eine Weile angewidert zu, wie Balthasar geifernd in einem der Magazine blätterte. Er fragte sich, ob er seinen Rückflug wohl vorverlegen könnte, griff nach dem Telefonbuch und suchte die Nummer des Büros von British Airways heraus.

»İkmen!«

Der Inspektor drehte sich um und wurde von einer wahren Wolke aus Purpur und Silber förmlich geblendet.

»Gonca?«

Die Zigeunerin überquerte die Straße und hakte sich bei ihm unter. Wie lange hatte sie wohl vor der Wache auf der Lauer gelegen und auf ihn gewartet?

»Lassen Sie uns in die Wohnung des Magiers gehen und miteinander reden«, sagte sie.

»Ich habe die Schlüssel im Büro«, erwiderte İkmen.

»Dann sollten wir sie holen.«

Zweifelnd schaute er sie an.

»In Ordnung, ich warte hier draußen auf Sie«, meinte sie lachend. »Aber wenn Sie in zehn Minuten nicht zurück sind …«

»Was wollen Sie von mir, Gonca?«

Plötzlich nahm ihr Gesicht einen ernsten Ausdruck an. »Gestern Abend ist jemand aus meinem Volk gestorben. Die Tochter eines Pferdekutschers von den Inseln.«

»Woher wissen Sie das?«

»Tja …« Sie hüllte sich in geheimnisvolles Schweigen.

Doch so leicht ließ İkmen sich nicht täuschen. Die Zigeuner auf den Inseln waren zwar arm, aber sie verfügten über die gleichen Kommunikationsmittel wie die Leute in der Stadt.

»Ein erstaunliches Ding, so ein Mobiltelefon«, meinte er.

»Alle Technologie entspringt der Kreativität des Menschen, İkmen«, sagte sie lächelnd. »Und das ist Magie.«

Nachdem er den Schlüssel geholt hatte, gingen der Polizeiinspektor und die Zigeunerin Arm in Arm zur Wohnung von Max Esterhazy. Für diese Jahreszeit schien die Sonne noch ungewöhnlich stark, und Gonca reckte ihr genießerisch das Gesicht entgegen.

»Vom Offenkundigen einmal abgesehen: Betrifft Sie dieser Mord auf Büyük Ada in irgendeiner Weise persönlich?«, fragte İkmen, der inständig hoffte, dass seine Frau ihnen nicht begegnete.

»Ich hatte gestern Abend Besuch von jemandem, den Sie kennen«, sagte Gonca. »Ein wirklich netter junger Mann …«

»Gonca!« İkmen blieb abrupt stehen und wandte sich ihr zu. »Sagen Sie mir nicht, dass Sie Oberwachtmeister Karataş verführt haben!«

»Nein, nein!«, lachte sie. »Nein, ich habe meine ›Beziehungen‹ zur Polizei in letzter Zeit nicht ausgeweitet, das kann ich Ihnen versichern, so gerne ich es auch getan hätte. Aber …«

»Also ist Wachtmeister Yıldız bei Ihnen gewesen.«

»Keine Namen, bitte«, sagte sie. »Jemand, den diese ganzen Toten sehr beunruhigen, kam zu mir. Ein Selbstmord, zwei Morde. Er, also diese Person, benutzte das Wort ›Ritual‹. Jugendliche, die an verschiedenen Orten in der Stadt ermordet werden; junge Schüler eines Magiers. Seltsam, dachte ich, dass derart ähnliche Morde in so grundverschiedenen Vierteln geschehen. Und dann, heute Morgen …«

»Gonca, wir sind uns der Tatsache bewusst, dass zwischen diesen Morden möglicherweise eine Verbindung besteht – und dass Max das verbindende Element sein könnte.«

»Wir müssen mehr über diese toten Jugendlichen herausfinden, İkmen«, sagte sie.

»Das ist nicht mein Fall, Gonca.«

»Oh«, sagte sie. »Dann sollten wir vielleicht mit Inspektor Süleyman reden.«

»Er ist drüben auf Büyük …«

»Und verschwendet seine Zeit.« Gonca schaute İkmen eindringlich an. »Wissen Sie, ich wollte Süleyman schon immer näher kennen lernen. Ich habe so viel über ihn gehört. Außerdem weiß ich, dass er äußerst attraktiv ist, und ich frage mich, ob er vielleicht Hilfe braucht.«

Mit einer raschen Bewegung zog sie İkmen das Mobiltelefon aus der Innentasche des Jacketts, hielt es ihm unter die Nase und sagte: »Rufen Sie ihn an.«

»Was genau wollen Sie wissen, Gonca?«, erkundigte sich İkmen, während er Süleymans Nummer wählte.

»Ich will wissen, ob irgendetwas bei den Leichen gefunden wurde. Blumen, Früchte – solche Sachen. Oh, und ich brauche die Geburtsdaten der Opfer.«

»Hatten Sie nicht gesagt, Sie seien keine Kabbalistin?«, fragte İkmen leicht verärgert.

Sie führte ihn zum Vordereingang des Hauses, in dem die Wohnung des Magiers lag, und ging vor ihm die Treppe hoch. »Oh, das bin ich auch nicht«, sagte sie. »Aber jetzt, wo es vier Tote sind, haben wir ein Muster – das sehe selbst ich.«

18

İkmen war völlig perplex: Es gab tatsächlich einen jungen Mann, mit dem Gonca nicht flirtete. Das erschien ihm zwar ausgesprochen merkwürdig, aber vielleicht ärgerte sie sich ja darüber, dass Mehmet Süleyman sich nicht persönlich bemüht, sondern İsak Çöktin mit der gewünschten Information zu ihr geschickt hatte. Es konnte aber auch an der ein wenig feindseligen Haltung liegen, die der Kurde ihr gegenüber einnahm.

»Cem Ataman hat Selbstmord begangen«, sagte Çöktin. »Wieso wollen Sie etwas über ihn wissen?«

»Er ist mit einem Messer im Herzen gestorben«, sagte sie.

»Das hat er sich selbst angetan.« Çöktin wandte sich an İkmen. »Inspektor, ich bin nicht sehr erfreut über diese Vorgehensweise …«

»Sagen Sie ihr einfach, was sie wissen will, İsak«, meinte İkmen müde.

Einen Augenblick lang herrschte Schweigen; dann holte Çöktin sein Notizbuch aus der Tasche.

»Cem Ataman«, sagte er, »geboren am ersten Juli 1984.«

Die Zigeunerin notierte sich die Angaben auf einem Zettel und fragte dann: »Und die beiden jungen Mädchen …?«

»Inspektor!«

»Zum letzten Mal, İsak, beantworten Sie einfach ihre Fragen!«

Mit zusammengebissenen Zähnen schaute Çöktin in sein Notizbuch und murmelte: »Lale Tekeli, zwölfter Dezember 1985.«

İkmen zog eine Augenbraue hoch. Das gleiche Datum wie sein eigener Geburtstag, wenn auch natürlich nicht dasselbe Jahr.

»Und?«

»Ich suche ja schon!«, sagte Çöktin ungehalten. »Gülay Arat, erster Januar …«

»Okay, okay. Nun sagen Sie mir, wo genau diese Kinder gefunden wurden«, unterbrach ihn die Zigeunerin. »Kommen Sie, Blauauge, beeilen Sie sich!«

Ach, das ist es also, dachte İkmen: Sie mag seine blauen Augen nicht, weil sie Angst hat vor dem Unglück, das sie bringen könnten. Wie so viele zutiefst abergläubische Menschen trug Gonca überall an ihrer Kleidung traditionelle blaue Boncuks – Glasperlen, denen man schützende Wirkung gegen den »bösen Blick« zuschrieb.

Çöktin, dem die Anwesenheit der Zigeunerin nach wie vor missfiel, gab ihr die gewünschte Auskunft. Daraufhin wandte sie sich an İkmen: »Und wann wurde dieses Mädchen geboren – nicht die Zigeunerin, sondern die Kleine, die der Magier auf Büyük Ada treffen sollte?«

»Ich weiß es nicht. Warum?«

»Dann finden Sie es heraus, İkmen.«

»Erst wenn Sie mir sagen, worauf Sie hinauswollen«, erwiderte İkmen. »Ich vermute, es hat etwas mit Astrologie zu tun …«

»Nicht nur mit Astrologie. Schauen Sie.«

Sie zeichnete eine grobe Skizze von Istanbul – im Grunde waren es nur drei Kreise, von denen einer die Altstadt, ein anderer die Neustadt und der dritte den asiatischen Teil darstellte.

»Der Junge starb in Eyüp, also hier«, sagte sie. »Am oberen Ende des Goldenen Horns, im Westen der Stadt.«

»Und das Mädchen wurde drüben in Anadolu Kavağı getötet«, sagte Çöktin. »Worauf wollen Sie hinaus?«

»Anadolu Kavağı liegt im Norden.« Gonca markierte die ungefähre Position mit einem Kreuz. »Und der dritte Mord geschah in Yediküle – im Süden.«

»Aber die Zigeunerin …«

»… wurde im Osten ermordet«, sagte Gonca. »Ich muss wissen, ob das Mädchen, das Ihr Magier treffen wollte, entweder im Sternzeichen der Zwillinge, der Waage oder des Wassermanns geboren wurde.«

»Aber warum?«

»Wenn es so ist«, sagte die Zigeunerin, »dann wissen wir genau, was Ihr Magier vorhat.«

»Und das wäre?«, fragte İkmen.

»Er will ein großes Ritual vollziehen«, erklärte Gonca, »das umso mächtiger ist, wenn man es mit menschlichem Blut eröffnet.«

Turgut war verschwunden. Die Polizei hatte ihn offenbar ohne Anklageerhebung auf freien Fuß gesetzt, und nun fehlte von ihm jede Spur. Da der Mann ihrer Freundin Leyla inzwischen nach Hause zurückgekehrt war, stand Ülkü praktisch ohne Dach über dem Kopf da. Außerdem war sie so gut wie mittellos. Selbst wenn sie zu ihrer Mutter hätte zurückkehren wollen, hätte sie niemals genug Geld für die Reise aufbringen können. Noch nie hatte Ülkü sich so verängstigt und allein gefühlt.

Wenn sie wenigstens ihre restlichen Sachen aus Max' Wohnung hätte holen können! Doch jedes Mal, wenn sie vor dem Haus stand, sah sie Polizisten hineingehen oder hinauskommen und traute sich nicht, sie anzusprechen und um ihre Habe zu bitten. Außerdem fragte sie sich noch immer, was an dem Tag von Max Beys Verschwinden geschehen war, als Turgut sie allein gelassen hatte, um seine Zigaretten zu holen. Was, wenn er in dieser knappen Minute etwas Böses angestellt hatte? Aber das hätte sie doch hören müssen, oder? Warum hatte sie den Polizisten nur nichts davon erzählt! Jetzt war es zu spät. Wenn sie es ihnen jetzt sagte, würden sie bestimmt böse werden und sie vielleicht sogar schlagen.

Ülkü lehnte den Kopf gegen eine Hauswand, schloss die Augen und dachte, hoffentlich kommt Max Bey bald zurück – wenn er dazu noch in der Lage ist. Sie mochte ihren Lehrer wirklich sehr. Er war immer gut zu ihr gewesen, und wenn er auch manchmal Dinge tat, die sie eigenartig fand, so war er deswegen doch kein schlechter Mensch. Er besaß zwar all diese Bücher voller erschreckender Bilder, aber das hieß noch lange nicht, dass er der Teufel in Menschengestalt war. Damals, als er sie von zu Hause weggeholt hatte, hatte er ihrer Mutter erzählt, er habe es sich zur Aufgabe gemacht, gegen das Böse zu kämpfen. Ülkü wusste, dass er ein guter Magier war und sie mit seiner Unterstützung eines Tages eine reiche und gebildete Frau geworden wäre. Er hatte nie mehr von ihr verlangt als ein wenig Hilfe im Haushalt und Fleiß beim Lernen, und er hatte sie nie zu sexuellen Handlungen gezwungen – im Gegensatz zu Turgut.

Was sollte sie nur tun? Sie konnte sich nicht ewig in der Nähe seines Hauses aufhalten, und außerdem hatte sie Hunger. Ülkü öffnete die Augen und beobachtete, wie Touristen in lässiger, modischer Kleidung an ihr vorübergingen, in der einen Hand einen Reiseführer, in der anderen eine Getränkedose, aber auch Einheimische, die von einem Ort zum anderen hasteten, oftmals mit Tüten voller Lebensmittel. Ob sie sich wohl etwas erbetteln konnte? Ein Stück weiter in Richtung Hagia Sophia entdeckte sie eine Gruppe anatolischer Bettlerinnen. Sie würden zwar sicher etwas dagegen haben, dass sie sich zu ihnen gesellte, aber vielleicht konnte sie sich von ihnen abschauen, wie man es am besten anstellte, und es dann an einem anderen Ort versuchen.

Ülkü wollte gerade losgehen, als für den Bruchteil einer Sekunde ein vertrautes Gesicht vor ihr auftauchte. Sie konnte es gar nicht fassen: Er hatte sie angeschaut und völlig ignoriert! Warum hatte er das getan – er musste doch wissen, dass sie nach ihm Ausschau hielt? Ülkü nahm ihre wenigen Habseligkeiten und folgte der Gestalt, die die Straße hinuntereilte.

Mittlerweile verfügten sie über einen richtigen Stadtplan, auf dem İkmen die vier Tatorte markiert hatte.

»Es sind die Kleinigkeiten, auf die es ankommt«, sagte Gonca zu Çöktin, während sie eines von Max' Büchern auf den Schreibtisch zurücklegte und sich setzte. »Zum Beispiel wurde das Mädchen in Yediküle, einem Stadtviertel im Süden, ermordet, umgeben von Limonen. Die Limone korrespondiert mit der kabbalistischen Sephira Hod, welcher der Erzengel Michael zugeordnet ist, der Hüter der südlichen Himmelsrichtung. Das Mädchen war Schütze – ein Zeichen des Feuers, also des von Michael gehüteten Elements und zugleich jenes, das in der südlichen Himmelsrichtung existiert und über dieses Portal zugänglich ist.«

»Was für ein Portal?«

»Wenn ein Magier ein Ritual vollziehen will, muss er dies innerhalb eines geschützten Ortes tun«, erklärte Gonca. »Also schafft er einen magischen Kreis, innerhalb dessen er tätig werden kann; er öffnet die vier Portale Norden, Süden, Osten und Westen und ruft die Hilfe und den Schutz der Hüter an, der Engel der vier Himmelsrichtungen. Danach umgibt er sich mit möglichst vielen Dingen, die ihnen zugeordnet sind – sozusagen als Unterstützung bei dem Versuch, diese Wesen anzurufen und auf unsere Bewusstseinsebene herunterzulocken.«

»Die Korrespondenzen«, sagte İkmen.

»Ja. Die Limone ist eine Frucht, die dem Süden und dem Erzengel Michael zugeordnet wird. Das nördliche Portal korrespondiert mit der Erde, also passte der Kristall, den Sie bei der jungen Arat entdeckt haben, genau zu diesem Portal, das vom Erzengel Sandalphon gehütet wird.«

Çöktin schüttelte den Kopf. »Ich verstehe zwar, worauf Sie hinauswollen«, sagte er. »Aber Tatsache bleibt doch, dass Cem Ataman sich das Leben genommen hat – er hatte nichts von diesem Zeug bei sich. Und die junge Zigeunerin passt auch nicht in Ihr Muster, denn sonst müsste sie entweder im Sternzeichen der Zwillinge, der Waage oder des Wassermanns geboren sein. Von ihr weiß aber niemand, wann genau sie zur Welt gekommen ist.«

»Fitnat Topal ist Zwilling«, sagte İkmen, »und wenn wir einmal davon ausgehen, dass sie ursprünglich als Opfer vorgesehen war ...«

»Vielleicht ist ja auch einiges von dem ›Zeug‹, wie Sie es nennen, austauschbar«, sagte Gonca zu Çöktin. »Vielleicht hat er ja bei der Zigeunerin einen passenden Duft verwendet, der sich mittlerweile verflüchtigt hat.«

»Mag sein, aber Cem Ataman hat sich umgebracht, und im Gegensatz zu den anderen war er männlich. Außerdem gibt es keinerlei Anzeichen dafür, dass er sexuell missbraucht worden ist«, beharrte Çöktin. »Die einzige Verbindung zwischen Cem und den beiden Mädchen besteht darin, dass sie alle irgendwann Englischunterricht bei Max Esterhazy hatten.«

İkmen zündete sich eine Zigarette an und setzte sich neben Gonca. »Çöktin hat nicht Unrecht«, sagte er. »Aber nehmen wir mal an, dieser ziemlich asymmetrische Kreis, von dem Sie gesprochen haben, existiert wirklich und ist vollständig – was wird der Magier als Nächstes tun?«

»Er wird ein Ritual vollziehen«, sagte sie. »Im Zentrum des Kreises.«

»Was für ein Ritual?«

»Das hängt davon ab, welches Ziel er verfolgt. Es gibt die unterschiedlichsten Rituale – Rituale der Reinigung, des Schutzes, des Angriffs, oder solche, die Glück oder Unglück anziehen. Da müssen Sie schon den Magier selbst fragen. Ich weiß nur eines: Indem er einen Ring um die Stadt zieht, will er das Ritual auf ganz Istanbul wirken lassen. Wenn ich mich nicht täusche, hat er Stätten großer spiritueller Kraft gewählt, um die Portale zu öffnen – Eyüp, die Festung Yediküle, das Kloster des heiligen Georg und die Burg Yoroz Kalesi. Islamisch, christlich und heidnisch. Und er hat diese Portale mit Blut geöffnet«, fügte sie düster hinzu. »Vier Blutopfer – nichts hat mehr Macht als menschliches Blut.«

İkmen schaute auf den Stadtplan und fuhr sich mit der Hand übers Gesicht. »Es ist kein richtiger Kreis«, sagte er. »Wo also befindet sich das Zentrum? Wenn ich hier eines sehe, dann ist es der Bosporus.«

»Das wäre durchaus möglich«, meinte Gonca.

»Ja, aber dann bräuchte er ein Boot.«

»Ein Boot?«, sagte sie lächelnd. »Er ist ein Magier, İkmen. Durch das Blut hat er an Macht gewonnen. Und außerdem leben wir in einer Hafenstadt; hier bekommt man jederzeit ein Boot.«

»Mag sein. Aber erfordert dieses Ritual im Zentrum weiteres Blut?«

Gonca zuckte die Achseln. »Wie ich schon sagte: Es hängt davon ab, welches Ziel er verfolgt. Ich weiß nicht genug darüber, um Genaueres sagen zu können. Aber wenn er unheilvolle oder extrem starke Mächte anrufen will, dann vielleicht schon. Er ist Ausländer, nicht wahr?«

»Engländer.«

»In diesem Fall könnten sämtliche seiner Schritte von den magischen Traditionen seines Heimatlands beeinflusst sein.«

Oder seiner Heimatländer, dachte İkmen besorgt. Max war zwar dem Pass nach Engländer, aber möglicherweise spielte auch seine Abstammung eine Rolle – und es ließ sich schwer einschätzen, inwieweit er von den Überzeugungen seines Vaters beeinflusst worden war.

»Sie müssen diesen Mann finden, İkmen!«, sagte Gonca. »Er könnte immensen Schaden anrichten. Für ein großes Ritual wie dieses, egal, ob gut oder schlecht, muss er Dämonen ebenso beschwören wie Engel, schon allein, um das Gleichgewicht zu wahren. Mir wird angst und bange, wenn ich daran denke, welche Kräfte er entfesseln könnte.«

»Wenn Ihre Vermutungen zutreffen, hat er das bereits getan«, sagte İkmen. »Wie Sie wissen, sind wir natürlich längst auf der Suche nach ihm, allerdings ohne den geringsten Erfolg.«

Gonca lächelte.

»Bis jetzt hat er immer seine Schüler benutzt, sie irgendwie zu sich gelockt«, sagte Çöktin, der in Gedanken versunken dagesessen hatte. »Vielleicht kommen wir auf die Weise an ihn heran. Ich finde, wir sollten zumindest mit allen in seinem Adressbuch verzeichneten Personen Kontakt aufnehmen und sie warnen.«

»Ja«, sagte İkmen. »Kümmern Sie sich bitte sofort darum, İsak.«

Çöktin nahm das Adressbuch und murmelte: »Nach dem Aufruf in den Zeitungen haben sich ein paar Leute gemeldet. Die nehme ich mir zuerst vor.«

»Gut. Und drehen Sie immer die letzten beiden Zahlen um«, sagte İkmen. »Ich weiß zwar noch nicht, was die Buchstaben vor jeder Telefonnummer bedeuten, aber machen Sie einfach weiter wie bisher.«

»Mir ist etwas aufgefallen«, sagte Gonca. »Die Nummern sind nur nach einigen wenigen Buchstaben sortiert.«

»Was meinen Sie damit?«

»Die zwölf Tierkreiszeichen«, fuhr die Zigeunerin fort. »Das sind die Buchstaben, um die es geht. Ihr Magier muss all seine Kontakte nach ihrem Geburtstag gefragt haben. Wie süß!«

Çöktin ließ sich neben dem Telefon nieder und griff nach dem Hörer.

İkmen drückte seine Zigarette aus und zündete sich sofort eine neue an. »Damit haben Sie wahrscheinlich ein weiteres Geheimnis gelöst«, sagte er lächelnd. »Sie wissen hoffentlich, wie sehr ich Ihre Hilfe in dieser Angelegenheit zu schätzen weiß, Gonca. Bestimmt hätten Sie Besseres zu tun.«

»Schon möglich. Aber wenn dieser Mann eine Gefahr für unsere Stadt darstellt …«

»Ach, das glaube ich nicht«, meinte İkmen. »Wenn es hier wirklich um Max Esterhazy geht und nicht um irgendeinen Wahnsinn, in den Sie und ich hineingeraten sind, dann scheint mir das eher unwahrscheinlich. Er liebt Istanbul, jedenfalls habe ich das immer angenommen.«

»Vielleicht versucht er ja, die Stadt zu schützen«, überlegte Gonca. »Ich erinnere mich, dass İbrahim Dede sich bei unserem Gespräch dahingehend geäußert hat. Und İbrahim Dede ist ein sehr weiser Mann. Vielleicht reagiert Ihr Freund ja auf die Schändungen der letzten Zeit oder sogar auf die drohende Kriegsgefahr.«

»Aber auf welche Art und Weise!«

Gonca legte ihre große Hand auf sein Knie. »Ach, İkmen«, sagte sie. »Der Zweck heiligt die Mittel.«

Schockiert schaute er sie an. »Daran glauben Sie doch nicht etwa, oder?«

Sie zuckte die Achseln. »Richtig und Falsch, Schwarz und Weiß – im kosmischen Plan sind diese Konzepte bedeutungslos. Letztlich zählt nur das Gleichgewicht, und die Wahrung des Gleichgewichts. Ihre Mutter war eine Hexe, İkmen, also müssten Sie doch ein wenig Verständnis dafür aufbringen.« Sie lachte. »Gerade erst haben Sie sich für meine Hilfe bedankt. Bis jetzt helfe ich Ihnen ohne Gegenleistung, aber was würden Sie sagen, wenn ich Ihnen ab jetzt nur noch helfe, wenn Sie mit mir schlafen?«

»Also, ich …«

»Eine schwierige Entscheidung, nicht wahr, İkmen?« Sie hielt kurz inne, um sich eine ihrer schwarzen, stinkenden Zigarren anzuzünden. »Mittel und Zweck.« Dann lachte sie erneut und meinte: »Keine Sorge, das war rein hypothetisch gesprochen. Wie Sie wissen, bevorzuge ich junge Männer, und falls ich einen Lohn für meine Dienste einfordern sollte, würde ich einen weitaus hübscheren und weniger interessanten Mann wählen, als Sie einer sind.«

»Wie gehen wir also weiter vor?«, fragte İkmen, doch ein wenig erleichtert. »Wenn wir einmal annehmen, dass dieses Ritual vollzogen wird oder schon vollzogen wurde ...«

»Oh, ich glaube nicht, dass es bereits geschehen ist«, sagte Gonca. »Doch solange wir nicht wissen, worum es Max geht, wissen wir auch nicht, was für ihn der günstigste Zeitpunkt ist.«

»Bis jetzt hat er immer nachts zugeschlagen.«

»Richtig. Außerdem ist es selbst mitten auf dem Bosporus nachts einfacher, ein Ritual zu vollziehen oder ein Verbrechen zu begehen oder beides. Und İkmen – nachdem er diese Portale geöffnet hat, wird er sein Werk bald verrichten wollen, weil er sonst wieder an Macht verliert.«

»Ich spreche besser sofort mit meinem Vorgesetzten«, meinte İkmen, ließ jedoch gleich darauf die Schultern sinken. »Aber was soll ich ihm sagen ... Ardiç wird glauben, ich wäre endgültig durchgedreht.«

»Warum gehen Sie dann nicht gemeinsam mit dem hübschen Süleyman hin, dem Osmanen?«, fragte Gonca. »Bestimmt wird Ardiç einem so soliden und aufrechten Beamten gern glauben. Und falls er zuerst hier vorbeikommt, gibt mir das die Gelegenheit, ihn richtig kennen zu lernen.«

İkmen bedachte sie mit einem zynischen Blick. Ob Zigeunerin oder nicht – allzu viel schien sie über Süleyman nicht zu wissen, abgesehen natürlich von seiner legendären Physiognomie.

»Lassen Sie die Finger von Süleyman«, sagte er. »Er ist ein verheirateter Mann.«

Gonca lachte. »Und ich bin eine verheiratete Frau, das passt doch prima, oder? Schwarz und Weiß, Gut und Böse – nichts als zwei Seiten derselben Medaille, İkmen.«

Was für eine dehnbare Moral! Dabei hatte er derlei Meinungen schon des Öfteren zu hören bekommen, und zwar stets von

Leuten, die mit dem Unsichtbaren, Mysteriösen zu tun hatten. Seine Mutter war auch so gewesen – wahrscheinlich hätte man die ganze mütterliche Seite seiner Familie nach herkömmlichen Maßstäben als amoralisch bezeichnen können. Amoralisch, aber nicht böse. Die Beschwörung von Dämonen hingegen gehörte zweifellos zur Kategorie des Bösen. İkmen hatte immer den Eindruck gehabt, Max sei gegen derlei Praktiken gewesen. Aber wenn das Gleichgewicht, von dem Gonca sprach, in Gefahr war …

Das Marmarameer wirkte ungewöhnlich still und sauber, so als hätte eine uralte Gottheit mit der Hand darüber gestrichen und dem Wasser befohlen, sich zu reinigen und zu beruhigen. Doch wie jeder Bewohner Istanbuls wusste auch Süleyman, dass Öl, Abfälle, Quallen und jede Menge andere Schrecken in diesen Gewässern lauerten. Heute, am Tag der Überführung der Leiche der jungen Gülizar in die Stadt Konstantins des Großen, herrschte warmes, klares Wetter, und das Meer glitzerte wie ein blauer Juwel.

Die Vorstellung, dass Max Esterhazy in eine derart schreckliche Tat verwickelt sein könnte, quälte Süleyman. Doch letztlich wusste niemand etwas Genaues. Niemand, auf den Max' Beschreibung passte, war auf Büyük Ada gesehen worden. Vielleicht hatte er allerdings schon vorher ein Boot gemietet, und falls İkmen in Bezug auf Max' nächsten Schritt Recht behielt, würde er dieses Boot vermutlich erneut benutzen. Rituale und Beschwörungen – das klang alles eher nach dem fünfzehnten als nach dem einundzwanzigsten Jahrhundert! Was Ardiç von dem Personalaufwand hielt, den İkmen betrieb, um Bootshäfen abzuklappern und das Ufer zu überwachen, mochte er sich gar nicht vorstellen. Aber der Polizeipräsident hatte die Maßnahmen bewilligt, also musste İkmen mit ihm darüber gesprochen haben. Süleymans älterer Kollege beherrschte die Kunst der Notlüge – oder besser gesagt, den ökonomischen Umgang mit der Wahrheit – wie kein anderer.

Bald würde Süleyman endlich seine Frau anrufen und ihr die gute Nachricht von seinem Testergebnis mitteilen. Er hatte das schon seit geraumer Zeit tun wollen, doch irgendetwas hatte ihn davon abgehalten. Was, wenn das Ergebnis für sie keine Rolle spielte? Solange er nicht wusste, ob er sich infiziert hatte, konnte er seine Ehe als »auf Eis gelegt« betrachten; doch wenn Zelfa ihn nun abwies, bedeutete das so gut wie sicher das Ende. Das Klingeln seines Mobiltelefons schreckte ihn aus seinen Gedanken.

Obwohl er wusste, dass es kaum seine Frau sein würde, drückte er mit zitternder Hand auf den Empfangsknopf.

»Süleyman.«

»Guten Tag, Inspektor.« Es war die unverkennbare, sanfte Stimme von Adnan Öz, Hüsnü Gunays Anwalt.

Süleyman ging sofort in die Offensive. »Warum rufen Sie mich an, Herr Öz? Was wollen Sie?«

»Ich möchte Ihnen mitteilen, dass mein Klient, Herr Gunay, sich gerne einem Handschriftentest unterziehen würde, um zu beweisen, dass er weder das Bild im Hammer gezeichnet noch die Wände der Kirche Panaghia Mouchliotissa geschändet haben kann.«

»Nun, das ist sehr schön, Herr Öz ...«

»Mein Klient hofft, dass er mit einem solchen Test ein für alle Mal Ihre Annahme widerlegen kann, der Hacker Mendes und er seien ein und dieselbe Person. Eine zügige Lösung dieser Angelegenheit hätte auch zur Folge, dass der Beamte, über den wir sprachen, seinerseits keinen rechtlichen Beistand benötigen würde.«

Mit anderen Worten: Wenn Süleyman mitspielte und offiziell bestätigte, dass Gunay und Mendes zwei verschiedene Personen waren, würde Çöktins Beteiligung an der kurdischen Filmindustrie ein Geheimnis bleiben. Obwohl Süleyman seinen Assistenten unbedingt schützen wollte, ärgerte ihn Öz' selbstherrliche Vorgehensweise. »Sparen Sie sich Ihre Drohungen, Öz«, sagte er. »Ich werde dafür sorgen, dass umgehend eine Analyse vorgenommen wird. Aber wenn Ihr Klient der Hacker ist oder Gotteshäuser geschändet hat, dann landet er vor Gericht.«

»Da trifft es sich ja gut, dass Herr Gunay unschuldig ist, nicht wahr?«

»Warten wir ab, was der Experte dazu sagt«, erwiderte Süleyman und beendete das Telefonat mit finsterer Miene.

Der Hammer und seine Besucher waren auf einmal sehr weit weg. Bis in die frühen Morgenstunden hatte er sich in Gedanken nur damit beschäftigt, doch inzwischen sah die Situation vollkommen anders aus. Max Esterhazy war zu einem Teil der Gleichung geworden, allerdings auf eine Art und Weise, die Süleyman nur schwer begreifen konnte. Dieser ganze Zauberkram mochte für İkmen nachvollziehbar sein, er selbst jedoch fand sich nicht damit zurecht – schließlich hatte Max dieses Thema ihm gegenüber nur selten angesprochen. Auf jeden Fall würde es nicht leicht werden zu beweisen, dass der Magier die drei Mädchen getötet hatte; bislang gab es weder DNA-Spuren noch Zeugen. Und auf Dauer hatte İkmen kaum eine Chance, den Fall nur anhand von Indizien weiterzuverfolgen. Zwar hatte Max drei der vier jungen Leute Unterricht gegeben, und es gab Grund zu der Annahme, dass an den Schauplätzen der Morde irgendwelche Rituale vollzogen worden waren, doch ohne eine Aussage von Ülkü Ayla bezüglich Max' Alibi für die Nächte, in denen die drei Mädchen umgebracht worden waren, konnte man ihm keine der Taten zur Last legen. Süleyman hatte versucht, mit dem Mädchen in der Wohnung ihrer Bekannten Kontakt aufzunehmen, doch offenbar war Ülkü Ayla verschwunden.

Ihm schwirrte der Kopf vor Gedanken an seine Frau, an Max, Ülkü Ayla und Çöktin. Süleyman steckte das Telefon wieder ein und hielt das Gesicht in den warmen Marmarawind.

19

Obwohl İkmen nicht zu melodramatischen Fantasien neigte, hatte er angenommen, sein Wiedersehen mit Max Esterhazy würde unter eher gefährlichen Umständen vonstatten gehen. Niemals hätte er sich träumen lassen, dass er eines Tages beinahe achtlos an ihm vorbeilaufen würde.

Der Weg, der auf dem Eminönü-Ufer unter der Galata-Brücke hindurchführte, war ein recht zwielichtiger Ort, an dem man neben heruntergekommenen öffentlichen Toiletten nachts auch reihenweise Betrunkene und Obdachlose finden konnte. Tagsüber war es dort erträglicher, und selbst İkmen kaufte an den Ständen unter der Brücke gelegentlich ein Billigfeuerzeug oder eine Packung gefälschter Marlboro-Zigaretten. Heute hatte er jedoch anderes im Sinn. Nachdem er eine Weile beobachtet hatte, was an den Fähranlegern nach Üsküdar und für die Bosporus-Tour vor sich ging, beabsichtigte er nun gemeinsam mit Wachtmeister Yıldız den Anleger auf der anderen Seite der Brücke unter die Lupe zu nehmen, wo die Privatboote lagen. İkmen dachte daran, wie er es geschafft hatte, Ardiç zu einem derart aufwändigen Polizeieinsatz zu bewegen, als er auf einmal Max sah. Auch wenn der Magier irgendwie kleiner wirkte als sonst und in der Menge fast unterging – was für einen so auffälligen Mann eigentlich unmöglich war –, bestand kein Zweifel. İkmen nickte Yıldız zu, streckte den Arm aus und packte seinen alten Freund am Handgelenk. »Max!«

Der Magier drehte sich um, und es schien, als verwandele er sich dabei wieder in sich selbst – einen großen, ausländischen, auffälligen Mann.

»Çetin!«, sagte Max freudig und ohne den geringsten Anflug von Unsicherheit.

Yıldız stellte sich hinter Max und legte eine Hand ans Pistolenhalfter.

»Wir haben dich gesucht, Max«, sagte İkmen auf Englisch. »Wir haben uns große Sorgen gemacht.«

»Wirklich?«, fragte der Magier lächelnd. »Aber warum, was war denn los?«

»Wir müssen reden«, wich İkmen aus. »Mein Wagen steht gleich dahinten.«

»Das würde ich gern«, entgegnete Max. »Aber leider bin ich im Augenblick sehr beschäftigt …«

»Max, es geht hier nicht um einen privaten Plausch«, sagte İkmen.

Der Magier schaute ihn verwundert an und zuckte dann resigniert die Achseln. Hikmet Yıldız legte ihm eine Hand auf den Arm und geleitete ihn zusammen mit İkmen aus der Unterführung hinaus auf die Uferstraße.

İsak Çöktin räumte schnell seine Unterlagen vom Schreibtisch des Magiers, als İkmen, Yıldız und Max Esterhazy das Arbeitszimmer betraten.

»Bisher habe ich drei Schüler gefunden, deren Unterricht er abgesagt hat«, flüsterte er, nachdem İkmen mit ihm ins Wohnzimmer gegangen war.

»Gut.«

İkmen kehrte wieder ins Arbeitszimmer zurück, wo Hikmet Yıldız dem Magier gerade erklärte, was sie dort nach seinem Verschwinden vorgefunden hatten.

»Blut?« Max rieb sich nachdenklich das Kinn. »Mein Gott!«

»Wir dachten, es stammt von dir«, sagte İkmen. »Zumindest war es deine Blutgruppe.«

»Mein Blut ist es mit Sicherheit nicht«, antwortete Max und machte ein paar Schritte auf seinen Schreibtisch zu.

»Würdest du dich bitte hierher setzen?« İkmen deutete auf einen der Ledersessel in seiner Nähe; er fühlte sich wohler, wenn er Max' Hände im Blick hatte. »Wo bist du gewesen?«, fragte er und ließ sich ebenfalls in einem der Sessel nieder. »Und was hast du die ganze Zeit gemacht?«

»Oh, dies und das, du weißt schon …«

»Nein, ich weiß es eben nicht«, erwiderte İkmen in scharfem Ton. »Ich weiß nur, dass uns dein Hausmädchen am Dienstag hierher gerufen hat. Du warst verschwunden, und das ganze Arbeitszimmer war voller Blut. Der Letzte, der dich gesehen hat, ist der Hausmeister – und er sagt, du hättest etwa 15 Minuten nach dem Verlassen der Wohnung das Haus erneut betreten.«

»Nun, da hat sich der Hausmeister wohl geirrt.«

»Das glaube ich nicht.«

»Çetin, ich bin nicht hierher zurückgekommen. Ich habe das Haus seit Dienstagnachmittag um fünf nicht mehr betreten«, beharrte Max. »Ich war weg, ich hatte … zu tun.«

»Und wo warst du?«

Max beugte sich in seinem Sessel vor und sagte lächelnd: »Çetin, du weißt doch, was ich tue …«

»Natürlich weiß ich das«, erwiderte İkmen, »aber wenn du in Sachen Magie unterwegs warst, warum hast du deinem Hausmädchen dann nicht gesagt, wohin du wolltest?«

»Weil sie zu dem Zeitpunkt nicht da war, und weil sie das Ganze nichts angeht – übrigens genau wie dich, Çetin.«

»Aber jetzt geht es sie etwas an«, sagte İkmen, »denn als diese Wohnung zum Tatort wurde, musste Fräulein Ayla ausziehen.«

»Du glaubst doch wohl nicht, ich hätte vorher gewusst, dass ein Verrückter hier hereinspazieren und Blut verspritzen würde?«

»Ich habe nicht von verspritzen gesprochen.«

»Meinetwegen vollkleckern…«

»Möglicherweise ist hier jemand ermordet worden«, erklärte İkmen.

»Oh. Du hattest nichts von einer Leiche gesagt, deshalb nahm ich an …«

»Womit du übrigens richtig liegst«, entgegnete İkmen. »Aber sei vorsichtig mit deinen Vermutungen, Max.« Er schaute ihn einen Moment lang fest an und sagte dann: »Ich respektiere natürlich die Vertraulichkeit deiner Geschäfte, aber ich muss dich leider bitten, mir zu sagen, wo du am Dienstagabend nach deinem Verschwinden warst, ebenso wie am Mittwoch und gestern Abend.«

»Warum?«

»Beantworte einfach meine Frage, Max.«

Der Magier faltete die feingliedrigen Finger unter dem Kinn und lächelte. »Ich bitte dich, Çetin ...«

»Und komm nicht auf die Idee, mir etwas vorzumachen oder dich auf unsere Freundschaft zu berufen«, knurrte İkmen. »Einer meiner Kollegen ist hier in der Wohnung angeschossen worden. Also beantworte bitte meine Frage, und zwar sofort.«

Fast eine Minute lang blieb Maximillian Esterhazy wie versteinert sitzen, ohne etwas zu sagen. Nichts regte sich an ihm, nicht einmal seine Augen, die İkmen mit einem Ausdruck fixierten, den man als Wut hätte deuten können. Dann aber verzog er das Gesicht zu einem breiten, freundlichen Lächeln und sagte mit ruhiger Stimme: »Nun, wenn das so ist, sollte ich wohl besser den guten alten Sevan anrufen.«

»Du meinst Sevan Avedykian, den Anwalt?«, fragte İkmen.

»Genau den«, erwiderte Max grinsend. »Ein toller Kerl.«

İkmen nahm das Telefon von Max' Schreibtisch und reichte es ihm. »Bitte schön. Sag Herrn Avedykian, dass wir ihn auf der Wache erwarten.«

Max nahm das Telefon mit einem Achselzucken entgegen und schaute sich suchend nach seinem Adressbuch um. Ohne ein weiteres Wort erhob İkmen sich, ging zu Çöktin ins Nebenzimmer und holte es.

Die Nachricht, dass Max Esterhazy gefunden worden war, verbreitete sich in Windeseile. Und obwohl İkmen ihn nicht ausdrücklich darum gebeten hatte, kehrte auch Süleyman zur Wache zurück; im Fall der Zigeunerin Gülizar konnte er bis nach der Autopsie ohnehin nichts tun. Als er das Gebäude erreichte, kam Çiçek İkmen gerade heraus und wurde von einer etwas älteren, auffällig gekleideten Frau angesprochen, die eben auf den Haupteingang zusteuerte. Süleyman hoffte, auf diese Weise ungesehen an Çetins Tochter vorbeizukommen, doch natürlich bemerkten die beiden ihn.

»Inspektor Süleyman, stimmt's?«, sagte die ältere Frau und streckte ihm ihre eindrucksvoll beringte Hand entgegen. Dann fuhr sie mit einem Seitenblick auf Çiçek, die heftig errötet war, fort: »Inspektor, Sie und ich haben geschäftlich miteinander zu tun, durch einen gemeinsamen Freund.«

»Woher wissen Sie, wer ich bin?«, fragte er und nickte dann Çiçek förmlich zu.

»Ich bin Zigeunerin, ich weiß fast alles«, erwiderte Gonca lachend. »Und für alle Dinge, die ich nicht weiß, habe ich den Vater dieser jungen Dame. Außerdem brauche ich keine Hellseherin zu sein, um zu wissen, dass Mehmet Süleyman vor mir steht, der attraktivste Mann von Istanbul.«

»Ich wollte gerade meinen Vater besuchen«, sagte Çiçek, an Süleyman gewandt. »Aber er hatte zu tun; also habe ich ihm etwas ausrichten lassen.«

»Verstehe ...« Süleyman hätte gern etwas über das gesagt, was bei Çiçeks Besuch im Haus seiner Eltern zwischen ihnen vorgefallen war, fand aber im Beisein der Zigeunerin nicht die passenden Worte.

Çiçek lächelte, als wäre sie den Tränen nahe, und zuckte die Achseln. »Okay«, sagte sie, »ich gehe jetzt besser ...«

»Also dann ...«

Sie war so ein nettes Mädchen, und Süleyman verband viele gute Erinnerungen mit ihr. Als sie ein Teenager war, hatte er ihr manchmal Süßigkeiten mitgebracht – sehr zu ihrem Verdruss. »Davon werde ich zu dick, Onkel Mehmet«, hatte sie immer gesagt, »das ist wirklich gemein von dir!« Doch sie hatte dabei stets gelacht. Es war ihm auch nicht entgangen, dass sie jahrelang in ihn verschossen war, aber damals war es nur eine Schwärmerei gewesen. Seither hatte sich viel verändert – sie war zwar immer noch eine attraktive junge Frau, wirkte jedoch zutiefst unglücklich und einsam. Gleichzeitig wusste er, dass er sie immer nur wie eine Schwester lieben würde.

»Wir sehen uns später, Gonca Hanım«, sagte Çiçek und verabschiedete sich dann förmlich von Süleyman. »Auf Wiedersehen, Mehmet.«

»Auf Wiedersehen, Çiçek.«

Nachdem sie gegangen war, legte Gonca eine ihrer großen, schlanken Hände auf Süleymans Arm. »Das Mädchen mag Sie.«

»Und was wollen Sie von mir?«

Die Zigeunerin lachte. »Fragen Sie lieber, was ich nicht von Ihnen will«, scherzte sie anzüglich. »Aber leider bin ich heute nur hergekommen, um İkmen aufzusuchen.«

»Ich will auch zu ihm.«

»Oh, dann können wir ja zusammen gehen«, sagte Gonca. Etwas widerstrebend ließ Süleyman sich von ihr in die Wache begleiten.

İkmen erwartete sie schon in seinem Büro. Umgeben von Papieren, Zigarettenstummeln und Büchern und ohne sein obligatorisches Jackett wirkte er eher wie ein zerstreuter Gelehrter als wie ein hoher Polizeibeamter.

»Ah, gut, dass ihr beide gekommen seid«, sagte er und schenkte ihnen ein flüchtiges Lächeln. »Max Esterhazy ist gerade mit Sevan Avedykian unten in Vernehmungsraum 1.« Als er Goncas fragenden Gesichtsausdruck bemerkte, erklärte er: »Avedykian ist Esterhazys Anwalt.«

»Ach so.«

»Setzt euch doch«, forderte İkmen seine beiden Besucher auf und schilderte ihnen dann, wie er Max gefunden hatte und was danach geschehen war.

Nachdenklich runzelte Süleyman die Stirn. »Ob es so klug war, ihn festzunehmen? Schließlich ist das Hausmädchen verschwunden, und wir haben keinerlei forensische Beweise.«

»Ich weiß, aber was sollte ich tun?«, erwiderte İkmen. »Er wollte mir nicht sagen, wo er sich zum Zeitpunkt der Morde aufgehalten hat.«

»Er wird sich winden wie ein Aal«, meinte Gonca.

»Wem sagen Sie das.«

»Jedenfalls weiß er viel mehr als wir alle zusammen«, fuhr die Zigeunerin fort. »Er wird Sie wahrscheinlich auslachen, wenn er von den Verbindungen hört, die Sie ausgemacht haben.«

»Und vielleicht nicht zu Unrecht«, warf Süleyman ein. »Du weißt doch, dass ich diesen Hacker und außerdem zwei wegen Sexualdelikten vorbestrafte Männer aus dem Hammer in Untersuchungshaft genommen habe, oder? Ich ermittle immer noch in dieser Richtung.«

»Das ist auch sinnvoll«, sagte İkmen und setzte sich, »aber ich bin mir sicher, dass Max etwas verschweigt. Und ich lasse ihn erst gehen, wenn ich weiß, was es ist.«

Süleyman zuckte die Achseln.

Gonca, die neben ihm saß und eine Hand auf seinen Arm gelegt hatte, sagte lächelnd: »Wir werden es bald herausfinden, oder? Je mehr Zeit vergeht, desto nervöser dürfte der Magier werden.«

»Warum sollte er nervös werden?«, fragte Süleyman.

»Schauen Sie, mein Lieber, das ist so.« Gonca erläuterte ihm das Ritual zur Erzeugung eines magischen Kreises und die Problematik der vier inzwischen vermutlich geöffneten Portale.

Süleyman stützte resigniert den Kopf in beide Hände.

»Inspektor Süleyman tut sich mit solchen Erklärungen ein bisschen schwer – was ich gut verstehen kann«, sagte İkmen.

Gonca schaute den jüngeren Mann mitfühlend an. Dann wandte sie sich an den älteren und sagte eindringlich: »Wenn Sie Ihr Problem lösen wollen, müssen Sie es auf genau die Art und Weise tun, İkmen. Also hören Sie gut zu. Magier sind eine raffinierte Spezies, und Ritualmagier sind die gerissensten Schwindler, die man sich vorstellen kann.«

»Jak! Jak!«

Nicht schon wieder! Gerade hatte er sich hingesetzt und angefangen, den neuesten *Harry Potter* zu lesen.

»Jak, komm mal schnell!«

Mit einem wütenden Knurren erhob sich Jak Cohen aus dem Sessel und ging ins Wohnzimmer.

»Was ist denn jetzt schon wieder?«, fragte er seinen Bruder, der gerade mit einer Fernbedienung hantierte.

»Dieser Streifen hier, *Frauen mit Seeschlangen*«, beschwerte sich Balthasar, »sollte besser *Frauen mit Gummischlangen* heißen!«

»Bei Allah«, sagte Jak und hob entsetzt die Hände, »hast du das Ding etwa aus dem Müll gefischt?«

»Ja, ich …«

»Großer Gott!«, sagte Jak auf Englisch und fuhr dann auf Türkisch fort: »Du hast doch wohl nicht im Ernst gedacht, dass sie echte Seeschlangen auf die Mädchen loslassen, oder?«

Balthasar starrte auf die abstrusen Szenen auf dem Bildschirm. »Na ja …«

»Selbstverständlich sind sie aus Gummi, Balthasar. Echte Seeschlangen würden die Mädchen umbringen, erst recht wenn man bedenkt, was sie mit den armen Viechern machen!«

»Ja, aber …«

»Sieh dir den Mist an, wenn's unbedingt sein muss!«, seufzte Jak. »Aber bitte stöhn nicht dabei!« Dann deutete er gelangweilt auf den Fernseher: »Die Kleine da, die ist doch ganz nett. Stell dir einfach vor, sie würde dir einen blasen.«

Plötzlich wurde der Bildschirm schwarz.

»Na, dann eben nicht«, sagte Jak.

Er wollte die Kassette gerade aus dem Rekorder holen, als der Bildschirm anfing zu flackern und plötzlich ein nacktes kniendes Mädchen zu sehen war.

»Lass an! Lass an!« Balthasar scheuchte nervös seinen Bruder aus dem Weg. »Das ist schon besser.«

»Also wirklich …« Resigniert ließ Jak sich in einen Sessel sinken und starrte auf den Fernseher.

Ein dunkler Schatten, offenbar ein Mann, tauchte hinter dem Mädchen auf, das sich nicht regte und einen Augenblick lang direkt in die Kamera schaute. Erst als sie sich bewegte, legte er die Arme um sie, umfasste ihre Brüste und presste ihren Körper an sich.

»Hmm, wie aus dem prallen Leben«, brummte Balthasar sichtlich angetan.

»Grauenhafte Qualität«, urteilte sein Bruder. »Und irgendwie kommt mir das Ganze unheimlich vor …«

»Mag sein, aber trotzdem nicht übel.«

Sie schauten sich das Band weiter an – den Akt, die anscheinend echte Angst und danach die ebenfalls echt wirkende Lust des Mädchens. Jak fand das ungewöhnlich; seiner Erfahrung nach hatten Pornosternchen normalerweise ausdruckslose Augen. Und dann geschah etwas, das beide Männer zusammenzucken ließ – es ging so schnell, dass Jak das Band mehrfach zurückspulen musste, bis sie endlich verstanden, was da passierte. Als kein Zweifel mehr möglich war, nahm Jak das Band aus dem Rekorder und legte es vor den Fernseher. Eine Zeit lang schwiegen sie erschüttert, während Balthasar fieberhaft überlegte, was jetzt zu tun sei.

»Den Samstagabend habe ich so verbracht wie immer: Ich habe im Four Seasons in Beyoğlu gegessen und danach eine Bekannte besucht.«

»Was für eine Bekannte?«, fragte İkmen schroff.

Max Esterhazy lächelte. Er schien sich in dem winzigen, stickigen Raum mit dem kleinen Fenster und den überquellenden Aschenbechern wie zu Hause zu fühlen. Selbst der Spiegel, von dem alle Anwesenden wussten, dass es sich um eine Einwegscheibe handelte, schien ihn nicht im Geringsten aus der Fassung zu bringen.

»Eine Dame«, sagte Max. »Sie heißt Gül Özpetek, ist geschieden und wohnt in Şişli. Ich werde dir auch gern alle nötigen Details liefern. Und um deine nächste Frage vorwegzunehmen: Ja, ich war die ganze Nacht mit ihr zusammen, so wie meistens. Ülkü wird dir das bestätigen.«

»Dafür müssten wir erst einmal wissen, wo Ülkü ist«, meinte İkmen. »Da wir davon ausgehen mussten, dass Ihr Arbeitszimmer Tatort eines Verbrechens war, konnte sie leider nicht in Ihrer Wohnung bleiben«, fügte er hinzu und wechselte während der Vernehmung vom vertrauten Du zum offiziellen Sie.

»Ich verstehe.«

»Und bedauerlicherweise hält sie sich auch nicht mehr bei der Bekannten auf, die ihr Unterschlupf gewährt hatte.« İkmen fixierte sein Gegenüber. »Was ist am Dienstag passiert, Herr Esterhazy? Ihr Verschwinden …«

»Mein Mandant ist nicht verschwunden, Inspektor İkmen«, schaltete sich Sevan Avedykian leise ein. »Er hat um 17 Uhr das Haus verlassen und war von da an mit İrfan Şay zusammen, einem Herrn, der sich meines Wissens für Herrn Esterhazys Fachgebiet interessiert.«

Sevan Avedykian war, das wusste İkmen, ein pragmatischer Mensch, dem ein Wort wie Magie nicht leicht über die Lippen kam.

»Warum haben Sie Ihrem Hausmädchen nicht gesagt, wohin Sie gehen?«

»Herr Şay ist ein weithin respektierter Geschäftsmann; er möchte vermeiden, dass sein Interesse am Okkulten bekannt wird«, erklärte der Anwalt.

»Ich verstehe«, sagte İkmen, »aber das erklärt noch nicht, warum Ihr Mandant seinem Hausmädchen nicht gesagt hat, dass er länger fortbleiben würde. Er hätte ja eine Nachricht hinterlassen können. Herr Esterhazy, wann wollten Sie denn wieder in Ihre Wohnung zurückkehren?«

Der Magier zuckte die Achseln. »Keine Ahnung, alter Knabe. Manchmal redet man sich halt fest …«

»Andererseits haben Sie aber mindestens drei Unterrichtstermine abgesagt«, wandte İkmen ein. »Und Sie haben Fitnat Topals Stunde von Ihrer Wohnung nach Büyük Ada verlegt. Warum?«

»Fitnat und ich haben den Unterricht des Öfteren auf der Insel abgehalten«, erwiderte Max lächelnd. »An heißen Tagen ist es dort überaus angenehm. Leider konnte ich dann doch nicht kommen.«

»Haben Sie ihr Bescheid gegeben?«

Max schüttelte seufzend den Kopf. »Nein, und ich weiß, dass das wirklich nicht die feine Art war, aber İrfan und ich hatten uns so in die Sache vertieft. Er ist ein derart fleißiger Schüler und so wissbegierig. Natürlich hätte ich Fitnat absagen müssen …«

»Also sind Sie gestern Abend nicht auf Büyük Ada gewesen?«

»Richtig.«

»Sie haben offensichtlich die Neigung, Ihren Mitmenschen keinerlei Rechenschaft über Ihr Kommen und Gehen abzulegen, Herr Esterhazy.«

Zum ersten Mal seit seiner Festnahme zeigte Max Esterhazy einen gewissen Unmut. »Es geht auch niemanden etwas an, wo ich mich gerade aufhalte. Ülkü weiß, dass ich gelegentlich tagelang fort bin. Außerdem sage ich manchmal Unterrichtsstunden ab, weil mir nicht immer der Sinn danach steht. Ungewöhnlich ist das alles nicht.«

»Aber dass in Ihrem Arbeitszimmer größere Mengen Blut verschüttet werden, halte ich durchaus für ungewöhnlich«, antwortete İkmen.

»Ich weiß nichts über irgendwelches Blut.«

»Also hat der Hausmeister gelogen, als er sagte, er habe Sie Dienstagnachmittag wieder ins Haus kommen sehen?«

»Er muss sich wohl geirrt haben«, erwiderte der Magier gelassen. »Vielleicht hat er mich mit einem anderen Mann ausländischer Herkunft verwechselt. Ich bin schließlich nicht der einzige Fremde, der in dem Gebäude wohnt.«

»Das stimmt. Aber da Sie schon über zwanzig Jahre dort leben, dürfte der Hausmeister inzwischen recht genau wissen, wie Sie aussehen. Er wird sich kaum geirrt haben.«

Esterhazy zuckte nur die Achseln.

»Außerdem hat uns Fräulein Ayla nichts davon erzählt, dass Sie bisweilen tagelang fortbleiben«, fügte İkmen hinzu.

»Vielleicht hat sie es einfach vergessen.«

»Wenn wir wüssten, wo sie steckt, könnten wir sie vielleicht fragen«, antwortete İkmen mit eisiger Stimme.

»Wenn sie nicht bei ihrem schrecklichen Freund ist, kann ich dir auch nicht helfen«, erwiderte der Magier. »Ich bin gerade von einem Besuch bei meinem Freund İrfan zurückgekommen, der sich unerwartet etwas in die Länge gezogen hat. Und jetzt möchte ich ein paar Dinge regeln und dann …«

»Wo waren Sie Dienstag- und Donnerstagnacht und Mittwochabend?«

»Das habe ich dir doch schon gesagt, Çetin. Ich war bei meinem Freund İrfan, der dir das unter den gegebenen Umständen sicher gern bestätigen wird.«

»Davon bin ich überzeugt.« Wahrscheinlich suchte Süleyman dort hinter dem Spiegel bereits nach Şays Nummer – im Beisein von Gonca. Mochte Allah ihm beistehen …

»Warum fragst du überhaupt nach diesen Abenden und Nächten? Was ist passiert?«

»Es sind zwei Morde geschehen, einer Dienstagnacht, der andere Donnerstagnacht. Eines der Opfer, Lale Tekeli, war eine Schülerin von Ihnen. Am Mittwoch wurde einer meiner Kollegen angeschossen, als er in Ihrer Wohnung ermittelte. Und am vergangenen Samstagabend starb eine weitere Schülerin von Ihnen eines gewaltsamen Todes, eine gewisse Gülay Arat.«

»Gülay und Lale?« Max Esterhazy schüttelte ungläubig den Kopf. »Das kann nicht sein! Zwei so wunderbare Mädchen. Ich hatte sie beide sehr gern. Und du glaubst, *ich* hätte sie umgebracht?«

»Sie waren verschwunden …«

»So wie viele andere Menschen auch«, entrüstete sich Sevan Avedykian. »Inspektor, ich bitte Sie …«

»Bestimmte Details dieser Verbrechen deuten auf Ritualmagie hin, Herr Avedykian.«

»Warum sagen Sie uns nicht, um welche Details es sich handelt, Inspektor?«, erwiderte der Anwalt gelassen. »Ich bin mir sicher, mein Mandant könnte Ihre Annahme widerlegen – wenn das überhaupt nötig wäre. Denn wie er schon sagte: Er war zu allen von Ihnen erwähnten Zeiten mit anderen Personen zusammen, die das auch bezeugen können.«

Einen Augenblick lang herrschte Schweigen. Der Anwalt und sein Mandant blickten selbstzufrieden vor sich hin, während İkmen versuchte, seine Gedanken zu ordnen. Avedykian hatte natürlich Recht: Sofern sich Max' Alibis als wasserdicht erweisen sollten, konnte man ihn kaum mit den Morden in Verbindung bringen – Ritualmagie hin oder her.

»Herr Esterhazy, ich will Ihnen nicht verschweigen, dass wir bei unseren Nachforschungen wegen Ihres scheinbaren Verschwindens auch mit Ihrer Schwester, Maria Salmon, gesprochen haben.«

»Ach ja?«, fragte Max und lächelte.

»Ja. Und im Laufe des Gesprächs wurde schnell deutlich, dass bestimmte Aspekte Ihrer Vergangenheit nicht mit dem übereinstimmen, was Sie mich bisher glauben gemacht haben.«

»Ich nehme an, Sie sprechen von der Herkunft meines Mandanten«, sagte Avedykian ernst.

»Genau.«

»Was würden Sie denn den Leuten erzählen, wenn Ihr Vater Mitglied der NSDAP gewesen wäre?«, erkundigte sich Avedykian.

»Ich hätte es wohl für mich behalten«, erwiderte İkmen.

»Aber mit Sicherheit hätte ich mir auch keine ganz neue Biografie erfunden.«

»Das mag sein, allerdings befinden Sie sich nicht in dieser Situation, oder?«

»Nein.«

»Dann können Sie auch kaum die Scham und das Entsetzen meines Mandanten verstehen«, sagte Avedykian. »Herr Esterhazy hat dieses Problem für sich auf die einzige Art und Weise gelöst, die ihm sinnvoll erschien. Selbst wenn das vielleicht nicht besonders klug gewesen sein mag, werden Sie sicher einräumen, dass seine ›Lüge‹ nur eine Auslassung ist. Immerhin war sein Vater tatsächlich ein österreichischer Adliger, und seine Familie ist tatsächlich am Ende des Zweiten Weltkriegs nach England geflohen. Sie sollten auch bedenken, dass mein Mandant nie Mitglied der NSDAP war oder auch nur mit ihr zu tun hatte.«

»Ihr Mandant hat aber Geld von jemandem angenommen, auf den beides zutrifft«, sagte İkmen.

Zum ersten Mal während dieses Verhörs wirkte Sevan Avedykian überrascht. Max hatte ihn zwar gut vorbereitet, doch das Geld hatte er offenbar nicht erwähnt.

»Ihr Vater hat Ihnen doch regelmäßig Geld zukommen lassen, Herr Esterhazy – aus Panama, nicht wahr?«, fragte İkmen.

Max Esterhazy schaute zu Boden und murmelte dann: »Ja«.

»Und zwar jedes Jahr, bis zu seinem Tod im Jahr 2001?«

»Ja.«

»Ein NS-Kriegsverbrecher hat Ihnen Geld geschickt, und Sie haben es angenommen, obwohl Sie von seinen Verbrechen und seiner Parteizugehörigkeit wussten.« İkmen beugte sich zu Max vor und fragte: »Wenn Sie sich so sehr für ihn schämten, warum haben Sie dann die britischen Behörden nicht über seinen Aufenthaltsort informiert? Aus Geldgier? Und nun, da Sie sich Ihren Unterhalt allein verdienen müssen …«

»Ich habe İrfan Privatstunden gegeben«, sagte der Magier und schaute İkmen in die Augen. »Darum habe ich auch den Unterricht der Schülerinnen ausfallen lassen. Es stimmt – İrfan ist reich und bezahlt mich gut, aber das Einzige, was man mir zur Last legen könnte, ist die Tatsache, dass ich meine Schülerinnen habe sitzen lassen. Großer Gott, Çetin, woher hätte ich wissen sollen, dass irgendein Irrer meine ganze Wohnung mit Blut besudelt?«

»Mir scheint, es gibt keinen Grund, meinen Mandanten noch länger hier zu behalten«, stellte Sevan Avedykian fest. »Sie haben keinerlei Beweise vorgelegt, und Herr Esterhazy kann für die fraglichen Tage nachweisen, wo er war.«

»Und der Hausmeister?«

»Die Aussage des Hausmeisters steht gegen die meines Mandanten«, lächelte der Anwalt.

»Ja, aber Ihr Mandant hat bereits eine Lüge eingeräumt.«

»Ich denke, Herrn Esterhazys Vergangenheit haben wir ausgiebig genug erörtert«, sagte Avedykian. »Abgesehen davon würde mich interessieren, warum mein Mandant seine eigene Wohnung mit Blut verunstalten sollte?«

»Warum fragen Sie ihn nicht selbst?«, gab İkmen zurück. »Also …«

»Çetin, ich war es nicht!«, lachte Max Esterhazy. »Warum hätte ich so etwas tun sollen? Und außerdem, wo hätte ich das Blut hernehmen sollen …«

»Vielleicht haben Sie ja jemanden geopfert.«

»Das wird mir jetzt wirklich zu bizarr.« Sevan Avedykian erhob sich. »Kommen Sie, Herr Esterhazy.«

Doch Max Esterhazy regte sich nicht.

»Es geht um ein großes Ritual, nicht wahr?« İkmen fixierte den Magier. »Ein Ritual, das durch Blut viel wirkungsvoller wird. Sie haben offenbar eine ganz große Sache vor.«

»Mein Gott, Çetin, hast du denn gar nichts verstanden? Ich würde nie etwas Böses tun. Ich widme all meine Kraft dem Guten.« Der Magier erhob sich und ging zur Tür. Als er gemeinsam mit seinem Anwalt den Raum verlassen wollte, sagte İkmen: »Max, ich weiß, dass du die Portale geöffnet hast und dass sie nicht lange offen bleiben können. Du wirst dein Werk bald vollenden müssen.«

Max Esterhazy schüttelte nur lächelnd den Kopf, dann wandte er sich ab und ging.

Als İkmen kurz darauf den Nachbarraum betrat, deutete Gonca diesen letzten Augenblick des Verhörs allerdings etwas anders als er. »Auf mich wirkte er einen winzigen Moment lang überrascht«, sagte sie. »Anscheinend war er der Überzeugung, er hätte an alles gedacht.«

»Glauben Sie immer noch an die Theorie mit dem Ritual, Gonca? Die hat meines Erachtens genauso viele Schwachstellen wie Max' Version«, erwiderte İkmen. »Cem Ataman hat Selbstmord begangen.«

»Ich werde Çöktin sagen, er soll diesen İrfan Şay und auch Gül Özpetek unter die Lupe nehmen«, meinte Süleyman. »Wusstest du übrigens, Çetin, dass Şay ein Elektronikunternehmen besitzt? 1997 ist er aus Edirne nach Istanbul gekommen und lebt seit 1999 in einer sehr hübschen *yalı* in Bebek. Wenn Max tatsächlich in finanziellen Schwierigkeiten steckt, könnte es durchaus sein, dass Şay ihm unter die Arme greift.«

Süleyman nahm sein Sakko von der Stuhllehne und loggte sich aus dem Computernetzwerk aus.

»Wohin willst du?«

»Zu Hüsnü Gunay. Ich habe auch noch meine eigenen Ermittlungen, Çetin.«

»İkmen, Sie müssen den Magier beschatten«, sagte Gonca. »Behalten Sie ihn im Auge und stellen Sie fest, wohin er geht und was er treibt. Falls man ihm überhaupt folgen kann.«

»Was meinen Sie damit?«

»Es wird nicht einfach sein, ihn zu beschatten«, erklärte Gonca. »Große Magier haben die Gabe der Unsichtbarkeit.«

İkmen wusste, was sie meinte. Es war schließlich nur dem Zufall zu verdanken gewesen, dass er Max in der Unterführung überhaupt erkannt hatte. Auf den ersten Blick hatte sein alter Bekannter viel kleiner und »einheimischer« ausgesehen als sonst. Vielleicht lag es aber auch an İkmens eigenen »magischen« Fähigkeiten, dass er ihn in der Menge entdeckt hatte.

»Ich kümmere mich sofort darum«, sagte İkmen und verließ eilig den Raum.

Gonca, die nun wieder mit Süleyman allein war, fuhr sich mit der Zunge über die Lippen und lächelte.

20

Da die Koordination von Max Esterhazys Überwachung etwas Zeit erforderte, ließ İkmen den Magier samt Anwalt noch eine Weile aufhalten: Çöktin musste die Aussagen von İrfan Şay und Gül Özpetek bezüglich Max' Alibi so lange überprüfen, bis İkmens Mann bereitstand. Skeptisch wie immer, stellte Polizeipräsident Ardiç İkmen nur einen Beamten für die Beschattung zur Verfügung, was absolut unzureichend war. Doch İkmen konnte den Magier schlecht selbst beschatten und akzeptierte zähneknirschend Ardiçs Angebot. Kurz bevor Max auf freien Fuß gesetzt wurde, holte İkmen sich an einem Kiosk in der Nähe Zigaretten. Die Sache konnte sich hinziehen und sehr nervenaufreibend werden, daher benötigte er möglichst viel Nikotin. Max war für ihn ein Freund, ob sich der Mordverdacht nun bestätigte oder nicht, und es bedrückte İkmen sehr, dass der Engländer nicht der Mann war, für den er ihn gehalten hatte.

Bewaffnet mit drei Päckchen seiner Lieblingsmarke Maltepe, kehrte er gerade zur Wache zurück, als jemand seinen Namen rief. İkmen drehte sich zu dem Hippodrom um, vor dem ein paar Touristen standen, und sah Jak Cohen, der ihm ziemlich aufgeregt zuwinkte.

Zehn Minuten später saßen beide vor einem Fernseher mit Videorekorder und zündeten sich eine Zigarette nach der anderen an.

»Balthasar meint, es sei echt«, sagte Jak.

»Den Eindruck habe ich auch«, erwiderte İkmen.

Zunächst schien das Mädchen – die einzige nicht maskierte Person in der Filmszene – das Ganze noch zu genießen. Erst als einer der Vermummten von hinten in sie eindrang, begannen sich Angst und Schmerz auf ihrem Gesicht abzuzeichnen. Was dann geschah, wirkte zwar nicht wie ein Teil einer Zeremonie, dennoch deutete manches auf ein Ritual hin: die Masken, die Roben und auch die Tatsache, dass der Mann, mit dem sie Sex hatte, das Messer küsste, bevor er es ihr in die Brust stieß. Der ganze Film war höchstens vier Minuten lang – doch İkmen wusste nur zu gut, dass das genügte, um ein Menschenleben auszulöschen.

»Woher hast du das Video, Jak?«, fragte İkmen.

Jak erzählte ihm von Demir Sandal, den der Inspektor mindestens ebenso lange kannte wie sein ehemaliger Kollege. Allerdings war Sandal bisher nie in derartige Geschichten verwickelt gewesen; İkmen hatte ihn immer für einen kleinen, schmierigen Pornoproduzenten mit einer Vorliebe für großbusige Mädchen gehalten. Stoff wie dieser war sicher nicht seine Kragenweite.

»Ich werde Inspektor Süleyman hinzubitten«, sagte İkmen. »Vielleicht kann er das Mädchen identifizieren.«

Es war zwar nicht üblich, einen anderen Beamten bei einem Verhör zu unterbrechen, doch in diesem Fall hielt İkmen es für gerechtfertigt.

»Wenn ich deine Hilfe nicht dringend bräuchte, hätte ich euch nicht gestört«, erklärte İkmen dem verärgerten Süleyman, während er mit ihm und Çöktin den Flur entlangging. »Die Sache könnte auch Konsequenzen für deine weiteren Ermittlungen im Fall des Hackers haben.«

»Hoffentlich«, brummte Süleyman. Der Sachverständige nahm sich reichlich Zeit, um die künstlerische Handschrift von Hüsnü Gunay zu analysieren und mit der des ominösen Mendes zu vergleichen. Adnan Öz wurde langsam ungeduldig.

Als sie den Raum betraten, nickte Jak, der das Band wieder zurückgespult hatte, Süleyman freundlich zu und schaltete den Videorekorder ein. Nach etwa dreißig Sekunden rückte Süleyman dichter an den Bildschirm heran.

»Was ist das?«, erkundigte er sich.

»So etwas bezeichnet man, glaube ich, als Snuff Movie«, erklärte İkmen. »Erkennst du das Mädchen?«

Süleyman starrte fassungslos auf den Bildschirm.

»Sind Snuff Movies nicht diese Filme, in denen Menschen vor laufender Kamera umgebracht werden?«, fragte Çöktin.

»Genau.«

Schweigend schauten sie sich das Video bis zum Ende an. Jak setzte der Anblick inzwischen nicht mehr ganz so stark zu, doch um sich herum sah er nur aschfahle Gesichter. Minutenlang fiel kein Wort. İkmen und Süleyman steckten sich Zigaretten an; Çöktin ließ sich auf einen Stuhl sinken und starrte auf den nun dunklen Bildschirm.

Schließlich räusperte sich Süleyman. »Ich glaube, bei dem Mädchen handelt es sich um Gülay Arat«, meinte er. »Das Ganze ist offensichtlich im Freien gedreht worden. Lale Tekeli wurde dagegen in einem geschlossenen Raum ermordet, und die Zigeunerin Gülizar kann es auf keinen Fall sein.«

»Also hat das alles gar nichts mit der Gothic-Szene, mit dem Hacker und diesem Engländer zu tun«, sagte Çöktin. »Die Mädchen wurden umgebracht, um Snuff Movies zu drehen.«

»Ich weiß nicht, ob das die ganze Wahrheit ist«, erwiderte İkmen. »Ich persönlich habe das Gefühl, dass die Taten auch einen rituellen Hintergrund haben. Da Inspektor Süleyman eines der Opfer im Film identifiziert hat, wird er natürlich entscheiden müssen, in welcher Richtung weiter ermittelt werden soll. Doch egal, wie wir vorgehen: Wir müssen unbedingt denjenigen finden, der dieses Material dreht, und ihm das Handwerk legen.« Er wandte sich an Jak. »Ich weiß, dass Demir Sandal kein richtiges Büro hat, aber du hast doch bestimmt seine Mobilnummer.«

»Ja.«

Süleyman schüttelte den Kopf. »Ich kann mir nicht vorstellen, dass Sandal das produziert hat«, sagte er.

»Jak hat das Band aber von ihm bekommen.«

»Er hat es mir als *Frauen mit Seeschlangen* angepriesen«, berichtete Jak betreten, »und es mir geschenkt. Er meinte, mit diesem bemerkenswerten Video würden neue Maßstäbe gesetzt!«

»Womit er nicht ganz Unrecht hat«, sagte İkmen.

»Aber aus einem anderem Grund, als er dachte«, meinte Jak. »Ich glaube genauso wenig wie du, Çetin, dass Sandal so etwas tun würde.«

»Trotzdem müssen wir wohl bei ihm anfangen, oder?«,

seufzte Süleyman. »Ich bringe das Verhör so schnell wie möglich zu Ende und kümmere mich anschließend mit İsak um die Sache. Danke, Çetin.«

İkmen zuckte die Achseln. »Da Wachtmeister Yıldız im Augenblick Max Esterhazy beschattet, muss ich hier vor Ort bleiben. Jak, kannst du bitte Sandal anrufen und ihm sagen, dass du dich mit ihm treffen willst, und zwar in …?« Er schaute fragend zu Süleyman hinüber.

»Kommt drauf an, wo Sie sich normalerweise treffen«, wandte sich Süleyman an Jak.

»In der İstiklal Caddesi.«

»In einer Stunde?«, schlug Süleyman vor.

»Okay«, sagte Jak. Dann meinte er stirnrunzelnd: »Aber was, wenn er nicht kommt? Eigentlich habe ich mich gestern schon von ihm verabschiedet.«

»Egal, was du gekauft hast – sag ihm einfach, du bräuchtest noch mehr davon«, meinte İkmen. »Demir hat dich bestimmt als Touristen eingestuft und entsprechend übers Ohr gehauen. Er wird sich über die Chance freuen, deine Brieftasche weiter zu erleichtern.«

Jak zog sein Mobiltelefon aus der Tasche und wählte Demir Sandals Nummer.

Maximillian Esterhazy verabschiedete sich vor der Wache von seinem Anwalt und machte sich allein auf den Weg, offenbar in Richtung seiner Wohnung. Für jemanden, der gerade wegen einer Mordserie verhört worden war, wirkte er sehr entspannt – vielleicht war er ja tatsächlich unschuldig? Anscheinend hatten seine Alibis Oberwachtmeister Çöktins Prüfung standgehalten. Yıldız begriff nicht, warum İkmen sich so an seinen Verdacht klammerte. Aber er war auch nur ein kleiner Wachtmeister, was wusste er schon?

Nachdem er in einem kleinen Laden in der Nachbarschaft ein Päckchen Tabak und eine Flasche Wasser gekauft hatte, betrat Esterhazy das Mietshaus. Da auf der Rückseite des Gebäudes Feuerleitern angebracht waren, wurde die Sache für Yıldız nun heikel. Mit einem zweiten Beamten – jemandem, den Esterhazy noch nie gesehen hatte – wäre es kein Problem gewesen, ihn auch im Inneren des Hauses zu beschatten. Doch da Yıldız allein war, blieb ihm nur die Möglichkeit, die Treppen zum ersten Stock hinaufzusteigen, wo Esterhazy wohnte, und sich möglichst unauffällig herumzudrücken. Es war zum Verzweifeln: Wollte er das Haus von außen observieren, würde er sich zwischen Vorder- und Rückseite entscheiden müssen; beides gleichzeitig ging nun mal nicht. Vom Treppenabsatz aus, den er als Beobachtungsposten gewählt hatte, konnte er nur die Wohnungstür im Auge behalten und gelegentlich nachhorchen, ob Esterhazy sich noch drinnen aufhielt. Als er sich der Tür gerade wieder nähern wollte, wurde sie schwungvoll geöffnet, und Esterhazy trat mit einem Köfferchen hinaus auf den Flur. Yıldız ging schnell zu einer der benachbarten Wohnungstüren weiter, drückte so unverfänglich wie möglich auf die Klingel und beobachtete aus dem Augenwinkel, wie der Magier die Treppe hinunterging. Sobald Esterhazys Kopf nicht mehr zu sehen war, nahm Yıldız die Verfolgung auf. Glücklicherweise hatte niemand auf sein Klingeln reagiert.

»Erzählen Sie mir keinen Mist, Demir«, drohte Süleyman dem Pornohändler, der zwischen dem üppigen Grün vor dem Café KaVe arg ins Schwitzen kam. »Sagen Sie mir sofort, woher Sie das Video haben, sonst nehme ich Sie mit und ziehe andere Saiten auf.«

»Aber Inspektor, ich bitte Sie«, stotterte Demir Sandal mit hochrotem Gesicht, »die Mädchen spielen nur mit Gummischlangen – das sieht man doch ganz deutlich!«

»Ich rede nicht von den Frauen mit den Schlangen, Demir.«

»Ja, aber …«

»Ich habe keine Zeit für lange Erklärungen«, sagte Süleyman. »Sagen Sie mir, von wem Sie das Band haben, dann lasse ich Sie in Ruhe.«

»Aber Inspektor, die Lieferanten und Verleiher müssen sich auf meine Diskretion verlassen können.«

»Was, wenn ich Ihren Namen nicht erwähne, Demir?«, sagte Süleyman und lächelte sein massiges Gegenüber drohend an. »Was, wenn ich mich beherrsche und Sie nicht gleich hier zusammenschlage?«

»Der Inspektor meint es ernst«, fügte Çöktin hinzu.

»Sie lassen mir ja überhaupt keine Wahl!«

»Erraten.«

Einen Moment lang rang Sandal mit sich, dann fragte er: »Mein Name wird also nicht fallen?«

»Nein.«

»Aber mein Freund wird sich denken können, dass ich es war! Woher sollten Sie das Band und seinen Namen denn sonst haben?«

»Kommt drauf an, wie viele Bänder in Umlauf sind«, meinte Çöktin.

»Ja. Aber ...«

Süleyman, den der sich windende Fleischberg langsam zur Weißglut brachte, packte Sandal an der dicken, schlaffen Gurgel. »Raus damit!«

Mehmet Süleyman war ein attraktiver Mann und allgemein für sein kultiviertes Benehmen und sein Interesse an Kunst, Musik und Poesie bekannt, doch er besaß auch eine gewalttätige Ader. Zwar war er nicht gerade stolz auf diesen Wesenszug, gelegentlich erwies er sich allerding als äußerst praktisch.

Demir Sandal blickte in die wütenden Augen seines Peinigers und presste hervor: »Erol Burak.«

»Wer ist das?«

»Er arbeitet bei ›Edirne Fotoğraf‹ auf der Ankara Caddesi.«

»Am Bahnhof Sirkeci?«

»Ja.«

Süleyman ließ von Sandal ab und atmete tief durch, um sich zu beruhigen.

»In dem Laden werden Fotozubehör und Elektronik verkauft«, sagte Demir Sandal, und selbst unter den gegebenen Umständen konnte er den Kaufmann in sich nicht verleugnen: »Wenn Sie einen DVD-Player brauchen, macht Erol Ihnen bestimmt einen guten Preis.«

Aus irgendeinem Grund, der ihm mittlerweile entfallen war, hatte İkmen angenommen, Gonca sei längst gegangen. Daher war er ziemlich perplex, als sie mit einem Mobiltelefon in der Hand in sein Büro spaziert kam.

»Legen Sie das hin!«, sagte er, stand auf und wedelte mit seinem eigenen Telefon herum.

»Warum?«

»Nun …«

Sie lachte. »Sie glauben, ich hätte es gestohlen, stimmt's? Na ja, warum auch nicht.«

»Gonca …«

»Keine Sorge, es ist mein Telefon«, sagte sie. »Ich habe gerade eine meiner Töchter angerufen und ihr gesagt, dass es später wird. Eine Zigeunerin ohne Mobiltelefon ist so nutzlos wie ein Hausmeister ohne Augen, İkmen. Ihnen ist übrigens klar, dass Sie den Magier viel zu früh haben gehen lassen?«

İkmen setzte sich wieder und nestelte nervös an seinem Mobiltelefon herum. »Ich konnte ihn nicht länger festhalten. Schließlich habe ich keinerlei Beweise.«

Gonca griff in ihre voluminöse Plastikhandtasche und zog ein Zigarrenetui hervor. »Erinnern Sie sich an dieses siegelähnliche Ding, das Ihr Kollege İskender gesehen hat, kurz bevor er angeschossen wurde?«

»Ja …«

»Ich habe ein paar Leute dazu befragt.«

»Und wussten sie, welche Bedeutung es hat?«

»Nein. Aber İbrahim Dede hat einen Freund, einen Rabbi – und dieser Rabbi hat ihm erklärt, wie aufwändig die Herstellung solcher Siegel ist.« Gonca zündete sich eine Zigarre an. »Für uns sind das nur ein paar Striche auf einem Blatt Papier, aber die Arbeit, die dahinter steckt, ist unglaublich – Zaubersprüche, Weihrauch, die richtige Stunde am richtigen Tag. Manchmal muss der Magier sogar etwas von seinem eigenen Blut opfern, damit …«

İkmens Telefon klingelte, und er bat Gonca, sich einen Moment zu gedulden.

»Yıldız – ja.«

İkmen drehte sich ein wenig zur Seite und konzentrierte sich auf das Telefonat; es war ein ernster, aber kurzer Wortwechsel. Nachdem İkmen aufgelegt hatte, wandte er sich erneut der Zigeunerin zu. »Dann war das Blut mit Max' Blutgruppe auf dem Boden der Wohnung vielleicht sein eigenes.«

»Durchaus möglich«, meinte Gonca. »Doch wenn es tatsächlich sein Blut gewesen ist, muss er noch ein weiteres Motiv gehabt haben – warum hätte er es sonst auf dem Teppich verteilt? Da wir ihn aber jetzt nicht mehr fragen können …«

»Sie wissen doch, dass ich ihn beschatten lasse. Das war eben der betreffende Kollege«, sagte İkmen. »Max überquert im Augenblick die Galatabrücke.«

Gonca schaute durch die vom Zigarettenrauch trübe Fensterscheibe. »Bis die Nacht hereinbricht, sind es noch ein paar Stunden«, sagte sie. »Es bleibt ihm also genug Zeit.«

»Zeit wofür?«, fragte İkmen.

Gonca zuckte die Achseln. »Um zu verschwinden – denn das muss er ja, wenn er das Ritual zu Ende bringen will.«

»Falls er das wirklich vorhat, Gonca«, wandte İkmen mit erhobenem Zeigefinger ein. »Wir wissen es nicht genau, und Max hat ein Alibi für die Zeit, in der er nicht in seiner Wohnung war.«

»Und all das Blut, das Sie dort gefunden haben?«

»Was soll damit sein?«, fragte İkmen. »Wie gesagt: Etwas davon dürfte von ihm stammen, der größte Teil aber sicher nicht.«

»Haben Sie es mit dem Blut der Opfer verglichen?«

»Wir sind gerade dabei«, sagte İkmen mit einem leicht säuerlichen Lächeln. Die Zigeunerin wurde ihm ein bisschen zu eifrig, und er fragte sich, ob sie Max bereits von früher kannte und etwas gegen ihn hatte. Das wäre angesichts dessen wahrer Herkunft nur verständlich gewesen; schließlich hatten die Nazis Goncas Volk genauso gnadenlos verfolgt wie die Juden. İkmen hatte einmal gehört, niemand wisse genau, wie viele Zigeuner die Nationalsozialisten ermordet hatten. Für die Nazis waren sie so »niedere« Geschöpfe, dass sie keine Statistik verdienten – man brachte sie einfach um, wann immer man einen von ihnen aufspürte.

»Wenn es diese Portale gibt, von denen Sie gesprochen haben«, fragte er, um einen Themawechsel bemüht, »dann sind sie doch jetzt offen?«

»Ja.« Gonca zupfte diverse Lagen Spitze und Chiffon über

ihren Hüften zurecht. »Und nach Vollendung des Rituals muss er sie wieder schließen.«

»Kann nur er das tun?«

»Jeder magische Akt ist an eine Person gebunden«, erklärte sie. »Es ist sein Ritual, also ist er allein dafür verantwortlich. Ohne ihn geht es nicht.«

»Und die Portale? Was passiert, wenn er sie nicht wieder schließt? Oder wenn jemand anders es versucht?«

»Ich weiß es nicht«, sagte Gonca nachdenklich. »Ich bin kein Kabbalist, aber ich stelle mir vor, dass ihre Kraft langsam schwindet, wenn er sie nicht schließt. Ob jemand anders die Sache zu Ende führen könnte, vermag ich nicht zu sagen: Ich kann es mir jedoch nicht vorstellen. Vielleicht finden wir das ja bald heraus«, sagte sie, »wenn nämlich die Dämonen, die er gerufen hat, scharenweise in unsere Welt einbrechen.«

İkmen, dem jede Art von Teufelskult suspekt war, runzelte die Stirn. »Wäre das denn möglich?«

»Ich weiß es nicht. Wenn ein Magier menschliches Blut verwendet, arbeitet er mit sehr mächtigen Kräften«, antwortete sie. »Und vergessen Sie eins nicht, İkmen: Viele magische Rituale, die Gutes bewirken sollen, gelingen nur durch die Anrufung von Dämonen – damit das kosmische Gleichgewicht gewahrt bleibt. Ohne die Lügen der Diktatoren wüssten wir schließlich auch die Liebe und Güte unserer Mütter nicht recht zu schätzen, oder?«

Das klang logisch, und İkmen hatte so etwas früher schon einmal gehört – von seiner eigenen Mutter, wie er sich jetzt erinnerte. Ayşe İkmen, die Hexe von Üsküdar, hatte ihrem Sohn in dem knappen Jahrzehnt ihrer gemeinsamen Zeit auf Erden einige Dinge erklärt. Wenn sie noch länger gelebt hätte, hätte sie ihm sicher auch Rat in jenen Fragen geben können, über die er mit seinem Vater nicht zu sprechen gewagt hatte – vielleicht hätte er mit ihr sogar über Alison reden können. Der Verdacht, den er gegen Max Esterhazy hegte, machte es İkmen zunehmend unmöglich, Alison aus seinen Gedanken zu verbannen. Offiziell war sie irgendwo im tiefsten Kappadokien verschollen, wobei er sich kaum vorstellen konnte, wie sie dort hingekommen sein sollte. Er hatte aber auch nie wirklich nach ihr gesucht – in der kurzen Zeit, in der offizielle Nachforschungen angestellt worden waren, hatte jemand anders den Fall bearbeitet. Ohnehin waren in den siebziger Jahren viele junge Europäer hungrig und high durch die Türkei gezogen, und längst nicht alle hatten es bis nach Indien oder zurück in ihre Heimatländer geschafft. Und so war Alison einfach auf der Liste der vermissten »Hippies« gelandet – vermutlich für immer.

Um sich abzulenken, bestellte İkmen telefonisch Tee für Gonca und sich. Dann saßen sie schweigend da und warteten, während die Strahlen der warmen Nachmittagssonne mit den dichten Rauchschwaden von Goncas Zigarre spielten.

Sie hatten gerade eine Lieferung Neuware aus Deutschland hereinbekommen, und der Laden war brechend voll. Geschniegelte junge Burschen, von denen die meisten sicher noch nie aus Istanbul, geschweige denn aus der Türkei herausgekommen waren, bestaunten mit gierigen Blicken winzige Digitalkameras und die neueste Videotechnik. Bis an die Zähne mit Mobiltelefonen bewaffnet, fanden diese Jugendlichen nichts Absurdes an ihrer Situation, ihrem Leben in den heruntergekommenen, mit Satellitenschüsseln übersäten Vorstädten, in denen sie mit zahllosen Verwandten in winzigen Wohnungen hausten. Wenn es sein musste, verzichteten sie sogar aufs Essen – sie waren zu allem bereit, um bei Edirne Fotoğraf die neueste Elektronik zu ergattern und so ihr Image aufzupolieren.

Die Brüder Şerif und Kerim Burak waren kaum älter als ihre enthusiastische Kundschaft, aber deutlich abgeklärter; da sie die Ware verkauften, gewöhnten sie sich stets schnell an die neuesten technischen Spielereien. Und als Süleyman sich, gefolgt von Çöktin, mit seiner Polizeimarke in der Hand einen Weg zwischen den Jugendlichen hindurch bahnte, hätten sie die beiden am liebsten ignoriert.

»Ich möchte Erol Burak sprechen«, sagte Süleyman zu dem älteren der beiden Verkäufer.

Şerif ging sofort in die Defensive: »Mein Vater hat nichts getan.«

»Wo ist er?«, fragte Süleyman unbeeindruckt.

»Hinten.« Der junge Mann deutete in Richtung Verkaufstheke. »Mein Bruder bringt Sie hin.«

Kerim beäugte Süleyman und Çöktin misstrauisch, führte sie dann aber in einen mit Kartons voll gestellten Raum. Çöktin sah mindestens drei verschiedene Arten von Digitalkameras, Videogeräte in Hülle und Fülle und, wie Demir Sandal angekündigt hatte, hochmoderne VCD- und sogar DVD-Player. Wie in vielen kleinen Elektronik- und Fotoläden war Lagerraum kostbar, und so hockte Erol Burak eingepfercht zwischen aufgetürmten Kartons und einem Waschbecken wie aus osmanischen Zeiten, das ihm als Aschenbecher diente. Burak war untersetzt, um die fünfzig und strahlte einen Lebensüberdruss aus, wie man ihn häufig bei Menschen findet, die in der Sexindustrie arbeiten.

»Ich will wissen, woher Sie die haben«, sagte Süleyman und hielt Demir Sandals Videokassette hoch.

»Welche ist das?«

»*Frauen mit Seeschlangen*«, sagte Süleyman geringschätzig.

»Und was ist damit?« Erol Burak wirkte völlig unbefangen, woraus Süleyman schloss, dass er den wahren Inhalt des Videos nicht kannte.

»Ich will wissen, woher Sie die Kassette haben, Herr Burak.«

»Und warum?«

»Das tut nichts zur Sache.«

Burak zuckte die Achseln. »Wissen Sie, Videos sind nicht mein Haupterwerb. Dieser Laden ...«

»Sie und Ihr Laden interessieren mich nicht«, fuhr Süleyman ihn an. »Ich will nur wissen, woher Sie das Band haben.«

Burak drückte seine Zigarette im Becken aus und räusperte sich. »Die Videos sind vom Chef. Er ist etwas nervös wegen einiger Leute aus der Branche. Woher haben Sie die Kassette?«

»Das tut auch nichts zur Sache. Also Ihr Chef ...«

»Ihm gehört der Laden«, sagte Burak. »Ich führe nur die Geschäfte. Er macht auch Filme, aber keinen Hardcore, wenn Sie wissen, was ich meine. Nur solche Sachen wie Mädchen mit Schlangen – die sind übrigens aus Gummi – oder Mädchen mit Männern, aber alles nicht echt, verstehen Sie?«

»Herr Burak, wir sind nicht hier, um Nachforschungen über Sie oder Ihren Arbeitgeber in Bezug auf die Legalität Ihrer Geschäfte anzustellen. Ich will lediglich wissen, wer ...«

»Herr Şay bringt mir die Videokassetten, und ich liefere sie an interessierte Personen.«

Süleyman drehte sich zu Çöktin um, der eine Augenbraue hochzog. Dann wandte er sich wieder an Burak. »Sie meinen İrfan Şay, den Elektronikunternehmer?«

»Ja.« Burak hustete. »Filmen ist sein Hobby. Und er verdient auch ganz ordentlich Geld damit. Aber seine Frau und seine Kinder dürfen es nicht erfahren, verstehen Sie?« Er lächelte. »Die Frau ist sehr fromm; sie sähe das alles sicher nicht so gern.«

»Was meinen Sie mit ›das alles‹?«

Burak senkte die Stimme. »Nackte Frauenkörper. Nicht, dass Herr Şay sie nicht geschmackvoll filmen würde …«

»Haben Sie Herrn Şays Nummer?«

»Natürlich, aber …«

»Gut – ich will ihn nämlich sprechen«, sagte Süleyman.

Erol Burak war zwar nicht besonders begeistert, fügte sich aber ins Unvermeidliche und führte Süleyman und Çöktin in sein schäbiges, verqualmtes Büro. Herr Şay würde sich über einen Anruf von der Polizei nicht gerade freuen, dennoch wäre es unklug gewesen, sich zu widersetzen. Natürlich konnte auch Herr Şay unangenehm werden, aber die Polizei spielte Buraks Erfahrung nach in einer ganz anderen Liga. Sie konnte ihn mundtot machen, einsperren und drohen, den Schlüssel wegzuwerfen. Und das alles nur wegen ein paar drallen amerikanischen Schlampen und ein paar Metern Gummischlauch!

Hikmet Yıldız fiel auf, dass die Sonne jetzt, im September, nachmittags nicht mehr ganz so heiß war und man deutlich das Ende des Tages spürte. Auch ohne auf die Uhr zu schauen, wusste er, dass es gegen vier sein musste. Er beschattete Esterhazy inzwischen seit mehreren Stunden und hatte dabei Teile der Stadt wiedergesehen, in denen er schon länger nicht mehr gewesen war. Auf den Spaziergang über die Galatabrücke, bei dem Esterhazy hier und da einen Fischer nach seinem Fang gefragt hatte, folgte eine Fahrt mit der unterirdischen Standseilbahn Tünel den Galata-Berg hinauf bis nach Beyoğlu. Esterhazy flanierte über die İstiklal Caddesi und betrat verschiedene

Geschäfte, darunter das berühmte Antiquariat Ottomania – mit anderen Worten, er musste seinen Verfolger bemerkt und erkannt haben. Wenn man ihn dabei beobachtete, wie er sich freundlich mit den Leuten in den Geschäften unterhielt, konnte man sich kaum vorstellen, dass er mit Teufeln und Dämonen zu tun haben sollte. Doch genau das war offenbar der Fall – zumindest soweit Yıldız es verstanden hatte. Er war allerdings nur über einen Teil von İkmens Recherchen informiert; vielleicht würde Gonca ihm das später genauer erklären.

Sie befanden sich jetzt kurz unterhalb des Taksim-Platzes, und Esterhazy eilte in Richtung des Parks mit dem Denkmal der Republik und den überall herumstehenden Besuchergruppen.

Gonca, davon war Yıldız überzeugt, wusste alles. Ihre Wohnung steckte voller magischer Dinge, und ihre betagte Mutter, eine Alte ohne Schneidezähne, konnte erstaunlich zuverlässig Karten lesen. »Du bist hier, weil ich dich verzaubert habe«, hatte Gonca bei ihrem ersten Treffen gesagt. »Du kannst nichts dagegen machen.« Auf diese Bemerkung folgte seine erste sexuelle Erfahrung – er war dabei noch fast vollständig bekleidet gewesen und hatte an einem von Goncas Kunstwerken gelehnt, einer Collage. Danach hatte sie Yıldız in ihr Bett mitgenommen und ihm Dinge gezeigt, die er noch nicht einmal aus den Magazinen kannte, die sein kleiner Bruder sich regelmäßig kaufte. Gonca war nicht mehr jung, aber sie war schön und verstand es, ihm Freude zu bereiten.

Yıldız folgte dem Magier durch den Park zur Cumhuriyet Caddesi. Er konnte sich nicht vorstellen, was Esterhazy außer dem Militärmuseum hier oben interessieren könnte. Gleichwohl blieb er ihm, ein wenig benebelt von den Erinnerungen an die sexuellen Begegnungen mit Gonca, auf den Fersen. Vielleicht wollte der Engländer einen Einkaufsbummel in Şişli oder Nişantaşı unternehmen. Leute mit Geld kauften gern dort ein, und Geld musste er haben – schließlich war er ja Brite.

Yıldız ließ sich weiter mitziehen und treiben. Es war ein Segen, dass Esterhazy es nicht besonders eilig hatte, denn es ging bergauf und schließlich war es noch relativ warm. Der Magier schlenderte sogar so gemächlich, dass Yıldız gezwungen war, ihn zu überholen – was er schon einige Male zuvor getan hatte.

Eigentlich wollte er bis zum Museum vorausgehen, dann die Mim Kemal Öke Caddesi hinunterlaufen und seinen Mann anschließend wieder von hinten einholen; doch als er sich jetzt nach ihm umsah, erschrak er. Das war gar nicht Esterhazy! Plötzlich hatte er keinen Briten mehr vor sich, sondern einen großen Türken mittleren Alters mit Schnurrbart. Jacke und Hose waren ähnlich, aber ...

Yıldız' Herz schlug schneller. Wann und wo hatte sich der Engländer in diesen erschöpft wirkenden Türken verwandelt? Er war sich sicher, dass er ihn nicht aus den Augen gelassen hatte – oder doch? Resigniert griff er nach seinem Mobiltelefon. Kein Zweifel, dieser Esterhazy war wirklich ein Zauberer! Yıldız rief die Wache an und ließ sich zu İkmen durchstellen.

»Ich hab ihn verloren, Inspektor«, gestand er und musste gleich darauf einen wütenden Wortschwall aus dem Telefon über sich ergehen lassen. »Ich weiß nicht wo, Inspektor, nein. Ich weiß nur, dass aus dem Engländer plötzlich ein Türke geworden ist. Keine Ahnung, wie er das geschafft hat.«

Als er das Telefon wieder in die Tasche steckte, entdeckte Yıldız etwas, das vorher nicht da gewesen war, soweit er sich erinnern konnte. Erst hielt er es für ein Stück unbeschriebenes Papier, doch dann merkte er, dass etwas darauf zu sehen war, etwas Undefinierbares. Aus irgendeinem Grund lief es ihm bei dem Anblick kalt den Rücken hinunter.

Es wurde schon dunkel, als sich die verschiedenen Teammitglieder wieder in İkmens chaotischem, stickigen Büro versammelten. Süleyman und Çöktin, die gerade erst von ihrer Fahrt zu İrfan Şays *yalı* in Bebek zurückgekommen waren, wirkten völlig erschöpft.

İkmen zündete sich eine Zigarette an und blickte in die Runde. »Also, ich habe keinerlei Beweise dafür, dass Maximillian Esterhazy irgendeine Straftat begangen hat. Außerdem ist Polizeipräsident Ardiç der Überzeugung, dass es sich bei der ganzen Sache lediglich um das Produkt einer allzu lebhaften Fantasie handelt – und zwar meiner.«

Einige im Raum konnten sich ein verhaltenes Lachen nicht verkneifen.

»Mein Vorschlag, heute Abend den Bosporus zwischen Arnavutköy und Rumeli Hisarı auf der europäischen sowie Kandilli und Anadolu Hisarı auf der asiatischen Seite zu überwachen, ist deshalb nicht gerade auf offene Ohren gestoßen. Zwar habe ich dank Inspektor Süleymans neuen Hinweisen, von denen wir gleich hören werden, eine Barkasse zur Überwachung dieser Seite bekommen, aber was die asiatische Seite betrifft, werden wir uns auf am Ufer postierte Beamte verlassen müssen. Mit anderen Worten: Selbst wenn das geschieht, was ich befürchte, könnte es uns leider entgehen.« Er seufzte. »Es ist also eine undankbare Aufgabe – weshalb ich niemanden zwingen werde, mich dabei zu unterstützen. Zur Not kann ich immer noch ein paar Beamte in Uniform hinzuziehen.«

Außer İkmen und Gonca waren noch vier andere Leute anwesend – Süleyman, Yıldız, Çöktin und Karataş –, doch niemand rührte sich oder hatte İkmens Worten etwas hinzuzufügen.

»Ich gehe davon aus«, fuhr İkmen fort, »dass ich das Schweigen als Zustimmung deuten kann und ihr mich bei dieser Aktion unterstützen werdet.«

Beifälliges Gemurmel erhob sich.

»Gut, dann fassen wir die Ereignisse noch mal zusammen. Zunächst haben wir da etwas, das Max Esterhazy sicher als Zufall bezeichnen würde. Inspektor Süleyman?«

Mehmet Süleyman räusperte sich. »Auf die Frage, wo er sich die letzten paar Tage aufgehalten habe, nannte uns Esterhazy den Namen İrfan Şay. Also riefen wir Herrn Şay an, und der bestätigte diese Angabe. Heute Nachmittag bekamen Oberwachtmeister Çöktin und ich eine Videokassette in die Hände, auf der anscheinend der Mord an Gülay Arat dokumentiert ist, also des Mädchens, das wir für das erste Opfer dieses wie auch immer gearteten Rituals halten. Das Interessante daran ist, dass uns dieses Band geradewegs zu Şay zurückführt. Wie wir aus zuverlässiger Quelle erfahren haben, dreht er gern Pornovideos und hat die fraglichen Aufnahmen produziert. Also habe ich Şay heute Nachmittag angerufen und mit ihm einen Termin für ein Gespräch vereinbart. Als Oberwachtmeister Çöktin und ich daraufhin zu Herrn Şays *yalı* in Bebek fuhren, war er jedoch nicht da. Wir hätten uns natürlich einen Durchsuchungsbefehl holen und sein Haus auf den Kopf stellen können; doch da heute Abend, wie Inspektor İkmen annimmt, wieder eines dieser Rituale stattfinden soll, erschien es mir sinnvoller, ihn auf frischer Tat beim Filmen zu ertappen.«

»Und der Mord an dem Mädchen auf dem Video ist nicht gestellt?«, fragte Karataş.

»Leider nein. Ob man es glaubt oder nicht: Manche Leute finden so etwas erregend. Leider kann man nur Gülays Gesicht erkennen; die Täter sind maskiert. Außerdem handelt es sich um eine sehr schlechte Kopie, die nicht vor Gericht verwendbar sein dürfte, sofern sie nicht durch anderes Beweismaterial ergänzt wird. Wir müssen also momentan noch davon ausgehen, dass das, was Max Esterhazy tut, und das, was Şay filmt, verschiedene Dinge sind.«

»Dieser Magier ist doch angeblich ein guter Mensch«, meinte Karataş. »Wenn er also wirklich an all diesen Zauber glaubt, würde er dann überhaupt jemandem erlauben, seine magischen Rituale zu filmen?«

»Esterhazy hatte in letzter Zeit finanzielle Probleme«, gab İkmen zu bedenken.

»Also ist vielleicht auch Geld im Spiel. Das könnte ein Motiv sein.«

Süleyman betrachtete İkmens gerunzelte Stirn und fragte sich, ob sein Kollege das Gleiche dachte wie er, nämlich dass die Magie Max immer wichtiger gewesen war als Geld. Allerdings hatte es Max früher auch nie an Geld gemangelt, und außerdem: Wenn İkmens Informationen stimmten, hatte er wohl auch schon früher Geld aus dubiosen Quellen bezogen.

Hikmet Yıldız, der bisher geschwiegen hatte, sagte: »Ich weiß nicht, ob das hier irgendetwas zu bedeuten hat.« Dann legte er ein Stück Papier auf İkmens Schreibtisch.

»Was ist das?«

Der junge Mann zuckte die Achseln. »Keine Ahnung, Inspektor. Ich habe es in meiner Tasche gefunden, kurz nachdem mir auffiel, dass mein Esterhazy gar nicht Esterhazy war. Es sieht irgendwie eigenartig aus – und vorher hatte ich es sicher nicht in meiner Jacke, zumindest nicht, dass ich wüsste.«

İkmen faltete das Papier auseinander, betrachtete es und hielt es dann Gonca hin. »Ist das ein Siegel?«

Gonca runzelte die Stirn. »Schon möglich. Doch selbst wenn es eins ist, könnte ich nicht sagen, was es bedeutet.«

»Wer auch immer es in Wachtmeister Yıldız' Tasche geschmuggelt hat – für ihn muss es irgendeine Bedeutung haben.«

Der junge Polizist machte ein besorgtes Gesicht. »Das ist doch nichts Magisches, Inspektor, oder?«

»Nun ...«

»So was wie ein Fluch?«

İkmen sah, wie Yıldız kreidebleich wurde. Der junge Wachtmeister mit seiner bäuerlichen Herkunft war sicher empfänglicher für solche Dinge als jemand, der in der Stadt groß geworden war. İkmen nahm an, dass das Siegel, falls es wirklich eines war, durchaus einen Fluch beinhalten konnte, doch er wollte dem armen Kerl nicht unnötig Angst einjagen.

»Nein, nein, Yıldız«, beruhigte er ihn mit perfekt gespielter Zuversicht, »das ist kein Fluch, ganz sicher nicht.«

»Oh, gut«, meinte Yıldız erleichtert. »Allah sei Dank.«

»Genau«, sagte İkmen. »Und jetzt zum Ablauf der Aktion ...«

Sie besprachen, wer sich wo postieren sollte und was konkret zu tun wäre, falls İkmens Verdacht sich bestätigte. Nach etwa einer halben Stunde zogen alle los, um Ausrüstung und Verpflegung für eine lange Nacht am Bosporus zu besorgen; nur Süleyman blieb zurück.

»Çetin« – er hielt İkmen eine Zigarette hin und zündete sich selbst ebenfalls eine an –, »was ist, wenn Max zwar wirklich irgendeine Art von Ritual vollzieht, damit aber niemandem schadet? Schließlich hat er das Recht, nach seinem Glauben oder nach der Philosophie zu leben, die ihm gefällt.«

»Das stimmt, aber es gibt immer noch Gesetze gegen Zauberei«, wandte İkmen ein.

»Ja, aber dazu gehört auch das Verbot, an Gräbern von Heiligen zu beten oder Derwischrituale auszuführen«, konterte Süleyman, »und all das wird heutzutage längst geduldet, Çetin. Meiner Meinung nach bewegst du dich auf dünnem Eis.«

»Ich würde es auch nur als Vorwand benutzen, um ihn festzuhalten«, erwiderte İkmen. »Wenn bei seinem Ritual heute

Nacht kein Blut fließt, könnte ich ihn rein rechtlich so lange in Untersuchungshaft nehmen, bis ich seine Geschichte genau überprüft habe.«

»Aber wenn er jemandem gegen Geld erlaubt, seine Zeremonien zu filmen, wird er auch Blut vergießen, oder?« Lautlos wie eine Katze war Gonca in den Raum zurückgekehrt, und die beiden Männer drehten sich ruckartig zu ihr um. »Wer filmt schon so etwas Langweiliges wie ein Zauberritual ohne Sex und Gewalt?«, fuhr sie fort. »Wenn dieser Şay ein Pornofilmer ist, sucht er genau das.«

İkmen schaute zu Süleyman, doch der zuckte nur die Achseln.

»Wo Gonca Hanım Recht hat, hat sie Recht.«

»Natürlich habe ich Recht.« Gonca fasste ihn am Arm und blickte ihm tief in die Augen. »Doch nicht einmal ich kann sagen, wer sein nächstes Opfer wird. Ich weiß nur, dass es eine Jungfrau sein muss.«

»Aber Gülizar war doch nicht mehr unschuldig.«

»Oh doch«, erwiderte Gonca. »Sie hat immer nur mit Händen und Mund Lust gespendet.«

»Aha. Gülay Arat und Lale Tekeli waren ebenfalls Jungfrauen«, überlegte Süleyman. »Aber Cem Ataman war ein Mann und hat sich selbst umgebracht; er passt damit überhaupt nicht in das Schema. Ich bin immer noch nicht davon …«

»Psst!« Gonca legte einen Finger mit einem rotlackierten Nagel auf seine Lippen und rückte dann eng an ihn heran, sehr zu İkmens Vergnügen. »Das Geheimnis muss noch gelüftet werden«, sagte sie. »Warten wir ab, was am Bosporus geschieht. Ob der Magier kommt …«

»… oder nicht.«

»Wenn es Allahs Wille ist«, sagte sie, über ihren ungewohnten Ausflug in fromme Gefilde lachend, und verließ den Raum.

Als sie fort war, meinte Süleyman: »Ich will es einfach nicht glauben, Çetin. Max ist ein Freund. Wie könnte er jemanden töten? Ich hoffe wirklich …«

»Dass es nicht wahr ist?« İkmen lächelte. »Das hoffe ich auch«, sagte er mit ernster Stimme, »und zwar mehr, als du dir vorstellen kannst.«

21

Vom Bosporus aus betrachtet, machte Arnavutköy einen recht hübschen Eindruck, doch Süleyman wusste nur zu gut, dass sein Heimatdorf in letzter Zeit ein wenig heruntergekommen war. Die *yalıs* entlang der Küste hatten einst zu den schönsten der ganzen Region gehört, doch heute erstrahlten nur noch wenige von ihnen im Glanz vergangener Zeiten – eine Tatsache, die bei Nacht erstaunlicherweise besonders auffiel. Nicht einmal mehr die Sommervilla des alten Ali Ağa machte dieser Tage einen gepflegten Eindruck, dachte Süleyman bitter; selbst das Bootshaus glich einer Ruine. Es war eine Schande, die dem alten Diener seines Großvaters bestimmt die Tränen in die Augen getrieben hätte, wenn er es noch erlebt hätte. Der Eunuch war jedoch seit über dreißig Jahren tot. Niedergeschlagen blickte Mehmet auf die schwarze Wasseroberfläche des Bosporus und fragte sich, wie viele Eunuchen das Osmanische Reich wohl hervorgebracht hatte und welch hohen Preis diese kastrierten Wesen für ihr Leben in relativem Wohlstand hatten bezahlen müssen.

Am Tag war es noch sehr warm gewesen, doch zur Nacht hin hatte es sich erstaunlich abgekühlt – vor allem auf dem Wasser. Sowohl İkmen als auch Çöktin trugen einen Mantel, und sogar Gonca hatte sich ein großes, dunkles Tuch um die Schultern gelegt. Als sie Süleymans Blick spürte, lächelte sie, unterließ aber jeden weiteren Annäherungsversuch. Sie war eine sehr attraktive Frau, von der er wusste, dass er sie jederzeit besitzen könnte – wenn ihm danach war. Zwar hatten ihm seine Sexualkontakte in der Vergangenheit wenig Glück gebracht, aber falls Zelfa auch in Zukunft nicht auf seine Anrufe reagieren sollte ... Er hätte ihr so gerne gesagt, dass er gesund war, sie erneut um Vergebung gebeten und natürlich seinen Sohn wiedergesehen. Doch tief in seinem Inneren wusste er, dass die Chancen dafür überaus schlecht standen. Zelfa war eine stolze, unabhängige Frau – warum sollte sie ihn, diesen verdorbenen Abkömmling einer vergangenen Monarchie, überhaupt noch wollen? Selbstvergessen wanderte sein Blick erneut über die üppigen Kurven der Zigeunerin, die gerade mit dem Bootsführer flirtete.

»Inspektor Süleyman?« Eine Stimme riss ihn aus seinen Gedanken.

»Was gibt's denn, İsak?«

Der junge Mann blickte sich kurz um, ehe er antwortete. »Dieser Hüsnü Gunay …«

»Ich warte noch immer auf das Gutachten«, erwiderte Süleyman. »Aber da Gunay weiterhin steif und fest behauptet, dass er nicht Mendes ist, rechne ich nicht mehr damit, dass uns die Spur weiterbringt. Bleibt allerdings die Frage, wer für die Schändung der Gotteshäuser verantwortlich ist.«

»Hm. Vielleicht hat ja jemand die Zeichnung aus dem Hammer kopiert.« Çöktin schaute Süleyman direkt an. »Inspektor, wegen Gunay …«

»İsak, wenn Sie Ihre Arbeit bei der Polizei fortsetzen wollen, müssen Sie das Geschäft mit den Filmuntertitelungen unbedingt aufgeben«, sagte Süleyman streng. »Das meine ich wirklich ernst. So Allah will, werden wir diese kleine Krise überstehen, aber noch ein solcher Fehltritt würde das Ende Ihrer Karriere bedeuten – da könnte ich Ihnen auch nicht mehr helfen.«

»Ich weiß.«

Die beiden Männer verfielen wieder in Schweigen. Auf der breiten Wasserstraße herrschte noch erstaunlich viel Verkehr – Fähren, Marineschiffe, Fischerboote und alle möglichen anderen Wasserfahrzeuge. Nicht gerade die ideale Umgebung für jemanden, der ein auffälliges, möglicherweise tödliches Ritual vollziehen will, dachte Süleyman.

»Was halten Sie eigentlich von diesem ganzen magischen Kram?«

Alpaslan Karataş sah zu Hikmet Yıldız hinüber und zuckte die Achseln. Durch das Fernglas beobachtete er, wie die

Barkasse in Arnavutköy ablegte. Die Aktion war für seinen Geschmack zwar etwas zu auffällig, aber das war schließlich nicht sein Problem. İkmen hatte sich entschieden, selbst in dem betreffenden Gebiet zu patrouillieren, während er und Yıldız an der Küste auf Höhe von Kandilli Posten bezogen hatten – im Grunde eine einfache Aufgabe, und er verstand selbst nicht, was ihn daran so irritierte. Aber irgendetwas störte ihn gewaltig, und das würde auch so bleiben, solange sein Chef Metin İskender im Krankenhaus lag.

Immer wieder hatte er die Ereignisse in seinem Kopf durchgespielt: der Moment, in dem er den Schuss hörte, und seine Reaktion, die – soweit er sich erinnerte – den Bruchteil einer Sekunde später erfolgt war. Aber hatte es sich wirklich nur um einen Sekundenbruchteil gehandelt, oder war mehr Zeit verstrichen? Als er das Schlafzimmer des Magiers betrat, hatte nichts darauf hingedeutet, dass jemand im Raum gewesen war. Kein Geräusch, keine Bewegung, nicht einmal der veränderte Faltenwurf eines Vorhangs. Nur der Inspektor, blutend und bewusstlos auf dem Boden, als läge er bereits seit Stunden dort. Erneut fragte Karataş sich, ob er wirklich so schnell wie möglich reagiert hatte.

İskender hatte Karataş – was ganz untypisch für ihn war – gesagt, dass er sein Leben nur dessen schneller Reaktion zu verdanken habe, und dass er, Karataş, sich nicht länger grämen und stattdessen auf seine Arbeit konzentrieren solle. Doch damit war das Problem nicht aus der Welt. Wie Karataş es auch wendete, das Ganze blieb äußerst unbefriedigend und rätselhaft: Falls er nicht sofort gehandelt hatte, was sagte das dann über ihn aus? Und falls er doch reagiert hatte, durch welchen Akt der Zauberei hatte eine Person mit einer Waffe das Schlafzimmer unbemerkt verlassen und sich augenscheinlich in Luft auflösen können? Angesichts dieser Unklarheiten und Zweifel wusste Karataş nicht recht, was er darauf antworten sollte, und nahm dann bei den Mythen und Aberglauben seiner Vorfahren Zuflucht.

»Über die Magie, von der Inspektor İkmen und diese Zigeunerin reden, weiß ich nichts, aber Dschinns, das ist eine andere Geschichte …«

»Meine Mutter hatte mal Ärger mit einem Dschinn; das war noch in unserem Heimatdorf«, erzählte Yıldız. »In einer Ecke unserer Küche ging es nicht mit rechten Dingen zu, vor allem nachts.«

»Über diese Geister sollte man besser nicht reden«, erwiderte Karataş, dem ein eisiger Schauer über den Rücken lief. »Erst recht nicht nach Anbruch der Dunkelheit.«

»Stimmt.«

Karataş blickte über das schwarze Wasser und dachte an die Zigeunerin auf der Barkasse. Eine eigenartige Frau: Obwohl sie sich wie viele Zigeunerinnen lustig und derb gab, nahm sie sich diese Geschichte offenbar sehr zu Herzen. Und sie schien eine Menge über die Magie zu wissen, die dieser Engländer angeblich praktizierte. Es bereitete Karataş ein unangenehmes Gefühl, dass eine Frau über solche Dinge Bescheid wusste und darüber sprach. Wusste sie vielleicht zu viel? Er hatte den Eindruck, dass sie sich İkmen manchmal förmlich aufdrängte, und in Gegenwart der höheren Polizeibeamten verhielt sie sich erstaunlich ungezwungen – was für eine Zigeunerin seiner Meinung nach ziemlich ungebührlich war. Aber offenbar hatte das außer ihm noch niemand bemerkt, und vielleicht war es auch gar nicht so schlimm. Er starrte hinaus aufs Wasser und versuchte, einen klaren Kopf zu bekommen. Wenn sie Glück hatten, geschah heute Nacht ja vielleicht gar nichts. Falls doch, musste er bereit sein. Stellte sich nur die Frage – bereit wofür? Wenn aus dem Nichts auf einen Mann geschossen werden konnte, welche Überraschungen warteten dann noch auf sie? Erneut lief ihm ein Schauer über den Rücken. Dort draußen lauerte möglicherweise irgendetwas Dunkles, Furchteinflößendes und beobachtete ihn. Im Vergleich dazu erschienen ihm sogar die Dschinns fast schon harmlos.

Die tiefe Schwärze der Nacht bereitete İkmen Schwindelgefühle. Vielleicht lag es daran, dass er so angestrengt in die Dunkelheit starrte, denn mittlerweile befanden sich kaum noch andere Boote auf dem Wasser. Im Sommer wimmelte es auf der europäischen Seite des Bosporus von hell erleuchteten Restaurants und Diskotheken, deren Musik die Nacht mit Leben erfüllte. Doch jetzt war es bereits Herbst, die Lokale hatten geschlossen, und die Gäste waren weitergezogen in die Clubs von Taksim und Beyoğlu. Fast wünschte İkmen, er wäre einer von ihnen, obwohl er keine laute Musik mochte und nur selten tanzte – Hauptsache, der Alkohol floss in Strömen. Was hätte er jetzt für einen Drink gegeben! Zwar würden ihn seine Magengeschwüre schwer dafür büßen lassen, aber das war ihm im Augenblick egal.

Wenn er doch nur wüsste, wonach er und seine Männer suchten. Irgendein Wasserfahrzeug, aber was für eins? Eine Jacht? Ein Fischerboot? Ein Floß? Und dann war da noch Gonca. İkmen sah zu der Zigeunerin hinüber, die sich mit Süleyman unterhielt, und runzelte die Stirn. Sie hatte ihm sehr geholfen, zumindest nahm er das an, aber warum? Sie kannte Max doch gar nicht; das behauptete sie jedenfalls. Aber sie stand mit dem Derwisch İbrahim Dede auf vertrautem Fuß, der wiederum Max gut kannte. Andererseits hätte der Derwisch ihn doch gewiss nicht angelogen, wenn er von einer Beteiligung Goncas an der Geschichte gewusst hätte. Und selbst wenn sie Max kannte – machte sie das automatisch zu einer Verdächtigen?

İkmen schloss für einen kurzen Moment die Augen, öffnete sie dann wieder und entdeckte auf einmal ein kleines Fischerboot in einiger Entfernung vor ihnen. Wahrscheinlich hatte es schon die ganze Zeit dort gelegen, doch jetzt hatte jemand eine Lampe angezündet, in deren Schein die Gestalt eines Mädchens zu erkennen war. Sie schien zu tanzen, allerdings drang keinerlei Musik zu ihnen herüber.

Süleyman, der das Boot ebenfalls bemerkt hatte, trat neben İkmen und berührte ihn am Arm. »Was hältst du davon?«

»Ich weiß nicht.« İkmen wandte sich an den Bootsführer: »Wie nah können wir an das Boot dort drüben heranfahren, ohne Aufmerksamkeit zu erregen?«

»Etwa hundert bis hundertfünfzig Meter.«

»Okay, dann bringen Sie uns in die Nähe«, sagte İkmen. »Ein Mädchen, das auf einer Jacht herumtanzt, ist eine Sache, aber auf einem Fischerboot ...«

Der Bootsführer setzte die Barkasse in Bewegung, so langsam, wie es der auf niedrigen Touren laufende Motor erlaubte.

İkmen hing nun fast über der Reling, so angestrengt starrte er zu dem Boot hinüber. Plötzlich hatte er ein flaues Gefühl im Magen. Die langen, blonden Haare des Mädchens, die im Lichtschein wild hin und her flogen, und das weite Hippiekleid weckten eine Erinnerung. Der Bootsführer brachte sie so nah wie möglich an die Szenerie heran. İkmen rieb sich die Augen. Dann fiel sein Blick auf die Füße des Mädchens.

»Alison.«

»Also gut, ich weiß, dass es unmöglich Alison sein kann«, flüsterte İkmen. »Sie müsste inzwischen Mitte vierzig sein, falls sie überhaupt noch lebt! Aber …«

»Ich verstehe nicht, warum jemand eine junge Frau bitten sollte, sich so zu kleiden wie ein Hippiemädchen, das du in den siebziger Jahren gekannt hast«, erwiderte Süleyman ebenso leise.

»Max. Max würde das tun.«

»Und warum?«, fragte Süleyman. »Du warst mit ihr befreundet, aber das liegt schon so lange zurück.«

»Sie ist damals verschwunden! Einfach so!«

»Aber wieso sollte Max …?«

»Weil es möglicherweise eine Verbindung zwischen İkmen, diesem Mädchen und dem Magier gibt«, sagte Gonca und schaute Süleyman direkt in die Augen.

»Natürlich gibt es eine Verbindung!«, zischte İkmen. »Wir kannten sie schließlich beide!«

»Und Sie begehrten sie beide«, ergänzte Gonca lächelnd. »Zumindest Sie, Inspektor. Es steht Ihnen deutlich ins Gesicht geschrieben.«

Süleyman, der immer geglaubt hatte, dass İkmen niemals eine andere Frau als seine Fatma auch nur ansehen würde, musterte seinen alten Freund interessiert.

İkmen seufzte. »Damals ist überhaupt nichts geschehen. Alison war einfach nur eine gute Freundin, und ich … ich habe mich beherrscht«, sagte er müde. »Allerdings kann ich nicht für Max sprechen.«

»Wenn der Magier das Mädchen benutzt, um Sie zu verspotten, weiß er offenbar, dass Sie immer noch Gefühle für sie hegen«, dachte Gonca laut nach. »Anscheinend hat er Ihren schwachen Punkt entdeckt.«

»Aber woher willst du wissen, dass es Alison ist oder zumindest sein soll?«, fragte Süleyman.

İkmen zog ihn an die Bordwand und zeigte auf das Fischerboot. »Armeestiefel«, sagte er. »Rosafarbene Armeestiefel. Alison hatte sie selbst gefärbt.«

»Aber Doc Martens gibt es doch in allen möglichen Farben.«

»Nein«, zischte İkmen, »keine Doc Martens! Echte Armeestiefel. Sieh doch mal genau hin! Riesige Stiefel! Alison war ganz vernarrt in die Dinger und hat sie dauernd getragen.«

»Und was sollen wir jetzt tun, Çetin?«, fragte Süleyman. »Angenommen, Max ist tatsächlich auf dem Boot?«

»Wir warten ab, was passiert«, sagte İkmen.

»Und wenn Max oder jemand anders das Mädchen angreift?«

»Wir warten.«

İkmen verfiel wieder in Schweigen und fixierte die kleine Gestalt, die in der Mitte des Bosporus tanzte, von einem hellen Licht angestrahlt.

Es schien, als würde sie stundenlang tanzen, allein in der Dunkelheit, zu einer unhörbaren Melodie. Doch seltsamerweise wirkte ihr Tanz nicht anmutig. Die junge Frau konnte kaum das Gleichgewicht halten, so als wäre sie betrunken oder stünde unter Drogeneinfluss. İkmen meldete sich bei Karataş und Yıldız, die noch immer auf ihrem Posten an der Küste standen, informierte sie über die neueste Entwicklung und befahl ihnen, sich vorerst nicht von der Stelle zu rühren.

»Könnte es sich bei dieser Darbietung nicht um ein Ablenkungsmanöver handeln, Inspektor?«, flüsterte Çöktin.

»Ich weiß es nicht«, erwiderte İkmen. »Ich weiß es wirklich nicht.«

»Na, irgendjemand muss das Boot ja hier hinausgefahren haben. Ich kann mir nicht vorstellen, dass sie das selbst getan hat. Oder was meinst du, Çetin?«, fragte Süleyman.

»Nein, bestimmt nicht.«

Erneut wandten sich alle dem Schauspiel zu und warteten

gespannt. Nur Gonca zeigte keinerlei Anzeichen von Ungeduld. Vielleicht hängt ihre unerschütterliche Ruhe ja mit dem geballten Erfahrungsschatz ihres Volkes zusammen, dachte İkmen. Vielleicht hatte die »Andersartigkeit« sie ja gelehrt zu warten – auf Nahrung, auf Gerechtigkeit, auf einen Funken Verständnis. Darauf würde sie noch lange warten müssen. Im Gegensatz zu anderen Minderheiten integrierten sich die Zigeuner nur widerwillig und wurden von der Gesellschaft auch nicht gerade mit offenen Armen empfangen. In dieser Hinsicht war Istanbul zwar besser als andere europäische Städte, doch die Zigeuner lebten nach wie vor als Außenseiter. Und möglicherweise hatten sie dafür ihre Gründe. İkmens Vater, der an der Universität von Istanbul moderne Sprachen gelehrt hatte, hatte sich seit jeher für europäische Geschichte interessiert, vor allem für die Zeit des Zweiten Weltkriegs. İkmen erinnerte sich noch, was er einmal zu Hitlers »Endlösung« im Hinblick auf die Zigeuner gesagt hatte: »Weißt du, Junge, die Nationalsozialisten haben sich häufig nicht einmal die Mühe gemacht, die Zigeuner umzubringen. Sie ließen sie ihr eigenes Massengrab schaufeln und stießen sie dann hinein, um sie bei lebendigem Leibe zu begraben und dann auf der Erde über ihren Köpfen herumzutrampeln. Wie kann ein Volk sich von so etwas erholen?« Dabei hatte sein Vater heftig geschluckt und gegen die Tränen angekämpft, obwohl er Zigeuner noch nicht einmal sonderlich gemocht hatte.

İkmen fragte sich, ob Max' Vater wohl an solchen Gräueltaten beteiligt gewesen war. In dem Fall hätte sich Max als Sohn – und sei es auch nur für sein eigenes Seelenheil – unbedingt von ihm abwenden müssen. Andererseits, wenn es um Geld ging … Für Geld filmten Männer, wie junge Mädchen beim Vollzug seltsamer Rituale starben. Und Geld gab reichen Müßiggängern die Möglichkeit, einer Fülle von Interessen nachzugehen, guten wie bösen.

Plötzlich hörte das Mädchen auf zu tanzen, und aus einer Luke unter Deck tauchten zwei Gestalten auf, eine große und eine etwas kleinere, in langen Roben, die Gesichter hinter Masken verborgen. Die kleinere Gestalt trug etwas, das aussah wie ein Tisch und stellte es im Heck des Fischerboots auf. Aus ihrer

Trance erwacht, trat Gonca zu İkmen und den beiden anderen Polizeibeamten an die Bordwand der Barkasse. Während sie in die Dunkelheit blinzelte, meinte sie leise: »Ich verstehe nicht, warum wir kein Fernglas verwenden können.«

»Weil es das Licht der Lampe möglicherweise reflektieren würde«, erwiderte İkmen. »Können Sie irgendwas erkennen?«

»Nicht viel.«

Die größere Gestalt näherte sich dem Tisch, legte etwas darauf ab und setzte zu einem Monolog an, doch niemand auf der Barkasse konnte verstehen, was gesagt wurde. Nach einer Weile verneigte sich der Vermummte in alle vier Himmelsrichtungen.

»Er erweist den geöffneten Portalen seine Ehrerbietung. Norden, Süden, Osten und Westen«, erklärte Gonca.

»Und was passiert jetzt?«

»Als Nächstes folgt das Ritual, das er im Zentrum des magischen Kreises durchführen will. Auf dem Tisch liegt mit Sicherheit ein Ritualdolch. In früheren Zeiten dienten diese Dolche dazu, rituelle Opfer zu bringen, aber heute besitzen sie nur noch Symbolkraft – meistens jedenfalls.«

İkmen warf einen Blick auf das nun reglose Mädchen und wandte sich an Süleyman: »Sag dem Bootsführer, er soll uns längsseits bringen.«

»Aber willst du ihn nicht auf frischer Tat ertappen ...?«

»Ich glaube nicht, dass wir noch länger warten sollten«, erwiderte İkmen.

»Sehr weise«, murmelte die Zigeunerin. Als der Motor aufheulte, hockte sie sich aufs Deck und zündete sich eine ihrer schwarzen Zigarren an. »Ich weiß nämlich nicht, was geschieht, wenn man einen Magier während der Durchführung eines großen Rituals unterbricht«, sagte sie. »Hoffentlich werden wir die Kräfte, die er bereits heraufbeschworen hat, beherrschen können, wenn der Zeitpunkt gekommen ist.«

In dem Moment drehte sich die große Gestalt in dem Fischerboot um und blickte der Barkasse entgegen, die sich rasch näherte.

İkmen hatte sich gefragt, ob die Männer versuchen würden, ihnen zu entkommen, doch das Fischerboot bewegte sich nicht. Die kleinere Gestalt schien einen Moment lang mit dem Gedanken zu spielen, sich in den Bosporus zu stürzen, doch wahrscheinlich hielt ihn das Wissen um die unberechenbaren Strömungen in der breiten Wasserstraße davon ab. Der große Mann hingegen blieb reglos stehen, bis die Barkasse längsseits lag; erst als die Beamten und die Zigeunerin an Bord des Fischerbootes kletterten, zog er das Mädchen sanft an sich.

İkmen wusste, dass es Max war – trotz der langen grauen Robe und der bedrohlichen Ziegenbockmaske wusste er es sofort. Das Mädchen in seinen Armen wimmerte leise.

»Was machst du nur, Max?«, fragte İkmen. »Ich hätte nicht gedacht, dass du so etwas nötig hast.«

»Ich übe meine Kunst aus«, erwiderte der Magier in seiner Muttersprache. »Es gibt kein Gesetz ...«

»Zauberei ist in diesem Land verboten«, erwiderte İkmen. »Und jetzt nimm bitte die Maske ab, damit wir dem Spuk ein Ende bereiten können.«

Das Mädchen, dessen Gesicht nicht zu erkennen war, stöhnte leise, woraufhin der Magier sie noch fester packte.

»Aber mein Werk ist noch nicht vollendet. Es braucht nur noch eine Zeremonie, um unser Ziel zu erreichen.«

»*Unser* Ziel?«

»Ich tue das hier für dich.« Max' sonst so freundliche Stimme hatte einen scharfen Ton angenommen. »Ich beschütze die Stadt. Es ist eine gewaltige Aufgabe.«

»Wovor beschützt du die Stadt denn?«

»Vor dem Krieg. Vor Gasangriffen, chemischen Waffen, den Grausamkeiten einer ethnischen Säuberung. Ich habe mein ganzes Leben der Aufgabe gewidmet, für den Frieden zu kämpfen.«

İkmen musste unwillkürlich lachen. »Du glaubst, dass Saddam Hussein die Türkei ethnisch säubern will?«

»Das könnte passieren.«

»Ich weiß. Und ich weiß, dass wir alle wachsam sein müssen«, sagte İkmen. »Aber du versuchst, deine persönliche Schuld abzutragen, indem du für uns alle Schicksal spielst – und das wird nicht funktionieren, Max. Diese Stadt braucht deine Hilfe nicht. Wir haben eine Armee, wir haben Nachrichtendienste und wir sind nicht die primitiven Ureinwohner, für die du uns anscheinend hältst.«

»Ich liebe diese Stadt! Warum, glaubst du, würde ich das hier sonst tun?«

In der Stille, die nun entstand, versuchte das Mädchen vergeblich, sich aus der Umklammerung des Magiers zu befreien. İkmen fragte sich, ob sie Max' nächstes Opfer hätte werden sollen. Hätte sie durch den Dolch geopfert werden sollen, der angeblich auf dem Tisch am Heck lag, aber nirgends zu sehen war? İkmen konnte ihn nicht entdecken, und da der kleinere Mann mittlerweile zwischen Süleyman und Çöktin stand und nichts in den Händen hielt, musste Max ihn bei sich tragen.

»Wer ist das Mädchen?«, fragte İkmen, zündete sich eine Zigarette an und inhalierte tief und zornig.

»Du weißt, wer sie ist.«

»Nein, das weiß ich nicht«, erwiderte İkmen schroff. »Sie trägt eine Perücke, das sieht man sofort. Warum lässt du dieses Mädchen wie Alison aussehen, Max? Willst du mich damit verspotten? Wenn du wusstest, dass ich komme, warum hast du dann nicht versucht, zu fliehen?«

»Ich war nicht sicher, ob du kommst. Deine Anwesenheit spielt aber auch keine Rolle. Sie ist Alison …«

»Das ist sie nicht!«

»Du kennst sie.«

»Nein!«

»Letztlich sind alle Frauen Alison«, sagte der Magier. »Du kennst sie.«

»Nein, Max, ich kenne sie nicht«, wiederholte İkmen, der sah, dass Süleyman eine Hand in seine Sakkotasche gesteckt hatte. İkmen betete, dass sein Kollege jetzt nichts Unbedachtes tat – schließlich ging es hier um Max Esterhazy, ihren gemeinsamen Freund.

»Du wirst feststellen, dass du sie doch kennst«, sagte der Magier und drehte die vermeintliche Alison zu İkmen um. »Hier.«

Die Gesichtszüge des Mädchens wirkten verzerrt wie die einer Betrunkenen, und sie hatte die Augen fast geschlossen;

trotzdem erkannte İkmen sie sofort. Wortlos holte er tief Luft. Çiçek.

»Ein Ritual, das Mächte heraufbeschwört, die stark genug sind, Istanbul zu schützen, erfordert die erlesensten Opfergaben«, sagte der Magier. »Çiçek besitzt alle notwendigen Eigenschaften: Sie ist eine Naturbegabung, sie ist schön …«

»Dann wäre es doch eine Schande, ihr Leben zu vergeuden«, meinte Gonca lächelnd, die Zigarre zwischen den Fingern. »Du hast das Blut einer Zigeunerin vergossen, draußen auf Büyük Ada, nicht wahr?«

Obwohl der Magier des Türkischen mächtig war, sah er Gonca einen Moment verwirrt an. Sie hatte einen starken Akzent, und er musste sich konzentrieren, um sie zu verstehen.

»Gülizar war eine kleine Hure«, fuhr Gonca fort. »Dein Ritual ist also befleckt.«

»Gib mir meine Tochter zurück, Max«, sagte İkmen mit leiser, beherrschter Stimme, als er den ersten Schock überwunden hatte.

Doch der Magier ignorierte ihn und setzte sein Gespräch mit der Zigeunerin fort: »Das Mädchen auf Büyük Ada war nicht meine erste Wahl, aber Fitnat Topal ist einfach nicht aufgetaucht.«

»Dann ist dein Ritual befleckt.«

»Nein!«

»Max, wenn du mir Çiçek zurückgibst, verspreche ich …«

»Du willst mir einen Deal vorschlagen, wie in diesen amerikanischen Fernsehserien?« Der Magier nahm die Maske ab und entblößte sein angespanntes, aschfahles Gesicht. Plötzlich wirkte er bedeutend älter als sonst. »Ich habe auf einen deiner Kollegen geschossen, Çetin. Wenn ich das nicht getan hätte, wäre die kleine Çiçek jetzt nicht hier«, sagte er.

»Was meinst du damit?«

»Ich meine, dass ich dummerweise eine wichtige Beigabe vergessen hatte, als ich Dienstag aus meiner Wohnung verschwand …«

»Das Siegel«, sagte Gonca. »Benutzt du es, um Macht über dieses Mädchen auszuüben?«

»Ja.« Max wandte sich wieder an İkmen. »Gar nicht dumm – wie bist du darauf gekommen?«

Doch İkmen antwortete nicht. »Du hast einem meiner Beamten heute ein weiteres Siegel in die Tasche gesteckt.«

Der Magier lächelte schwach. »Ja, aber das war nur ein Scherz«, erwiderte er. »Das Siegel für Çiçek allerdings war ernst gemeint. Ich habe es mit meinem eigenen Blut angefertigt.«

Die Tatsache, dass Çiçek ihn die ganze Zeit anstarrte, scheinbar ohne ihn zu erkennen, vergrößerte İkmens Sorge noch. Selbst wenn er sie zurückbekäme, wäre sie dann immer noch sie selbst? Würde es irgendjemandem gelingen, sie aus diesem Dämmerzustand zu befreien? Er sah zu Süleyman und Çöktin hinüber und musterte den maskierten Mann, der schwer atmend zwischen ihnen stand.

»Wer ist das?«, fragte İkmen, an Max gewandt.

»Turgut, Ülküs Freund«, erwiderte Max beiläufig.

Süleyman riss dem jungen Mann die Maske vom Gesicht. Er war kreidebleich und offenbar völlig verängstigt.

»Aber du hältst mich von dem ab, was ich vollenden muss«, sagte Max plötzlich und griff in seine Robe. Ein metallischer Gegenstand blitzte auf.

»Im Grunde geht es bei all dem hier doch nur um Geld«, sagte İkmen, dessen Atem nun ebenfalls schneller ging. »Du hast dich an İrfan Şay verkauft, deine Kunst prostituiert ...«

»Çetin ...«

»Als von deinem Vater kein Geld mehr kam, hast du dich nach anderen Quellen umgesehen, um deinen Lebensstil zu finanzieren. Du interessierst dich doch gar nicht für unsere Stadt, Max! Dir geht es nur um dich selbst! Aber damit ist jetzt Schluss; du kannst nicht mehr fliehen. Das Ritual ist beendet.«

Der Magier hob die lange, gekrümmte Klinge über seinen Kopf und meinte: »O nein, das ist es ganz bestimmt nicht, Çetin. Es kann nicht beendet sein: Die Portale sind geöffnet, und diejenigen, die ich angerufen habe, Istanbul zu schützen, müssen ihren verdienten Lohn erhalten.«

İkmen sah zu Süleyman hinüber, der seine Dienstwaffe gezogen hatte und auf den Kopf des Magiers zielte. »Leg den Dolch weg, Max«, sagte er. »Ich werde dich töten, wenn es sein muss.«

»Ich weiß«, erwiderte der Magier und hob den anderen Arm, wodurch Çiçek freikam und langsam zu Boden sank.

»Doch es muss jungfräuliches Blut vergossen werden«, rief Max lächelnd.

Dann ging alles sehr schnell. İkmen machte einen Satz nach vorne, um Çiçek zu sich heranzuziehen, während Süleyman gegen die Schaukelbewegungen des Bootes ankämpfte und gleichzeitig versuchte, den Magier zu erreichen. Max Esterhazy holte mit der Hand aus, die den Dolch hielt. Im nächsten Moment flog seine andere Hand in den Bosporus, wobei alle Umstehenden von einem Schwall Blut besudelt wurden.

Ehe irgendjemand reagieren konnte, sprang der Magier über Bord und verschwand in der Tiefe. »Schnappt ihn!«, brüllte İkmen, während er schützend die Arme um seine bewusstlose Tochter legte.

Süleyman zog schnell sein Sakko aus und sprang ins Wasser. Der Bootsführer der Barkasse schaltete die Suchscheinwerfer ein. Çöktin warf den noch immer zitternden Turgut Can zu Boden und blieb mit gezückter Waffe über ihm stehen. Nur Gonca bückte sich gemächlich, tauchte einen Finger in das Blut auf dem Boden und führte ihn an ihre Lippen. Nachdem sie einen winzigen Tropfen davon gekostet hatte, zog sie eine Augenbraue hoch und lehnte sich entspannt gegen die Bordwand, um das Geschehen auf dem Wasser zu beobachten.

Süleyman, der sich der Gefahr bewusst war, die die Strömung selbst für erfahrene Schwimmer wie ihn bedeuten konnte, achtete sorgfältig darauf, das Boot nicht aus den Augen zu verlieren, während er die Wasseroberfläche absuchte. Max konnte noch nicht weit gekommen sein; andererseits war es bei einer solch schweren Verletzung auch nicht auszuschließen, dass sein Körper wie ein Stein in die Tiefe gesunken war. Süleyman holte tief Luft und tauchte hinab in die Dunkelheit.

»Er ist extrem sportlich, nicht wahr?«, sagte Gonca anerkennend und zündete sich ihre Zigarre wieder an. »Das gefällt mir.«

»Es ist mir vollkommen schleierhaft, wie Sie im Augenblick an etwas Derartiges auch nur denken können!«, rief İkmen. »Kommen Sie lieber her und helfen Sie mir mit meiner Tochter!«

Gonca drehte sich um und trat neben İkmen und das bewusstlose Mädchen.

»Für die Liebe ist immer Zeit, İkmen«, sagte sie, nahm Çiçeks Kopf in die Hände und massierte ihr behutsam das Gesicht. »Ihre Tochter wird bald wieder auf dem Damm sein.«

»Woher wissen Sie das?«

»Wie ich Ihnen schon so oft gesagt habe, İkmen: Ich bin eine Zigeunerin, ich weiß alles.«

»Ja, und Max ist ein Magier. Und jetzt sehen Sie sich an, wohin das geführt hat!«, fauchte er.

Çöktin, der voller Sorge beobachtete, wie lange Süleyman nun schon unter Wasser war, reichte dem Bootsführer seine Waffe und beugte sich weit über die Bordwand. »Inspektor Süleyman!«

Doch von der nun fast spiegelglatten Wasseroberfläche drang kein einziger Laut zu ihnen herauf. »Inspektor Süleyman!«

»Er hat mich dazu gezwungen!«, stieß Turgut Can mit klappernden Zähnen hervor. »Ich weiß nicht, woher er das Blut hatte. Ich schwöre es!«

»Halt den Mund!«, knurrte der Bootsführer. »Das interessiert jetzt nicht!«

»Inspektor!«

Beunruhigt durch Çöktins verzweifelten Ton stand İkmen auf und ging zu ihm hinüber.

»Inspektor Süleyman ist schon viel zu lange unter Wasser!«, sagte Çöktin aufgeregt.

»Ich weiß«, erwiderte İkmen und legte ihm eine Hand auf die Schulter.

Plötzlich hielt Süleymans Assistent es nicht länger aus und warf seine Jacke zu Boden. »Ich springe hinterher.«

»Nein!«

»Doch!«

İkmen packte Çöktin fest am Arm. »Nein! Das ist viel zu

gefährlich. Ich werde nicht auch noch Ihr Leben in Gefahr bringen! *Ich* werde ihn suchen.«

»Inspektor, bei allem Respekt …«

İkmen zog gerade sein Jackett aus, als Çöktin rief: »Da!«

Angestrengt blinzelte İkmen in die angezeigte Richtung und entdeckte zwei helle Flecken, etwa hundert Meter vom Boot entfernt.

»İsak!« Es gab keinen Zweifel, das war Süleymans Stimme. »Hilfe!«

»Jetzt können Sie hineinspringen«, sagte İkmen erleichtert.

Obwohl es nur wenige Minuten dauerte, bis Çöktin mit Süleyman zum Boot zurückkehrte, kam es İkmen wie eine Ewigkeit vor. Und die beiden waren nicht allein.

»Max lebt«, stieß Süleyman atemlos hervor, während İkmen ihn an Deck zog. »Allah steh mir bei, ich habe wer weiß wie viel von dieser Brühe geschluckt …« Er spuckte, hustete und versuchte, sich zu räuspern.

Çöktin, der noch immer neben der Barkasse schwamm, drehte den offenbar bewusstlosen Magier so, dass İkmen ihn packen konnte.

»Er hat noch beide Hände!«, sagte er.

»Tatsächlich«, knurrte İkmen.

»Natürlich hat er noch beide Hände, sonst müsste sein Blut ja aus Tomatenketchup bestehen«, warf Gonca lachend ein. »Was für eine erbärmliche Vorstellung für einen großen Magier!«

22

Nachdem sie Max Esterhazy das Wasser aus der Lunge gepumpt hatten, brachten İkmen und seine Kollegen Çiçek, den Magier und Turgut Can auf die Barkasse. Während der Fahrt ließ İkmen den hustenden Engländer keine Sekunde aus den Augen. Er hatte ihn mit Handschellen an sich gefesselt und bombardierte ihn mit wütenden Fragen.

»Was hast du meiner Tochter verabreicht, du Mistkerl?«, brüllte İkmen, als Max die Augen öffnete.

»Ni…«

»Was hast du ihr eingeflößt?«

»Ni… nichts.«

İkmen drehte sich besorgt zu seiner noch immer bewusstlosen Tochter um und packte den Magier an der Kehle. »Das soll also von nichts kommen?«

Über Esterhazys Gesicht huschte ein amüsiertes Lächeln. Dann lehnte er sich an die Bordwand und flüsterte: »Çiçek?«

Die junge Frau gab ein leises Geräusch von sich, ihre Augenlider flatterten.

»Çiçek, wach auf. Ich bin's – Max«, sagte Esterhazy auf Englisch. »Komm, wach auf, Liebste.«

»Liebste!«

»Ganz ruhig.« Süleyman legte eine Hand auf İkmens Arm und verhinderte so, dass der Inspektor die Beherrschung verlor. »Wenn er sie hypnotisiert hat …«

»Sie kommt schon wieder zu sich, İkmen«, meinte Gonca. »Da, sehen Sie nur.«

Çiçek hatte jetzt die Augen geöffnet, und obwohl ihr Blick ins Leere ging, schien sie aus der Trance zu erwachen.

»Ich würde es nicht direkt als Hypnose bezeichnen«, sagte der Magier und bekam erneut einen Hustenanfall. »Das Siegel … Vor ein paar Tagen hatte ich Macht … über Çiçek. Sie war einsam …«

»Wenn du sie auch nur einmal angefasst hast …«

Die Augen des Magiers verengten sich zu Schlitzen. »Nein, das habe ich nicht. Ich habe noch nie jemanden ›angefasst‹, wie du es nennst. Sie hätte die Erste sein sollen.«

»Ach, und was ist mit den anderen Mädchen?«, fragte İkmen.

Max Esterhazy schüttelte den Kopf. »Ich habe kein einziges dieser Mädchen angefasst. Die Jungfrauen an den Portalen wurden von Wesenheiten genommen, von denen du nichts verstehst.«

»Oh, Dämonen. Ich …«

»Ja, Dämonen – wenn du den Begriff vorziehst«, erwiderte Esterhazy. »Für ein derart mächtiges Ritual muss man Wesenheiten heraufbeschwören, die einen großen Appetit haben. Der Vollstrecker des Rituals, also ich, führt nur den eiskalten Penis des Ziegenbocks ein. Und zwar nur einen – wie du sicher bemerkt haben wirst, Çetin.«

»Und İrfan Şay hat nichts als ›Wesenheiten‹ gefilmt?«, sagte İkmen grimmig. »Ich bitte dich, Max – hör auf, meine Intelligenz zu beleidigen.«

»Du kannst glauben, was du willst.«

»Das tue ich auch. Und ich glaube, dass es bei dieser ganzen Geschichte hauptsächlich um Profit geht. Um deinen Profit. Du hast Şay die Möglichkeit verschafft, Filme zu drehen, auf denen echte Morde zu sehen sind.« İkmen wandte sich an Süleyman: »Forderst du bitte ein Polizeifahrzeug für den Transport zur Wache an?«

Süleyman nahm sein Mobiltelefon und veranlasste alles Weitere.

İkmen drehte sich erneut zu Max Esterhazy um: »Und was ist mit Alison, Max? Was sollte dieser Mummenschanz mit meiner Tochter?«

Der Engländer lächelte sanft. »Alison war perfekt«, sagte er. »Ich habe sie leidenschaftlich geliebt.«

»Was hast du ihr angetan?«

Esterhazy zuckte die Achseln. »Nichts. Das ist ja gerade das

Tragische, Çetin. Sie trat in mein Leben und verschwand dann wieder, nach Kappadokien.« Er beugte sich zu İkmen vor und flüsterte: »Sie hat mich abgewiesen, weil sie in dich verliebt war.«

»Davon hat sie nie etwas gesagt ...«

»Sie hat es dir nicht erzählt, weil du verheiratet warst«, fauchte Max. »Aber sie hat dich geliebt, meine perfekte Frau – mehr als mich.« Seine Stimme bekam einen harten Klang. »Erstaunlich, nicht wahr? Ich bin groß, attraktiv und will sie zu meiner Göttin machen, aber sie zieht einen mittellosen, kleinen Türken vor! Das werde ich dir nie verzeihen, Çetin! Niemals! Seitdem bin ich nie mehr mit einer Frau zusammengewesen ...«

»Und was ist mit deiner Bekannten in Şişli?«

»Das ist nur eine Freundin!« Er lachte bitter. »Ich kann nur noch Freundinnen haben, Çetin. Ich habe nie eine andere begehrt als Alison. Ich musste Çiçek in diese Hippieklamotten stecken, weil das die einzige Möglichkeit war, mich genug zu erregen, um ...«

»Hör sofort auf, so von meiner Tochter zu reden!«

»Als du wegen dieser lächerlichen Schmiererei an der Kirchenwand zu mir kamst, hatte ich bereits mit der Eröffnung des Rituals begonnen«, erklärte Max. »Aber du hast mich erst auf die Idee gebracht, Çiçek zu benutzen. Du hast sie mir verweigert, so wie du dich Alison verweigert hast. Das ganze Blut habe ich nur für dich in meiner Wohnung vergossen – um dich zu verwirren, zu bestrafen ...«

»Çetin, in Eminönü steht ein Wagen für uns bereit«, unterbrach Süleyman die Auseinandersetzung.

»Gut. Was ist mit Karataş und Yıldız?«

»Sie kommen ebenfalls zur Wache.« Süleyman warf dem Magier einen Blick zu und sagte: »Und du wirst noch viel mehr Fragen beantworten müssen, Max. Was ist zum Beispiel mit Cem Ataman. Ihn hast du nicht umgebracht, oder?«

»Ich war nicht mal in der Nähe des Tatorts«, erwiderte Max. »Er war ein guter Lehrling der Magie – der beste, den ich je hatte. Ich konnte mit Cem über alles sprechen, meine Ängste, meine Leidenschaften. Er hatte ein unstillbares Verlangen nach den Mysterien – natürlich erst, nachdem ich ihm gezeigt hatte, wie belanglos Konzepte wie Gut und Böse sind. Aus freiem Willen vollzog er das Ritual und ging für mich in den Tod. Er schenkte mir das westliche Portal.«

»Also wusstest du …«

»Natürlich! Cem und ich haben alles zusammen geplant.« Max schloss die Augen. »Ich bin jetzt zu müde, um noch mehr Fragen zu beantworten.«

»Das wirst du später aber müssen!«

Max öffnete die Augen wieder: »Das glaube ich nicht. Ich sage dir nur noch, dass mein großes Ritual, das ich mit meinem eigenen Blut …«

»Das war Tomatenketchup!«

»Lass es testen und überzeuge dich selbst.« Max lächelte. »Das Werk ist vollbracht; die Stadt ist sicher. Gülay Arat war ein williges Opfer. Dieser Hammer ist wirklich ein schlechter Ort; dort werden junge Mädchen dem Teufel zugeführt! Wie ich Gülay schon sagte: dumme Menschen in schwarzer Kleidung, die sich lächerlich machen. Sie war begeistert, als sie herausfand, was ich sie lehren konnte, und begrüßte die Dinge und Wesenheiten, die ich rief. Die kleine Lale war jedoch eine gute Muslimin und sehr ängstlich. Sie kämpfte dagegen an, ich konnte sie nicht beruhigen. Es war kein schöner Anblick. Das Zigeunermädchen war natürlich ein Fehler. Unreines Blut. Ich wusste, ich würde dafür bezahlen müssen. Sie ist der Grund dafür, dass du mich überhaupt finden konntest. Aber das Ritual wurde vollzogen, und nur darauf kommt es an. Ich erzähle dir diese Einzelheiten, Çetin, solange ich es noch kann.« Er stöhnte. »Ich bin sicher, es wird dir Spaß machen, den Rest aus Turgut herauszuprügeln. Außerdem weiß ich, dass du İrfan Şay bereits auf den Fersen bist … Ach ja, eins muss ich noch klarstellen: Ülkü Ayla hat mit dem Ganzen nichts zu tun. Sie ist unschuldig. Wenn du sie finden solltest, sei bitte nett zu ihr. Das arme Mädchen – in gewisser Weise habe ich auch sie geopfert. Und jetzt, wenn du nichts dagegen hast …« Er lehnte sich gegen die Bordwand der Barkasse und schloss erneut die Augen.

»Und was ist mit dem anderen Blut, Max? Dem Blut, das nicht von dir stammt?«

»Oh, das ist so einfach, Çetin«, sagte der Magier und lächelte. »Darauf kommst du ganz allein.«

»Also, ich …«

»Baba …«

İkmen drehte sich ruckartig um. Seine Tochter hatte den Kopf leicht gehoben und sah ihn an. Ihr Gesicht war kreidebleich, und in ihrem Blick lag eine beängstigende Leere. İkmen ergriff die Handschellen, die ihn mit Max verbanden, und wandte sich an Süleyman: »Könntest du …?«

»Natürlich.« Süleyman ging zu Gonca und nahm ihr Çiçek behutsam aus den Armen.

»Mehmet?«

»Ja. Jetzt wird alles gut, Çiçek.« Er strich ihr die ungewohnt blonden Haare aus dem Gesicht. »Ich bin hier und dein Vater auch. Du brauchst keine Angst mehr zu haben.«

Als die Lichter des Anlegers in Eminönü und die kaiserlichen Paläste und Moscheen in Sicht kamen, musterte İkmen nachdenklich den scheinbar schlafenden Magier. Wie hatte er nur glauben können, diesen Mann zu kennen? Was war geschehen, dass Max sich zu solchen Taten hatte hinreißen lassen? Lag es wirklich an dem drohenden Konflikt in der Region? Fürchtete er sich so sehr vor den Auswirkungen eines Krieges auf sein Leben, dass er glaubte, morden zu müssen, um ihn abzuwenden? Oder war es nur eine rein finanzielle Geschichte, verbrämt mit lächerlichen Kostümen und ein paar Taschenspielertricks? İkmen wusste, dass Magie stets mit Macht verbunden war. Und in gewisser Weise war er erleichtert, dass Max das Ritual zu Ende geführt hatte, denn wer wusste schon, welche Folgen ein vorzeitiger Abbruch hätte haben können.

Und Alison? İkmen hätte sich nie träumen lassen, dass sie solche Gefühle für ihn gehegt hatte! Die Tatsache, dass diese unglückliche Liebe Max so sehr und vor allem so nachhaltig getroffen hatte, konnte nicht nur mit ihr als Person zu tun haben. Der Schlüssel lag mit Sicherheit in Max' Vergangenheit, hatte mit seinem Vater und den widersprüchlichen Gefühlen zu tun, die er für ihn empfand. Einerseits wollte Max Gutes tun, die Stadt schützen, die Gräueltaten seines Vaters wieder gutmachen. Andererseits war er aber auch erfüllt von einer alles verzehrenden Wut: Die Frau, die er begehrte, zog einen anderen ihm vor, jemanden, den er als minderwertig betrachtete. Darüber war er nie hinweggekommen. Man konnte mit Türken Bekanntschaften pflegen, sie als Dienstboten beschäftigen, doch mehr …? İkmen musste an Ülkü Ayla denken und an Max' Versicherung, sie sei unschuldig. Handelte es sich hier nur um ein weiteres von Max' Spielchen? Die Zeit und ein hartes Verhör würden hoffentlich Antworten auf all diese Fragen bringen.

Nachdem die Barkasse am Kai angelegt hatte, hievten İkmen und der Bootsführer den schlafenden Max Esterhazy in den wartenden Polizeiwagen.

İkmen ließ Max und Turgut Can in den Zellentrakt im Untergeschoss der Polizeiwache bringen, denn er wollte erst einmal mit Çiçek zum Krankenhaus fahren.

»Wir vernehmen die beiden morgen früh«, sagte er an der Tür zu Süleyman.

»Es ist bereits morgen früh, Çetin.«

İkmen zuckte die Achseln. »Also dann, wenn ich wieder da bin.« Und mit einem Lächeln fügte er hinzu: »Du solltest auch nach Hause fahren und dich umziehen, Mehmet. Dieser Anzug hat seine Schuldigkeit getan.«

Süleyman, der seine durchweichte Kleidung völlig vergessen hatte, musste lachen.

Kaum war İkmen gegangen, wandte Çöktin sich an seinen Vorgesetzten: »Inspektor Süleyman, entschuldigen Sie, aber wer ist diese Alison?«

»Ach, nur irgendein Mädchen, das Inspektor İkmen und Esterhazy vor vielen Jahren einmal gekannt haben«, erwiderte Süleyman müde.

»Aha.«

»Sie sollten auch für ein paar Stunden nach Hause gehen, İsak«, sagte Süleyman. »Es war eine schreckliche Nacht, und ich bin sicher, wir werden später noch mehr Gräueltaten zu hören bekommen. Fahren Sie heim und ziehen Sie sich um; ich rufe Sie dann an. Ach ja, und noch etwas …« Er legte seinem Mitarbeiter die Hand auf die Schulter. »Danke für alles, was

Sie heute Nacht für mich getan haben. Sie haben mir wahrscheinlich das Leben gerettet.«

Verlegen senkte Çöktin den Kopf. »Nichts zu danken, Inspektor.«

Süleyman sah ihm nach und machte sich auf den Weg zu seinem Büro, um den drängenden Papierkram zu erledigen. Der durchweichte Anzug und die nassen Schuhe würden noch eine Weile warten müssen.

Er hatte gerade das Treppenhaus erreicht, als er aus dem Untergeschoss laute Stimmen und das Geräusch schwerer Schuhe vernahm. Es klang, als käme der Lärm aus dem Zellentrakt. In Gedanken ging er rasch alle Vorsichtsmaßnahmen durch, die er ergriffen hatte, um sicherzustellen, dass die beiden Inhaftierten sich nichts antun konnten. Es gab nichts daran auszusetzen. Allerdings konnte er nicht dafür bürgen, was mit den Gefangenen in den Zellen geschah. Nicht alle Polizeibeamten waren so wie er und İkmen, und Esterhazy wurde schließlich des Mordes verdächtigt. Er rannte die Treppe hinunter und bahnte sich einen Weg durch die auffallend große Menge von Uniformierten.

»Was geht hier vor?«, fragte er einen der Männer.

»Einer der Gefangenen ist tot, Inspektor.«

»Tot?«

»Ja.«

Noch ehe er die betreffende Zelle erreichte, wusste Süleyman, dass es sich nur um Max handeln konnte. Auf der Barkasse hatte etwas seltsam Endgültiges in seinen Worten gelegen.

Er stieß die Zellentür auf. Max lag reglos am Boden, während ein junger Wachtmeister ungeschickt eine Herzmassage durchführte. »Haben Sie den Arzt verständigt?« Er hockte sich neben den schlaffen Körper und schob den Beamten zur Seite.

»Nein.«

»Dann tun Sie das! Sofort!«

»Ja, Inspektor.« Der Mann stand auf und eilte zur Tür. Süleyman hielt Max Esterhazy die Nase zu und blies Luft in den geöffneten Mund. Dann drückte er mehrmals rhythmisch auf den Brustkorb und setzte anschließend die Mund-zu-Mund-Beatmung fort. Als er ihm zum zweiten Mal die Nase zuhielt, riss Max plötzlich die Augen auf, und Süleyman glaubte für den Bruchteil einer Sekunde, ein Lächeln über die blauen Lippen des Magiers huschen zu sehen.

»Allah!«

Doch genauso schnell verschwand das Lebenszeichen wieder, und Max lag erneut reglos da. Obwohl Süleyman wusste, dass er einen toten Körper wiederzubeleben versuchte, setzte er die Maßnahmen fort, bis nach einer scheinbaren Ewigkeit der Arzt eintraf.

Angesichts der überstandenen Tortur wirkte Çiçek İkmen erstaunlich lebhaft. Sie war zwar noch nicht wieder ganz die Alte, und ihr Vater bestand darauf, dass sie im Krankenhaus blieb und sich gründlich untersuchen ließ, aber sie wollte unbedingt mit ihm reden. Und er spürte, wie wichtig dieses Gespräch für sie war.

»Was hatte die Wahrsagerin auf dem Boot zu suchen?«, fragte sie und sah ihren Vater forschend an.

»Das ist eine lange Geschichte, Çiçek«, erwiderte İkmen. »Aber was ist mit dir passiert, mein kleines Mädchen?«

Sie bemerkte die Tränen in seinen Augen und drückte seine Hand. »Ich weiß es nicht. Ich hatte mich mit deinem Freund Max verabredet. Wir sind etwas trinken gegangen.«

»Und warum? Warum hast du das gemacht?« Allmählich bekam İkmen ein schlechtes Gewissen: Max hatte schließlich gesagt, dass er Çiçek »wollte«, dass er ihre »magische« Persönlichkeit bewunderte. Warum hatte İkmen diese Möglichkeit nie in Betracht gezogen?

»Ich war so deprimiert«, sagte Çiçek. »Baba, ich habe mich vor Mehmet zum Narren gemacht.«

İkmens Herz setzte für einen Moment aus. »Wie meinst du das?«

»Keine Sorge, ich habe nichts Dummes angestellt. Ich bin nur zu ihm gefahren und habe ihm gesagt, was ich für ihn empfinde.« Ihre Augen füllten sich mit Tränen. »Hat er dir das nicht erzählt?«

»Nein.«

»Wahrscheinlich war ihm das zu peinlich«, schluchzte sie.

»Ich weiß nicht, was in mich gefahren ist, Baba! Max hat mich gefragt, warum ich so niedergeschlagen bin, und da habe ich es ihm gesagt. Ich weiß wirklich nicht, warum.«

İkmen dachte unwillkürlich an Max' Siegel. Warum hatte Çiçek sich so impulsiv verhalten? Das passte überhaupt nicht zu ihr. Laut Gonca verwandte ein Magier sehr viel Mühe auf die Anfertigung derartiger Siegel. Hatte Max wirklich Macht über Çiçek erlangt und sie dahingehend beeinflusst, dass sie sich ihm bedenkenlos anvertraute?

»Und was ist dann geschehen?«

»Ab da weiß ich nichts mehr«, sagte sie bedrückt. »Ich erinnere mich nur noch an die Wahrsagerin auf dem Boot und an dich ... an Mehmet ... und an mein Haar. Ich hatte blondes Haar.«

»Das war eine Perücke.«

»Ach so.«

In dem Moment betrat ein kleiner Mann im weißen Kittel das Zimmer. »Da kommt der Arzt«, sagte İkmen. »Lass mich kurz mit ihm sprechen, ehe er dich untersucht.«

Der Inspektor führte den Arzt auf den Flur und gab ihm einen kurzen Abriss der Ereignisse.

»Sie war wie hypnotisiert«, beendete İkmen seinen Bericht. »Besagter Mann richtete ein paar Worte an sie, und sie öffnete die Augen.«

»Aber sie kann sich an nichts erinnern, was auf dem Boot passiert ist?«

»Nein.«

Der Arzt wirkte irritiert. »Es ist eher ungewöhnlich, dass sich ein hypnotisierter Mensch an nichts erinnern kann. Jedenfalls ist mir so ein Fall noch nicht untergekommen. Vielleicht hat sie ein Trauma erlitten, das einen vorübergehenden Gedächtnisverlust verursacht. Ich werde Ihre Tochter gründlich untersuchen und auch eine Blutanalyse vornehmen lassen.«

»Um sie auf Drogen zu testen?«

»Ja. Es könnte gut sein, dass es nur zufällig schien, als sei Ihre Tochter aus einer Hypnose erwacht.«

»Sie meinen, er hat ihr etwas eingeflößt und genau gewusst, wann die Wirkung der Droge nachlassen würde?«

»Möglicherweise. Es wäre denkbar, dass er ihr in dieser Bar Rohypnol verabreicht hat. Das macht die Betroffenen nicht nur fügsam, sondern verursacht auch eine vorübergehende Amnesie.«

»Ich habe davon gehört.« İkmen seufzte. »Männer verabreichen diese Droge Frauen und …«

»… vergewaltigen sie dann«, ergänzte der Arzt nüchtern. »Allerdings wird Rohypnol vom Körper sehr schnell ausgeschieden, so dass es sich oft nicht mehr nachweisen lässt. Es besteht also die Möglichkeit, dass uns der Bluttest nicht weiterhilft.«

İkmen begleitete den Arzt in Çiçeks Zimmer und ging dann wieder hinaus, um eine Zigarette zu rauchen. Irgendwo in diesem Krankenhaus lag Metin İskender und erholte sich von seiner Schussverletzung. Er war nicht mehr auf der Intensivstation, doch İkmen hatte bisher keine Zeit gefunden, ihn erneut zu besuchen. Eine Schande! Metin wäre fast gestorben, aber Max hatte ihn derart mit seinen Siegeln, Portalen und Büchern mit ziegenköpfigen Männern auf Trab gehalten … Dabei war er es offenbar gewesen, der auf Metin İskender geschossen hatte. Woher hatte er überhaupt die Waffe gehabt?

Max musste das Ganze minutiös geplant haben. Aber hatte er damit bereits begonnen, bevor er İrfan Şay kennen lernte oder erst danach? Woher kannte er ihn überhaupt? Und was war mit dem Ziegenbock von Mendes? Max hatte sich über die Zeichnungen offenbar nur amüsiert, doch anstatt sie İkmen gegenüber als Unsinn abzutun, hatte er die Gelegenheit ergriffen, sich an seinem ehemaligen Widersacher zu rächen. Rache – nach dreißig Jahren! Oder doch nicht? Das surreale Erlebnis auf dem Bosporus und seine völlige Übernächtigung sorgten dafür, dass İkmen sich fragte, was noch real war und was nicht. Alison hatte sich auf dem Boot befunden, aber es war gar nicht Alison, sondern Çiçek gewesen. Max hatte vor İkmens Augen seine Hand abgeschlagen – aber auch das stimmte im Nachhinein nicht. Eigentlich hatte Max Esterhazy sich eher den Titel eines Illusionisten verdient, dachte İkmen. Vielleicht war er ja auch nie etwas anderes gewesen …

İkmen schaltete sein Mobiltelefon wieder ein und sah, dass

er eine Textmitteilung erhalten hatte. Sie stammte von Süleyman.

Es war ein sonderbarer Anblick: Ein Mann hockte auf einem Stuhl, in eine festliche Robe gehüllt, ein zweiter Mann, dessen Kleidung nach Meerwasser roch, lehnte an der Zellentür, und ein dritter, der über die Maßen erschöpft schien und seine Fragen wütend herausschleuderte, lief auf und ab.

»Also hat Max Sie beim Wichsen über seinen Büchern erwischt – in seinem Arbeitszimmer! Und was geschah dann?«, fragte İkmen.

Süleyman kam es vor, als ducke sich Turgut Can, um einen möglichst großen Abstand zwischen sich und İkmens bohrende Fragen zu bringen. Doch da Max nun einmal tot war, mussten sie versuchen, die offenen Fragen auf andere Weise zu klären – auch mit Hilfe von Turgut Can.

»Das ist Monate her. Er hat mich bedroht, mit seiner Magie. Max Bey hat mir Angst eingejagt.«

»Er war Magier!«, schrie İkmen. »Sie hätten sich nicht mit ihm einlassen dürfen! Warum haben Sie es trotzdem getan?«

»Wie gesagt, er hat mir Angst eingejagt. Und er hat mir Geld geboten.«

»Wie viel und wofür genau?«

»Eintausend britische Pfund.« Turgut Can stand die Gier ins Gesicht geschrieben. »Können Sie sich das vorstellen?«

»Ja, und wie sollten Sie sich diese riesige Menge Geld ›verdienen‹, Turgut?«

»Ich sollte Blut in seinem Arbeitszimmer verschütten.« Er schwieg einen Moment, nahm eine Zigarette aus der Schachtel auf dem Tisch und zündete sie an. »Am Dienstag. Er wollte die Wohnung verlassen, und ich sollte Ülkü ablenken und dann tun, was er von mir verlangte.«

»Und weiter?«

»Als ich ins Arbeitszimmer kam, fand ich den kleinen Eimer, den Max Bey dort abgestellt hatte. Ich wollte gerade das Blut verschütten, da sah ich ihn am Fenster stehen.«

»Wen?«

»Max Bey. Er sagte, er sei noch einmal zurückgekommen,

weil er etwas vergessen hätte – irgendwas Magisches. Er werde gleich gehen. Als Ülkü später ein Geräusch im Arbeitszimmer bemerkte, muss sie ihn gehört haben.«

»Dann waren nicht Sie es, der den Eimer Blut gegen die Wand geschüttet hat?«

»Nein, das war er selbst. Solange er da war, konnte ich es schlecht tun.«

»Haben Sie eine Ahnung, Turgut«, sagte Süleyman, »woher das Blut stammte?«

»Nein.«

»Sie haben ihn nicht gefragt?«, hakte İkmen nach.

Turgut Can schüttelte den Kopf. »Das habe ich mich nicht getraut.«

»Aha.« İkmen setzte sich und rieb sich über das Gesicht. »Und wofür brauchten Sie das viele Geld, Turgut?«

»Ich weiß nicht, vielleicht für ein Auto? Aber ich sollte es nur kriegen, wenn ich Ülkü in Ruhe lasse und aus der Stadt verschwinde.«

»Warum?«

»Max Bey meinte, ich wäre nicht gut genug für Ülkü.«

»Und Sie waren mit der Bedingung einverstanden?«

»Ich mag Ülkü, aber …« Er zuckte die Achseln. »Es gibt so viele Mädchen …«

»Wann haben Sie sie zuletzt gesehen?«

»Heute, nein, gestern Nachmittag, auf der Divanyolu. Sie wusste nicht mehr ein noch aus, aber wie hätte ich ihr helfen sollen? Max Bey hatte mir befohlen, mich von ihr fern zu halten, also bin ich weitergegangen.«

»Und wie hat sie da reagiert?«, fragte Süleyman.

»Na ja, sie hat geweint … und …«

»Sie haben sie im Stich gelassen«, sagte İkmen. »Allein und ohne Dach über dem Kopf, obwohl Sie tausend Pfund in der Tasche hatten!«

»Nein! Nein, Max Bey hat mir das Geld nicht gegeben«, erwiderte der junge Mann bitter. »Ich habe ihn erst gestern wiedergesehen. Deshalb war ich doch mit diesen blöden Klamotten auf dem Boot und …«

»Sie wussten nichts über seinen Verbleib?«

»Nein! Ich schwöre es! Er hat mich gestern abgepasst. Ich weiß auch nicht, wie er mich gefunden hat. Ich wollte gerade die Stadt verlassen, und plötzlich war er da, am Haydarpaşa, und hat auf mich gewartet.«

»Warum wollten Sie die Stadt verlassen, Turgut?«

»Weil ich Angst vor Ihnen hatte«, sagte er. »Ich hätte nicht gedacht, dass Sie mich mit auf die Wache nehmen würden. Aber dann haben Sie es doch getan, und ich habe eine Menge Mist erzählt ... Ich dachte, Sie würden das irgendwie gegen mich verwenden. Außerdem habe ich nicht mehr geglaubt, dass Max Bey mir das Geld noch gibt. Ich wollte nach Hause.«

»Und dann hat Max Bey Ihnen erneut Geld geboten, wenn Sie bleiben?«

»Ja. Er meinte, er bräuchte Hilfe mit einem Boot, weil der, der ihm eigentlich helfen sollte, ihn im Stich gelassen hatte.«

Unwillkürlich musste İkmen an İrfan Şay denken. Hatte der zum Filmemacher mutierte Geschäftsmann es mit der Angst bekommen und sich abgesetzt, als Süleyman plötzlich bei ihm zu Hause aufgetaucht war? Die Fahndung nach Şay lief bereits, das hatte Süleyman veranlasst. Wer einen Mord filmte, machte sich schließlich der Beihilfe schuldig.

»Hatten Sie zu irgendeiner Zeit den Eindruck, Max Bey wolle meine Tochter töten?«

»Nein! Auf so was hätte ich mich nie eingelassen ...«

»Und wenn er sie zum Sex mit ihr gezwungen hätte?«

Turgut Can gab keine Antwort.

»Hat er Sie persönlich zu diesem Boot gebracht, oder ...«

»Ich bin mit ihm nach Eminönü gefahren, zur Galatabrücke.« Das lag nur einen Katzensprung von der Stelle entfernt, an der İkmen den Magier getroffen hatte. »Dann ist er verschwunden und später mit Ihrer Tochter zurückgekommen.«

»Wann war das?«

»Gegen sieben.«

»Und wie ging es meiner Tochter da?«

»Ich dachte, sie ist betrunken«, sagte Turgut. »Max Bey hat sie ins Boot gelegt. Damit sie ihren Rausch ausschlafen kann, dachte ich. Erst als wir auf dem Wasser waren, fing er an, sie auszuziehen und ...«

Mit vor Anspannung weißem Gesicht hakte İkmen nach: »Und was?«

»Dann hat er ihr diese komischen Sachen angezogen und ihr die Perücke aufgesetzt. Er und ich hatten schon vorher diese Gewänder angezogen, aber das Mädchen schien mir mit den blonden Haaren und den großen Stiefeln irgendwie unpassend gekleidet.«

Da hatte er vermutlich Recht. Woher hätte er auch wissen sollen, dass Max Esterhazy versucht hatte, in die richtige Stimmung zu kommen, dachte İkmen bitter.

»Hatte Max Bey Sex mit ihr?«

»Nein. Aber ich weiß, dass er das wollte«, räumte Turgut ein. »Er hat ihr eine ganze Ewigkeit beim Tanzen zugeschaut. Dann hat er irgendwas gemurmelt, er selbst und nicht der Ziegenbock würde sie nehmen. Dieses Mal würde der Ziegenbock nur zuschauen. Dann sind Sie aufgetaucht, und er hat sich diese Maske mit den Hörnern aufgesetzt und mir befohlen, auch so eine Maske überzuziehen. Und dann fing er an, die Dämonen anzurufen.« Turgut schaute auf und schüttelte den Kopf. »Ich wäre fast in Ohnmacht gefallen, als er sich einfach so die Hand abgehackt hat!«

»Ja, aber er hat sie nicht wirklich abgetrennt, oder?«, sagte İkmen. »Es war nur ein billiger Trick, wenn nicht sogar ein Scherz von ihm.«

Turgut Can nickte. »O ja, Scherze liebte er. Und Rätsel. Die Sache mit dem Blut in seiner Wohnung zum Beispiel sollte ein Rätsel sein.«

Süleyman runzelte die Stirn. »Wie meinen Sie das?«

Turgut Can deutete auf İkmen. »Das Blut war für Sie bestimmt. Max Bey meinte, er müsste eine Weile verschwinden, und hat das mit dem Blut gemacht, damit Sie etwas zum Grübeln haben.«

»Max Bey wollte Inspektor İkmen glauben machen, er sei tot?«

»Nicht ganz. Da war ja auch noch das andere Blut, und nicht nur seines. Wo er das herhatte, weiß ich nicht. Er wollte einfach allen ein Rätsel aufgeben, sogar Ülkü! Er hat gar nicht darüber nachgedacht, was er ihr damit antut!«

»Sie ja auch nicht«, konterte İkmen in scharfem Ton.

Turgut Can ließ den Kopf hängen. »Nein.«

»Wissen Sie, wo Ülkü jetzt ist?«

»Keine Ahnung.«

»Und jetzt zu Ihnen. Da Sie die Ermittlungen behindert haben, werden Sie wohl für eine Weile hinter Gitter müssen.«

»Aber ich ...«

»Sie kommen ins Gefängnis, Turgut, und von Max Bey werden Sie keinen müden Heller mehr sehen.« Mit einem maliziösen Lächeln beugte İkmen sich vor. »Wie bedauerlich.«

»Aber ich habe doch niemandem was getan!«, jammerte Turgut. »Nicht mal das Blut habe ich verspritzt. Ich hab rein gar nichts getan. Fragen Sie Max Bey, wenn Sie mir nicht glauben!«

İkmen wechselte einen Blick mit Süleyman, der nun auch an den Tisch trat.

»Ich fürchte, das ist nicht möglich, Turgut«, ergriff Süleyman das Wort. »Max Bey ist tot. Er starb kurz vor seiner Vernehmung.«

Nackte Angst trat in Turgut Cans Augen. »Sie haben ihn getötet.«

»Nein, wir haben ihn tot in seiner Zelle aufgefunden«, erklärte Süleyman. »Wie er ums Leben gekommen ist, wissen wir noch nicht.«

»Daher der Lärm!«

»Ja.«

»Dann haben Sie nur noch mich ...«

»Genau.« Süleyman nickte. »Umso wichtiger, dass Sie uns alles sagen, was Sie wissen, und dass Sie uns die Wahrheit sagen.«

»Ich habe Ihnen die Wahrheit gesagt!« Nervös fuhr Turgut sich mit den Fingern durch die Haare.

»Das werden wir ja sehen«, sagte İkmen und verschränkte die Arme.

23

Als der morgendliche Gebetsruf über die Dächer der Stadt schallte, bereiteten sich die Mitarbeiter des Leichenschauhauses auf einen neuen, anstrengenden Tag vor. Da ihre Arbeit unter anderem große Körperkraft erforderte – die meisten Leichname waren schwer und unhandlich –, schätzte sich die Pathologin Hacer Mardin glücklich, dass sie die ihr anvertrauten Leichen nicht selbst bewegen musste; ihr Vorgesetzter Arto Sarkissian half ihr in den meisten Fällen, gemeinsam mit einem Assistenten. Allerdings war es ihr als Frau auch gar nicht gestattet, mit anzupacken, selbst wenn sie es gewollt hätte.

An diesem Morgen war Hacer Mardin zufällig die Dienst habende Pathologin und damit verantwortlich für die Feststellung von Todesursachen und das Anordnen eventueller forensischer Untersuchungen. In der vergangenen Nacht hatte man gleich vier Leichen eingeliefert, und daher konnte sie von Glück sagen, dass sie so früh zur Arbeit gekommen war.

Die vier Leichname lagen in Leichensäcken auf den Tischen. Hacer öffnete kurz den Reißverschluss des ersten Sacks und sah sofort, dass der Tote schon eine Weile tot sein musste. Trotz all ihrer Routine wäre ihr die frühmorgendliche Tasse Tee beinahe wieder hochgekommen. Leichname wie dieser drohten einem unter den Händen auseinander zu fallen, und so etwas steckte man nicht so einfach weg. Hacer wandte sich rasch ab und ging zum nächsten Tisch.

»Der kommt vom Polizeipräsidium, Hacer Hanım«, sagte einer der Assistenten. Wollte er damit vielleicht andeuten, dass der Tote übel zugerichtet worden war? Hacer nickte nur und zog den Reißverschluss auf. Um sie herum gingen alle der üblichen Routine nach: Ein Assistent desinfizierte sich Hände und Unterarme, andere räumten Kühlfächer aus, drehten den Samowar in der Ecke auf oder unterhielten sich über Fußball.

»Ich hoffe, das soll kein Scherz sein«, sagte Hacer nach einer Weile, ging um den Tisch herum und baute sich vor den Männern auf.

»Hanım?«

»Der Leichnam aus dem Polizeipräsidium«, sagte sie. »Was ist passiert? Hat er sich selbstständig gemacht?«

»Bei allem Respekt, Hanım, was …«

»Der Sack ist leer«, sagte sie. »Seid ihr sicher, dass da eine Leiche drin war, als ihr ihn in Empfang genommen habt?«

Die beiden Assistenten, die die Leiche abgeholt hatten, wechselten einen Blick. »Ja«, sagte der ältere der beiden erstaunt. »Ganz sicher. Ist noch keine drei Stunden her.« Sein Kollege nickte zustimmend.

Hacer Mardin seufzte. »Dann rufe ich mal lieber die Polizei an«, sagte sie und ging in ihr Büro.

İrfan Şay hatte zwar das Land offenbar nicht verlassen, würde deshalb aber nicht weniger schwer aufzutreiben sein. Süleyman beschloss, es zuerst bei ihm zu Hause zu versuchen: Um kurz nach halb drei standen er und Çöktin erneut vor Şays Tür, diesmal mit einem Durchsuchungsbefehl. Für İkmen hatte das Verschwinden von Max Esterhazys Leiche das Fass zum Überlaufen gebracht, und er war am helllichten Tag nach Hause gefahren, um sich ein wenig auszuruhen, körperlich und emotional ausgelaugt.

Als Süleyman klingelte, hielt sich nur Şays fünfundzwanzig Jahre alter Sohn Emir im Haus auf. So ungehobelt sein auf dem Land aufgewachsener Vater wirkte, so aalglatt erschien Emir. Er behauptete, weder etwas über die geschäftlichen Interessen seines Vaters zu wissen noch dessen gegenwärtigen Aufenthaltsort zu kennen. Jedoch erhob er keinerlei Protest gegen die Hausdurchsuchung und schien auch nicht über Gebühr darüber besorgt zu sein, so dass Süleyman sich fragte, ob der junge Mann wohl tatsächlich nichts wusste. Als die Beamten mit der Durchsuchung von Şays Arbeitszimmer begannen, setzte sich

Emir Şay mit einem dicken Lehrbuch der Physik nach draußen auf die Terrasse.

Bald herrschte im Inneren der *yalı* rege Geschäftigkeit. Şays Arbeitszimmer war klein und beengt, und die Beamten hatten Mühe, die Berge von Papier durchzuarbeiten. Neben den Unterlagen über den An- und Verkauf elektronischer Geräte fanden sie diverse Kameras und eine schier endlose Menge weiterer Geräte, Zubehörteile und Linsen. Die Beamten brauchten eine Weile, bis sie auf die fraglichen Videokassetten stießen; dann aber war schnell klar, dass sie sich in Bezug auf İrfan Şay nicht geirrt hatten.

»Das sieht für mich nach Lale Tekeli aus«, sagte Çöktin und drückte die Pausentaste des Videorekorders im Wohnzimmer des Hauses, so dass das Bild mit dem verängstigten Gesicht des Mädchens einfror. »Das Ganze spielt sich in einem mit Holz verkleideten Zimmer ab – genau wie der Raum, in dem sie unserer Meinung nach ermordet wurde.«

»Erkennen Sie sonst noch einen der Akteure?«, fragte Süleyman, der es sich in Şays Lehnstuhl bequem gemacht hatte.

»Sie tragen alle Masken, Inspektor«, erwiderte Çöktin. »Schauen Sie.«

Er spulte das Band zurück, und sie sahen es sich erneut an. In dem Film waren eindeutig drei maskierte Gestalten in weiten Gewändern zu erkennen. Einer von ihnen schien Max Esterhazy zu sein – so viel zu den angeblichen »Wesenheiten«, die sich des Mädchens bemächtigt hatten. Aber wer waren die beiden anderen? Turgut Can behauptete, er sei nicht dabei gewesen, und Şay hatte die Szene ja wahrscheinlich gefilmt. Süleyman beobachtete, wie die große Gestalt einen schimmernden Dildo aus ihrem Umhang hervorzog. Die beiden anderen Männer zwangen das Mädchen, sich vorzubeugen, damit er in sie eindringen konnte. Sie schrie, doch das hielt ihn nicht davon ab, sie hart zu nehmen und dabei hinter seiner Maske merkwürdige Laute auszustoßen. Erst als die Beamten das Band bis zum Ende angeschaut hatten, bemerkten sie, dass Emir Şay in der Terrassentür stand. Sein Gesicht war leichenblass, und seine Miene verriet aufrichtige Empörung.

»Hat mein Vater etwas damit zu tun?«, fragte er. »Sind Sie deshalb hier?«

Süleyman seufzte. »Wir glauben, dass Ihr Vater an der Herstellung dieses Videos beteiligt gewesen sein könnte.«

»Haben die das Mädchen wirklich erstochen?«

»Ich fürchte schon …«

»Allah.« Emir Şay sank auf den nächstbesten Stuhl. »Das ist ja schrecklich«, sagte er. »Wenn ich das gewusst hätte …« Er sah Süleyman an. »Inspektor, es tut mir Leid, aber ich habe Sie gestern belogen, als ich Ihnen sagte, mein Vater sei nicht da. Er hatte behauptet, Sie kämen wegen irgendeiner Steuersache. Als Sie wieder gegangen waren, ist auch er verschwunden.«

»Und wohin?«

»Ich weiß es nicht. Ehrlich gesagt, war ich nur froh, dass er weg war.«

Süleyman nahm dem jungen Mann gegenüber Platz und zündete sich eine Zigarette an.

»Mein Vater und ich verstehen uns nicht besonders«, fuhr Emir fort. »Ich bin ihm dankbar; schließlich hat er mir eine gute Ausbildung ermöglicht. Aber wir sind einfach zu verschieden, und ich ertrage es nicht, wenn er sich seine Huren ins Haus holt. Wussten Sie, dass meine Mutter noch immer in Edirne lebt? Wenn sie Glück hat, schaut er einmal im Jahr bei ihr vorbei.«

»Glauben Sie, er könnte dorthin gefahren sein?«

»Nein. Aber Inspektor, wer will denn so ein Video haben? Das ist doch widerlich.«

»Sie glauben gar nicht, was manche Leute dafür bezahlen, Herr Şay«, erwiderte Süleyman matt. »Sagen Sie, kennen Sie einen Engländer namens Maximillian Esterhazy?«

»Max?« Emir lächelte. »Ja, er war gerade erst ein paar Tage bei uns. Er ist überaus gebildet und sehr witzig. Ich verstehe allerdings nicht, was er an der Gesellschaft meines Vaters und seiner grässlichen Freunde findet. Wenn Max hier ist, holt sich mein Vater keine Huren ins Haus. Ich glaube, der Engländer hat einen guten Einfluss auf ihn.«

Süleyman wechselte einen Blick mit Çöktin. Hinter ihnen wurden weitere Kartons mit Videobändern und diversen Magazinen aus Şays Arbeitszimmer hinausgetragen.

Wachtmeisterin Gün stellte einen der Kartons vor Çöktin ab und fragte: »Im Garten sind noch einige Nebengebäude. Wollen Sie, dass wir …«

»Am besten durchsuchen Sie einfach alles. Mein Vater hat da draußen eine Dunkelkammer – wer weiß, was Sie dort noch finden.« Emir schlug die Hände vors Gesicht, den Tränen nahe. »Wie konnte er nur? Dieser kranke Perverse!« Als Gün sich entfernte, blickte er auf. »Wollen Sie wissen, wer meiner Meinung nach für das alles verantwortlich ist? Ali und Christoph.«

»Freunde Ihres Vaters?«

»Ali Saka ist der Buchhalter meines Vaters, Christoph Bauer ist bloß irgendein … Er arbeitet im Deutschen Krankenhaus. Er ist Deutscher oder Schweizer oder so.«

»Kannte einer der beiden Maximillian Esterhazy?«, fragte Süleyman.

»Baba hat Max erst durch Christoph kennen gelernt«, erwiderte Emir. »Max ist ein sehr spiritueller Mensch, er weiß viel über Derwische. Christoph dagegen will sich immer nur betrinken und sich mit Huren amüsieren. Ich habe nie verstanden, wie die beiden befreundet sein können.«

Çöktin, der sich die Namen notiert hatte, fragte: »Wissen Sie, wo diese Männer wohnen?«

»Soweit ich weiß, wohnt Ali in Kadiköy; Christophs Adresse habe ich nicht. Die Telefonnummern finden Sie bestimmt in Vaters Adressbuch.«

Çöktin verschwand im Arbeitszimmer, um es zu suchen.

Emir Şay warf einen Blick durch die Terrassentür hinaus auf das glitzernde Wasser des Bosporus. »Ich wusste ja, dass mein Vater kein Heiliger ist, aber so was … Wie konnte er das nur tun? Wie konnte er meine Mutter und mich und auch sich selbst so entehren?«

»Des Geldes wegen.«

»Aber er hat doch Geld! Mehr als genug!« Emir stieß einen resignierten Seufzer aus. »Wenn Sie nichts dagegen haben, würde ich jetzt gern Max Esterhazy anrufen. Er ist ein guter Freund.«

Süleyman schüttelte traurig den Kopf. Dann erzählte er dem

jungen Mann gerade so viel über Max und dessen mögliche Verwicklung in die Geschäfte von İrfan Şay, wie er preisgeben durfte. Als er geendet hatte, brach Emir weinend zusammen.

»Wenn man von Menschen, die einem nahe stehen, hintergangen wird, ist das nur schwer zu ertragen«, sagte Süleyman und dachte: Ich muss es ja wissen. Schließlich war Max auch mein Freund gewesen, falls man jemanden als Freund bezeichnen konnte, der einem nie sein wahres Gesicht gezeigt hatte.

»Inspektor ...«, sagte Gün von der Terrassentür aus.

»Ja?«

»Ich glaube, Sie sollten mal nach draußen kommen.«

»Was haben Sie entdeckt?«, fragte Emir Şay und erhob sich schwerfällig. »Doch wohl keine weiteren Schweinereien?«

»Nein.« Gün blickte Süleyman bedeutungsvoll an. »Inspektor?«

Süleyman stand auf und wollte mit Emir Şay in den Garten hinaustreten. Doch Gün stellte sich ihm in den Weg und flüsterte: »Der junge Mann nicht, Inspektor.«

»Verstehe.«

»Was ist?«, fragte Emir.

»Lassen Sie mich zuerst allein mit der Wachtmeisterin gehen. Ich bin gleich wieder bei Ihnen, Herr Şay«, erwiderte Süleyman.

»Ja, aber ...«

»Das ist keine Bitte, Herr Şay«, sagte Süleyman streng. »Sie warten hier.«

Emir Şay blieb zurück und setzte sich wieder. Während uniformierte Beamte das Arbeitszimmer seines Vaters weiterhin akribisch durchsuchten, starrte er auf den dunklen Bildschirm. Das, was darauf zu sehen gewesen war, hatte in wenigen Minuten seine Welt völlig zerstört.

İkmen konnte nicht schlafen. Er hatte es versucht, doch sein Sohn Sinan war mit Çiçek aus dem Krankenhaus zurückgekehrt, und über Fatmas tränenreiches Wiedersehen mit ihrer Tochter war er nicht zur Ruhe gekommen. Und als sich dann noch seine Nachbarn wieder lauthals über die junge Halide stritten, hatte er endgültig genug. Mit zwei Schachteln Zigaretten bewaffnet, machte İkmen sich auf und wanderte durch die Seitenstraßen von Sultanahmet hinunter nach Cağaloğlu, quer durch das Labyrinth von Gassen, die den Kapalı Çarşı umschlossen. Hier fand er Sicherheit und Anonymität zugleich. In diesem Viertel pulsierte das Leben, und es gab immer etwas zu sehen. Hier konnte man fast alles kaufen – billige Töpfe und Pfannen, Elektrogeräte unterschiedlichster Qualität, Leder in jeder nur denkbaren Form und Farbe. Seine Cousine Samsun wohnte mit ihrem Liebhaber, einem Lederhändler, keine zwei Minuten entfernt. Aber ihm war nicht nach einem Besuch zumute; im Augenblick wollte er nur rauchen, ziellos umherwandern und zu verstehen versuchen, was Max ihm – ihnen allen – angetan hatte. İkmen schob sich an einer Reihe fülliger Babuschkas vorbei, Frauen aus der ehemaligen Sowjetunion, die schwarze Müllsäcke mit billig erstandener Kinderkleidung füllten. Dann lehnte er sich an eine Mauer und zündete sich eine Zigarette an.

Max hatte dieses Viertel stets gemocht und es als eines der authentischsten Istanbuls bezeichnet. Damals hatte İkmen das als Kompliment interpretiert – doch nach seinem aktuellen Wissensstand hatte Max wohl eher sagen wollen, dass es hier chaotisch zuging und unhygienisch war. İkmen setzte seinen Streifzug weiter fort. Nein, das war unfair, Max hatte Istanbul geliebt. Wahrscheinlich hatte er mit seinem großen Ritual tatsächlich geglaubt, die Stadt schützen zu können – eine arrogante und patriarchalische, aber auch irgendwie rührende Geste. Wo er jetzt wohl war? Obwohl İkmen es eigentlich besser wissen musste, gelang es ihm nicht, in der Vergangenheitsform an ihn zu denken. Max war vom Polizeiarzt für tot erklärt worden, und auch Süleyman war nach seinen Wiederbelebungsversuchen sicher gewesen, dass er nicht mehr lebte. Doch Max war ein Magier – er konnte sich nicht nur zum Schein die Hand abtrennen, sondern ebenso nach Belieben auftauchen und verschwinden. War es ihm etwa auch möglich gewesen, den eigenen Tod vorzutäuschen? Allein der Gedanke verunsicherte İkmen zutiefst, und als er den Sahaflar betrat, glaubte er zu spüren, wie unsichtbare, spöttische Blicke auf ihm ruhten.

İbrahim Dede saß vor seinem Stand und genoss die Sonne. Als er den in Gedanken versunkenen İkmen bemerkte, rief er ihm zu: »Çetin Bey!«

Verwirrt blickte İkmen in seine Richtung.

»Kommen Sie, trinken Sie einen Tee mit mir«, sagte der Derwisch. »Sie sehen so aus, als würden Sie gern mit jemandem reden.«

İkmen nickte und gesellte sich zu ihm. İbrahim Dede bat einen der beiden Jungen, die für ihn arbeiteten, ihnen Tee zu bringen, und führte İkmen in den hinteren, abgetrennten Bereich des Standes. Nachdem sich die beiden Männer gesetzt hatten, bemerkte İkmen zahlreiche Abbildungen großer, anmutiger Derwische an den Wänden. Röcke wirbelten ihnen beim rituellen Sema-Tanz um die Knöchel. İkmen hatte nicht vorgehabt, Dede aufzusuchen, obwohl er wusste, dass Max und der Derwisch befreundet gewesen waren. Doch jetzt erschien es ihm nur angemessen, den alten Mann über den Stand der Dinge zu informieren. Schließlich waren Derwische spirituell begabt und akzeptierten die Schwächen und Fehler anderer Menschen.

Als İkmen seine Erzählung beendet hatte, verschränkte İbrahim Dede die Arme und schüttelte traurig den Kopf. »Der arme Maximillian.«

»Armer Maximillian? Und was ist mit den armen Opfern?«

»So ein großes Talent und solch gute Absichten«, fuhr Dede ungerührt fort. »Missbraucht von der Dreifaltigkeit des Bösen – Geld, Neid und Schuld.« Er seufzte. »Auch mir war seine Vergangenheit unbekannt. Aber ob er das Geld seines Vaters nun genommen hat oder nicht, der Makel seiner Abstammung lastete auf ihm. Das weiß ich, weil Maximillian ein guter Mensch war – und nur gute Menschen quälen sich so.«

»Er hat getötet, İbrahim Dede«, sagte İkmen leise. »Er hat einen Jungen dazu ermutigt, sich das Leben zu nehmen, und er hat eigenhändig drei Mädchen umgebracht.«

»Die Wesenheiten, die er gerufen hatte, haben das getan«, erklärte İbrahim Dede.

»Das hat Max auch behauptet«, erwiderte İkmen. »Erst vergewaltigte er die Mädchen mit einem Metallpenis, der angeblich dem Teufel persönlich gehörte, und dann hat er sie umgebracht.«

»Wenn ein Teufel oder Dschinn Besitz von einem Magier ergreift und dieser Magier dann zum Teufel oder Dschinn wird, wer vollzieht dann das Ritual?«, gab der Derwisch zu bedenken. »Der Mann oder die Wesenheit?«

»So etwas nennen wir Wahnsinn, İbrahim Dede.«

»So mag es die Polizei nennen – aber Sie sind anders als Ihre Kollegen, nicht wahr?« Er lächelte. »Deshalb hat es Maximillian auch so verletzt, dass Sie ihn bei Alison ausgestochen haben.«

»Das habe ich nicht einmal geahnt.«

Der Derwisch hob die Hand. »Das ist unerheblich. Maximillian mochte und respektierte Sie. Deswegen hat es ihn verletzt, dass das Mädchen Ihnen den Vorzug gab. Und was seine Liebe zu Istanbul betrifft: Er hat so sehr an der Stadt gehangen, weil er sich uns überlegen fühlen konnte. Sein Ritual sollte nicht nur die Stadt retten, sondern auch beweisen, dass sich jemand um uns kümmern muss und dass er allein dazu fähig ist. Als Alison Ihnen den Vorzug gab, untergrub sie sein Selbstverständnis als Wohltäter.«

»Hm.«

»Und was die Tricks angeht: Sie wissen ja, viele so genannte Magier und Propheten sind gleichzeitig Illusionisten. In Tibet gibt es Lamas, die viele Monate ohne Nahrung überleben können, und ich selbst habe Glaubensbrüder, die ihre Lebensfunktionen so weit reduzieren können, dass sie wie tot zu sein scheinen.«

»Genau – sie *scheinen* tot zu sein«, sagte İkmen. »Aber Max *war* tot. Unser Arzt hat das bestätigt.«

İbrahim Dede zuckte die Achseln. »Dazu kann ich nichts sagen, ich war schließlich nicht dabei. Und ich weiß auch nicht, wo Maximillian stecken könnte. Vielleicht sollten Sie einmal Gonca fragen.«

Über den Ereignissen der letzten Stunden hatte İkmen die Zigeunerin fast vergessen. Nun fiel ihm erst auf, dass sie gleich nach ihrer Rückkehr zur Wache verschwunden war.

»Gonca?«

»Sie ist im Grunde ein guter Mensch. Doch für Max' Ritual hat auch ein Zigeunermädchen sterben müssen.«

»Was wollen Sie damit sagen?«

»Gar nichts«, erwiderte İbrahim Dede. »Ich weise lediglich auf die Tatsachen hin. Es liegt an Ihnen, daraus Schlüsse zu ziehen.«

İkmen seufzte. »Was hat Gonca Ihnen erzählt?«

»Wenn ich Ihre Geheimnisse bewahren soll, muss ich es bei allen anderen auch so halten«, sagte İbrahim Dede entschieden.

»Natürlich.«

»Sie hat mir nichts erzählt, was neu für Sie wäre«, fügte der Derwisch mit einem freundlichen Lächeln hinzu. »Wie Sie wissen, hat sie als einzige sofort erkannt, dass Max sich nicht wirklich die Hand abgetrennt hat. Sie kennt schließlich auch ein paar Tricks und hatte wahrscheinlich mit so etwas gerechnet. Gonca hatte schon lange das Gefühl, dass mit der Stadt etwas nicht in Ordnung ist – lange vor dieser Geschichte, lange vor den Schmierereien an den Wänden der Gotteshäuser.«

»Wir wissen noch nicht, wer dafür verantwortlich ist«, sagte İkmen.

»Sie sollten sich jedenfalls bei der Zigeunerin bedanken, Çetin Bey, und ihr geben, was sie verlangt.«

İkmen musste sofort an Goncas nicht ganz ernst gemeinte Aufforderung denken, mit ihr das Bett zu teilen. Doch İbrahim Dede dachte wahrscheinlich eher an eine Geste spiritueller Natur.

Der alte Mann trank seinen Tee aus, der längst kalt geworden war. »Ganz gleich, was mit Maximillian geschehen ist: Verschwenden Sie Ihre Zeit nicht damit, ihm oder auch nur seinem Leichnam hinterherzujagen. Er hat sein Ritual vollzogen, trotz Ihrer Einmischung, und ist damit seiner Meinung nach als Sieger aus dem Ganzen hervorgegangen. Und das Selbstopfer dürfte die Schmach der Zurückweisung durch das Mädchen getilgt haben.«

»Die Gesellschaft verlangt eine Bestrafung, İbrahim Dede.«

»So ist es, und ich bin überzeugt, Sie werden bald diejenigen aufspüren, die mit Maximillian gemeinsame Sache gemacht und seine Geldnot ausgenutzt haben. Aber Maximillian selbst?« Er lächelte. »Er ist nun außerhalb Ihres Machtbereichs. Lassen Sie ihn gehen.«

İkmen blieb eine Weile stumm sitzen. Schließlich sagte er: »Ich fühle mich so schuldig, weil es bei dieser Sache hauptsächlich um mich ging.«

»Grämen Sie sich nicht länger«, sagte der Derwisch. »Bitte, Çetin Bey. Haben wir denn nicht eben erst sehen müssen, was Schuldgefühle anrichten können?«

İkmen starrte die Bilder an, die von den Wänden auf ihn herabschauten. Männer, die mit geschlossenen Augen durch den Raum wirbelten, im Rausch der Vereinigung mit dem Göttlichen. Frei von Wünschen, Sorgen – ja sogar von Schuld. Und obwohl er selbst kein religiöser Mensch war, erkannte İkmen die grundlegenden Wahrheiten an, die hinter dem Glauben steckten. Er beschloss, İbrahim Dedes Rat zu befolgen. Dann beugte er sich vor und küsste die Hand des alten Mannes, in Anerkennung seiner Weisheit und seiner Worte.

Der Leichnam von İrfan Şay, dessen Kopf von einer Kugel halb zerfetzt worden war, bot einen furchtbaren, verstörenden Anblick. Emir erlitt einen Schock: Sein Vater hatte nicht nur Beihilfe zum Mord geleistet, er hatte auch noch Selbstmord begangen.

Kurz nachdem sie Şays Leiche entdeckt hatten, waren die Beamten auch dessen Komplizen auf die Spur gekommen. Beide befanden sich mittlerweile in Haft. Während Christoph Bauer eisern schwieg, hatte Ali Saka bereits auf dem Weg zur Wache gejammert, İrfan Şay habe ihn gezwungen, bei den »Filmen« mitzumachen.

»Es ist alles Bauers Schuld«, erklärte er. »Bauer hat İrfan dazu angestachelt. Ihn interessiert nichts als Pornographie. Er weiß, wie viel solche Snuff Movies einbringen können, und er kennt Abnehmer dafür. Sie sollten auch mal diesen Engländer befragen! Die sind doch krank, alle beide, mit ihren heidnischen Zeremonien!«

»An denen Sie teilgenommen haben«, erinnerte Çöktin ihn.

»Aber nur, weil İrfan mich gezwungen hat«, erwiderte Saka.

»Ich habe weder die Opfer ausgesucht noch jemanden getötet. Bauer, das perverse Schwein, hat Blut aus dem Krankenhaus gestohlen, damit das Ganze noch grausamer aussieht. Ich war nur der Kameramann. Man hat mich dazu gezwungen.«

Danach hatte Saka nur noch nach seinem Anwalt verlangt.

Der nächste Tag würde wieder anstrengend werden, dachte Süleyman, als er müde und mit gesenktem Kopf zu seinem Wagen ging. Dieser Fall war fast so kompliziert wie eines von Max' Ritualen. Plötzlich sprach ihn eine bekannte Stimme an.

»Hallo, Inspektor.«

Süleyman hob den Kopf und erkannte Gonca, diesmal ganz in Grün und Gold gekleidet. Sie lehnte an seinem Auto und rauchte eine ihrer dünnen, schwarzen Zigarren.

»Gonca Hanım. Was machen Sie denn hier?«

»Ich warte darauf, dass Sie mich nach Hause fahren.«

»Aber Sie sind doch schon zu Hause gewesen, oder?« Süleyman fragte sich, was sie wohl von ihm wollte.

»Sie brauchen ein wenig Abwechslung in Ihrem Leben«, verkündete die Zigeunerin. »Ein harmloses Vergnügen, ganz ohne Konsequenzen.«

Süleyman runzelte die Stirn, und Gonca musste lachen. »Ach, jetzt gucken Sie doch nicht so verängstigt«, sagte sie. »Ich werde Sie schon nicht verführen!«

Mit einem Seufzer der Erleichterung öffnete er die Beifahrertür und ließ sie einsteigen. »Selbstverständlich fahre ich Sie nach Hause«, sagte er, immer noch leicht irritiert.

Kaum hatte er neben ihr Platz genommen, legte sie ihm die Hand aufs Knie.

»Aber …«

»Ich habe nicht gesagt, dass ich mich nicht von dir verführen lassen möchte«, sagte sie. »Dank einer wunderbaren Erfindung, genannt Kondom, und meiner absoluten Verschwiegenheit kannst du heute Abend eine Menge Spaß haben, ohne an die Folgen denken zu müssen.«

Entsetzt stellte er fest, dass er ernsthaft über ihr Angebot nachdachte. Denn da war diese Stimme in ihm – eine Stimme, die seit dem glücklichen Ausgang seines Tests auf ein sexuelles Erlebnis drängte. Er hatte sich auf seine Frau gefreut, doch bislang hatte sie auf seine Anrufe nicht reagiert. Und hatte nicht auch Krikor Sarkissian gesagt, solange er vorsichtig sei, bestünde keine Ansteckungsgefahr? Selbst im fahlen Licht der Straßenbeleuchtung war Gonca wunderschön. Allerdings gab sie sich bekanntermaßen auch Wachtmeister Yıldız hin. Und als Vorgesetzter konnte er es sich eigentlich nicht erlauben, es seinem Untergebenen nachzutun, oder?

Doch dann nahm die Zigeunerin seine Hand und legte sie zwischen ihre Brüste. »Ein wenig Vergnügen«, hauchte sie.

Die Ereignisse der Nacht zuvor rückten plötzlich in weite Ferne. Und für Gonca bestand diesmal kein Grund, die Führung zu übernehmen – im Gegensatz zu den jungen Burschen, mit denen sie sich sonst vergnügte, war Süleyman ein Mann, der wusste, was er wollte.

Am nächsten Morgen erlaubte sie sich etwas, was sie ganz selten für ihre männlichen Besucher tat: Sie brachte Süleyman Tee ans Bett. Während er trank, legte sie sich neben ihn und griff unter der Bettdecke nach seinem Glied.

»Bleib noch ein wenig«, sagte sie. »Ich spüre genau, dass du es willst.«

Spielerisch schob er ihre Hand beiseite. »Ich muss zur Arbeit.«

»Ach, nur noch einmal«, sagte sie.

»Hör zu, Gonca«, erwiderte er ein wenig nervös, »ich dachte, wir hätten uns darauf geeinigt …«

»Nur ein bisschen Spaß, ein letztes Mal – ohne jede Verpflichtung. Lass mich nur machen …«

Sie nahm das halb leere Teeglas und stellte es auf den Boden neben dem Bett. Dann öffnete sie ihren seidenen Morgenmantel. Sofort spürte er, wie er steif wurde. Dieses Mal war sie es, die die Führung übernahm. Sie hockte sich rittlings auf ihn, und dieser Anblick und das Gefühl ihrer Brüste in seinen Händen erregte ihn über alle Maßen. Er ließ sie gewähren.

Danach lag sie in seinen Armen und lächelte ihn an.

»Du bist eine sehr erfahrene Frau«, sagte er und küsste ihren Scheitel. »Diese Nacht werde ich so schnell nicht vergessen.«

»Das solltest du aber«, meinte sie. »So haben wir es ausgemacht.«

»Ich weiß.«

»Vergiss auch den Magier«, fuhr sie fort. »Seine Strafe ist ihm sicher.«

Süleyman erstarrte. »Gonca ...«

Sie sah ihm in die Augen. »Aus dem Bösen ist Gutes hervorgegangen«, sagte sie. »Wir sind in Sicherheit. Die Zeit der Magie hat ein Ende. Die Opfer werden gerächt werden.«

»Wie meinst du das?«

Sein entsetztes Gesicht amüsierte sie. »Im nächsten Leben«, lachte sie. »In der Hölle.«

»Oh.«

Kurz darauf stand er auf, wusch sich und zog sich an. An der Tür küsste ihn Gonca, noch immer im Morgenmantel. Dann sagte sie: »Für die Zigeuner hier waren die Todeslager, die das Volk des Magiers errichtet hat, stets weit entfernt. Aber wenn eine von uns zu Tode kommt, dann ...«

»Was?«

Sie öffnete die Tür und schob ihn auf die Straße. »Wir haben unsere eigenen Mittel und Wege«, sagte sie und schloss lächelnd die Tür hinter ihm. Ärmlich gekleidete, verwahrloste Kinder warfen sich ihm zu Füßen und bettelten ihn um ein wenig Geld an. Einige von ihnen waren offenbar Goncas eigene Kinder.

24

Am Ende gestanden Ali Saka und Christoph Bauer, dabei gewesen zu sein, als Irfan Şay Max Esterhazys Ritualmorde gefilmt hatte. Saka wiederholte beharrlich, İrfan Şay habe ihm mit dem Teufel gedroht und ihn so zur Mittäterschaft gezwungen. Es ließ sich allerdings nicht beweisen, dass die beiden eine aktive Rolle bei den Morden gespielt hatten. Offenbar hatten sie nur getan, was die große Gestalt mit dem metallenen Dildo von ihnen verlangte.

Christoph Bauer, der Krankenhausangestellte, sah das alles wesentlich nüchterner als der eingeschüchterte Saka und gab zu, von seinem Arbeitsplatz mehrere Liter Menschenblut entwendet zu haben. Max hatte den Satanisten Bauer offenbar nur dazu benutzt, um an Geld zu kommen. Bauer behauptete allerdings, Max habe ihn bewusst ausgewählt, weil er jemanden suchte, der mit dem Teufel im Bunde stand.

Zwei Wochen später trafen sich İkmen und Süleyman nach Feierabend auf einen Drink. Das Wetter war kälter geworden, und man musste schon eine Jacke tragen. İkmen mit seiner Vorliebe für Guinness vom Fass hatte den James Joyce Irish Pub vorgeschlagen. Auf dem Weg dorthin kamen sie an der Atlas Pasaj vorbei. Gruppen junger Gothics sammelten sich dort für den Abend. Glücklicherweise war die ungezogene Fitnat Topal nicht dabei; sie hatte seit ihrer Affäre mit dem Exbesitzer des Hammer Hausverbot.

»Warum waren wir nur so fixiert auf diesen Laden?«, sagte Süleyman.

»Weil du eine Verbindung zwischen den ermordeten Mädchen und der Gothic-Szene entdeckt hattest«, meinte İkmen. »Diese Jugendlichen sind auch noch stolz auf ihre satanischen Symbole.«

»Aber böse sind sie deswegen nicht.«

»Nein«, seufzte İkmen, »nur naiv und leicht zu beeinflussen. Jung eben.«

»Wie Çöktin.«

İkmen nahm seinen Freund am Arm und schob ihn weiter durch den abendlichen Trubel auf der İstiklal Caddesi.

»Du hast ihn nicht überreden können zu bleiben?«, fragte İkmen.

»Nein. Er sagt, er habe mich mit dieser Filmgeschichte zu sehr hintergangen.«

»Das war aber auch wirklich dumm von ihm«, meinte İkmen.

»Sicher, aber es hätte keine weiteren Konsequenzen haben müssen«, erwiderte Süleyman. »Hüsnü Gunay ist weder dieser Hacker Mendes noch der Urheber der obszönen Bilder. Wenn İsak die Finger von seiner Nebentätigkeit gelassen hätte, wäre die Sache für mich erledigt gewesen.«

İkmen blieb stehen. »Ja, wenn sie damit wirklich erledigt gewesen wäre. Denn vergiss nicht: Öz, der Anwalt von Gunay, weiß davon, und so was spricht sich schnell herum, Mehmet. Ich bedauere es zwar sehr, und Çöktin wird mir fehlen, aber wahrscheinlich ist es so am besten. Er ist noch jung und wird seinen Weg machen. Ich an deiner Stelle hätte von vornherein kein Auge zugedrückt – von mir wäre Çöktin längst beurlaubt worden.«

Süleyman zuckte die Achseln. Bei manchen Sachen ließ İkmen nicht mit sich reden. Er war zwar kein Prinzipienreiter und hatte oft Sympathie für die Kurden gezeigt, doch vermutlich dachte er an die Folgen, die ein Skandal für die ganze Abteilung haben würde.

In Gedanken versunken schlenderten sie am Alkazar Sinema vorbei. Dann fragte İkmen auf einmal: »Und wer ist nun dieser Mendes, der Hacker?«

»Das wissen wir nicht«, antwortete Süleyman. »Und Hüsnü Gunay und Çöktin meinen, wir werden es auch nie herausfinden. Und die Newsgroups sind relativ harmlos; daher gibt es keine Handhabe. Wir wissen nicht einmal, ob Mendes in Istanbul sitzt. Im Zusammenhang mit dem Fall ist man natürlich schnell geneigt, den Namen Mendes mit dem Teufelskult in Verbindung zu bringen. Letztlich ist es aber nur ein spanischer Nachname.«

»Und dieses Bild«, sagte İkmen, »die dreizehn ...«

»Mendes hat es als Gag für seinen Freund Hüsnü Gunay gezeichnet«, erklärte Süleyman. »Gunay hatte sich wohl per E-Mail über die Gothic-Szene und seine Besuche im Hammer ausgelassen. Anscheinend hielt Gunay es für besonders witzig, die Zeichnung von Mendes dort aufzuhängen. Gunay war zwar öfter in der Atlas Pasaj, aber er lässt kein gutes Haar an dem Club. Er sagt, dort wimmelte es von ›ignoranten Amateuren‹ – womit er wohl Leute meint, die das Leben, die Philosophie und die Computerwelt nicht so ernst nehmen wie er.«

Der verführerische Duft von Lammfleisch regte İkmens Appetit an, doch er blieb nicht stehen. Schließlich hatte ihm Mehmets Frau Zelfa einmal versichert, Guinness enthalte alle für den Menschen lebenswichtigen Nährstoffe. Daher wollte er lieber bis zu seiner »Mahlzeit« im James Joyce warten. »Und wie ist das Bild aus dem Hammer an die Wände der Gotteshäuser gekommen?«

»Das werden wir wohl nie erfahren«, meinte Süleyman. »Diese Gothics verraten nichts und niemanden aus ihrer Szene.«

»Obwohl sie wissen, worum es geht?«, fragte İkmen verblüfft. »Na ja, ich kann es ihnen kaum verübeln. Wir leben in einer absurden Welt, werden ständig berieselt mit fiktiven wie realen Bildern von Gewalt, und müssen nun noch mit der Gefahr eines Kriegs mit Chemiewaffen leben. Und die so genannte ›freie Welt‹ wird von jemandem manipuliert, der die eigene Muttersprache nicht mal richtig beherrscht. Was bleibt da noch zu hoffen?«

Süleyman musste lächeln.

»Ich klinge schon wie ein verrückter alter Mann, nicht wahr?«, fragte İkmen.

»Du hast ja nicht Unrecht«, beruhigte Süleyman ihn. Dann wechselte er das Thema: »Ich habe gehört, Metin İskender will zurück in den Dienst, sobald es ihm die Ärzte erlauben.«

»Ja. Ich habe mit seiner Frau gesprochen, und sie ist darüber nicht gerade begeistert ...«, sagte İkmen lakonisch. »Männer wie Metin haben es nicht leicht; sie müssen sich so viel beweisen. Seine schwere Kindheit hängt ihm nach. Du hast ja seinen Vater gesehen. Die eigene Herkunft lässt sich nicht abschütteln, wie man an Max sieht.«

»Ja. Er war es, der Metin angeschossen hat, oder?«

»Mit İrfan Şays Pistole«, seufzte İkmen. »Als er wegen Çiçeks Siegel noch ein zweites Mal in die Wohnung zurückkehren musste, haben seine Nerven wohl blank gelegen. Mich wundert ohnehin, wie er so etwas vergessen konnte; er ist doch sonst immer so systematisch vorgegangen. Aber vielleicht hat er bei der schieren Größe und Komplexität seines Vorhabens ja den Überblick verloren. Bei unserem letzten Gespräch zitterten ihm die Hände. Das gibt einem zu denken.«

»Vielleicht suchst du nur eine Entschuldigung für ihn, Çetin.« Süleyman blieb vor dem Jugendstil-Schaufenster einer Pastahane stehen, in dem sich eine gewaltige Pyramide aus klebrigem Baklava auftürmte, und zündete sich eine Zigarette an. Als von İkmen keine Antwort kam, wechselte er das Thema. »Hast du etwas von Max' Schwester gehört?«

»Ja«, sagte İkmen, »die Londoner Polizei hat ihr die Ereignisse nur in groben Zügen geschildert. Daraufhin rief sie bei mir an. Die Arme. Ich habe ihr gesagt, wie sehr ich mir gewünscht hätte, Max wäre nicht gestorben, oder dass es zumindest einen Leichnam gäbe, den sie beweinen und begraben könnte. Übrigens erzählte sie mir, dass Max in Oxford Theologie studiert hat. Komisch, dass er es nie erwähnt hat, aber anscheinend wollte er früher einmal Priester werden.«

»Und was hat ihn so verändert?«

»Das wusste sie auch nicht zu sagen. Vielleicht der magische Zirkel, dem er an der Uni beigetreten ist, vielleicht sein Vater ... Oder der Sinneswandel kam erst hier, nachdem er Rabbi Baruch begegnet war. Seine Schwester hat übrigens ein altes Tagebuch von Max aus der Zeit gefunden, als er zwölf war. Der erste Satz lautete: ›Ich strebe dem Licht entgegen und bete, dass Gott mich nicht verstößt.‹«

Eine Weile schlenderten die beiden Polizeibeamten schweigend weiter. Dann fragte Süleyman: »Und wie geht es Çiçek?«

»Gut.« İkmen lächelte. »Du kannst dich freuen: Du hast in ihrem Herzen deinen Platz als junger Onkel zurückerobert. Ich frage mich übrigens, Mehmet, ob nicht dieser Fluch, dieses Siegel, das Max bei Çiçek benutzte, sie beeinflusst hat. Wenn sie sich damals als Teenager nicht so nach dir verzehrt hätte, wäre sie für seine Magie sicher nicht so empfänglich gewesen.«

»Hat man Rohypnol in ihrem Blut gefunden?«

»Nein, aber dieser Stoff ist ja auch ausgesprochen schwer nachzuweisen.«

»Gibt es mittlerweile ein Lebenszeichen von Ülkü Ayla?«

»Nein. Das arme Mädchen könnte sonst wo stecken. Ich weiß ja, dass Max letztlich keine Schuld an ihrem Verschwinden hat, aber Leute wie er bringen junge Mädchen aus dem Osten der Türkei in die Stadt und lassen sie dann fallen. Dem einen arbeiten sie nicht hart genug, dem anderen sind ihre Manieren nicht gut genug. Und wenn sie erst einmal auf der Straße gelandet sind, lassen sie sich treiben. Wirklich ein Jammer. Dabei glaube ich, Max hatte Ülkü wirklich gern.«

Sie hatten den Pub erreicht, doch İkmen zögerte an der Tür. »Und was ist mit Zelfa?«, fragte er.

»Sie hat sich zumindest bereit erklärt, herzukommen und mit mir zu reden«, sagte Süleyman bedrückt. »Ich weiß nicht, wie es weitergehen wird. Sie fehlt mir sehr.«

Das war nicht einfach dahingesagt: Die Nacht mit Gonca hatte ihm große Lust bereitet, aber – wie zu süße Schokolade – die Sinne mehr gereizt als befriedigt und einen schalen Nachgeschmack hinterlassen. Vielleicht lag es auch daran, dass er, genau wie İkmen, insgeheim vermutete, Gonca könne etwas mit Max' Verschwinden zu tun haben. Es war gut möglich, dass sie wusste, was mit ihm geschehen war. Oder vielleicht hatte sie ihn sogar eigenhändig umgebracht. Doch letztlich war es wohl wirklich sinnlos, weiter nach dem Magier zu fahnden.

»Na, ein Glas Guinness muntert dich bestimmt auf.« İkmen hielt seinem Freund die Tür auf. »Komm, ich lade dich auf ein Pint ein.«

Süleyman sah ihn skeptisch an.

»Das ist weniger als ein ganzer, aber mehr als ein halber

Liter. Ein Ire, den ich einmal in Karaköy kennen gelernt habe, hat mir erzählt, Gott würde Guinness trinken, wenn Er ein Mensch wäre. Der Mann nannte das Gebräu übrigens ›Erleuchtung im Glas‹. Vielleicht hätte Max weniger Zeit mit Büchern und Magie verbringen sollen und mehr im Pub.« İkmen grinste breit.

Süleyman musste ebenfalls lächeln. Gemeinsam betraten sie die Kneipe und mischten sich unter die ausgelassene Menge.

Bruder Konstantin war inzwischen ein Stammgast auf der Dauerbaustelle, in die das Haus des jungen Ehepaars sich verwandelt hatte. Diesmal traf er Berekiah und Hülya in Begleitung von Berekiahs Eltern an.

»Hallo, Herr Cohen!«, rief er froh gelaunt

Berekiah und Balthasar wandten sich gleichzeitig um zu der klaffenden Lücke, wo früher einmal das große Gartentor gewesen war. Als Berekiah den orthodoxen Mönch erkannte, legte er den Hammer aus der Hand, mit dem er gerade einen morschen Fensterrahmen bearbeitete, und ging ihm entgegen. »Bruder Konstantin, wie geht es Ihnen?«

»Schon besser«, antwortete der Mönch, den die Schmierereien der Kirche sehr mitgenommen hatten.

»Was will der denn hier?«, hörte Berekiah seinen Vater murren, der zusammengekrümmt in seinem Rollstuhl inmitten des Gartens hockte. »Sag ihm, er soll verschwinden!«

»Vater!«

»Christen!« Balthasar spuckte auf den Boden. Empört schob seine Frau den Rollstuhl zwischen ein paar verwilderte Rosenbüsche.

»Verzeihen Sie bitte, Bruder Konstantin«, entschuldigte sich Berekiah. »Mein Vater ist krank und hasst die ganze Welt ...«

»Vielleicht braucht er unsere Gebete.«

Berekiah blickte kopfschüttelnd zu seinem fluchenden Vater hinüber. Selbst Onkel Jak, der inzwischen nach England zurückgekehrt war, wollte erst dann wiederkommen, wenn er bei Berekiah und Hülya wohnen konnte. Noch ein solcher »Urlaub« in der Wohnung seines Bruders, und er werde sich oder ihn umbringen, hatte Jak beim Abschied gesagt.

»Bruder Konstantin, was darf ich Ihnen anbieten?«, fragte Berekiah, »Tee?«

»Nein danke, Herr Cohen«, sagte der Mönch lächelnd. »Ich bin nur hier, um Ihnen zu erzählen, dass wir endlich wissen, wer unsere Gotteshäuser geschändet hat.« Er seufzte. »Leider war es jemand von uns.«

»Ein Mönch?«

»Das nicht, aber jemand, der einmal zu uns gehört hat, ein ehemaliger Messdiener. Inzwischen pflegt der junge Mann Umgang mit irgendwelchen seltsamen Leuten oben in Beyoğlu.« Er senkte die Stimme: »Satanisten.«

»Und wie haben Sie das herausgefunden?«

»Wir haben ihn auf frischer Tat ertappt, in der Hagia Triada in Taksim.«

»Und haben Sie ihn der Polizei gemeldet?«

»Die Polizei brauchen wir nicht«, sagte der Mönch. »Das ist eine rein geistliche Angelegenheit. Wir kümmern uns um ihn.«

»Wie meinen Sie das?«

Bruder Konstantin seufzte. »Wenn ein Mensch so etwas tut, ist seine Seele krank. Der Arme wird von Dämonen verfolgt: Er ist regelrecht besessen von diesem obszönen Bild. Seine Handlungen werden ihm vom Teufel diktiert.« Der Mönch schauderte. »Wir leben in einer gefährlichen Zeit, und manchmal erscheint der Weg des Bösen einfacher und weniger steinig als der Pfad Gottes.«

»Und er braucht wirklich keine medizinische Hilfe, Bruder Konstantin? Außer Ihren geistlichen Zuspruch, meine ich.«

»Es ist eine spirituelle Krise, Herr Cohen, keine psychische.« Und freundlich fügte er hinzu: »Ich weiß Ihre Sorge sehr zu schätzen. Doch möchte ich, dass dieses Gespräch unter uns bleibt. Auch weil ich weiß, dass Ihr Schwiegervater bei der Polizei ist.«

Berekiah war darüber zwar nicht erfreut, versprach dem Mönch jedoch, Stillschweigen zu bewahren. Denn wenn die Vorfälle ein Ende hatten, brauchte er İkmen wirklich nicht mehr mit dieser traurigen Geschichte zu behelligen.

Sie plauderten noch ein wenig über die Renovierung, dann

verabschiedete sich Bruder Konstantin. Berekiah begleitete ihn zur Tür und schlenderte nachdenklich ein Stück die Straße entlang. Es wurde langsam dunkel, bald würde der Ruf zum Abendgebet sich über die Stadt ausbreiten wie eine große Welle; die eindringliche Anrufung einer höheren, segensreichen Macht. Muslime, Christen, Juden – sie alle brauchten einen Halt im Leben. Gerade in diesen gefährlichen Zeiten. Und das Beispiel des Messdieners zeigte, wie leicht man auf die falsche Seite, die Seite des Bösen geraten konnte.

Berekiah schaute zur Kuppel der griechischen Jungenschule auf. Was würde ein Krieg hier anrichten? Würde man dieses Gebäude und viele bedeutendere Bauwerke bombardieren? Würden Menschen durch Gas oder Gift sterben? Was ging in den Köpfen von Leuten wie Saddam Hussein oder George W. Bush vor? Der Gedanke, dass sein Schwager Bülent im neuen Jahr den Militärdienst antreten musste, ließ Berekiah schaudern. Das konnte viel schlimmer enden als seine eigene Zeit beim Militär. Und Bülents Schwester, seine liebe Frau? Hülya hatte ihm am Tag zuvor anvertraut, dass sie glaubte, schwanger zu sein. Vielleicht war es nur ein Fehlalarm. Doch Berekiah wünschte sich, er könnte ihre Begeisterung teilen. Obwohl er es Hülya nicht zeigte, fand er die Nachricht bedrückend. Wollten sie wirklich ein Kind in die Welt setzen, in diese Welt? Berekiahs Blick schweifte über die Straße, die friedlich dalag. Dann machte er sich auf den Weg zurück zum Haus. Als er in den Garten kam, ertönte der Ruf zum Abendgebet, und Hülya, schön und mit vor Hoffnung schimmernden Augen, trat aus dem Haus, um dem Muezzin zu lauschen. Bei ihrem Anblick musste Berekiah unwillkürlich lächeln, und er eilte zu ihr. Was auch immer geschehen würde, es gab für ihn keinen besseren Platz als an ihrer Seite.

Danksagung

Mein Dank gilt zunächst einmal all den üblichen Verdächtigen in der Türkei und in England. Ganz besonders möchte ich Jim für seine magischen Einblicke danken, Alex für seine Hilfe beim Ausbau meiner okkulten Kontakte und Malcolm für seinen Computersachverstand. Darüber hinaus danke ich der Göreme-Gang: Pat, Ruth, Jeyda, Faruk, Hüseyin, Dawn und Caroline. Die Zeit, die ich im Land der »Feenkamine« verbringen konnte, hat es mir ermöglicht, dieses Buch fertig zu stellen.

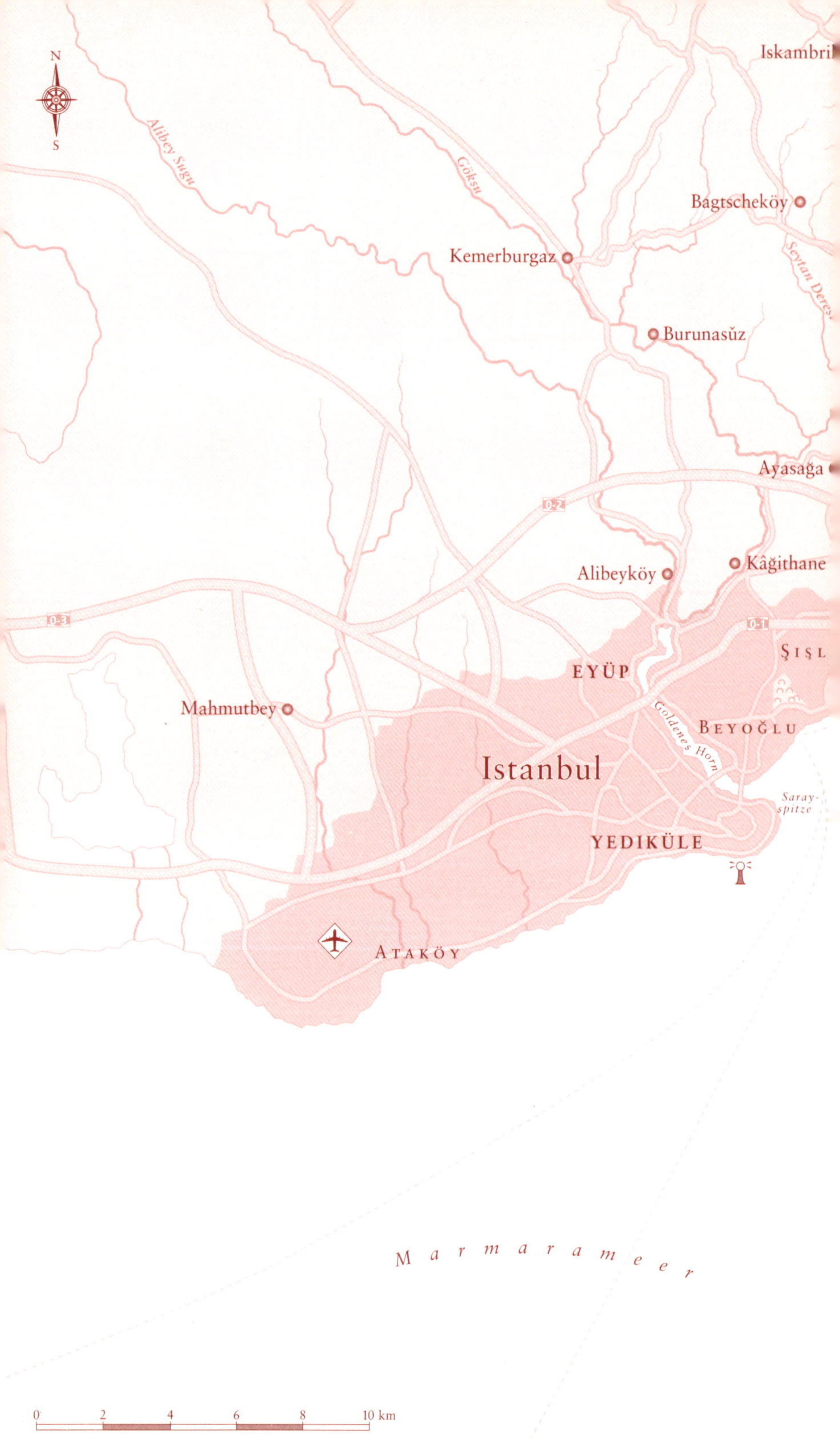

N
S
Alibey Suyu
Göksu
Iskambril
Bagtscheköy
Seytan Deresi
Kemerburgaz
Burunasûz
Ayasağa
0-2
Alibeyköy
Kâğithane
0-3
0-1
Şişl
Eyüp
Mahmutbey
Goldenes Horn
Beyoğlu
Istanbul
Saray-
spitze
Yediküle
Ataköy
Marmarameer
0
2
4
6
8
10 km